T0009797

Las diez mil Puertas de Enero

Las diez mil Puertas de Enero

Alix E. Harrow

Traducción de David Tejera Expósito

Revisión de Juan Manuel Santiago

rocabolsillo

Título original: *The Ten Thousand Doors of January*

© 2019, Alix E. Harrow

Primera edición en este formato: enero de 2022

© de la traducción: 2021, David Tejera Expósito
© de esta edición: 2022, 2021, Roca Editorial de Libros, S.L.
Av. Marquès de l'Argentera 17, pral.
08003 Barcelona
actualidad@rocaeditorial.com
www.rocabolsillo.com

Impreso por NOVOPRINT
Sant Andreu de la Barca (Barcelona)

ISBN: 978-84-18850-03-5
Depósito legal: B. 17968-2021

Todos los derechos reservados. Esta publicación no puede ser reproducida, ni en todo ni en parte, ni registrada en o transmitida por, un sistema de recuperación de información, en ninguna forma ni por ningún medio, sea mecánico, fotoquímico, electrónico, magnético, electroóptico, por fotocopia, o cualquier otro, sin el permiso previo por escrito de la editorial.

RB50035

Para Nick, mi camarada y también mi brújula

La Puerta azul

*C*uando tenía siete años, encontré una puerta. Supongo que bien podría escribir en mayúscula la primera letra de la palabra para que comprendas que no hablo de una de jardín ni de una cualquiera, como las que se cruzan con la seguridad de que al atravesarlas una se topará con una cocina de baldosas blancas o el armario de un dormitorio.

Cuando tenía siete años, encontré una Puerta. Mejor. Mira lo imponente y llamativa que luce ahora la palabra en la página. Contempla el anillo de la P y cómo parece un arco negro que va a dar a una nada blanquecina. Me gusta imaginarme que, cuando ves esa palabra, la familiaridad que te evoca hace que se te ericen un poco los pelillos de la nuca. No sabes nada sobre mí. No me ves aquí sentada en este escritorio de madera amarilla, ni ves cómo la suave brisa marina agita estas hojas como una lectora que busca un marcapáginas. Tampoco ves las cicatrices que recorren y se retuercen por mi piel. Ni siquiera sabes cómo me llamo (bueno, me llamo Enero Demico, así que ahora supongo que se podría decir que sí que sabes algo sobre mí y que lo que acabo de decir no tiene mucho sentido).

Lo que seguro sí conoces es lo que significa ver escrita la palabra «Puerta». Quizás incluso hayas visto una con tus propios ojos, entreabierta y podrida en una vieja iglesia o lubricada y como nueva en una pared de ladrillos. Puede que si eres una de esas personas aventuradas que no pueden evitar que tus pies te lleven a lugares inesperados, incluso hayas cruzado una de ellas para llegar a uno de esos lugares tan inesperados.

O quizá ni te hayas percatado del menor atisbo de una de esas Puertas en tu vida. Ya no hay tantas como antes.

No obstante, conoces su existencia, ¿verdad? Porque hay diez mil historias sobre diez mil Puertas, y las conocemos tan bien como nuestros nombres. Llevan al País de las Hadas, al Valhalla, a la Atlántida, a Lemuria, al Cielo y al Infierno, a todos los lugares que nunca señalaría una brújula. A cualquier parte. Mi padre, que es un académico de verdad y no una joven con papel, tinta e ideas sobre las que escribir, lo explica mucho mejor:

> Si comparamos las historias con los yacimientos arqueológicos y empezamos a limpiar el polvo de su superficie con sumo cuidado, llegaremos a la conclusión de que siempre hay una puerta. Un punto que divide el «aquí» del «allí», el «nosotros» del «ellos», lo «mundano» de lo «mágico». Las historias siempre tienen lugar cuando las puertas se abren y las cosas cruzan entre mundos.

Él nunca usaba las mayúsculas para referirse a las puertas, pero quizá se deba a que los académicos creen que quedan mal en la página.

Era el verano de 1901, aunque la disposición de esos cuatro números seguidos aún no significaba nada para mí. Lo veía como un año jactancioso y muy creído que resplandecía con las valiosas promesas de un nuevo siglo. Había conseguido librarse de todos los problemas y la confusión del siglo XIX, de todas las guerras, las revoluciones y las incertidumbres; de las desavenencias propias del imperialismo, y ahora solo habían quedado paz y prosperidad. El señor J. P. Morgan prácticamente acababa de convertirse en uno de los hombres más ricos de la historia de la humanidad; la reina Victoria había expirado al fin y legado su vasto imperio a su hijo de aspecto regio, a los indisciplinados bóxers los habían sometido en China, y Cuba se había resguardado sin problema bajo los civilizados designios de Estados Unidos. La razón y la lógica dominaban el mundo, y no había lugar para la magia ni el misterio.

Resultó que tampoco había lugar para que las niñas

deambulasen por los límites de los mapas y contasen la verdad sobre las cosas imposibles y disparatadas que habían encontrado allí.

La encontré en el descuidado extremo occidental de Kentucky, justo donde el estado se hunde en el Misisipi. No es la clase de lugar donde uno esperaría encontrar nada misterioso ni medianamente interesante: un sitio anodino lleno de maleza descuidada y de gente igualmente anodina y de aspecto asimismo descuidado. Donde el sol emite el doble de calor y brilla el triple que en el resto del país, incluso durante el mes de agosto, y el ambiente es húmedo y pegajoso, como los restos de jabón que se te quedan en la piel cuando eres el último en usar la bañera.

Pero las Puertas siempre se encuentran donde menos te lo esperas, como los sospechosos de asesinato en las novelas de misterio baratas.

Resultó que yo me encontraba en Kentucky porque el señor Locke me había llevado con él a uno de sus viajes de negocios. Dijo que era «todo un obsequio» y una «oportunidad de ver cómo se hacen las cosas», pero lo cierto es que se vio obligado a llevarme porque mi institutriz estaba al borde de la histeria y había amenazado con dejar el trabajo cuatro veces durante el último mes. No negaré que era una niña conflictiva.

O quizá solo fuese porque el señor Locke intentaba animarme. La semana anterior había llegado una postal de mi padre. En ella aparecía la fotografía de una niña morena que tenía un sombrero dorado y puntiagudo y un gesto de resentimiento en el rostro. Las palabras AUTÉNTICA VESTIMENTA BIRMANA destacaban junto a la imagen. En el dorso había tres líneas escritas con tinta marrón y caligrafía exquisita:

«Voy a quedarme un poco más. Volveré en octubre. Pienso mucho en ti. JD».

El señor Locke la leyó por encima de mi hombro y me dio unas torpes palmaditas en la espalda para intentar animarme.

Una semana después estaba metida en uno de esos coches cama Pullman con terciopelo y paneles de madera leyendo

Los jóvenes trotamundos en la selva[1] mientras el señor Locke leía la sección de economía del *Times* y el señor Stirling contemplaba el vacío con esa mirada perdida tan propia de los sirvientes.

Debería describir mejor al señor Locke. No creo que le gustara que lo nombrase de forma tan casual y sesgada. Permítanme que les presente al señor William Cornelius Locke, un casi milmillonario que había conseguido labrarse su propia fortuna, director de W. C. Locke & Co. y propietario de nada menos que tres mansiones en la Costa Este, defensor a capa y espada de virtudes como el Orden y la Propiedad (palabras que sin duda le gustaba ver en mayúscula. ¿Ves esa P? Estoy segura de que te la imaginas como una mujer con la mano en las caderas) y presidente de la Sociedad Arqueológica de Nueva Inglaterra, una especie de club social para hombres ricos y poderosos que también eran coleccionistas aficionados. Y digo «aficionados» solo porque los hombres ricos solían referirse a sus pasiones con ese desdén y ligereza, como si admitir que tenían otro interés más allá de ganar dinero fuese a mancillar su reputación.

Lo cierto era que yo a veces sospechaba que todo el dinero que ganaba Locke iba a parar a esa afición de coleccionista. La casa que tenía en Vermont, que era donde vivíamos y que distaba mucho de las otras dos prístinas estructuras de su propiedad que parecían destinadas únicamente a dejar huella en el mundo, era enorme, tan abigarrada como el Smithsonian y daba la impresión de no estar formada por piedra y argamasa, sino por reliquias. La organización brillaba por su ausencia: había figuras de piedra caliza con forma de mujeres de anchas caderas junto a biombos de Indonesia con tallas similares a un encaje y puntas de flecha de obsidiana que compartían vitrina con el brazo disecado de un guerrero del periodo Edo. (Odiaba ese brazo, pero no podía dejar de mirarlo y preguntarme qué aspecto tendría cuando estaba vivo y tenía músculos y qué ha-

---

1. *The Rover Boys* (*Los jóvenes trotamundos*) es una saga de novelas juveniles escritas por Arthur M. Winfield y publicadas en Estados Unidos entre 1899 y 1926 que narran las aventuras de cinco hermanos aventureros. La saga alcanzó las treinta entregas. *(N. del T.)*

bría pensado su propietario de saber que una niñita se pasaría los días contemplando su piel apergaminada en Estados Unidos sin saber siquiera su nombre.)

Mi padre era uno de los agentes de campo del señor Locke, que lo había contratado cuando yo era poco más que una berenjena envuelta en una manta.

—Tu madre acababa de morir, ¿sabes? Es una historia muy triste —le gustaba decir al señor Locke—. Y tu padre, un hombre escuchimizado de tono de piel extraño y con tatuajes por los brazos, válgame Dios, salió de la nada con un bebé. Fue entonces cuando me dije: «¡Cornelius, ese hombre necesita un poco de misericordia!».

Contrató a mi padre antes del anochecer, y ahora él se dedica a recorrer el mundo en busca de objetos dotados de «un valor único y particular» que le envía por correo al señor Locke para que él los meta en vitrinas numeradas con placas de latón y me grite cuando las toco o juego con ellas o cuando robo las piezas aztecas para recrear pasajes de *La isla del tesoro*. Y yo me limito a quedarme en mi cuartucho gris de la Hacienda Locke y molestar a las institutrices a quienes contrata para convertirme en una persona de provecho y esperar a que mi padre vuelva a casa.

A los siete años había pasado mucho más tiempo con el señor Locke que con mi padre biológico, por lo que me acabé encariñando con él, tanto como una se puede encariñar con alguien capaz de lograr que un traje de tres piezas parezca cómodo.

Fiel a su costumbre, el señor Locke había alquilado para nosotros una habitación en el establecimiento más caro del lugar. En el caso de Kentucky, eso equivalía a un hotel de poca altura de madera de pino que se encontraba en la ribera del Misisipi, construido sin duda por alguien que quería levantar uno de lujo sin haber pisado jamás uno de verdad. El papel de pared tenía los colores de una piruleta, y colgaban del techo candelabros eléctricos, pero de la tarima rezumaba el olor agrio propio de los siluros.

El señor Locke saludó al director con un gesto brusco y dijo:

—Cuide a la niña. Ya verá que se porta bien.

A continuación, se dirigió al vestíbulo. Tras él iba el señor Stirling, que semejaba más bien un perro antropomórfico incapaz de separarse de él. Una vez allí, Locke saludó a un hombre con pajarita que le esperaba en uno de los sofás de estampado de flores.

—¡Gobernador Dockery, es un honor! Le aseguro que leí su última misiva con mucha atención. ¿Cómo va esa colección de cráneos?

Vale. Eso explicaba el porqué de su presencia allí. El señor Locke había acudido para reunirse con uno de sus compañeros de la Sociedad Arqueológica y pasar la noche presumiendo, bebiendo y fumando puros. Celebraban una reunión anual todos los veranos en la Hacienda Locke, una fiesta sofisticada seguida de asuntos que solo conocían los estirados de sus miembros, ya que ni a mi padre ni a mí se nos permitía asistir. Pero los más entusiastas no eran capaces de aguantar todo el año y trataban de quedar en cualquier otra ocasión.

El director me sonrió con ese gesto forzado y cargado de pavor de los adultos que no tienen hijos, y yo le devolví una sonrisa de oreja a oreja.

—Voy a salir —le dije con aplomo.

Él sonrió un poco más y parpadeó con incertidumbre. Siempre provoco incertidumbre en los demás: tengo la piel de un rojo cobrizo, como si siempre la tuviera cubierta de serrín de cedro, pero mis ojos son grandes y claros y voy ataviada con ropas caras. ¿Era una mascota mimada o una sirvienta? ¿Debería el director haberme servido un té o metido en las cocinas con las criadas? Era lo que el señor Locke solía llamar «una criatura a caballo entre dos mundos».

Volqué un jarrón de flores muy voluminoso, solté un «cuánto lo siento» muy poco creíble y me escabullí mientras el director espetaba un taco y empezaba a limpiar el destrozo con su abrigo. Escapé al exterior por las puertas. (¿Ves cómo esa palabra siempre se cuela incluso en las historias más mundanas? A veces noto la presencia de puertas que acechan en los espacios vacíos que hay entre las frases, con pomos que hacen las veces de puntos finales y verbos que en realidad son bisagras.)

Las calles no eran más que franjas entrecruzadas bañadas por el sol y que terminaban en la ribera del cenagoso río, pero los habitantes de Ninley, en Kentucky, las recorrían como si fuesen las avenidas de una gran ciudad. Se me quedaban mirando y murmuraban al pasar.

Un estibador ocioso me señaló y le dio un codazo a su compañero para avisarlo.

—Me apuesto lo que sea a que es una niña chickasaw.

Su compañero agitó la cabeza mientras mencionaba su amplia experiencia personal con las jóvenes indias y aventuró:

—Puede que antillana. O mestiza.

Seguí caminando. Era algo que la gente siempre hacía al verme, tratar de encasillarme en uno u otro lugar, pero el señor Locke siempre me aseguró que todos estaban equivocados.

—Eres un espécimen único —decía.

Después de oír el comentario de una de las criadas, yo le había preguntado si era una persona de color, y él se había limitado a resoplar.

—De un color un tanto raro, puede ser, pero yo no te consideraría una persona de color.

Lo cierto era que yo no sabía qué convertía a alguien en una «persona de color», pero lo había pronunciado de tal manera que me alegraba de no serlo.

Las especulaciones eran aún peores cuando mi padre estaba conmigo. Su piel era más oscura que la mía, de un negro rojizo muy lustroso, y tenía unos ojos tan negros que hasta la esclerótica parecía dotada de cierta tonalidad marrón. Todo ello sin olvidar los tatuajes, unas espirales de tinta que se le retorcían por las muñecas, la ropa desgastada, las gafas, el extraño acento y… Bueno, que eran razones más que suficientes para que la gente se quedara mirando.

Ojalá estuviese aquí conmigo.

Mientras caminaba muy concentrada para no mirar de refilón todas esas caras blancas, me tropecé con alguien.

—Lo siento, señora, es que…

Una anciana encorvada y arrugada como una nuez blanquecina bajó la vista para quedárseme mirando. Era una mirada de abuelita que parecía haber practicado hasta la extenuación y que seguramente acostumbraba a dedicarles a los niños que iban por ahí a lo loco y chocaban contra ella.

—Lo siento —repetí.

La mujer no dijo nada, pero algo cambió en su mirada, como si se abriesen dos abismos insondables. La boca le colgaba abierta y tenía los ojos lechosos abiertos como platos.

—¿Quién...? Pero ¿quién narices eres? —espetó.

Supongo que a la gente no le gustaban las «criaturas a caballo entre dos mundos».

En ese momento debería haber regresado al hotel que apestaba a siluro para refugiarme en la seguridad de la sombra opulenta del señor Locke, donde ninguna de esas personas desagradables podía hacerme nada. Eso habría sido lo más apropiado. Pero, como para darle la razón al señor Locke cuando se quejaba de mi actitud, yo era una persona inapropiada, tozuda y bragada (una palabra que supongo que no describía nada bueno, si tenía en cuenta el resto de adjetivos que la acompañaban).

Por eso salí corriendo.

Corrí hasta que mis flacas piernecillas empezaron a temblar y noté que el pecho amenazaba con romper las costuras del traje refinado que llevaba puesto. Corrí hasta que las calles se convirtieron en un sendero serpenteante y los edificios que dejé atrás quedaron ocultos tras glicinias y madreselvas. Corrí e intenté no pensar en la manera en la que me había mirado la mujer ni en el problema en el que quizá me acababa de meter por desaparecer así.

Mis pies solo dejaron de rebotar contra el suelo cuando me di cuenta de que la tierra que pisaba hasta entonces se había convertido en hierba pisoteada. Me encontraba en un prado solitario y descuidado bajo un cielo tan azul que me recordó a los azulejos que mi padre había traído de Persia: un azul majestuoso y tan intenso que uno no podía evitar perderse en él. Unos pastos altos y de color cobrizo se extendían bajo él, y también se alzaba algún que otro cedro por aquí y por allá.

La imagen tenía algo que me invitaba a hacerme un ovillo junto a esos tallos secos y quedarme allí como un cervatillo que espera a su madre. Quizá fuese el intenso aroma a cedro seco al sol o la hierba agitándose bajo el cielo como una tigresa naranja y azulada. Me interné aún más, y empecé a deambular mientras rozaba con las manos las puntas ensortijadas de los cereales silvestres.

Estuve a punto de pasar de largo la Puerta. Es lo que sucede con todas las Puertas: están como ocultas y de costado hasta que alguien repara en ellas de la manera adecuada.

Aquella solo tenía un viejo marco de madera dispuesto de una manera que parecía el principio de un castillo de naipes. Unas manchas de óxido salpicaban la madera en los lugares donde las bisagras y clavos se habían desangrado, y solo quedaban unos valientes travesaños de la puerta en sí. La madera aún tenía restos de pintura sin levantar, de un azul tan majestuoso como el del cielo.

En esa época no sabía nada de las Puertas, y no te habría creído ni aunque me dieras una colección en tres volúmenes anotados de informes de testigos. Pero en el momento en el que contemplé esa puerta azul y estropeada allí, tan solitaria en aquel prado, deseé que llevara a cualquier otro lugar al cruzarla. A cualquier sitio que no fuese Ninley, en Kentucky; a un lugar nuevo, desconocido y tan extenso que pudiese recorrerlo sin llegar nunca a sus confines.

Apoyé la palma de la mano en la pintura azul. Las bisagras chirriaron como las de las puertas de las casas encantadas que había leído en mis folletines e historias de aventuras. El corazón me latió desbocado en el pecho, y uno de los rincones más ingenuos de mi alma contuvo el aliento a la espera de que ocurriese algo mágico.

Al otro lado de la Puerta no había nada, claro. Solo los tonos azul cobalto y canela de mi mundo, el cielo y el prado de debajo. Solo Dios sabe por qué verlo en ese momento me rompió el corazón. Me senté sobre mi elegante vestido de lino y lloré la pérdida. ¿Qué era lo que esperaba? ¿Uno de esos portales mágicos con los que siempre se topaban los niños que protagonizaban mis libros?

De haber estado allí con Samuel, seguro que al menos podríamos haber fingido que así era. Samuel Zappia era mi único amigo si no tenía en cuenta los invisibles, un chico de ojos negros con una adicción sintomática a las revistas *pulp* que siempre tenía en el rostro la mirada perdida de un marinero que contempla el horizonte. Visitaba la Hacienda Locke dos veces a la semana en un carro rojo que tenía pintadas unas letras estilizadas y doradas que rezaban «COMESTIBLES DE LA

FAMILIA ZAPPIA»; y solía traerme el último número de la *Argosy All-Story Weekly* o de la *Halfpenny Marvel*[2], además de harina y cebollas. Los fines de semana se escapaba de la tienda de su familia para venir a jugar conmigo a imaginar que había fantasmas y dragones en la orilla del lago. Su madre lo llamaba «*sognatore*», y él me decía que eso, en italiano, significaba «bueno para nada que no deja de romperle el corazón a su madre con sus fantasías».

Pero aquel día Samuel no estaba conmigo en el prado, por lo que decidí sacar mi pequeño diario de bolsillo y escribir una historia.

Cuando tenía siete años, el diario era mi posesión más preciada, aunque lo cierto es que el hecho de que fuese mi posesión resulta cuestionable desde el punto de vista legal. No lo había comprado y nadie me lo había dado. Lo había encontrado. Fue cuando jugaba en la Sala de los Faraones justo antes de cumplir siete años. Me dediqué a abrir y cerrar las urnas y a probarme la joyería, hasta que me topé con un cofre del tesoro de un azul precioso. (Era una caja de tapa abovedada decorada con marfil, ébano y una fayenza azul. Egipcio, sin duda.) En el fondo de dicho cofre encontré el diario: forrado de un cuero del color de la mantequilla quemada con páginas de color crema como el algodón en las que no había nada escrito, tentadoras como la nieve recién caída.

Me dio la impresión de que el señor Locke lo había dejado allí para que lo encontrase, como si se tratara de un regalo secreto y él fuese demasiado arisco como para dármelo en persona, por lo que lo cogí sin titubear. Escribía en él cuando me sentía sola o perdida, o cuando mi padre estaba fuera, el señor Locke se encontraba ocupado o la institutriz se portaba muy mal conmigo. O sea, que escribía mucho.

En su mayor parte eran historias como las que leía en los ejemplares de la revista *Argosy* que me llevaba Samuel, relatos

2. La *Argosy All-Story Weekly* es una revista *pulp* que se publicó entre 1882 y 1978 y está considerada como la primera revista estadounidense de este tipo. La *Halfpenny Marvel*, por otra parte, también fue una revista *pulp* que se publicó entre 1893 y 1922. Los relatos estaban dirigidos a adolescentes, relataban historias de viajes a tierras extrañas y del Imperio Británico y solían ser de contenido patriótico. *(N. del T.)*

de niños valientes de pelo rubio que se llamaban Jack, Dick o Buddy. Pasaba mucho tiempo pensando títulos rocambolescos que luego escribía con caligrafía estilizada (*El misterio de la llave cadavérica*, *El club de la daga dorada* o *La huérfana voladora*) y no me preocupaba demasiado por la trama. Esa tarde, sentada en aquel prado solitario junto a la Puerta que no llevaba a ninguna parte, me dieron ganas de escribir una historia diferente. Una de verdad, algo con lo que poder identificarme si lo creía con muchas ganas.

> Érase una vez una niña audaz y *vragada* (¿se escribe así?) que encontró una Puerta. Era una Puerta mágica, y por eso se escribe con P mayúscula. La niña abrió la Puerta.

Me lo creí por unos instantes, durante el tiempo que pasó desde que el lápiz dibujó la recta de la P hasta que rellené el interior del círculo que conformaba el punto final. No de esa manera superficial en la que los niños creen a medias en Papá Noel o en las hadas, sino con la seguridad con la que uno termina por creer en la gravedad o en la lluvia.

Noté como algo cambiaba a mi alrededor. Sé que es una descripción deficiente y debo pedirles perdón por mi manera de expresarlo, inapropiada para una señorita, pero no se me ocurre otra manera de hacerlo. Fue como un terremoto que no agita ni una sola brizna de hierba, como un eclipse que no proyecta sombra alguna; un cambio inmenso pero invisible. Una repentina brisa agitó las hojas del diario. Olía a sal y a piedra caliente y a toda una serie de aromas lejanos que no podían surgir de un prado lleno de maleza cerca de la ribera del Misisipi.

Me volví a meter el diario en la falda y me puse en pie. Las piernas me temblaron a causa del agotamiento como abedules que se agitan en la brisa, pero no les presté atención porque la Puerta parecía haber empezado a murmurar en un idioma repiqueteante y convulso que parecía formarse con la madera carcomida y la pintura levantada. Volví a extender la mano hacia ella, vacilé y luego…

Abrí la Puerta y la crucé.

De repente me encontré en ningún lugar. Sentí un eco a caballo entre dos mundos en los tímpanos, como si me hubiera zambullido en el fondo de un gigantesco lago. La mano que había extendido hacia la puerta desapareció en el vacío, y la bota con la que la crucé nunca llegó a tocar el suelo.

A ese lugar entre mundos ahora lo llamo el Umbral. (Umbral, ¿ves cómo la curva que comienza en un solo punto se divide en dos?) Los Umbrales son sitios peligrosos, ya que no se encuentran en ninguna parte, y cruzar uno es como dar un paso en falso en un acantilado con la ingenua esperanza de que te salgan alas a mitad de la caída. No puedes dudar ni titubear. No se le puede tener miedo al lugar situado a caballo entre dos mundos.

Mi pie aterrizó al fin al otro lado de la puerta. El aroma a cedro y a luz del sol dio paso a un sabor metálico en la lengua. Abrí los ojos.

El mundo que tenía ante mí estaba hecho de piedra y mar. Me encontraba en un risco muy alto; un océano infinito de aguas argénteas lo rodeaba por todas partes. Muy por debajo, resguardada por la costa curvada de la isla como un guijarro en la palma de una mano, se encontraba una ciudad.

O lo que suponía que era una ciudad. No contaba con los elementos que cabría esperar en una: no había tranvías que zumbaran y resonaran por ella ni tampoco la neblina que se acumulaba y formaba una cortina de humo alrededor. En su lugar tenía edificios de piedra blanca dispuestos en espirales muy ingeniosas y moteados de ventanas abiertas que parecían ojos negros. Entre ellos se elevaban unas pocas torres que, junto a los mástiles de unos pequeños barcos, conformaban un bosquecillo que recorría la costa.

Empecé a llorar otra vez. Sin dramatismos ni aspavientos, solo lágrimas, como si contemplase algo que siempre había anhelado y nunca había podido tener. Mi padre hacía lo mismo a veces, cuando creía que estaba solo.

—¡Enero! ¡Enero!

Oí mi nombre como si resonara a través de un gramófono barato que se encontrase a varios kilómetros, pero reconocí la voz del señor Locke que venía del otro lado de la Puerta. No sabía cómo me había encontrado, pero sí que me acababa de meter en problemas.

Puedo asegurarte que no tenía ningunas ganas de volver.

El aroma del mar me resultó evocador, y la manera en la que las calles serpenteaban por la ciudad que tenía debajo me recordó a una suerte de caligrafía. De no haber sido por la voz del señor Locke, el hombre que me pagaba trenes lujosos y me compraba bonitos vestidos de lino, que me daba palmaditas en la espalda cuando mi padre me decepcionaba y dejaba por ahí ocultos diarios de bolsillo para que los encontrase, quizá me habría quedado allí.

Pero decidí girarme hacia la Puerta. Tenía un aspecto diferente desde el lado en el que me encontraba ahora. Era un arco medio derruido de basalto erosionado que no tenía la misma grandeza que una puerta de madera. En la abertura situada entre las rocas flotaba una especie de cortina grisácea, por lo que extendí la mano para apartarla.

Justo antes de dar un paso para volver a cruzarla, vi un destello plateado a mis pies: una moneda redonda a medio enterrar que tenía grabadas varias palabras en un idioma desconocido y el perfil de una mujer con una corona. Resultaba cálida al tacto, y me la metí en el bolsillo del traje.

En esa segunda ocasión, el Umbral no fue más que una sombra breve y diminuta como el ala de un pajarillo. Volví a oler el aroma de la hierba y del sol.

—Ene… Ah, aquí estás. —El señor Locke se encontraba de pie en mangas de camisa y chaleco, resoplando un poco y con el mostacho erizado como la cola de un gato que acabara de asustarse—. ¿Dónde estabas? Llevo un buen rato llamándote a voz en grito y he tenido que interrumpir mi reunión con Alexander… ¿Qué es esto?

Se había quedado mirando la Puerta de madera con restos de pintura azul con gesto impertérrito.

—Nada, señor.

De pronto apartó los ojos de la Puerta y a continuación me fulminó con la mirada.

—Enero. Dime lo que estabas haciendo.

Debí haberle mentido. ¡Cuántos pesares me habría ahorrado! Pero hazte cargo: cuando el señor Locke te mira de esa manera tan particular, con esos ojos redondos como lunas llenas, solo cabe obedecerlo. Sospecho que eso explica lo rentable que es W. C. Locke & Co.

Tragué saliva.

—Yo… Yo solo estaba jugando y atravesé esa puerta de ahí y descubrí que llevaba a otro lugar. Había una ciudad blanca junto al mar. —De haber sido mayor, habría dicho algo como: «Olía a sal, al paso de los años y también a aventura. Olía como si perteneciese a otro mundo, y quiero volver ahora mismo y pasear por sus extrañas calles». En lugar de eso, me limité a articular—: Era bonita.

—Dime la verdad.

El hombre no dejó de taladrarme con la mirada.

—¡Es la verdad! ¡Lo juro!

Me miró otro rato. Vi cómo se le agitaban los músculos de la mandíbula.

—¿Y de dónde ha salido esta puerta? ¿La has…, la has construido tú? ¿Has sido tú la que ha colocado así toda esta basura?

Hizo un gesto y vi la pila de madera carcomida que había detrás de la Puerta, que pertenecía a los restos desperdigados de una casa.

—No, señor. La encontré. Y también escribí una historia sobre ella.

—¿Una historia?

Vi cómo titubeaba y odiaba cada nuevo giro que daba la conversación. Le gustaba controlar todo cuanto sucedía a su alrededor.

Me afané por sacar mi diario de bolsillo y se lo puse en las manos.

—Mire. Aquí está. La escribí y después la puerta… La puerta como que se abrió. Es cierto. Juro que es cierto.

Posó la vista en la página más tiempo del necesario para leer una historia de tres frases. Luego sacó del bolsillo del chaleco los últimos restos de un puro, encendió una cerilla y empezó a aspirar hasta que el extremo que apuntaba hacia mí se iluminó con un tono naranja incandescente como el ojo de un dragón.

El señor Locke suspiró como solía hacer siempre que tenía que darles malas noticias a los inversores y después cerró mi diario.

—Menuda tontería más elaborada, Enero. ¿Cuántas veces habré intentado que dejes de hacer estas cosas?

Pasó el pulgar por la cubierta de mi diario y luego lo tiró

con decisión, pero también con un atisbo de pena, a la pila desordenada de madera que había detrás de él.

—¡No! No puede...

—Lo siento, Enero. De verdad. —Me miró a los ojos e hizo un amago de extender la mano, como si quisiera tocarme—. Pero es justo y necesario, por tu bien. Nos vemos en la cena.

Me dieron ganas de enfrentarme a él, de discutir para convencerlo y de sacar el diario de la basura, pero fui incapaz.

En lugar de eso, me limité a correr. Atravesé el prado, volví a recorrer los senderos serpenteantes y llegué al recibidor de aroma agrio del hotel.

Y así es como en mi historia aparece una niña de flacas piernecillas que corre dos veces por el mismo lugar en apenas unas pocas horas. No se puede decir que sea un preámbulo muy heroico, ¿verdad? Pero cuando eres una criatura a caballo entre dos mundos sin familia y sin dinero, con solo dos piernas y una moneda de plata, hay ocasiones en las que huir es la única opción válida.

Además, de no haber sido una de esas niñas que huyen, no habría encontrado la Puerta azul. Y tampoco tendría una historia que contar.

El miedo a Dios y al señor Locke me hicieron guardar silencio durante esa noche y también al día siguiente. Tanto el señor Stirling como el nervioso director del hotel me vigilaron con suma atención, como si fuese un animal de zoo peligroso pero caro. Me entretuve aporreando las teclas de un piano de cola y viendo cómo el hombre hacía muecas de dolor, pero poco después me llevaron a mi habitación y me aconsejaron que me fuese a dormir.

Antes de que el sol terminara de ponerse, había conseguido salir por la ventana baja de mi habitación y escabullirme por el callejón al que daba. El camino estaba lleno de sombras que parecían estanques superficiales de aguas negras; cuando llegué al prado, las estrellas relucían a través de la neblina caliente y el humo de tabaco que flotaba sobre Ninley. Empecé a deambular por el césped en la oscuridad en busca de esa forma que parecía un castillo de naipes.

Pero no encontré ni rastro de la Puerta azul.

En su lugar encontré un círculo negro y desigual en la hierba. Ceniza y chamusquina: eso era lo único que quedaba en el lugar donde antes se encontraba mi Puerta. El diario de bolsillo yacía entre las brasas, arrugado y ennegrecido. Lo dejé donde estaba.

Cuando regresé a ese hotel de poca altura que no tenía mucho de lujoso, el cielo estaba negro como la brea, y los calcetines altos se me habían manchado. El señor Locke estaba sentado entre una densa nube de humo azul en el vestíbulo con sus libros de contabilidad y un sinfín de documentos desperdigados frente a él y su vaso de jade favorito lleno del whisky escocés que tomaba cada noche.

—¿Y dónde has estado esta noche? ¿Has vuelto a atravesar esa puerta y aparecido en Marte, quizás? ¿En la Luna, acaso?

Lo dijo con tono amable. Lo raro del señor Locke es que era amable conmigo, hasta en los momentos más delicados.

—No —admití—, pero apuesto a que hay más Puertas como esa. Seguro que las encuentro y consigo abrirlas al escribir sobre ellas. Y no me importa si no me cree.

¿Por qué no habré mantenido la boca cerrada? ¿Por qué no limitarme a agitar la cabeza y pedirle perdón con voz quebrada para luego volver a mi habitación y conservar el recuerdo de esa Puerta azul como un talismán secreto de los que se guardan en los bolsillos? Pues porque tenía siete años y era una cabezota, y aún no entendía el valor de las verdaderas historias.

—Muy bien —fue el escueto comentario del señor Locke.

Regresé a mi cuarto con la impresión de que me acababa de librar de un castigo muy severo, pero cuando llegué a Vermont una semana después descubrí que me equivocaba.

La Hacienda Locke era un inmenso castillo de piedra roja situado en la ribera del lago Champlain y coronado por un dosel de chimeneas y torres con techos de cobre. El interior del lugar estaba panelado de madera, era laberíntico y rebosaba de una gran cantidad de objetos insólitos, raros y muy valiosos. Un columnista del *Boston Herald* la había descrito en una ocasión como «arquitectónicamente elaborada» y había asegurado que recordaba más a *Ivanhoe* que a la morada de un hombre moderno. Se rumoreaba que un escocés chiflado la había mandado construir en la década de 1790; después había residido en ella durante una semana, antes de desaparecer para siempre. El señor Locke la había comprado en una subasta en la década de 1880 y había empezado a llenarla con todo tipo de maravillas del mundo.

Mi padre y yo estábamos confinados en dos habitaciones del tercer piso: un despacho cuadrado y pulcro con un gran escritorio y una sola ventana para él, y un dormitorio que olía a humedad con dos camas estrechas para mi institutriz y para mí. Ella era una inmigrante alemana llamada señorita Wilda, que solía llevar trajes de lana negra muy aparatosos y lucir una expresión que evidenciaba que no le gustaba demasiado el siglo xx a pesar de que tampoco pudiera decirse que hubiese visto mucho de él. Adoraba las canciones religiosas y también la ropa limpia recién doblada, y detestaba el ruido, el desorden y la insolencia. Éramos enemigas naturales.

A nuestro regreso, Wilda y el señor Locke tuvieron una conversación muy apresurada en el pasillo. Los ojos de la mujer relucieron al mirarme como los botones de un abrigo.

—El señor Locke me ha dicho que últimamente has estado demasiado inquieta. Al borde de la histeria. Palomita.

La señorita Wilda me llamaba «palomita» a menudo. Se ve que era una firme creyente en los poderes de la sugestión.

—No, señora.

—Pobrecita. Habrá que llevarte por el buen camino.

La cura para la inquietud era un ambiente tranquilo, bien ordenado y sin distracciones, por lo que se llevaron de mi habitación todo lo que más quería, así como los objetos coloridos y extravagantes. Corrieron las cortinas y quitaron de las estanterías cualquier cosa que fuese más emocionante que *La Biblia ilustrada para niños*. Cambiaron mi colcha rosada de encajes dorados favorita, que padre me había enviado de Bangalore el año anterior, por sábanas blancas y almidonadas. También prohibieron las visitas de Samuel.

La señorita Wilda metió la llave en la cerradura y la giró con brusquedad. Me quedé sola.

Al principio me imaginé que era prisionera de guerra y me había resistido a los casacas rojas o a los rebeldes, y me puse a practicar mi expresión de estoicismo. Pero al segundo día empecé a sentir que el silencio se me clavaba en los tímpanos y que me temblaban las piernas, que era incapaz de resistir las ansias de correr más y más hasta llegar a ese prado moteado de cedros y atravesar las cenizas de la Puerta azul para llegar a otro mundo.

Al tercer día, mi habitación se convirtió en una celda, luego en una jaula y después en un ataúd. Descubrí cuál era el miedo que se agitaba en lo más profundo de mi corazón, como anguilas en una cueva submarina: estar encerrada, atrapada y sola.

Algo se rompió en mi interior. Empecé a rasgar las cortinas con las uñas, a arañar los pomos de los cajones y a golpear la puerta cerrada con los puños. Luego me senté en el suelo y lloré mares de lágrimas hasta que la señorita Wilda volvió con una cucharada de un líquido meloso que me tranquilizó durante un buen rato. Sentí cómo los músculos se me aflojaban hasta convertirse en ríos lánguidos y cómo mi cabeza se agitaba inmóvil por su superficie. El movimiento de las sombras por las alfombras se convirtió en una aventura tan absorbente que no fui capaz de hacer caso a nada más hasta que caí rendida.

Cuando me desperté, el señor Locke estaba sentado a un lado de la cama mientras leía un periódico.

—Buenos días, querida. ¿Cómo te sientes?

Tragué una saliva amarga.

—Mejor, señor.

—Me alegro. —Dobló el periódico con precisión arquitectónica—. Escúchame con atención, Enero. Eres una niña dotada de un potencial enorme. ¡Inmenso! Pero tienes que aprender a comportarte. De ahora en adelante, se acabaron las tonterías fantasiosas, salir corriendo o esas puertas que llevan a sitios que no debieran.

La expresión del hombre mientras me leía la cartilla me hizo pensar en una de esas ilustraciones antiguas de Dios: severo pero paternal, repartiendo un amor que sopesa y considera si eres digno antes de entregarse a ti. Sus ojos eran como piedras hundidas en las cuencas.

—Vas a ser una niña buena y a comportarte como se espera de ti.

Yo deseaba con todas mis fuerzas ser digna del amor del señor Locke.

—Sí, señor —susurré.

Lo era, sin duda.

Mi padre no regresó hasta noviembre, tan magullado y molido como su equipaje. La llegada fue como las demás: la carreta traqueteó hasta el porche y se detuvo delante de la majestuosidad de las piedras que conformaban la Hacienda Locke. El señor Locke salió para darle unas palmaditas de agradecimiento en la espalda y esperó en el vestíbulo principal con la señorita Wilda, que iba vestida con un jersey tan almidonado que me pareció una tortuga con una concha que le quedara demasiado grande.

Se abrió la puerta y la figura de mi padre se recortó oscura y ajena contra la tenue luz de noviembre. Se detuvo en el umbral porque ese solía ser el momento en el que una jovencita emocionada de poco más de veinte kilos se abalanzaba sobre sus rodillas.

Pero en esa ocasión no me moví. No corrí a recibirlo por primera vez en mi vida. La silueta de sus hombros se encogió.

Resulta un tanto cruel, ¿verdad? Una niña taciturna que castiga a su padre por su ausencia. Pero les aseguro que en ese momento estaba muy confundida y que al ver su silueta recortada contra la puerta algo me hizo sentir una rabia que me dejó aturdida. Quizá fuese el olor a selva, a barcos de vapor y a aventuras, a cuevas oscuras y a maravillas desconocidas, que tanto contrastaba contra lo monótono de mi día a día. O quizá solo fuese porque me habían encerrado y él no había acudido en mi ayuda y abierto la puerta.

Dio tres pasos titubeantes al frente y se agachó frente a mí en el vestíbulo. Me dio la impresión de haber envejecido desde la última vez que lo había visto, y la perilla incipiente relucía de un tono plateado en lugar del negro de antaño, como si todos los días que hubiese pasado fuera valieran por tres. No obstante, la tristeza que emanaba de él era la misma de siempre, como un velo que le tapase los ojos.

Me puso la mano en el hombro y vi esos tatuajes negros y serpenteantes que le cubrían las muñecas.

—Enero, ¿ocurre algo?

El sonido familiar de mi nombre pronunciado por su voz con ese acento extraño pero tan familiar estuvo a punto de hacerme desfallecer. Me dieron ganas de decirle la verdad:

«Me he topado con algo grandioso e insólito, algo que es capaz de rasgar el velo de la realidad. Lo que escribí se hizo realidad...».

Pero lo pensé mejor. Ahora era una niña buena.

—Todo bien, señor —respondí, y vi cómo la seriedad del tono de mi voz sentaba a mi padre como si le hubiese dado un tortazo.

Esa noche no hablamos durante la cena y tampoco me escabullí a su habitación para suplicarle que me contara sus historias (y debo decirles que era un narrador de postín. Siempre decía que un noventa y nueve por ciento de su trabajo era seguir las pistas que había ocultas en las historias).

Pero estaba harta de esas tonterías fantasiosas. Se habían acabado las puertas, las Puertas y los sueños con mares argénteos y ciudades de edificios de piedras blancas. Di por sentado que era una de esas lecciones ligada al hecho de convertirse en adulto, algo que todo el mundo termina por aprender.

Pero te contaré un secreto: aún conservo la moneda de plata con la imagen de esa extraña reina. La guardo en un bolsillito de mis enaguas, donde la noto cálida al rozarme la piel y, cuando la saco, aún huelo el aroma de aquel mar.

Fue mi posesión más preciada durante diez años. Hasta que cumplí diecisiete y encontré *Las diez mil Puertas*.

La Puerta forrada en cuero

$\mathcal{N}$o lo habría encontrado de no ser por el pájaro.

Iba de camino a la cocina para robarle a la señora Purtram, la cocinera, un poco del café que se preparaba todas las noches, y en ese momento oí un aletear desesperado que hizo que me detuviese en mitad del segundo tramo de escaleras. Esperé hasta volver a oírlo: silencio, el batir de unas alas y un golpe seco. Silencio.

Seguí el ruido hasta el salón del segundo piso, también conocido como la Sala de los Faraones y lugar en el que el señor Locke albergaba su amplia colección egipcia: féretros rojos y azules, urnas de mármol con asas en forma de alas, pequeños *ankhs* dorados en cordeles de cuero, columnas de piedra tallada que habían quedado huérfanas de los templos que antaño sostenían. Toda la estancia tenía un fulgor áureo que relucía incluso en la penumbra de una noche de estío.

El ruido venía de la esquina meridional de la habitación, donde aún estaba mi cofre del tesoro azul, que había empezado a repiquetear sobre el pedestal en el que se encontraba.

Después de encontrar mi diario de bolsillo, me resultó inevitable echar un nuevo vistazo a las profundidades del cofre y su característico olor a cerrado. En Navidad había aparecido en el interior un muñeco de papiroflexia con unos palitos de madera unidos a cada una de sus extremidades. El verano siguiente encontré una cajita de música en la que sonaba un vals ruso, luego una muñequita marrón ataviada de ropas de colores vivos y después una edición francesa ilustrada de *El libro de la selva*.

Nunca llegué a preguntárselo directamente, pero tenía claro que los regalos eran del señor Locke. Solían aparecer cuando más los necesitaba, cuando mi padre se había olvidado de otro de mis cumpleaños o le había sido imposible volver a casa otra Navidad. Recordé cómo el señor Locke solía ponerme una incómoda mano en el hombro para ofrecerme silencioso consuelo.

Pero en ese momento me pareció muy poco probable que hubiese ocultado un pájaro en el cofre a sabiendas. Levanté la tapa con incredulidad, y algo gris y dorado salió despedido hacia mí como si lo hubieran disparado de un cañoncillo; después comenzó a revolotear por la estancia. Era un ave de apariencia delicada y plumaje erizado que tenía la cabeza del color de la mermelada y patas larguiruchas. (Luego intentaría buscar de cuál se trataba, pero no era ninguna de las aves que el señor Audubon retrató en su libro.)

Solté la tapa y empecé a darme la vuelta, pero justo en ese momento reparé en que había algo más en el interior del cofre.

Un libro. Era un libro más bien pequeño y forrado de cuero con las esquinas rasgadas y unas letras en relieve cuya tinta dorada había empezado a descascarillarse. *LA DIEZ MI UERTAS*. Empecé a pasar las páginas con el pulgar.

Si tienes afinidad con los libros y has pasado tardes enteras en librerías mohosas cubriendo de caricias furtivas y amables los lomos de títulos conocidos, comprenderás que hojear así las páginas es un paso fundamental a la hora de presentarse a un nuevo libro. No tiene nada que ver con leer las palabras, sino con el olor que surge de las páginas y emana del polvo y de la pulpa de madera. Puede que huela a libro caro y bien encuadernado, o a libro impreso a dos tintas en papel biblia, o a los cincuenta años que pasó sin ser leído en la casa de un hombre que siempre fumaba tabaco. Los libros pueden oler a una emoción pasajera o a un academicismo concienzudo, y también cargar con el peso de la alta literatura o de los misterios sin resolver.

Aquel tenía un aroma muy diferente de cualquier otro que hubiese olido. A canela y a humo de carbón, a catacumbas y a marga. A noches húmedas en la costa y a tardes sudorosas bajo las hojas de las palmeras. Olía como si hubiese estado en manos del servicio postal durante más tiempo que cualquier paquete, dando la vuelta al mundo durante años y acumulando capas y capas de fragancias como un vagabundo ataviado con demasiadas prendas.

Olía como si la aventura misma hubiera sido cosechada en la espesura y destilada para elaborar un buen vino que luego hubieran derramado en cada una de sus páginas.

Pero no quiero adelantarme a los acontecimientos. Se supone que las historias hay que contarlas en orden, con su planteamiento, su nudo y su desenlace. Puede que no sea académica, pero hasta ahí llego.

Los años posteriores a mi encuentro con la Puerta azul los pasé haciendo lo que toda niña audaz y bragada debe hacer: dejar de serlo.

En otoño de 1903 tenía nueve años y el mundo aún no había terminado de saborear la palabra «moderno». Unos hermanos de las Carolinas habían empezado a experimentar con entusiasmo con sus máquinas voladoras. Nuestro nuevo presidente se había empeñado en que llevásemos un gran garrote, algo que al parecer quería decir que teníamos que invadir Panamá. Y el cabello de un pelirrojo intenso se había puesto muy de moda, hasta que las mujeres empezaron a acusar mareos y alopecia, y la Pócima Capilar de la señorita Valentine resultó ser poco más que raticida de color rojo. Mi padre se encontraba en algún lugar del norte de Europa (en la postal que me había enviado había un par de niños vestidos como Hansel y Gretel y un mensaje en el reverso que rezaba: FELIZ CUMPLEAÑOS, CON RETRASO), y el señor Locke al fin confió en mí para volver a llevarme de viaje.

Mi comportamiento había sido impecable desde el incidente de Kentucky: no atormenté al señor Stirling ni desordené las colecciones del señor Locke. Obedecí todas las órdenes de Wilda, hasta las más estúpidas, como doblar los cuellos de las prendas justo después de plancharlas. No jugué en el exterior con «niños pobres y extranjeros llenos de piojos», sino que me limité a mirar cómo Samuel conducía el carro de comida desde la ventana del despacho de mi padre, ubicado en el tercer piso. Cuando conseguía evitar a la señora Purtram, me pasaba revistas a las que doblaba las puntas de sus páginas favoritas, y yo se las devolvía enrolladas en botellas de leche vacías después de marcar los diálogos más impresionantes y sanguinarios.

Siempre alzaba la vista mientras se marchaba, levantaba la mano y se me quedaba mirando el tiempo suficiente para que me diese cuenta de que me había visto. Cuando Wilda no miraba y yo tenía un día intrépido, tocaba el alféizar de la ventana con la punta de los dedos como respuesta.

Pasaba la mayor parte del tiempo conjugando verbos en latín y haciendo sumas bajo la atenta mirada de los ojos llorosos de mi institutriz. El señor Locke también me daba clases semanales, y yo me dedicaba a asentir con educación mientras él hablaba de acciones, agencias reguladoras que no tenían ni idea de nada, su juventud de estudiante en Inglaterra y las tres mejores variedades de whisky escocés. Practicaba mis posturas con el ama de llaves y también aprendí a sonreír con amabilidad a invitados y clientes.

—Eres un encanto —decían siempre—. ¡Qué bien educada estás! —exclamaban mientras me daban palmaditas en la cabeza como si fuese un perrito faldero bien entrenado.

A veces me sentía tan sola que me daba la impresión de estar a punto de convertirme en ceniza y desvanecerme con la primera brisa.

A veces me sentía como un objeto de una de las colecciones del señor Locke, uno con una etiqueta que rezaba: «Enero Demico, un metro cuarenta y cinco, bronce. Propósito desconocido».

Por ese motivo, cuando me invitó a acompañarlo a Londres con la condición de que escuchara y obedeciera a todo lo que decía como si fuesen unos mandamientos de Dios, acepté de una manera tan entusiasta que incluso asusté al señor Stirling.

La mitad de las historias que leía en las novelas baratas estaban ambientadas en Londres, por lo que tenía muchas expectativas con el viaje: calles sombrías y neblinosas llenas de hombres miserables y perversos con bombines. Edificios ennegrecidos que se alzaban con apariencia melancólica sobre sus cabezas. Hileras de casas grises y silenciosas. Una mezcla de *Oliver Twist* y Jack el Destripador con toques de Sara Crewe.

Es posible que Londres tuviera zonas así, pero la ciudad que vi en 1903 era justo lo contrario: bulliciosa, resplandeciente y muy animada. Tan pronto como salimos del vagón del London and North Western Railway en la estación de Euston, nos vimos sorprendidos por un grupo de colegiales con uniformes azul marino, un hombre con un turbante de color esmeralda que hizo una reverencia educada al pasar, una familia de piel negra que discutía en su idioma y un cartel rojo y dorado en la pared de la estación que rezaba: «¡El auténtico zoo humano del doctor Goodfellow, en el que encontrarán pigmeos, guerreros zulúes, jefes indios y esclavas de Oriente!».

—Ya estamos en un execrable zoo humano —gruñó el señor Locke antes de mandar al señor Stirling a pedir un taxi que nos llevara directos a la sede de la Royal Rubber Company. Los botones embutieron el equipaje del señor Locke en el maletero del coche, y Stirling y yo lo arrastramos por las escaleras de mármol de la compañía al llegar.

El señor Locke y el señor Stirling se perdieron en los sombríos pasillos. Los acompañaban unos hombres de aspecto importante ataviados con trajes negros. A mí me obligaron a quedarme sentada en una silla de respaldo estrecho en el vestíbulo y no molestar a nadie, no hacer ruido alguno ni tocar nada. Me quedé contemplando el mural que había en la pared que tenía enfrente, en el que destacaban un africano de rodillas que ofrecía una cesta con vid de caucho blanco. El africano tenía la expresión de ojos relucientes propia de un esclavo. Me pregunté si a los africanos los consideraban personas de color en Londres, y luego me pregunté qué pensarían de mí en la ciudad, y esa inquietud me hizo estremecer. Ojalá ser parte del rebaño y que nadie me mirase como si fuera diferente; saber de verdad cuál era mi lugar. Resultó que ser un «espécimen único» era muy solitario.

Una de las secretarias había empezado a mirarme con los ojos entrecerrados y ansiosos. Ya sabes de qué clase de personas hablo: de una de esas mujeres blancas y bajitas de labios estrechos que al parecer viven con el anhelo de poder golpear los nudillos de alguien con una regla. Me negué a darle la oportunidad de hacerlo. Me puse en pie como si acabara de oír al señor Locke llamándome y me escabullí por el pasillo detrás de él.

La puerta estaba entreabierta. Del interior surgían la luz melosa de un farol y unas voces ahogadas y masculinas que retumbaban contra las paredes de roble. Me acerqué con mucho cuidado para mirar al interior, donde había ocho o nueve hombres con bigote alrededor de una mesa larga sobre la que descansaba el equipaje del señor Locke. Las maletas negras estaban abiertas, y unos periódicos arrugados y amarillentos se desperdigaban alrededor. Locke estaba en uno de los extremos y aferraba algo que no conseguí ver.

—Sin duda se trata de un descubrimiento muy valioso que viene directo desde Siam, caballeros. Me han dicho que son escamas pulverizadas de un tipo… muy potente…

Los hombres le escuchaban con un ansia indecorosa en el rostro e inclinaban la espalda hacia él como si se viesen afectados por una atracción magnética. Había algo raro en el ambiente, una especie de no pertinencia colectiva, como si no fuesen hombres, sino otras criaturas embutidas en trajes de botones negros.

Descubrí que conocía a uno de ellos. Lo había visto en una visita de la Sociedad el pasado mes de julio, escabulléndose por el salón con ojos inquietos y amarillentos. Era un hombre nervioso con rostro de hurón y el pelo más rojo que el que se podía lograr con la Pócima Capilar de la señorita Valentine. Estaba inclinado hacia Locke como todos los demás, pero no dejaba de agitar las fosas nasales, como un perro que huele algo que no le gusta demasiado.

Sé que la gente no puede oler a las niñas desobedientes que espían en secreto, de verdad. Y también tenía claro que me habría metido en graves problemas solo por mirar, pero la reunión tenía un halo enigmático e ilícito. El hombre empezó a ladear y a levantar la cabeza, como si acabara de reparar en la presencia de un olor extraño y empezara a seguirlo…

Me aparté de la puerta en el acto y me dirigí a toda prisa hacia la silla del vestíbulo. Me pasé la hora siguiente con la cabeza gacha mirando las baldosas del suelo, con las piernas cruzadas a la altura de los tobillos y haciendo caso omiso de los suspiros y bufidos de la secretaria.

Las niñas de nueve años no tienen mucha idea de nada, pero tampoco son tontas. Ya me había dado cuenta de que no todos los artefactos y tesoros de mi padre se exponían en la Hacienda Locke. Al parecer, algunos de ellos se enviaban a través del Atlántico y se subastaban en aburridas salas de reuniones. Me imaginé esas pobres tablillas y manuscritos robados de los lugares que les eran propios para ser enviados por todo el mundo, tristes y solos, y terminar etiquetados y expuestos para personas que ni siquiera sabían lo que había escrito en ellos. Luego me di cuenta de que eso era más o menos lo que ocurría en la Hacienda Locke, y ¿no afirmaba él siempre que no aprovechar las oportunidades era un acto de una «cobardía punible»?

Llegué a la conclusión de que otra de las características propias de una niña buena era mantener la boca cerrada sobre ciertas cosas.

No les dije nada ni al señor Locke ni al señor Stirling cuando terminó la reunión ni durante el viaje en taxi que nos llevaba al hotel. Tampoco cuando el señor Locke anunció de repente que le apetecía ir de compras y le indicó al conductor que se desviara a Knightsbridge.

Entramos en unos grandes almacenes que bien podrían haber tenido el tamaño de un estado independiente y estaban adornados con mármol y cristales por todas partes. Había unos empleados de sonrisas muy blancas dispuestos como soldados detrás de cada uno de los mostradores.

Una dependienta corrió hacia nosotros a través del suelo pulido.

—¡Bienvenido, señor! —trinó—. ¿En qué puedo ayudarle? ¡Qué niñita tan mona! —Su sonrisa era cegadora, pero su mirada sondeó mi piel, mi pelo y mis ojos. De haber sido un abrigo, me habría dado la vuelta para mirar en la etiqueta dónde me habían fabricado—. ¿De dónde la ha sacado?

El señor Locke me cogió la mano con gesto protector.

—Es mi… hija. Adoptada, claro. Entre usted y yo, lo que ve es el último miembro de la familia real hawaiana.

Quizá fuera por su tono decidido y resonante, y también por

lo caro de su atuendo, o quizá porque la mujer nunca había visto a una hawaiana de verdad, pero le creyó. Vi que la sospecha desaparecía de su rostro y daba paso al asombro y la admiración.

—¡Qué maravilla! Tenemos unos turbantes magníficos de Lahore. Son muy exóticos y le quedarían muy bien con ese pelo que tiene. Aunque a lo mejor prefiere una sombrilla para protegerse del sol del verano.

El señor Locke bajó la vista para mirarme con gesto calculador.

—Un libro, mejor. Cualquiera que le guste. Se ha portado como una niña muy buena.

Luego me sonrió, un gesto que solo fui capaz de atisbar por la manera en la que se le inclinó el bigote.

Sonreí. Me había puesto a prueba y le había demostrado que era merecedora de su respeto.

A principios del verano de 1906 ya tenía casi doce años. Acababan de presentar el RMS Lusitania, el mayor barco del mundo (el señor Locke me prometió que pronto viajaríamos en él); los periódicos aún publicaban una gran cantidad de fotos granuladas de las ruinas de San Francisco después del horrible terremoto; y yo había usado mi paga para comprarme una suscripción a la revista *Outing* y leer la nueva novela de Jack London cada semana. El señor Locke se había marchado de viaje de negocios sin mí, y mi padre volvía a estar en casa, para variar.

Se suponía que debería de haberse marchado el día antes para unirse a una expedición del señor Fawcett en Brasil, pero las autoridades se habían retrasado con la gestión de unos documentos y con el envío de unos objetos que requerían mucho cuidado. Lo cierto es que me daba igual. Lo único que me importaba era que estaba en casa.

Desayunamos juntos en la cocina, sentados a una mesa grande y llena de manchas de grasa y quemaduras. Él había traído uno de los cuadernos que llevaba en sus viajes para revisar algunos datos mientras comía huevos con tostadas, y no dejaba de mirarlo con el ceño fruncido en forma de V. Me dio igual porque yo tenía la última entrega de *Colmillo Blan-*

co. Nos perdimos en mundos del todo diferentes, juntos pero separados, y me sentí tan bien y en paz que empecé a engañarme a mí misma para convencerme de que era eso lo que hacíamos todas las mañanas. Que éramos una pequeña familia normal, que la Hacienda Locke era nuestro hogar y que esa era la mesa de nuestra cocina.

Pero supongo que, de haber sido una familia normal, también habría habido una madre sentada con nosotros a la mesa. Quizá también se habría puesto a leer. Quizá me hubiera mirado por encima del lomo de su libro, entrecerrado los ojos y después limpiado las migas de pan de la barba enmarañada de mi padre.

Es absurdo pensar ese tipo de cosas. Solo sirven para notar un dolor punzante y vacío entre las costillas, para sentir nostalgia por tu hogar aunque ya estés en casa y para dejar de leer tu revista porque las palabras se emborronan y adquieren un aspecto acuoso.

Mi padre cogió su plato y su taza de café y se levantó con el cuaderno bajo el brazo. Detrás de los anteojos de montura dorada que usaba para leer tenía la mirada perdida. Se dio la vuelta para marcharse.

—Espera. —Solté la palabra y él me miró y parpadeó como un búho asustado—. Me preguntaba si… podría ayudarte con algo. Algo de tu trabajo.

Vi cómo estaba a punto de decirme que no, cómo su cabeza hacía un amago de agitarse con pesadumbre, pero se limitó a mirarme. Lo que vio en mi rostro, ya fuese el velo de lágrimas que amenazaba con derramarse de mis ojos o ese dolor punzante y vacío, le hizo soltar un fuerte suspiro.

—Claro, Enero.

Su acento paladeó mi nombre como un barco que surca las olas. Me deleité con el sonido.

Pasamos el día en los interminables sótanos de la Hacienda Locke, donde se almacenaban en cajas llenas de paja todos los objetos sin clasificar, sin etiquetar o rotos de la colección del señor Locke. Mi padre se sentó con una montaña de cuadernos y empezó a murmurar, a garabatear en ellos y, de vez en cuando, a ordenarme que mecanografiara pequeñas etiquetas en su negra y reluciente máquina de escribir. Me sentí como Alí Babá en la Cueva de las Maravillas, como un caballero que contempla el botín de un dragón o simplemente como una niña con padre.

—Ah, la lámpara, sí. Ponla junto a la alfombra y el collar, por favor. No la frotes, por lo que más quieras. Aunque... ¿qué más da? —No estaba segura de si hablaba conmigo, hasta que me hizo un gesto para que me acercase—. Tráela.

Le di una masa de bronce que había sacado de una caja con una etiqueta que rezaba TURQUESTÁN. No se parecía mucho a una lámpara, sino a un pajarillo deforme con una boquilla alargada por pico y unos símbolos extraños grabados a lo largo de sus alas. Mi padre pasó un dedo por los símbolos con mucho cuidado y un vapor blanco y denso empezó a surgir de la boquilla. El humo se elevó y empezó a enroscarse y retorcerse para formar lo que parecían palabras en el aire.

Mi padre disipó el humo con la mano y yo parpadeé.

—¿Cómo...? ¿Hay una mecha dentro y la has encendido? ¿Cómo funciona?

Volvió a meter la lámpara en la caja mientras una sonrisa asimétrica le asomaba a los labios. Me miró, se encogió de hombros y la sonrisa se ensanchó al tiempo que vi el destello de júbilo que brillaba detrás de sus anteojos.

Quizá fuese porque no sonreía a menudo o porque hasta el momento había sido un día perfecto, pero en ese momento le dije una tontería:

—¿Puedo ir contigo? —Él ladeó la cabeza y la sonrisa desapareció de su rostro—. Cuando vayas a Brasil o al sitio adonde vayas después. ¿Me llevarás contigo?

Era una de esas cosas que anhelas tanto que termina doliendo, de las que tienes que ocultar en lo más profundo de tus entrañas. Pero ansiaba escapar de los vestíbulos de los hoteles y de los grandes almacenes y de los abrigos bien abotonados para sumergirme como un pececillo en las revueltas aguas del arroyo del mundo, nadar en él junto a mi padre...

—No.

Impertérrito. Férreo. Conclusivo.

—¡Viajar se me da muy bien! Pregúntale al señor Locke. No interrumpo ni toco nada que no deba, ni hablo con nadie, ni me escapo sola...

Mi padre volvió a arrugar la frente y a fruncir el ceño en forma de V.

—Y si no haces nada de eso, ¿para qué quieres viajar? —Agitó la cabeza—. La respuesta es no, Enero. Es demasiado peligroso.

La rabia y la vergüenza empezaron a cosquillearme en el rostro. No dije nada, porque de lo contrario me habría puesto a llorar y todo habría sido mucho peor.

—Escucha. Me dedico a encontrar cosas valiosas y únicas, ¿vale? Para el señor Locke y sus amigos de la Sociedad. —No asentí—. Pues debes saber que no son los únicos... interesados en esos objetos. Al parecer, hay otros que también los buscan, pero no sé quiénes son... —Oí cómo tragaba saliva—. Aquí estás a salvo. Es un buen lugar para que una niña crezca y se haga adulta.

Pronunció la última frase como si la hubiese ensayado y repetido a partir de una de las típicas frases del señor Locke.

Asentí sin alzar la vista del suelo lleno de paja.

—Sí, señor.

—Pero... Me gustaría que vinieses conmigo. Algún día. Te lo prometo.

Quise creerle, pero ya había oído demasiadas promesas vacías en mi vida y era capaz de reconocer una en cuanto la oía. Me marché sin decir más.

Cuando me encontraba a salvo resguardada entre las paredes de mi habitación y la colcha rosada de encajes dorados que aún olía a sándalo y a nuez moscada, saqué la moneda del bolsillito de mi falda en el que la había guardado y examiné a esa reina de ojos argénteos. Tenía en el rostro una sonrisa traviesa de las que invitaban a huir con ella y, por un momento, sentí que el estómago me daba un vuelco, como si acabara de salir volando, y me vino a la boca un sabor a cedro y a sal...

Me acerqué al guardarropa y la metí en un agujero que había en el forro interior de mi joyero. Qué más daba, ya era mayor y no necesitaba ir por ahí con esas baratijas fantasiosas.

En marzo de 1908 tenía trece años, que es una edad muy incómoda y egocéntrica de la que solo recuerdo que crecí diez centímetros y que Wilda me obligó a llevar un armatoste de alambres sobre los pechos. Mi padre se encontraba en un barco de vapor que se dirigía al Polo Sur, y el señor Locke estaba haciendo de anfitrión a un grupo de magnates del petróleo de Texas que se encontraban en el ala oeste de la Hacienda Locke y me había pedido que no me cruzase con ellos. Me sentía igual de sola y desgraciada que cualquier niña de trece años, que no era poco decir.

Wilda era mi única compañía. Con el paso de los años me había cogido muchísimo más cariño y ahora me consideraba «una señorita hecha y derecha», pero ese cariño solo significaba que ahora sonreía más a menudo, una expresión tan artificial y destemplada que parecía haberla sacado de un arcón mohoso en el que llevaba guardada décadas, y a veces proponía que leyéramos juntas *El progreso del peregrino* como si fuera algo entretenido. Era casi lo mismo que estar sola. Pero luego pasó algo que me hizo volver a quedarme igual de sola que siempre.

Ocurrió mientras copiaba una pila de libros de contabilidad del señor Locke encorvada sobre el escritorio que había en el despacho de mi padre. Tenía uno en mi habitación, pero prefería usar el suyo. Tampoco es que pasase tanto tiempo en casa como para quejarse. Además, me gustaba la tranquilidad de la estancia y la manera en la que ese olor tan característico suyo se aferraba al lugar como si de motas de polvo se tratara. Un olor a sal, a especias y a estrellas ajenas.

Pero lo que más me gustaba de todo eran las vistas al porche, lo que significaba que podía ver la carreta de Samuel Zappia arrastrarse de camino hacia la casa. Ya casi nunca me dejaba revistas, era una costumbre que había empezado a dejar de lado, como amigos por correspondencia que se envían cartas mensuales cada vez más cortas. Pero siempre saludaba. Aquel día vi cómo su aliento formaba volutas blancas que se elevaban sobre la carreta y cómo alzaba la vista para mirar hacia la ventana del despacho. ¿Eso que vi fue el resplandor de sus dientes blancos?

La carreta roja desapareció de camino a la cocina y yo empecé a elaborar una excusa para pasarme por allí en la siguiente media hora, pero en ese momento los nudillos de la señorita

Wilda resonaron en la puerta del despacho. Me informó con un tono de voz cargado de todo tipo de sospecha que el señor Zappia quería hablar conmigo.

—Vaya —dije con la mayor indiferencia de la que fui capaz—. ¿Qué querrá?

Wilda me siguió acechante como una sombra densa y negra mientras bajaba para ir a su encuentro. Samuel me esperaba junto a sus ponis, a los que susurraba algo en esas orejas que parecían de terciopelo.

—Señorita Demico —saludó.

Descubrí que al parecer no se había visto afectado por los infortunios por los que tienen que pasar todos los hombres adolescentes. No le sobresalían más huesos de los que debieran ni iba por ahí corriendo con torpeza como una jirafa recién nacida. Samuel era flexible y resistente. Estaba mucho más guapo.

—Samuel.

Lo saludé con el tono de voz más adulto que fui capaz de articular, como si nunca lo hubiera perseguido por los jardines gritándole para que se rindiese ni le hubiese dado pociones mágicas preparadas con pinocha y agua del lago.

Me sopesó con la mirada. Intenté no pensar en el burdo vestido de lana que llevaba puesto y que tanto le gustaba a Wilda, ni en la manera incontenible en la que mi pelo sobresalía de los broches. Wilda soltó un carraspeo amenazador, como si fuese una momia que intentara limpiarse la gravilla de la garganta.

Samuel rebuscó en la carreta en busca de una cesta cubierta.

—Para ti. —Lo dijo con un tono perfectamente neutro, pero vi una pequeña arruga en las comisuras de sus labios que bien podría haber sido un atisbo de sonrisa. Sus ojos relucían con un ansia que me era muy familiar, la misma que tenían cuando me contaba la trama de una de sus noveluchas y estaba a punto de llegar a la parte en la que el héroe aparece de repente para salvar al niño secuestrado en el último momento—. Cógela.

Seguro que ahora estarás pensando que este relato no tiene nada que ver con las Puertas, sino más bien con esas puertas más privadas y milagrosas que se abren a veces entre dos corazones. Me inclino a pensar que todas las historias son historias de amor cuando se miran bajo la óptica adecuada, quizá de manera oblicua a la luz del atardecer... Pero no en aquel momento.

Samuel no se convirtió en mi mejor amigo. Dicho honor le correspondió al animal de patas rechonchas que resoplaba y se agitaba dentro de la cesta que me acababa de dar.

Gracias a los viajes escasos y acompañados por Wilda que hacía a Shelburne, sabía que los Zappia vivían hacinados en el apartamento que tenían sobre su tienda de comestibles en el pueblo, un nido grande y estridente que hacía resoplar al señor Locke a través del bigote cada vez que hablaba de ellos. Protegía la tienda una enorme perra de grandes fauces llamada Bella.

Samuel me explicó que Bella acababa de tener una camada de cachorros de pelaje broncíneo. Los otros niños de los Zappia se habían dedicado a venderles los demás a los turistas suficientemente crédulos como para creer que eran un raro cruce de león africano con perro de caza, pero Samuel había conservado uno.

—El mejor. Lo he guardado para ti. ¿Ves cómo te mira?

Era cierto: el cachorro del interior de la cesta había dejado de retorcerse y ahora me miraba con unos ojos húmedos de lustre azulado, como si esperase órdenes divinas.

En ese momento no sabía lo que aquel perrito llegaría a significar para mí, pero quizá lo empezaba a sospechar en mi interior, porque cuando alcé la vista para mirar de nuevo a Samuel empecé a notar esa amenazadora comezón en la nariz tan propia de los momentos en los que me dan ganas de llorar.

Abrí la boca para responder, pero en ese momento oí otro de los sonoros carraspeos de Wilda.

—Ni se te ocurra, chico —sentenció—. Llévate a ese animal de aquí ahora mismo.

Samuel no frunció el ceño, pero sí que vi cómo desaparecía el atisbo de sonrisa que había visto antes en la comisura de sus labios. Wilda me quitó la cesta que aferraba y se la dio a Samuel con rabia, mientras el cachorro se quedaba con las patas hacia arriba en el interior.

—Señorita Demico, gracias por su generosidad.

Después Wilda me arrastró al interior de la casa y me echó un sermón que duró lo que me parecieron eones sobre gérmenes, lo poco apropiados que son los perros grandes para las señoritas y los peligros de aceptar regalos de hombres de la calaña de Samuel.

Le pedí permiso al señor Locke durante la cena, pero tampoco tuve suerte.

—Una bola de pelo pulgosa con la que te has encariñado, ¿no?

—No, señor. Ya conoce a Bella, ¿no? El perro de los Zappia. Pues ha tenido cachorros y…

—Un chucho. Son un engorro, Enero. Además, no quiero tener a uno de esos mordiéndome las piezas de taxidermia. —Agitó el tenedor en mi dirección—. Pero te diré una cosa… Uno de mis socios cría teckels en Massachusetts. Quizá, si te aplicas un poco más en los estudios, puedas convencerme para que te recompense con un regalo de Navidad adelantado.

Me dedicó una sonrisa benévola y un guiño a pesar de los labios fruncidos de Wilda. Traté de devolvérsela.

Después de cenar, volví a copiar libros de contabilidad, en silencio y dolorida, como si unas cadenas invisibles no dejaran de rozarme e irritarme la piel. Los números se emborronaban y se agitaban a medida que las lágrimas se me acumulaban en los ojos, y me sobrevino una nostalgia inane e irrefrenable por recuperar mi olvidado diario de bolsillo. Por ese día en el prado en el que había escrito una historia que se había hecho realidad.

La pluma se deslizó hacia los márgenes del libro de contabilidad. Ignoré la voz en mi cabeza que me aseguraba que no iba a servir para nada y que era absurdo y más que rocambolesco, que las palabras escritas en una página no eran hechizos mágicos; y escribí:

> Érase una vez una niña buena que conoció a un perro malo y se hicieron amigos para siempre.

En esa ocasión, el mundo no se trocó en silencio a mi alrededor. Solo oí un tenue suspiro, como si la estancia al completo acabara de soltar aire. La ventana meridional traqueteó un poco en el marco. Sentí cómo un ligero cansancio se apoderaba de mis extremidades. Se volvieron más pesadas, como si algo me hubiese arrebatado los huesos para reemplazarlos por plomo; y la pluma se me cayó de la mano. Parpadeé entre lágrimas y contuve un poco el aliento.

Pero no ocurrió nada. Ningún perro se materializó frente a mí y seguí copiando las cuentas.

A la mañana siguiente me desperté de repente, mucho antes de lo que se levantaría cualquier chica joven en su sano juicio. Empecé a oír un tintinear incesante que resonaba por toda la estancia. Wilda se agitó en sueños, con ese instintivo ceño fruncido tan propio de ella.

Me abalancé hacia la ventana entre una maraña formada por las sábanas y mi camisón. Contemplé el jardín helado de abajo y vi a Samuel entre la perlada bruma que precede al alba. Alzaba la vista y me miraba con el rostro arrugado en una leve sonrisa. En una mano sostenía las riendas de su poni gris y en la otra, la cesta redonda.

Salí por la puerta y bajé las escaleras antes de tener tiempo siquiera de algo tan mundano como pararme a pensar. Me vinieron a la cabeza cosas como «Wilda te va a despellejar» o «Dios, pero si estás en camisón», pero ya había abierto la puerta lateral y salido para encontrarme con él.

Samuel bajó la vista hacia mis pies descalzos, que se helaban en la escarcha, y luego contempló mi rostro ansioso y desesperado. Me tendió la cesta por segunda vez. Saqué la bola de pelo fría y soñolienta y la sostuve contra el pecho, donde se acurrucó aún más al notar el calor entre mis brazos.

—Gracias, Samuel —susurré.

Sabía que era un agradecimiento sin duda insuficiente, pero él parecía satisfecho. Agachó la cabeza para dedicarme una reverencia, un gesto anticuado como el de un caballero montado en su poni babeante que acepta el favor de su dama, y luego desapareció en el nublo horizonte.

Dejemos clara una cosa: no soy estúpida. Sabía que las palabras que había escrito en el libro de contabilidad eran más que tinta en una página. Habían salido al mundo y retorcido la realidad que lo conformaba de una manera invisible e incognoscible para traer a Samuel bajo mi ventana. Pero también sabía que había una explicación más racional: que había visto mi rostro desconsolado el día anterior y había decidido hacer caso omiso de esa alemana vieja y amargada. Eso fue lo que decidí creer.

Aun así, cuando llegué a mi habitación y coloqué esa bola de pelo marrón entre un nido de almohadas, lo primero que hice fue buscar una pluma en el cajón de mi escritorio. Encontré un ejemplar de *El libro de la selva*, la abrí por las páginas en blanco que había al final y escribí:

A partir de ese día, su perro y ella fueron inseparables.

El verano de 1909 tenía quince años y parte de ese velo egoísta de la adolescencia ya empezaba a disiparse. Esa primavera se pusieron a la venta el segundo libro de *Ana de las Tejas Verdes* y el quinto de *El mago de Oz*, una mujer blanca de nariz respingona llamada Alice acababa de cruzar el país entero en un automóvil (una hazaña que el señor Locke bautizó como «rematadamente absurda»), empezaron a oírse rumores sobre un golpe de Estado o una revolución en el Imperio otomano («un completo desastre») y mi padre llevaba varios meses en África Oriental y no me había enviado ninguna postal. En Navidad me había hecho llegar una talla de marfil amarillento con forma de elefante y las letras MOMBASA esculpidas en el vientre, y también una nota que decía que volvería a casa a tiempo para mi cumpleaños.

No volvió, claro. Pero Jane sí que vino.

A principios de verano, cuando las hojas aún son verdes y están cubiertas de rocío, cuando da la impresión de que el cielo es un lienzo recién pintado, Bad y yo nos encontrábamos acurrucados juntos en los jardines releyendo el resto de libros del *Mago de Oz* para prepararnos para el lanzamiento del nuevo. Acababa de terminar mis clases de francés y de latín, y también las sumas y la contabilidad para el señor Locke. Mis tardes eran libres y maravillosas ahora que la señorita Wilda no estaba.

Lo cierto era que Bad merecía llevarse casi todo el mérito. De haber podido personificar las peores pesadillas de Wilda en una única criatura, esta habría sido muy parecida a ese cachorro de ojos amarillos, patotas y exceso de pelaje marrón que no respetaba en absoluto a las institutrices. El rostro de la mujer se había quedado descompuesto la primera vez que lo había visto en mi dormitorio, y luego me había arrastrado hasta el despacho del señor Locke aún con el camisón puesto.

—Deja de gritar, por Dios. Aún no me he bebido el café. ¿A qué viene este alboroto? Pensé que había sido muy claro al respecto. —El señor Locke se me había quedado mirando con esos ojos fríos como el hielo y pálidos como la luna—. No lo quiero en mi casa.

Sentí que mi voluntad se resquebrajaba y se estremecía, que se debilitaba ante su mirada, pero luego pensé en las palabras ocultas que había escrito en la novela de Kipling:

> Su perro y ella fueron inseparables.

Abracé con todas mis fuerzas a Bad, miré a los ojos al señor Locke y apreté los dientes.

Pasó un momento. Luego otro. Y otro. El sudor empezó a gotearme por la nuca, como si levantase un objeto muy pesado. El señor Locke terminó por reír.

—Quédatelo. Parece ser muy importante para ti.

Poco después, la señorita Wilda desapareció de nuestras vidas con la misma presteza con la que un papel de periódico se estropea al dejarlo al sol. La mujer no podía soportar a Bad, que crecía a un ritmo alarmante. La criatura se comportaba conmigo de forma adorable y juguetona, dormía entre mis piernas y se siguió subiendo a mi regazo incluso cuando su tamaño lo convertía ya en toda una hazaña; pero su actitud con el resto de humanos del lugar era francamente peligrosa. En seis meses, consiguió echar a Wilda de nuestra habitación y exiliarla a los aposentos del servicio. En ocho, Bad y yo teníamos el tercer piso casi entero para nosotros solos.

La última vez que vi a Wilda, cruzaba el amplio jardín mirando de reojo hacia las ventanas de mi habitación en el tercer piso con el gesto compungido de alguien que se retira de una batalla perdida. Abracé a Bad con tanta fuerza que soltó un gemido, y luego pasamos la tarde chapoteando en la orilla del lago para disfrutar de nuestra libertad.

En aquel momento, con la cabeza apoyada sobre sus costillas calientes a causa del sol, oí los chasquidos y los ronroneos del motor de un coche que se acercaba a la casa.

El porche de la Hacienda Locke tiene una vereda larga y sinuosa rodeada por sendas hileras de robles. El taxi se acababa de detener cuando Bad y yo doblamos un recodo para llegar frente a la casa. Una mujer muy extraña se dirigía con la cabeza bien alta hacia las enormes escaleras de piedra roja.

Lo primero que pensé fue que se trataba de una reina africana que tenía la intención de visitar al presidente Taft en Washington, D. C., pero se había perdido y llegado a la Hacienda Locke por error. No es que vistiese de forma muy majestuosa, llevaba una gabardina beis con una fila reluciente de botones negros, una única maleta de cuero y el pelo tan corto que resultaba muy desvergonzado. Tampoco daba la impresión de ser muy arrogante. Pero sí que había algo en la rectitud de sus hombros o en la forma en la que alzaba la vista para contemplar la grandeza de la Hacienda Locke sin el más mínimo atisbo de admiración ni intimidación en el gesto.

Nos vio y se detuvo para esperarnos, al parecer, antes de empezar a subir los escalones. Me acerqué, sin soltar el collar de Bad por si cedía a sus desafortunados impulsos.

—Debes de ser Enero. —Tenía acento y cadencia extranjeros—. Julian me dijo que buscase a una chica con el pelo alborotado y un perro muy malo.

Extendió la mano y se la estreché. Tenía la palma callosa, como el mapa topográfico de un país foráneo.

Abrí la boca de asombro y fui incapaz de cerrarla, pero por suerte el señor Locke salió por la puerta en ese mismo momento de camino a su nuevo y reluciente Buick Model 10. Nos vio cuando iba por la mitad del tramo de escaleras.

—Enero, ¿cuántas veces tengo que decirte que le pongas una correa a ese animal trastor...? Válgame Dios, ¿quién narices es esta mujer?

Sin duda, las mujeres desconocidas de piel negra que aparecían sin previo aviso frente a su casa no eran merecedoras de su educación.

—Soy la señorita Jane Irimu. El señor Julian Demico me ha contratado como acompañante de su hija y lo ha pagado con su dinero. Cinco dólares a la semana. Me ha comunicado que quizás usted fuese lo bastante generoso como para tener a bien facilitarme una habitación y también alimentos. Creo que en esta carta lo explica de forma muy clara. —La mujer le tendió un sobre manchado y raído al señor Locke, quien lo rasgó para luego leer la carta con un gesto de indecible suspicacia. Se le escaparon unas pocas interjecciones—. ¿Por el bien de su hija? ¿Que la ha contratado?

Volvió a doblar la carta con rabia.

—¿Espera que me crea que Julian ha enviado una institutriz para su hija desde los confines del mundo? No me queda muy claro cuál de las dos es la niñita ingenua.

El rostro de la señorita Irimu estaba conformado por una serie de ángulos tan perfectos a nivel arquitectónico que no daba la impresión de que fuesen a verse perturbados jamás por el movimiento necesario para dedicar una sonrisa o un fruncimiento de ceño.

—Me encontraba en una situación desafortunada. Creo que lo explica bien en la carta.

—Está usted pidiendo caridad, ¿cierto? Ese Julian siempre ha sido un sentimental; no lo puede evitar. —El señor Locke dio una palmada con sus guantes para conducir y luego resopló sin dejar de mirarnos—. Muy bien, señorita Comosellame. No seré yo quien se interponga entre un padre y una hija, pero tampoco pienso alojarla en una de mis magníficas habitaciones de invitados... Enero, enséñale tu habitación. Se puede quedar en la antigua cama de la señorita Wilda.

Después siguió su camino sin dejar de agitar la cabeza.

El silencio posterior fue furtivo pero cargado de bochorno, como si quisiera ser incómodo pero no se atreviera a enfrentarse a la mirada seria de la señorita Irimu.

—Bueno. —Tragué saliva—. Este es Bad. De *Simbad*. —Me habría gustado ponerle el nombre de un gran explorador, pero no encontré ninguno que le pegase. Doctor Livingstone y Señor Stanley eran los más obvios (el señor Locke los admiraba tanto que hasta tenía el revólver de Stanley en su despacho, un Enfield de cañón corto que limpiaba y engrasaba una vez a la semana), pero también me recordaban a ese brazo apergaminado que había en una de las vitrinas. Magallanes era un nombre demasiado largo, Drake un tanto soso y Colón no me gustaba nada. Al final opté por llamarlo como el único explorador que se topaba con un mundo cada vez más extraño y asombroso en sus viajes.

Jane lo miró con cautela.

—No se preocupe. No muerde —aseguré.

Bueno, no mordía casi nunca y, en mi opinión, la gente a la que había mordido no era trigo limpio y se lo merecía. Eso sí, el señor Locke no lo consideraba un argumento muy convincente.

—Señorita Irimu… —empecé a decir.

—Llámame Jane.

—Jane. ¿Me dejarías leer la carta de mi padre?

Se lo pensó unos instantes con una frialdad quirúrgica, como una científica que analiza una nueva especie de hongos.

—No.

—En ese caso, ¿podrías decirme por qué te contrató? Por favor.

—Julian se preocupa mucho por ti. No quiere que estés sola. —Me vinieron a la cabeza palabras muy feas. Cosas como: «Pues no es lo que parece, ¿eh?», pero las mantuve sin pronunciar a buen recaudo detrás de mis dientes. Jane no había dejado de mirarme con esa expresión de analizar setas. Luego añadió—: Tu padre también quiere que estés a salvo. Me aseguraré de que lo estés.

Contemplé el contraste entre los verdes y agradables jardines de la propiedad del señor Locke y la plácida grisura del lago Champlain.

—Ajá.

Intenté encontrar las palabras para decir con educación algo como: «Mi padre se ha vuelto loco, y usted debería irse», pero en ese momento Bad se estiró junto a ella y la olisqueó para sopesarla con una mirada a caballo entre morderla y no morderla. Se lo pensó un instante y luego le acercó la cabeza a las manos para exigirle con descaro que le acariciase las orejas.

Los perros son los mejores jueces posibles para valorar el carácter de una persona.

—Vaya. Bienvenida a la Hacienda Locke, señorita Jane. Espero que disfrutes de tu estancia.

Ella inclinó la cabeza.

—No me cabe duda de que lo haré.

Durante las primeras semanas que Jane pasó en la Hacienda Locke, no mostró señal alguna de que le gustase mucho, ni la casa ni yo misma.

Se pasaba los días casi en silencio, deambulando de habitación en habitación como si estuviese en una jaula. Me miraba con impertérrita resignación y de vez en cuando cogía uno de mis ejemplares usados de las revistas *The Strand Mistery Magazine*[3] o *El caballero: ¡historias semanales de intrépidas aventuras!* y los miraba con gesto dubitativo. La mujer me recordaba a uno de esos héroes griegos condenados a realizar de por vida una tarea interminable, como beber de un río que desaparece cuando estás a punto de beber de él o tener que empujar una piedra hacia la cima de una montaña.

Mis primeros intentos de conversar con ella fueron muy desafortunados y no condujeron a ninguna parte. Le pregunté con educación por su pasado y solo recibí respuestas escuetas que me quitaron las ganas de seguir haciéndole preguntas. Sabía que había nacido en las tierras altas de la África Oriental Británica en 1873, pero en esa época el lugar no se llamaba así. Después había pasado seis años en la Escuela Evangélica de la Sociedad Misionera de Nairu, donde aprendió el idioma y se pudo vestir y rezar a Dios bajo el amparo de Su Majestad la Reina. Luego se había visto en «serias dificultades» y había aprovechado la oferta de trabajo de mi padre.

—Muy bien —dije con un entusiasmo impostado—. ¡Al menos, aquí no hace tanto calor! Comparado con África, quiero decir.

Jane no me respondió en ese momento, sino que se dedicó a seguir mirando por la ventana del despacho al verde y dorado relucir del lago.

3. *The Strand Magazine* fue una revista mensual que se publicó entre 1891 y 1950 (a pesar de que ha tenido un resurgimiento a partir de 1998) e incluía relatos cortos y artículos de interés general. Como curiosidad, fue la revista en la que se publicaron por primera vez los relatos cortos de Sherlock Holmes de Arthur Conan Doyle. *(N. del T.)*

—Nací en un lugar en el que el suelo siempre estaba lleno de escarcha por las mañanas —respondió la mujer en voz baja. Con esa frase zanjó la conversación de una manera amable.

No recuerdo haberla visto sonreír ni una vez hasta que tuvo lugar la fiesta anual de la Sociedad del señor Locke.

La fiesta era idéntica año tras año, salvo algunos ligeros cambios en el atuendo de los asistentes dependiendo de la moda del momento. Acudían ochenta de los amigos coleccionistas más pudientes del señor Locke, y sus esposas ocupaban los jardines y los salones entre risas escandalosas propiciadas por sus ocurrencias. Cientos de cócteles daban lugar a sudores de aromas etéreos que se entremezclaban con las volutas en espiral del humo de los cigarrillos para gestar el aire viciado que se alzaba por encima de nuestras cabezas. Los miembros oficiales de la Sociedad terminaban por reunirse en la sala de fumadores e impregnaban todo el primer piso con el apestoso olor de los puros. A veces me obligaba a pensar que se trataba de una gran fiesta de cumpleaños que daban en mi honor, porque siempre se hacía cuando quedaban pocos días, pero era difícil fingir que se trataba de tu fiesta cuando los invitados borrachos te confundían una y otra vez con una sirvienta a la que le pedían más jerez o whisky escocés.

El vestido que llevé ese año era un cúmulo de lazos y volantes rosados que me hacían parecer un *cupcake* malhumorado. Por desgracia tengo pruebas, ya que el señor Locke había contratado a un fotógrafo para que la velada fuese aún más especial. En la instantánea aparezco muy envarada, con gesto algo atormentado y con el pelo tan sujeto a la cabeza que hasta parece que me he quedado calva. Tengo una de las manos apoyadas en Bad, y no queda claro si lo hago para mantener el equilibrio o para sostenerlo y que no se lance a morder al fotógrafo. El señor Locke le regaló una copia enmarcada a mi padre por Navidad, quizá con la idea de que se la llevara en sus viajes. Mi padre la había cogido, había fruncido el ceño y había dicho:

—No pareces tú. No te pareces a… ella.

Supuse que se refería a mi madre.

Encontré el marco bocabajo en un cajón de su escritorio unos meses después.

No me costó pasar desapercibida en la fiesta de la Sociedad, ni siquiera a pesar de que llevaba ese traje que parecía un pastel de bodas y de que Bad y Jane siempre estaban a mi alrededor como taciturnos centinelas. La mayoría de los invitados me miraba como si fuese una mera excentricidad, ya que el señor Locke había esparcido el rumor de que era la hija de un bóer que trabajaba en una mina de diamantes y su mujer *hottentot* o la heredera de una fortuna india, o una sirvienta demasiado arreglada, y ninguna de ambas posibilidades merecía su atención. Yo me alegré, sobre todo después de ver a ese furtivo pelirrojo, el señor Bartholomew Ilvane, deambulando entre los invitados. Me apoyé en la pared de papel pintado y, por un breve e infructuoso instante, deseé que Samuel estuviera allí conmigo susurrándome una historia sobre un baile, un encantamiento y una princesa que volvía a convertirse en criada cuando daban las campanadas de medianoche.

El señor Locke saludaba a todas las visitas con una efusividad algo exagerada y un acento muy marcado. Había ido a alguna escuela de Gran Bretaña cuando era pequeño y el licor solía hacerle arrastrar más las erres y acortar las vocales.

—¡Vaya, el señor Havemeyer! Me alegro muchísimo de que haya podido venir. Ya ha conocido a mi tutelada Enero, ¿verdad?

Locke hizo un gesto hacia mí con su vaso de jade favorito y derramó un poco de whisky.

El señor Havemeyer era un hombre alto. Tenía la piel tan blanca que hasta vi cómo las venas azules le recorrían las muñecas y luego desaparecían debajo de sus pretenciosos guantes de cuero con los que proclamaba a los cuatro vientos que tenía un automóvil.

Agitó un bastón de punta dorada y habló sin mirarme.

—Sí, claro. No estaba seguro de poder acudir a causa de la huelga, pero gracias a Dios conseguí una buena remesa de culíes en el último minuto.

—El señor Havemeyer se dedica al negocio del azúcar —explicó el señor Locke—. Se pasa la mitad del año en una isla del Caribe dejada de la mano de Dios.

—Bueno, no está nada mal. Me gusta. —Miró a Jane y su boca se torció en una sonrisa desdeñosa—. Podría usted enviarme a esta pareja si se aburre de ellas en algún momento. Siempre me vienen bien más cuerpos de sangre caliente.

Me quedé fría y rígida como la porcelana. No sé por qué, pero aunque llevaba toda la vida con el señor Locke, era la primera vez que alguien me miraba así. Quizá me estremeciera por el ansia que ardía como brasas ocultas detrás de la voz de Havemeyer o por el ruido que hizo Jane al inhalar junto a mí. Pero también sabía que las chicas jóvenes eran como camellos y aguantaban de todo antes de ceder.

Empecé a temblar y sentí mucho frío de repente, y Bad enseñó los dientes y se abalanzó sobre los pies del hombre como una gárgola que cobra vida de improviso. Puede que hubiese un momento en el que habría sido capaz de agarrarlo por el collar, pero no conseguí moverme, y después vi al señor Havemeyer aullar de rabia, al señor Locke soltar tacos y a Bad gruñir con la pierna del hombre entre las fauces. Luego oí otro ruido, grave y atronador, tan incompatible con la situación que me costó creerlo.

Era Jane. Había empezado a reír.

Las cosas podrían haber terminado mucho peor. El señor Havemeyer recibió diecisiete puntos de sutura y cuatro chupitos de absenta, y luego se lo llevaron en carreta de vuelta a su hotel. Bad se quedó confinado en mi habitación «hasta el fin de los días», que resultaron ser las tres semanas que el señor Locke tardó en volver a marcharse en viaje de negocios a Montreal, y a mí me dieron un sermón de varias horas sobre cómo tratar a los invitados, buenos modales y la naturaleza del poder.

—El poder tiene idioma, querida. También geografía, divisa y me temo que color. No es algo que tú puedas blandir ni a lo que puedas oponerte. El mundo es así y, cuanto antes te acostumbres, mejor.

Los ojos del señor Locke me miraban compasivos y, cuando salí de su despacho, me sentí afectada e insignificante.

Al día siguiente, Jane desapareció durante un par de horas y volvió con regalos: un pedazo enorme de jamón para Bad y el nuevo número de la revista *Argosy All-Story Weekly* para mí. Se sentó en un extremo de la cama dura y estrecha de Wilda.

Quise agradecerle los regalos, pero solo acerté a preguntarle:

—¿Por qué eres tan buena conmigo?

La mujer sonrió y dejó al descubierto un estrecho y travieso hueco entre las paletas.

—Porque me gustas. Y odio a los abusones.

Después de aquel día, nuestros destinos quedaron más o menos sellados. (Esta frase siempre me trae a la mente una encarnación del Destino anciana y agotada que mete en un sobre nuestros futuros y lo sella con un lacre.) Jane Irimu y yo nos convertimos en algo parecido a buenas amigas.

Vivimos durante dos años en los márgenes secretos de la Hacienda Locke, en los desvanes y las despensas vacíos y también en los jardines descuidados que no se usaban. Nos escabullimos entre las fronteras de la alta sociedad como espías o como ratones ocultos en las sombras, y el señor Locke y sus variopintos amigos e invitados solo nos prestaban atención muy de vez en cuando. Jane aún seguía recluida en sí misma, como tensa y a la expectativa, pero ahora al menos me daba la impresión de que compartíamos la misma jaula.

No solía pensar mucho en el futuro y, si lo hacía, era con ese anhelo infantil en pos de ambiguas y lejanas aventuras y la certeza ingenua de que todo seguirá siempre igual. Y en parte siguió así.

Hasta el día de mi decimoséptimo cumpleaños. Hasta que encontré ese libro forrado en cuero en el cofre.

—Señorita Demico.

Me encontraba en pie en la Sala de los Faraones y no me había desprendido del libro encuadernado en cuero. Bad comenzaba a aburrirse y de vez en cuando emitía bufidos y suspiros. La monótona voz del señor Stirling nos asustó a ambos.

—Vaya, no quería… Buenas noches.

Me di la vuelta para mirarlo y oculté el libro tras la espalda. No tenía ninguna razón en concreto para ocultarle al señor Stirling una novela desgastada, pero sentía que el libro era algo vital y portentoso, y él encarnaba todo lo que se opone a lo vital y lo portentoso. Me miró, parpadeó, contemplo el cofre abierto en el pedestal y luego bajó la cabeza un milímetro.

—El señor Locke requiere tu presencia en su despacho.

Hizo una pausa y su gesto adquirió un cariz lóbrego. Podría haber sido de miedo si el semblante del señor Stirling fuera capaz de mostrar algún gesto diferente de esa apatía vigilante.

—Voy.

Lo seguí por la Sala de los Faraones mientras las pezuñas de Bad repiqueteaban detrás de mí en el suelo. Guardé *Las diez mil puertas* en mi falda, donde entrechocó suave y robusto contra mi cadera, como si de un escudo se tratara. Luego me pregunté por qué esa idea me resultaba tan reparadora.

El despacho del señor Locke tenía el olor habitual: a humo de puro, a cuero y a los licores que guardaba en esos decantadores de cristal que había en el aparador. Él presentaba el mismo aspecto de siempre: pulcro e impecable, como si envejecer le fuese a costar un tiempo del que nunca disponía. Llevaba toda la vida viendo las mismas canas respetables en sus sienes, pero el cabello de mi padre ya lucía ceniciento la última vez que lo había visto.

El señor Locke levantó la vista de una pila de sobres manchados y de aspecto descuidado cuando entré en la estancia. Tenía la mirada seria, y sus ojos grises como una tumba se centraron en mí de una manera a la que no estaba acostumbrada.

—Cierre la puerta al salir, Stirling.

Oí el retumbar de las pisadas al salir y el chasquido metálico de la cerradura. Sentí que algo me oprimía el pecho, como alas de un pájaro que se cerrasen contra mis costillas.

—Siéntate, Enero.

Me senté donde solía hacerlo siempre, y Bad hizo todo lo posible por embutirse debajo.

—Siento haber traído a Bad, señor, pero Stirling parecía tener prisa y no me dio tiempo de llevarlo antes a mi habitación...

—No te preocupes.

La sensación trémula de pavor que sentía en el pecho se hizo más intensa. El señor Locke había prohibido la presencia de Bad en su despacho (y también en coches, trenes y comedores) desde aquella fiesta de la Sociedad que había tenido lugar hacía dos años. Siempre que lo veía me soltaba un sermón sobre mascotas que se portaban mal y dueños que no sabían criarlas, o resoplaba por debajo del bigote.

La mandíbula del señor Locke empezó a agitarse de un lado a otro, como si tuviera que ablandar un poco las palabras antes de pronunciarlas.

—Quería hablarte de tu padre.

Me costó mucho mirarlo a los ojos, por lo que me dediqué a examinar la vitrina que había en su escritorio y la reluciente placa de metal que rezaba: REVOLVER EINFIELD, MARK I, 1879.

—Como bien sabrás, ha pasado las últimas semanas en el Lejano Oriente.

Mi padre me dijo que había desembarcado en el puerto de Manila y luego había ido de isla en isla hacia el norte hasta llegar a Japón. Me prometió escribir a menudo, pero hacía semanas que no sabía nada de él.

El señor Locke rumió la siguiente frase durante más tiempo aún.

—Sus informes sobre la expedición han sido irregulares. Más de lo normal, quiero decir. Pero de un tiempo a esta parte… ha dejado por completo de enviarlos. El último llegó en abril.

El señor Locke me contemplaba, expectante y resuelto, como si hubiera tarareado una melodía y esperase a que yo la apuntillara con las últimas notas. Como si supiese lo que estaba a punto de decirme.

Me quedé mirando el revólver, su negrura engrasada y las aristas de su cañón. Sentí el aliento cálido de Bad a mis pies.

—Enero, ¿me estás prestando atención? No se sabe nada de tu padre desde hace casi tres meses. Ha llegado un telegrama de otro de los integrantes de la expedición: nadie lo ha visto ni ha oído nada de él. Encontraron su campamento patas arriba y abandonado en la ladera de una montaña.

El pájaro de mi pecho había empezado a arañarme las entrañas y a batir las alas con frenético pavor. Seguí sentada y sin moverme ni un milímetro.

—Enero. Ha desaparecido. Se podría decir que… Bueno. —El señor Locke cogió aire, un gesto brusco y breve—. Se podría decir que tu padre ha muerto.

ϒ

Me encontraba sentada en mi delgado colchón, contemplando cómo los rayos del sol se derramaban como mantequilla entre mi colcha rosada de encajes dorados. Las costuras levantadas y el relleno de algodón creaban sombras y pináculos por la superficie, como si fuese la arquitectura de una ciudad extranjera. Bad estaba acurrucado en mi espalda a pesar de que hacía demasiado calor para ello y soltaba esos ruidos graves y suaves tan propios de los perros. Olía a verano y a césped recién cortado.

No había querido creérmelo. Grité, aullé y le exigí al señor Locke retirar lo que acababa de decir si no tenía pruebas. Me clavé las uñas en las palmas de las manos hasta que empezaron a sangrar para contenerme y no arañarlo o romper sus pequeñas vitrinas y reducirlas a miles de esquirlas relucientes.

Hasta que al fin sentí unas manos pesadas como piedras que se posaron sobre mis hombros y me obligaron a volverme a sentar.

—Basta, niña. —Lo miré a los ojos cadavéricos e implacables. Sentí cómo empezaba a derrumbarme ante esa mirada—. Julian ha muerto. Acéptalo.

Y lo acepté. Me derrumbé en los brazos del señor Locke y le empapé la camisa de lágrimas. Él me había dedicado un bronco susurro que resonó en mis oídos.

—No pasa nada, niña. Aún me tienes a mí.

Ahora estaba sentada en mi habitación, con la cara hinchada, los ojos resecos y un dolor tan inmenso que no era capaz de ver dónde empezaba y dónde terminaba, uno que me hubiese tragado entera de haberlo permitido.

Pensé en la postal que me había enviado mi padre, una con la imagen de una playa y varias mujeres de gesto ceñudo en la que se leía la leyenda PESCADORAS DE SUGASHIMA. Recordé a mi padre, pero solo me lo pude imaginar alejándose de mí, encorvado y agotado mientras desaparecía a través de una puerta espantosa que marcaba el final de un camino.

«Me prometiste que me llevarías contigo.»

Me dieron ganas de volver a gritar, y noté cómo el aullido se me clavaba y agitaba en la garganta. Quería vomitar. Quería escapar y seguir corriendo hasta llegar a un mundo mejor.

Luego recordé el libro. Me pregunté si el señor Locke me lo había dado para cuando llegase un momento así porque sabía lo mucho que lo iba a necesitar.

Me lo saqué de la falda y rocé el título en relieve de la cubierta. Se abrió para mí como una Puerta forrada en cuero con bisagras de cola e hilo encerado.

Empecé a hojearlo.

Las diez mil puertas: un estudio comparativo de pasajes, portales y entradas en la mitología mundial

El texto que sigue ha sido escrito por Yule Ian, académico de la Universidad de la Ciudad de Nin, entre los años 6908 y ..., como parte de su curso de perfeccionamiento.

La siguiente monografía está dedicada a las variaciones de un asunto recurrente en las mitologías del mundo: los pasajes, los portales y las entradas. Es posible que en un primer momento dé la impresión de que un estudio así podría verse afectado por los dos pecados capitales del ámbito académico, la frivolidad y la banalidad, pero la intención de su autor es demostrar la importancia de las puertas como realidades fenomenológicas. Las posibles contribuciones a otras disciplinas académicas, como la gramalogía, la glotología o la antropología son innumerables, pero si se le permite ser un tanto ostentoso, al autor le gustaría afirmar que la intención de esta investigación va mucho más allá de las limitaciones de nuestras ramas de conocimiento actuales. De hecho, el propósito de esta investigación es reformular nuestra compresión de las leyes del universo.

La síntesis de la investigación es sencilla: los pasajes, los portales y las entradas son comunes en todas las mitologías y se basan en anomalías físicas que permiten a sus usuarios viajar entre mundos. O para simplificarlo aún más, se podría decir que son puertas que existen de verdad.

Las páginas siguientes pretenden ofrecer pruebas fehacientes que defiendan dicha idea y también un conjunto de teorías sobre la naturaleza, los orígenes y la función de las puertas. Las ideas fundamentales son:

1) Que las puertas son portales entre mundos y que solo existen en lugares de una resonancia particular e indefinible (que los filósofos fisicalistas llaman *nexo frágil* entre dos universos). Aunque una puerta pueda estar rodeada por elementos arquitectónicos humanos, tales como marcos, arcadas o cortinas, el fenómeno en sí es apriorístico a dicha decoración en todos los casos. También parece ser que estos portales, ya sea por alguna peculiaridad de la física o de la humanidad, son muy difíciles de encontrar.

2) Que esos portales pueden tener fugas. La materia y la energía fluyen con libertad a través de ellos, así como personas, especies extranjeras, música e inventos. En resumen, el tipo de cosas que genera mitologías. Si uno llega al fondo de las historias, casi siempre encontrará una de estas entradas en sus orígenes[4].

3) Que esas fugas y las narraciones resultantes han sido y aún son cruciales para el desarrollo cultural, intelectual, político y económico de la humanidad en todos los mundos. En el campo de la biología, esta interacción entre mutaciones genéticas fortuitas y cambios medioambientales da lugar a todo tipo de evoluciones. Las puertas espolean los cambios, y esos cambios dan lugar a todo tipo de cosas: revoluciones, oposición, empoderamiento, agitación, ingenio, fracasos, reformas… En resumen, elementos clave de la historia de la humanidad.

4) Que las puertas, como cualquier otra cosa valiosa, son frágiles. Este autor no ha descubierto aún la manera de reabrirlas cuando se cierran.

Las pruebas que sustentan las teorías 1-4 se han dividido en dieciocho subcategorías que se enumeran a continuación en

Ese era el libro que tenía pensado escribir cuando era joven y arrogante.

---

4. Académicos anteriores han recopilado y documentado con cierto éxito dichas historias, pero nunca han llegado a creerlas y, por eso, tampoco han llegado a encontrar el nexo de unión entre todos los mitos: las puertas. Véase James Frazer, *La rama dorada: Un estudio sobre magia y religión,* segunda edición (Londres: Macmillan and Co. Limited, 1900).

Soñaba con pruebas inviolables, respetabilidad académica, publicaciones y charlas. Tenía cajas y cajas llenas de fichas bien organizadas en las que describía pequeños elementos de una investigación inmensa: una historia de Indonesia sobre un árbol dorado cuyas ramas formaban una arcada reluciente; una referencia en un himno gaélico a los ángeles que vuelan y atraviesan las puertas del cielo; los restos de una entrada tallada en madera en Malí, erosionada a causa de la arena y ennegrecida después de siglos de secretos.

Pero ese no es el libro que he escrito.

En vez de eso, he escrito algo extraño, muy personal y sumamente subjetivo. Soy un científico que analiza su alma, una serpiente que se muerde la cola.

Pero me temo que ello no serviría de nada ni aunque fuera capaz de controlar mis impulsos y escribir algo académico, porque ¿quién se tomaría en serio mis afirmaciones sin pruebas fidedignas? No puedo aportar pruebas porque desaparecen tan pronto como las descubro. Hay una niebla que ronda entre mis talones, que borra mis pisadas y elimina todo rastro. Que cierra las puertas.

Por lo tanto, el libro que tienes entre manos no es un respetable estudio académico. No se ha beneficiado de una supervisión editorial y tiene pocos hechos comprobables. No es más que una historia.

Y la he escrito de igual manera por dos razones:

La primera, porque lo aquí escrito es cierto. Las palabras y sus significados tienen peso en el mundo material, modelan y remodelan realidades mediante la alquimia más antigua de todas. Tengo la esperanza de que mis palabras, a pesar de ser estériles, sí que tengan el poder suficiente para llegar hasta la persona adecuada y relatar la verdad adecuada para así cambiar la naturaleza de las cosas.

Y la segunda, porque mis largos años de investigación me han enseñado que todas las historias son importantes, hasta las leyendas más infames. Son artefactos, palimpsestos, acertijos y relatos; los hilos rojos que podemos seguir para salir del laberinto.

Espero que esta historia se convierta en tu hilo y que al final de ella encuentres una puerta.

Capítulo 1

La presentación de la señorita Adelaide Lee Larson y sus didácticas expediciones

Su linaje y su infancia. La apertura de una puerta.
El cierre de una puerta. Los cambios que tuvieron
lugar en el alma de una niña

*L*a señorita Adelaide Lee Larson nació en 1866.

El mundo acababa de empezar a susurrar para sí la palabra «moderno», además de otras como «orden» y «libre comercio sin restricciones». Las vías férreas y los cables telefónicos serpenteaban entre fronteras como puntos de sutura; los imperios se aprovechaban de las costas de África; las hilanderías de algodón zumbaban y canturreaban como bocas abiertas que luego tragaban trabajadores de espaldas encorvadas y terminaban por exhalar un vapor correoso.

Pero también había otras palabras antiguas como «caos» o «revolución» que aún merodeaban entre los márgenes. El humo de las revoluciones de 1848 todavía flotaba en el ambiente; los cipayos de la India aún paladeaban la palabra «motín»; las mujeres susurraban y conspiraban al tiempo que cosían estandartes y escribían folletos; los esclavos liberados siguieron libres en el sangriento resurgir de su nueva nación. En resumen, eran síntomas más que claros de que el mundo estaba plagado de puertas abiertas.

Pero la familia Larson era del todo indiferente a los tejemanejes del exterior, una indiferencia correspondida por el ancho mundo. La granja de los Larson estaba enclavada en una arruga verdosa de tierra que se encontraba en medio del país, justo en el lugar en el que estaría el corazón si la nación fuera un cuerpo con vida, y también el sitio en el que las tropas de ambos bandos de la guerra de Secesión no se habían fijado al cruzar. La familia plantaba trigo suficiente para alimentarse a sí misma y a sus cuatro vacas lecheras, cosechaba cáñamo para vender río abajo a los empacadores de algodón y salaba carne de venado suficiente para evitar que les repiquetearan los dientes durante el invierno. Sus intereses no atravesaban las fronteras de las siete hectáreas de tierra que habitaban, y sus inclinaciones políticas nunca fueron más allá de ese refrán que siempre decía mamá Larson: «dinero llama a dinero». En 1860, el joven Lee Larson sufrió un acceso de patriotismo y se escabulló a la ciudad para votar por John Bell, quien perdió sin remedio ante el señor Lincoln pero también ante Douglas y Breckenridge, y confirmó las sospechas de su familia de que la política no era más que una treta para distraer a los trabajadores de lo realmente importante.

Nada de esto diferenció a los Larson lo suficiente como para destacar entre sus vecinos. Es muy probable que ningún biógrafo, historiador o periodista local haya escrito sus nombres antes. Las entrevistas realizadas para este estudio fueron poco naturales y llenas de recelos, como si se hubiese interrogado a un estornino o a un ciervo de cola blanca.

La familia solo tenía una característica destacable: todos los miembros de los Larson eran mujeres cuando nació Adelaide Lee. La mala suerte, la insuficiencia cardiaca y la cobardía habían ido acabando con maridos e hijos, que dejaron detrás a todo un grupo de mujeres de armas tomar que se parecían tanto entre ellas que verlas era más bien como contemplar a la misma en varias fases de una única vida.

Lee Larson había sido el último en fallecer. Su particular habilidad para llegar tarde le hizo esperar hasta los últimos estertores de la Confederación para partir al sudeste y unirse a la milicia. Su nueva esposa, una joven sosa de un condado vecino, se mudó a la casa de los Larson y esperó a recibir noticias de él. Noticias que nunca llegaron. Diecisiete semanas después, el propio Lee Larson apareció una noche con el uniforme hecho jirones y una bala de plomo en la nalga izquierda. Partió de nuevo cuatro días después, a pie y en dirección al oeste, con un gesto de aflicción en el rostro. Se había quedado el tiempo suficiente para concebir una hija con su esposa.

Adelaide Lee tenía tres años cuando su madre sucumbió a una tuberculosis y una depresión, por lo que tuvieron que criarla su abuela y sus cuatro tías.

Se podría decir que la suerte nunca sonrió a Adelaide Lee, y también que pasó una infancia rodeada de pobreza, ignorancia y soledad. Estos innobles orígenes son una lección muy valiosa que indica que el inicio de la vida de una persona no tiene por qué predecir el final, ya que Adelaide Lee no se convirtió en otra Larson de gesto pálido[5], sino en algo diferente por completo, algo radiante, salvaje y fiero que un único mundo no era capaz de contener. Lo que la llevó a encontrar otros.

El encantador y femenino nombre de Adelaide, que le habían puesto en honor a su tatarabuela, una mujer de ascendencia francesa y alemana tan sosa e insustancial como la madre de Adelaide, estaba condenado al fracaso. No porque la niña tuviera algo en contra de su propio nombre, sino porque pegaba menos con ella que el agua y el aceite. Era más apropiado para una niña delicada que rezaba cada noche, no se ensuciaba los jerséis y apartaba la mirada con recato cada vez que los adultos se dirigían a ella. No era apropiado para la niña escuálida, mugrienta y salvaje que habitaba en la casa de los Larson como un prisionero de guerra en un campamento enemigo.

Al cumplir cinco años, todas las mujeres de la casa excepto su tía Lizzie (cuyas costumbres no cambiaban ni a cañonazos) habían admitido la derrota y habían empezado a llamarla Ade. Ade era un nombre más corto y más brusco, adecuado para gritar advertencias y reprimendas. El nombre cuajó entre la familia, pero las reprimendas no sirvieron de mucho.

---

5. Como bien han indicado otros académicos (ver *Un ensayo sobre el destino y el linaje en las obras medievales*, que se entregó a la American Antiquarian Society en 1872), la importancia del linaje y la ascendencia es un tema redundante en muchos cuentos de hadas, mitos y leyendas.

Ade pasó la infancia explorando y recorriendo las tres hectáreas del lugar como si se le hubiera caído algo muy valioso y tuviera la certeza de que lo iba a encontrar o, más bien, como un perro con una correa atada en corto que no deja de tirar de ella. Conocía las tierras como solo las conocen los niños, con una intimidad y una inventiva de la que muy pocos adultos hacían gala. Sabía el lugar exacto en el que los relámpagos habían agujereado los sicomoros, lugares que luego terminaron por convertirse en guaridas secretas. También los sitios en los que las setas tenían más posibilidades de formar anillos de hadas y en los que la pirita relucía bajo la superficie de los arroyos.

En particular, conocía todos los tablones y los travesaños de la casa medio derruida que había en las tierras de la familia, una cabaña escuchimizada que estaba en un henar y que antaño fuera una vivienda. Había quedado abandonada después de que los Larson adquirieran la propiedad y se había pasado los años siguientes hundiéndose en sus cimientos como una criatura prehistórica atrapada en un pozo de brea. Pero para Ade, aquel lugar podía ser cualquier cosa: un castillo en ruinas, el fuerte de un explorador, la mansión de un pirata o la guarida de una bruja.

Estaba en la propiedad de la familia, por lo que las mujeres Larson no le habían prohibido expresamente jugar allí, pero entornaban los ojos al mirarla cuando regresaba a casa oliendo a madera podrida y a cedro, y también la reprendían con advertencias sobre el lugar («Sabes que está encantada, ¿verdad? Lo dice todo el mundo») y sobre el presumible destino al que se enfrentan todos los que se alejan del hogar.

—A tu padre le gustaba mucho estar fuera de casa, ¿sabes? —dijo su abuela al tiempo que le dedicaba un infausto asentimiento—. Y mira cómo acabó.

La familia de Ade siempre la instigaba a valorar la vida de su padre, de cómo la inquietud del hombre le había hecho abandonar a su mujer y había dejado huérfana a su hija, pero eran advertencias que no tenían efecto alguno en ella. Tenía muy claro que su padre las había abandonado, pero también que había conocido el amor, la guerra y parte de ese mundo embriagador que había más allá de la granja y que una aventura así merecía ser disfrutada a cualquier precio.

(A mí me da la impresión de que la vida de Lee Larson se regía más por la impulsividad y la cobardía que por la llamada de la aventura, pero las hijas tienden a ver con buenos ojos a sus padres. Sobre todo, si están ausentes.)

En ocasiones, Ade deambulaba con un propósito en mente, como cuando se ocultaba a bordo de uno de los trenes que pasaba por la línea de ferrocarril central de Illinois y llegaba a Paducah sin que la pillaran los revisores; pero otras veces se movía por el mero hecho de moverse, como hacen las aves. Pasaba días enteros caminando entre la maleza de las riberas de los ríos para ver pasar los humeantes barcos de vapor. A veces se imaginaba que era miembro de la tripulación y que se inclinaba sobre la barandilla, y otras muchas fantaseaba con ser el propio barco, un objeto creado con el único propósito de zarpar y atracar.

Si en un mapa dibujáramos sus desplazamientos de juventud, apuntáramos sus descubrimientos y destinos con marcas topográficas y siguiéramos su deambular entre ellos, comprobaríamos que más bien era una niña que se encontraba en el centro de un laberinto y trataba de salir al exterior, un minotauro con la única intención de escapar.

Cuando cumplió quince años empezó a cansarse de dar tantas vueltas y los días le parecían tan iguales que habían llegado a afectarle. Lo normal sería que se hubiera vuelto huraña, doblegada por el peso del laberinto que tenía a su alrededor, pero lo evitó gracias a un acontecimiento tan extraño que a partir de ese día comenzó a creer en la existencia de lo extraordinario y en que lo ordinario solo le crearía descontento: encontró un fantasma en el viejo henar.

Ocurrió a principios de otoño, cuando los prados ya habían adquirido tonos cobrizos y rosáceos, y los graznidos de los cuervos resonaban nítidos por el cielo despejado. Ade no había dejado de visitar la vieja casa que había en las tierras de la familia, aunque ya estaba algo mayor para fantasear. El día en que vio al fantasma tenía la intención de escalar los bloques de piedra de la chimenea y subir al tejado para contemplar el vuelo fortuito de los estorninos.

Cuando se acercaba al lugar, vio una silueta oscura junto a la casa en ruinas. En ese momento se paró en seco. Tenía muy claro que, ante algo así, sus tías le habrían aconsejado que se diera la vuelta y regresase a casa. La sombra era un desconocido, y por lo tanto debía evitarlo a toda costa, o un fantasma de la casa, y por lo tanto debía rehuirlo de igual manera.

Pero Ade se sintió atraída por él como si fuese una brújula.

—¿Hola? —aventuró.

La silueta se estremeció. Era alargada y desgarbada, de aspecto joven a pesar de la distancia que los separaba. Le respondió algo a voz en grito, pero las palabras sonaron más bien como un batiburrillo de sonidos.

—¿Cómo ha dicho? —preguntó Ade, porque era recomendable mostrar buenos modales tanto con los desconocidos como con los fantasmas.

La criatura respondió con otra sarta de palabras ininteligibles.

Ade ya se había acercado lo suficiente como para verlo con claridad, y en ese momento empezó a arrepentirse de ello: el fantasma tenía la piel de un color negro rojizo y opaco que no podía describir con palabras.

La familia Larson no leía los periódicos porque decían que todas las noticias que necesitaban las obtenían en la iglesia, pero a veces Ade conseguía ejemplares de segunda mano, por lo que no era ajena a los peligros que solían relacionarse con hombres negros y desconocidos. Había leído las cosas malas que hacían y había visto las viñetas que representaban su gusto por las mujeres blancas e inocentes. En esos dibujos, los hombres eran monstruos de brazos peludos, ropas ajadas y expresiones caricaturescas. Pero ese chico que tenía frente a ella no se parecía en nada a lo que había visto en los periódicos.

Era joven, de su edad o incluso un poco menos, tenía la piel tersa y las extremidades largas. Llevaba un atuendo extraño de lana rugosa que lo envolvía en patrones intrincados, como si hubiese robado la vela de un barco y se hubiera cubierto con ella. Sus facciones eran enjutas y delicadas, y sus ojos, claros y oscuros al mismo tiempo.

Volvió a hablar, una serie de palabras de muchas sílabas ordenadas de una manera que les daba un tono inquisitivo. Supuso que se trataba de un dialecto de los infiernos que solo conocían fantasmas y demonios. Las palabras cambiaron de pronto y el chico empezó a articular vocales cada vez más familiares.

—¿Perdón? ¿Señorita? ¿Me entiende?

Tenía un acento muy extraño, pero su voz era amable y cautelosa, como si tuviera miedo de asustarla.

En ese momento, Ade llegó a la conclusión de que su tía Lizzie tenía razón: los periódicos no valían ni el papel en el que estaban escritos. El chico que tenía frente a ella, de gesto desconcertado, sábanas por atuendo y voz amable, no era ni de lejos una amenaza para nadie.

—Le entiendo —respondió.

Dio un paso hacia ella, con rostro incrédulo. Acarició las altas briznas de hierba, como si se sorprendiera al notar los filamentos rozarle la palma de la mano. Luego levantó la mano, una palma lívida que posó en la mejilla de Ade. Ambos se estremecieron y se apartaron, como si ninguno creyera que el otro pudiera ser sólido.

Ade perdió buena parte de su prudencia debido a la amabilidad, la inocencia de su sorpresa y la delicadeza de sus manos de dedos largos.

—¿Quién es usted? ¿Y de dónde viene?

Si era un fantasma, sin duda se trataba de uno de los más indecisos y confundidos de su especie.

Se quedó en silencio, como si rebuscara en los cajones más abandonados de su memoria en busca de las palabras adecuadas.

—Vengo de... otra parte. No soy de aquí. Atravesé una puerta en la pared.

Señaló la puerta retorcida de la casa en ruinas, cerrada a cal y canto desde antes del nacimiento de Ade y que siempre la obligaba a entrar en el lugar a través de la ventana. Pero ahora la puerta estaba lo bastante entreabierta como para que un chico delgado pasara por el hueco.

Ade era una niña lo bastante racional como para saber que por fuerza tenías que recelar de los chicos que aparecían por tus tierras vestidos con sábanas y decían ser de Otra Parte. O estaba loco o estaba mintiendo y, en ambos casos, no merecía que perdiese el tiempo con él. Pero al oírlo hablar sintió un estremecimiento en el pecho, algo peligroso que quizá fuese la esperanza de que dijera la verdad.

—Acompáñeme.

Ade dio un paso atrás y desenrolló la manta de franela sobre las rígidas briznas de heno y luego se sentó encima, las aplastó y le hizo un gesto al chico para que se sentara junto a ella.

La volvió a mirar como un rostro sorprendido y encantador, sin dejar de frotarse los brazos helados a causa del fresco otoñal.

—Parece que en esa Otra Parte hace más calor que aquí, ¿no? Póngase esto.

Se quitó el abrigo, una prenda tan usada que estaba descolorida y le quedaba muy holgada, y se la dio.

Él metió los brazos en las mangas de la misma manera en que un animal se pondría una segunda piel. Al verlo, Ade estaba segura de que nunca se había puesto una prenda así, pero al mismo tiempo sabía que eso era imposible.

—Bueno, siéntese y hábleme de ese lugar, niño fantasma. Quiero saber más de Otra Parte.

Si me lo permites, me gustaría hacer una pausa y describir la escena desde el punto de vista del niño: había llegado de un lugar muy diferente hasta un viejo henar y, cuando aún no había dejado de parpadear a causa de la luz de un sol ajeno, vio a una joven de aspecto muy diferente a lo que estaba acostumbrado. La niña se había acercado a él a grandes zancadas con un abrigo de botones oscuros que hacía mucho ruido al rozarse contra las briznas de hierba, y tenía el cabello trenzado debajo de un sombrero de ala ancha. Ahora estaba sentada junto a él, con la cara alzada y los ojos muy abiertos en su gesto de rasgos algo feéricos. En ese instante se dio cuenta de que hubiera hecho cualquier cosa que la chica le hubiera pedido.

Y se sentó. Se sentó y le habló de Otra Parte.

Otra Parte era un lugar en el que predominaba la brisa y el salitre. Era una ciudad, o quizás un país, o puede que un mundo (la describía con sustantivos algo imprecisos) en el que la gente vivía en casas de piedra y llevaba túnicas largas y blancas. Era una ciudad pacífica que había prosperado gracias al comercio costero y que había adquirido gran notoriedad gracias al diestro estudio de las palabras.

—¿Hay muchos escritores en su ciudad? —Al parecer, no estaba muy familiarizado con la palabra—. Gente que escribe libros. Ya sabe, esas cosas largas y aburridas que hablan sobre personas que no existen.

El chico le dedicó una mirada cargada de pesadumbre.

—No, no. Palabras.

Intentó explicarse mejor, con muchas oraciones que pronunciaba entre tartamudeos y en las que habló de la naturaleza de la palabra escrita y de la estructura del universo, de la densidad relativa de la sangre y de la tinta, de la importancia de los idiomas y el estudio minucioso de estos; pero apenas hicieron progresos debido a la limitación de los verbos de él y a la tendencia a reír de ella. Al final, el chico se dio por vencido y se dedicó a hacerle a ella preguntas sobre su mundo.

Ade las respondió lo mejor que pudo, pero estaba muy limitada por la vida recluida que llevaba en aquel lugar. Conocía muy pocas cosas de la ciudad cercana, y casi nada sobre el ancho mundo; lo poco que le habían enseñado en dos cursos en la escuela de una única aula a la que acudía.

—Supongo que mi mundo no es tan emocionante como el suyo. Hábleme del océano. ¿Sabe navegar? ¿Ha viajado muy lejos?

El chico habló y ella se dedicó a escuchar, mientras el ocaso se cernía sobre ambos como el ala de una enorme tórtola. Ade se percató de la tranquilidad que empezaba a adueñarse del día y del rítmico trino de los chotacabras. Sabía que ya llegaba tarde a casa, pero no quería irse. Se sentía como en el aire, flotando en un lugar en el que podía creer en fantasmas, magia y otros mundos, en ese extraño chico que no dejaba de hacer aspavientos con las manos en la oscuridad.

—En mi hogar nadie es como usted. ¿Le ha pasado algo para tener la piel tan blanca? ¿Le ha…? ¿Qué?

En ese momento, empezó a soltar una serie de exclamaciones guturales e ininteligibles que Ade supuso que se podrían traducir como «¿Qué narices es eso?». Empezó a agitar los brazos de un lado a otro sin apartar la vista de la oscuridad del campo que los rodeaba.

—Son luciérnagas, niño fantasma. Las últimas del año. ¿No hay luciérnagas al otro lado de la puerta?

—¿Luciérnagas? No, no las conozco. ¿Para qué sirven?

—No sirven para nada. Bueno, sí que sirven para que una se dé cuenta de que es tarde y se va a meter en un problema muy gordo si no vuelve pronto a casa. —Ade suspiró—. Tengo que irme.

El chico había alzado la vista hacia las estrellas del atardecer que los miraban con fulgor reprobatorio, y luego articuló una serie de palabras que Ade tradujo sin problema.

—Yo tengo que irme también. —La miró fijamente con sus ojos negros y relucientes—. ¿Volverá?

—¿Un domingo? ¿Después de haberme quedado hasta tarde el día anterior? Tendré suerte si no me encierran en el pajar hasta Navidad.

El chico sin duda no había entendido algunas de las palabras que acababa de oír, pero insistió un poco y llegaron a un acuerdo: volverían a verse al cabo de tres días.

—Y la llevaré conmigo y así me creerá.

—Me parece bien, niño fantasma.

El chico sonrió, una expresión atolondrada y fascinada, como si no pudiera imaginarse nada mejor que volver a estar con ella en ese lugar dentro de tres días, y Ade no pudo evitar darle un beso. Fue torpe, un roce seco que estuvo a punto de no tocarle los labios, pero después de hacerlo sus corazones empezaron a latir desbocados en sus pechos y las extremidades empezaron a temblarles, por lo que quizá no había estado del todo mal.

Ade se levantó entre el agitar de su falda y la manta roja en la que estaban sentados hacía un instante, y el chico tardó varios minutos en recuperar la compostura y recordar dónde estaba y adónde tenía que ir.

Cuando llegó a casa, mamá Larson le dio la bienvenida con una diatriba quejumbrosa sobre el destino de las niñas que no volvían a casa hasta tarde, el miedo y la ansiedad que había provocado a sus queridas tías (momento en el que tía Lizzie la había interrumpido para decir que no había pasado miedo, que solo se había puesto nerviosa como una liebre en marzo, y advertir a mamá Larson que no pusiera palabras en boca de otro) y la inevitable decadencia en la que había caído la feminidad de las mujeres del país.

—¿Y dónde has dejado el abrigo, majadera?

Ade reflexionó al respecto.

—En Otra Parte —respondió, al tiempo que alzaba la vista hacia las estrellas.

Ade se dio cuenta de que el sufrimiento semanal de los domingos en la iglesia era mucho más llevadero cuando se tenía un secreto imposible y confortable que ocultar. Los vecinos, que en realidad no eran vecinos, sino una manada de salvajes que vivían en granjas tan aisladas y distantes como la de la familia Larson y que solo se reunían para las subastas, los funerales y para adorar a Dios, se sentaron en los bancos con las mismas expresiones desganadas de todas las semanas, y Ade sintió que ahora era incluso más diferente de ellos. El sermón del predicador McDowell borboteó a su alrededor como un río que fluye alrededor de una roca.

Las mujeres Larson siempre se sentaban en la tercera fila contando por detrás porque mamá Larson les decía que sentarse en la primera era un gesto muy altanero y hacerlo en la última, de mala educación, y también porque todas disfrutaban y se sentían superiores al ver cómo los impuntuales se acomodaban como podían en las filas de atrás con las cabezas gachas. Ese domingo, la última fila estaba ocupada por unos miembros de rostro rojo de la familia Buhler y por el chico de los Hanson, que tenía más de cuarenta años pero lo seguían llamando «chico» porque había regresado de la guerra algo tocado de la cabeza. Cerca del final del sermón, que Ade sabía que había alcanzado el cénit a causa del volumen y los sudores de McDowell, un hombre a quien no consiguió reconocer entró en la iglesia y se sentó en la penúltima fila.

Ade no sabía gran cosa del mundo exterior, pero estaba segura de que ese hombre venía de él, pues lo rodeaba un aura de rigor y orden. Su abrigo de lana era corto y compacto, y dejaba al descubierto unos pantalones negros y ceñidos. Su bigote canoso estaba recortado con una precisión quirúrgica. Los feligreses hicieron un ruido casi imperceptible al girarse para mirar al desconocido sin que los demás se dieran cuenta.

El gentío se agolpó alrededor del intruso al terminar la misa. Algunas de las familias de las primeras filas habían tomado la delantera para presentarse y hacerle algunas preguntas. Tenían la esperanza de que el hombre hubiera disfrutado de la pequeña ceremonia (aunque Ade tenía muy claro que el disfrute no era algo que entrara en los objetivos del predicador McDowell) y le preguntaron a qué se dedicaba y qué hacía allí. ¿Tenía parientes en la zona? ¿Negocios cerca del río?

—Muchas gracias, señores, pero no, no tengo interés alguno en las embarcaciones fluviales. Me confieso terrateniente y, como tal, busco invertir en propiedades.

Su voz se elevó entre los feligreses, nasal y de acento extranjero, y mamá Larson resopló junto a Ade. Bajo el techo de la iglesia solo se debería hablar entre murmullos respetuosos.

—He oído que en Mayfield hay un terreno a un precio asequible, ya que al parecer está encantado y en desuso, por lo que he aprovechado esta oportunidad para presentarme a sus gentes aquí en la iglesia.

Se oyó una agitación junto al desconocido y la gente empezó a apartarse. Ade supuso que no les gustaba mucho la idea de ver cómo un norteño de una gran ciudad entraba como Pedro por su casa en la iglesia para estafarlos y comprar tierras a precio de ganga. No estaban muy al sur y la mayor parte de los oportunistas que veían eran como los de las tiras cómicas de los periódicos, pero sabían distinguir a uno cuando lo tenían delante. El tono de los murmullos hizo que Ade supusiese que habían empezado a oponerse: «No, señor, no hay tierras por aquí. Tendrá que buscarlas en otra parte».

La gente empezó a dispersarse, y Ade a dirigirse hacia la salida por el pasillo detrás de la tía Lizzie. Impertérrito, el desconocido no había dejado de sonreírle a todo el mundo con una condescendencia cordial. Ade se detuvo.

—Nosotros tenemos una casa en propiedad que todo el mundo sabe que está encantada. Yo misma vi un fantasma ayer, pero no está en venta —le dijo al desconocido.

No sabía por qué había hecho algo así, pero sí tenía claro que quería borrarle esa sonrisa petulante del rostro y demostrarle que no eran unos pueblerinos pobres que vendían la tierra a precio de ganga basándose en las supersticiones. Y quizá también porque tenía curiosidad y ansias por conocer un poco más a fondo esa otredad cosmopolita que emanaba de él.

—Vaya, vaya. —El desconocido le dedicó una sonrisa con un gesto que él debía de suponer encantador y se inclinó hacia delante—. En ese caso, permítame que la acompañe al exterior. —Ade vio cómo el hombre la cogía por el brazo y empezaban a caminar al mismo ritmo. Sus tías ya estaban fuera, abanicándose y cuchicheando—. ¿Sabe cuál es la naturaleza de ese encantamiento? ¿Podría describirme qué vio?

Las ganas de hablar con el hombre desaparecieron de un plumazo, y Ade se desprendió del brazo y luego se encogió de hombros con un gesto taciturno y adolescente. No habría dicho una palabra más, pero entonces vio cómo el hombre se la quedaba mirando. Tenía los ojos del color de lunas o de monedas, fríos y horripilantes pero cautivadores al mismo tiempo, como si tuvieran gravedad.

Años después, acurrucada junto a mí al lánguido y cálido sol del ocaso, Ade seguía estremeciéndose al describir esa mirada.

—Cuénteme lo que sepa —insistió el desconocido.

Y Ade lo hizo.

—Bueno, me acerqué a la casa sin motivo y vi que un niño fantasma me esperaba allí. Al menos, eso fue lo que pensé que era al principio, teniendo en cuenta que era negro, vestía de una manera muy rara y no me enteraba de nada de lo que decía. Pero no parecía ser un demonio ni nada de eso. No sé de dónde había salido, pero sí que salió por la puerta de la casa. Y menos mal, porque me pareció muy agradable y sus manos me gustaron mucho…

Cerró la boca al pronunciar las últimas palabras y se tambaleó sin aliento hacia atrás.

La extraña sonrisa aparentemente encantadora volvió a aflorar al rostro del desconocido mientras Ade le contaba lo ocurrido, pero una quietud propia de un depredador acababa de adueñarse del hombre.

—Muchísimas gracias, señorita…

—Adelaide Lee Larson. —Tragó saliva. Parpadeó—. Tengo que irme. Mis tías me esperan.

Se escabulló por las puertas de la iglesia sin volver la vista al desconocido de traje caro, pero sintió cómo los ojos del hombre se le clavaban en la nuca como un par de monedas de diez centavos.

La compasión de sus tías hacía que los castigos de Ade nunca variaran. Se quedó confinada en las habitaciones de los pisos superiores donde dormían todas (menos mamá Larson, que más que dormir se echaba siestas fortuitas en todo tipo de posiciones en el piso inferior) durante los dos días siguientes. Ade no llevó ese confinamiento con mucha elegancia, pero tampoco opuso resistencia, y las mujeres Larson pasaron esos días atormentadas por los golpes y los ruidos sordos que venían del piso superior, como si vivieran con un espíritu de muy mal genio. La chica sabía que era mejor complacerlas que escapar por la ventana y bajar por la madreselva la noche del tercer día.

Al lunes siguiente le dieron una cesta de ropa limpia para doblar y unos pocos montones de ropa interior para remendar, porque la tía Lizzie aseguró que pasarse todo el día tirada en la cama era más recompensa que castigo. También pensó por su cuenta que Ade podría escapar, y tuvo la idea de encerrarla en la buhardilla. El lugar se llenó con el olor grasiento del beicon frito y las judías durante el almuerzo, y Ade tiró una biblia al suelo para recordarles que le subiesen algo de comida.

Pero no apareció ninguna de sus tías. Se oyeron unos golpetazos autoritarios en la puerta principal, seguidos del silencio estupefacto de cinco mujeres tan poco acostumbradas a tener visita que no estaban seguras de qué había que hacer cuando alguien llamaba de ese modo. Después Ade distinguió un tímido arrastrar de sillas, un ajetreo y el rechinar de la puerta al abrirse hacia dentro. Estaba tumbada en el suelo con la oreja pegada a los tablones de pino.

Solo oyó el estruendo grave y ajeno de un desconocido en la cocina y las voces de cinco mujeres que se alzaban y subían y bajaban de tono como una bandada de aves de río sobresaltadas. También sintió el retumbar de una risa afable, vacía y muy bien calculada. Ade recordó al hombre de la gran ciudad a quien había visto en misa y sintió que una sombra extraña se cernía sobre ella, un miedo a algo innombrable que veía flotar en el horizonte.

El hombre se marchó, se cerró la puerta y el piar de sus tías pasó a convertirse en un cacareo.

Más o menos una hora después, la tía Lizzie le llevó un plato de judías frías.

—¿Quién tocó en casa? —preguntó Ade.

Seguía tumbada en el suelo, paralizada con una mezcla de pavor y apatía.

—No es asunto tuyo, metomentodo. Pero son buenas noticias.

Lizzie lo dijo con tono engreído, como si se tratara de una mujer que oculta una gran sorpresa. De haberse tratado de cualquier otra de sus tías, Ade habría tratado de sacarle más información, pero intentar sonsacarle algo a la tía Lizzie era casi como hablar con una roca, aunque las rocas no te golpean con una vara por tu insolencia. Ade se puso bocarriba y vio los rayos del sol proyectados por el techo de la buhardilla, concentrados en los huecos que había entre las vigas. Se preguntó qué aspecto tendría el sol en otros lugares, en otros mundos, y también si existían de verdad esos otros mundos. Ya había empezado a rehuir y olvidar todo lo que le había contado el niño fantasma.

La mañana del tercer día, Ade sintió uno de esos presagios incapacitantes que casi no le dejaban moverse. Sus tías y su abuela seguían roncando y resoplando a su alrededor, como si se encontrara en un océano de colchas y mujeres. El sol brillaba reacio y gris, como si no tuviera muchas ganas de salir.

Ade se quedó sentada y tensa entre sus tías mientras ellas se vestían, mirando por la ventana con gesto ansioso por las ganas de estar ya en el henar. Sus huesos zumbaron rígidos mientras no dejaba de dar golpecillos con los pies en los tablones de madera. El aire de la buhardilla estaba viciado y húmedo a causa de la noche.

—Hoy vamos al pueblo —anunció mamá Larson al tiempo que señalaba con un gesto el sombrero de salir, un enorme gorro blanco que había comprado en algún momento de la década de 1850 y que tenía el aspecto y el olor de un conejo disecado—. Pero tú te quedarás en casa, Ade, para compensarnos por el susto que nos pegaste el otro día.

Ade parpadeó. Luego asintió con gesto sumiso, porque le pareció adecuado mantener el engaño de que aún obedecía las órdenes de su familia.

Cuando las Larson se marcharon al fin, después de pasar una eternidad eligiendo vestidos y medias y otra eternidad más breve en el establo tratando de convencer a las mulas que iban a tirar de la carreta, Ade se estremeció ante la posibilidad de salir de la casa. Cogió una manzana tardía y el abrigo de su tía Lizzie y se escabulló casi a la carrera.

En la casa vieja no había nadie esperándola. De hecho, la casa había desaparecido. El campo estaba vacío, despejado y anodino a excepción de unos pocos cuervos de aspecto malhumorado y una hilera de postes de metal recién enterrados.

Ade sintió un mareo repentino, cerró los ojos y se tambaleó hacia delante. En el lugar que antes ocupaba la cabaña se erguía ahora una montaña de madera astillada, como si la estructura hubiera quedado aplastada bajo la mano de un gigante.

Lo único que quedaba de la puerta era unas pocas astillas cubiertas de líquenes.

Cuando llegó a casa, las lámparas del interior estaban ya encendidas.

Las mulas habían regresado ya a los pastos, sudorosas y alteradas, y Ade oyó el cacareo presumido de sus tías en la cocina. Las risas dejaron de oírse cuando abrió la puerta.

La cinco estaban reunidas de pie alrededor de la mesa de la cocina y admiraban una pila de cajas de los artículos que habían comprado, que tenían unas maravillosas franjas de color crema. El papel de envolver se agitaba a su alrededor como si de nubes arrugadas se tratara, y cada una de ellas tenía las mejillas sonrosadas a causa de un júbilo reservado. Unas sonrisas extrañas y juveniles iluminaban sus caras.

—Adelaide Lee, ¿dónde…?

—¿Por qué hay estacas en nuestras tierras? —preguntó Ade. Y en ese momento vio que toda su familia vestía atuendos más pomposos que los que llevaban por la mañana y entre los que destacaban lazos de seda y hasta los exóticos bultos de polisones debajo de faldas de colores llamativos. Ade, que vestía un traje lleno de barro y tenía el pelo atado en una trenza que empezaba a deshacerse, se sintió muy diferente de repente, como si sus tías y ella se encontrasen en extremos opuestos de una estancia muy grande.

Mamá Larson fue la que terminó por responder.

—Al fin nos ha sonreído la suerte. —Agitó la mano con gesto regio como el de una reina hacia la mesa de la cocina—. El señor de la gran ciudad vino ayer y nos ofreció una buena suma de dinero por ese viejo henar. —Las tías soltaron una risilla nerviosa—. Y no se nos ocurrió razón alguna para rechazar la oferta. ¡Empezó a sacarse billetes de los bolsillos! Y yo firmé las escrituras por aquí y por allá. No le dábamos ningún uso a esas tierras abandonadas.

Ade tuvo la impresión de que se había pasado el día repitiendo esa última frase.

La tía Lizzie dio un paso al frente con una caja en las manos.

—Quita esa cara ceñuda, Adelaide. Mira, quería guardarlo para tu cumpleaños, pero… —Abrió la caja y le enseñó a Ade una tela de algodón de color azul violáceo—. Me dio la impresión de que iba a juego con el color de tus ojos.

Ade se había quedado sin palabras. Le dio una palmaditas a Lizzie en la mano con la esperanza de que expresaran una inmensa gratitud, y corrió al piso de arriba antes de que las lágrimas traicioneras empezaran a derramársele por las mejillas.

Se acurrucó como un animal entre las sábanas y sintió que tenía la piel en carne viva, como si la hierba alta del campo hubiese estado afilada y la hubiese desollado para arrancarle la parte infantil de su personalidad que creía en la aventura y en la magia.

Se había quedado merodeando por las ruinas de la casa todo el día, a la espera, a pesar de saber que el niño fantasma no iba a aparecer.

Quizá no existiese ese lugar llamado Otra Parte, y ella no fuese más que una joven esquiva y estrafalaria que se había inventado una historia sobre un niño fantasma y otro mundo con la intención de sentirse algo más acompañada. Quizá lo único real fuera ese mundo en el que habitaban sus tías y su abuela, real como el pan de maíz que comían y la tierra que ensuciaba su vestido, y también igual de insustancial.

Había estado a punto de creérselo, pero luego se dio cuenta de que algo insólito se agitaba en su interior, una semilla silvestre enterrada en el pecho y que la obligaba a no aceptar el mundo tal y como era.

Verás, las puertas se manifiestan en todo tipo de formas: como fisuras y grietas, como senderos entre mundos, como misterios y como fronteras. Pero si algo tienen en común es que traen consigo un cambio[6]. Cuando algo se desliza a través de ellas, sin importar lo pequeño o breve que sea, el cambio lo sigue como marsopas tras la estela de un barco. Ese cambio ya se había apoderado de Adelaide Lee y ella no podía hacer nada por evitarlo.

Por este motivo, esa noche, mientras se encontraba tumbada en la cama, perdida y desesperanzada, Ade decidió creer. Creyó en algo diferente y que parecía una locura, en lo que sintió cuando los secos labios del niño se habían posado en los suyos a la luz del ocaso, en la posibilidad de que hubiese grietas abiertas por todo el mundo a través de las que podían surgir cosas extrañas y maravillosas.

---

6. Esta teoría, descrita en el prefacio como *conclusión 3*, se basa en décadas de investigaciones, pero también cuenta con el apoyo indirecto de muchas obras académicas occidentales.

Piensa por ejemplo en el *Ystoria Mongalorum*, una obra muy respetada de los primeros exploradores europeos en la que se detalla el viaje de Giovanni da Pian del Carpine a la corte mongola en la década de 1240. En el relato, Carpine afirmaba que los tártaros habían sufrido un cambio determinante varias décadas antes, uno que no se podía explicar por medios habituales. Es entonces cuando hablaba de un mito popular mongol que decía que su Gran Kan había desaparecido un tiempo cuando era niño al atravesar una puerta maldita que había en una cueva, y que no lo volvieron a ver hasta siete años después. Carpine teorizaba que tal vez había pasado tanto tiempo en «un mundo diferente» y había regresado con la terrible y necesaria sabiduría para conquistar el continente asiático.

Quizá no se pueda atravesar una puerta y regresar sin cambiar el mundo.

Al creer, Ade sintió cómo las pocas incertidumbres de su juventud que le quedaban empezaban a desaparecer. Era como un sabueso que hubiese encontrado al fin el rastro que buscaba, un marinero perdido al que le daban de pronto una brújula. Encontraría las puertas si eran reales, fuesen diez o diez mil, y cruzaría a esas diez mil vastas Otras Partes.

Y tal vez algún día una de ellas la llevara de vuelta a esa ciudad junto al mar.

Una Puerta a cualquier parte

¿*C*onoces esa sensación de despertarte en una habitación desconocida y no saber cómo has llegado allí? Te quedas a la deriva durante unos instantes, suspendida en un lugar ignoto y atemporal, como si Alicia cayera durante toda la eternidad por la madriguera del conejo.

Casi todas las mañanas de mi vida me había despertado en esa habitación pequeña y gris del tercer piso de la Hacienda Locke. Los tablones desgastados por el sol, la estantería insuficiente llena de libros encuadernados en rústica, Bad acurrucado junto a mí como un horno peludo. Todo lo que me rodeaba era tan familiar como mi propia piel, pero a pesar de todo me dio la sensación de no saber dónde me encontraba. Aquello se alargó más de lo habitual.

No sabía por qué había trazos de sal seca en mis mejillas, ni tampoco a qué venía el vacío doloroso que notaba justo detrás de las costillas, como si me hubiesen arrebatado algo vital durante la noche. Tampoco comprendía muy bien por qué tenía clavada la esquina de un libro en la cara.

El libro fue lo primero que recordé. Un henar descuidado. Una niña y un fantasma. Una puerta salida de una fantasía que llevaba a otra parte. Y también una inquietante y atronadora sensación de familiaridad, como si hubiese oído antes esa historia y no consiguiera recordar cómo acababa. ¿Cómo había terminado algo así dentro de mi cofre azul egipcio? ¿Quién lo había escrito? ¿Y por qué me daba la impresión de que Ade Larson era como una amiga que había tenido de pequeña y a la que luego había olvidado?

(Al no conocer la respuesta a tantos misterios, sentí cómo la desesperación se abría paso en mi interior. Era como si siempre viese algo flotando por el rabillo del ojo, a la espera de arremeter contra mí si lo miraba directamente.)

Se oyó un susurro en la cama de Jane, al otro lado de la estancia.

—¿Enero? ¿Estás despierta?

Algo en su voz, un titubeo nada habitual o una cautela pavorosa, me hizo pensar que lo sabía.

Pero ¿qué era lo que sabía?

Luego recordé algo terrible. Mi padre había muerto. Noté cómo algo vasto y frío se abalanzaba sobre mí desde las sombras y me comía viva, y todo a mi alrededor se volvió gris, anodino y lejano. La historia de aventuras y misterio se convirtió en nada más que un libro ajado y encuadernado en cuero.

Oí cómo Jane se levantaba de la cama, se estiraba y se vestía. Me dio la impresión de que iba a decirme algo, algo consolador y reconfortante, y pensarlo me hizo sentir como si me acabaran de pasar un cepillo de alambres por la piel en carne viva. Cerré los ojos y me aferré con más fuerza a Bad.

Luego oí el crujido de la ventana al abrirse, y una brisa cálida y húmeda me agitó el cabello.

—¿Qué os parece si salimos? Hace una mañana maravillosa —propuso Jane con tono afable.

Era una sugerencia la mar de normal para una mañana de sábado, viniendo de Jane. Se trataba de uno de sus rituales favoritos: salir al jardín con una cesta llena de galletas, una pila de libros y una colcha que tenía olor permanente a césped por haberse usado tantas veces para ir de pícnic. Pensar en la tranquilidad apacible, el calor y el zumbido aletargado de las libélulas era igual que imaginarse un refugio en mitad de una tormenta.

Dios la bendiga, señorita Jane Irimu.

Descubrí al cabo de poco que podía incorporarme, luego ponerme en pie y después hacer todo lo que solía hacer por las mañanas. Al parecer, cuando te pones a ello, la costumbre y la memoria hacen que tu cuerpo se mueva como se supone que tiene que hacerlo, como un reloj al que le acaban de dar cuerda y resuena con diligencia cada segundo. Me vestí con lo primero que encontré: una falda marrón cualquiera y una blusa estampada con peonías cuyas mangas me quedaban algo pequeñas. Me zafé de los mordisquitos emocionados de Bad y me pasé un cepillo por el pelo alborotado. (Siempre había albergado la secreta esperanza de que la pubertad me lo domesticara un poco, pero al parecer lo único que había hecho era darle alas.)

Cuando salimos de la habitación había conseguido un aspecto de normalidad frágil e impostada. Y luego me topé con el paquete que me esperaba en el recibidor.

Era una caja tan blanca y tan cuadrada que sabía que tenía que ser de una de esas tiendas exclusivas de Nueva York que tienen carteles de letras doradas y estilizadas y escaparates relucientes. En la parte superior había una nota sujeta con mucha clase:

> Mi querida niña:
>
> Sé que tal vez te encuentres indispuesta, pero me gustaría pedirte que acudieses a la fiesta de esta noche. Quiero darte tu regalo de cumpleaños.

Después había varios renglones tachados. Y luego:

> Mi más sentido pésame.
>
> C. L.
>
> P. D. Péinate bien.

Locke no se la había dictado a su secretaria: estaba escrita de su puño y letra, con esa caligrafía arquitectónica tan característica. Ver las palabras era como sentir otra vez los ojos fríos del hombre atravesándome. «Acéptalo.» Y noté cómo esa cosa negra y fría me envolvía con más fuerza.

Jane leyó la nota por encima de mi hombro y apretó los dientes con fuerza.

—Al parecer, no vas a poder librarte de la fiesta de la Sociedad.

La fiesta anual, cuya celebración temía desde hacía un par de semanas, iba a tener lugar esa noche. Ya me había olvidado de ella. Me imaginé deambulando entre personas blancas y borrachas, entre hombres que reían muy fuerte y derramaban champán sobre mis zapatos, invitados que no podían dejar de mirarme. ¿Sabrían todo lo que le había pasado a mi padre? ¿Les importaría? Sentí cómo la nota empezaba a temblarme en la mano.

Jane me la quitó, la dobló y se la guardó en el bolsillo de la falda.

—Da igual. Aún nos quedan unas horas por delante.

Luego me cogió del brazo, bajamos los dos tramos de escaleras restantes de camino a la cocina, donde el personal estaba demasiado ocupado y sudoroso como para reparar en que cogíamos un poco de mermelada, unos panecillos y una cafetera, y salimos a la hierba inmaculada de la Hacienda Locke.

Al principio nos limitamos a deambular un poco. Atravesamos los jardines llenos de jardineros afanados en cortar cualquier cosa que pareciese demasiado vivaz e indómita y pasamos junto a las aguas ondulantes del lago en el que las garzas graznaron inquietas al ver a Bad, lo que provocó que unas pequeñas olas rompieran junto a la orilla. Terminamos en un mirador cubierto de césped que estaba lo bastante lejos de la casa como para que no hubiese caído víctima de las tijeras de podar, junto a un prado que se extendía frente a nosotros como un mantel verde y arrugado.

Jane se sirvió un poco de café y se sumió al momento en la lectura del séptimo libro de la saga de Tom Swift. (Jane había pasado de escéptica a adicta a las novelas de baja calidad por entregas, por lo que el vicio de Samuel se había cobrado otra víctima.) Yo no leí nada. Me quedé tumbada encima de la colcha y me dediqué a contemplar el cascarón que era el cielo y a dejar que la luz del sol chisporroteara en mi piel. En ese momento me pareció oír cómo el señor Locke me susurraba al oído: «Eso no es nada bueno para el cutis, niña».

Pero sabía que a mi padre siempre le había dado igual.

No podía permitirme pensar en mi padre. Tenía que ocupar mis pensamientos con otra cosa, fuera lo que fuese.

—¿Alguna vez has querido marcharte?

La pregunta surgió de entre mis labios antes siquiera de plantearme de dónde la había sacado.

Jane dejó el libro abierto bocabajo sobre la colcha y se me quedó mirando.

—¿Marcharme adónde?

—No lo sé. Irte de la Hacienda Locke. De Vermont. De todo.

Durante el breve silencio que sobrevino a continuación reparé en dos cosas al mismo tiempo. La primera, que había sido tan egoísta que nunca le había preguntado a Jane si quería volver á casa; y la segunda, que ahora que mi padre había muerto y ya no iba a darle la paga semanal, no había nada que la retuviera. Sucumbí al pánico y empecé a jadear. ¿También iba a perder a Jane? ¿Me quedaría sola por completo? ¿Cuándo?

Jane soltó un suspiro cauteloso.

—Sí que echo de menos mi hogar… Más de lo que suelo exteriorizar. No hago otra cosa que pensar en él. Pero no voy a abandonarte, Enero.

Era como un fantasma invisible que siempre había rondado nuestra relación, tácito al menos hasta ese momento. Me dieron ganas de llorar, me aferré a su falda y estuve a punto de suplicarle que se quedara para siempre. O que me dejara ir con ella.

Pero Jane nos libró del bochorno a ambas y se adelantó para preguntar en voz baja:

—¿Tú quieres marcharte?

Tragué saliva e intenté obviar mi miedo, dejarlo a un lado hasta el momento en el que fuese lo bastante fuerte como para mirarlo a los ojos.

—Sí —respondí. Y en ese momento me di cuenta de que era cierto. Anhelaba los horizontes abiertos, los zapatos desgastados y ver constelaciones extrañas girando sobre mí como acertijos nocturnos. Ansiaba el peligro, el misterio y la aventura. Igual que mi padre—. Claro que quiero.

Me dio la impresión de que era algo que siempre había querido, desde que era pequeña y me dedicaba a garabatear historias en mi diario de bolsillo, pero en un momento dado había abandonado esos sueños de infancia. Hasta ese momento, en el que acababa de descubrir que en realidad no los había abandonado, sino que tan solo los había olvidado, los había dejado instalarse en el fondo de mi ser como si de maleza se tratara. Y luego había encontrado *Las diez mil Puertas*, el libro que había hecho revolotear de nuevo esa maleza por los aires como un caos de sueños imposibles.

Jane no dijo nada.

Bueno, tampoco es que lo necesitase: ambas sabíamos cuán improbable era que yo consiguiese marcharme de la Hacienda Locke. Las niñas huérfanas con la piel de un color poco habitual no tenían mucho que hacer en el mundo exterior sin dinero ni expectativas de futuro, aunque fuesen «un espécimen único». El señor Locke era mi único refugio y pilar ahora que mi padre había muerto. Quizá se apiadase de mí y me contratara como secretaria o mecanógrafa de W. C. Locke & Co., lo que me convertiría en una de esas mujeres apocadas, anodinas y de gafas gruesas apoyadas en el puente de la nariz que siempre tenían las muñecas manchadas de tinta. Quizá me dejase quedarme en mi habitación pequeña y gris hasta envejecer y convertirme en un fantasma que acabaría deambulando por la Hacienda Locke para asustar a los invitados.

Un tiempo después, empecé a oír el rumor habitual que hacía Jane al pasar las páginas, en esta ocasión las de *Tom Swift y los hacedores de diamantes*. Me quedé mirando el cielo e intenté no pensar en las aventuras que nunca iba a vivir, ni en el padre a quien ya no volvería a ver, ni en esa cosa fría y oscura que seguía sintiendo que cubría mis entrañas y hacía que el sol del estío luciera pálido y tenue. Intenté no pensar en nada.

Me pregunto si ha existido alguna chica de diecisiete años que tuviese menos ganas que yo de acudir a una fiesta sofisticada como la que se celebró esa noche.

Me quedé junto a la puerta de la recepción durante lo que bien podrían haber sido minutos o incluso un siglo, nerviosa por doblar la esquina e internarme en esa densa niebla de productos químicos creada por las pomadas y los perfumes. Los sirvientes iban de un lado a otro con bandejas relucientes llenas de vasos de champán y canapés muy apetecibles. No se detuvieron a ofrecerme nada. Más bien me evitaban como si se hallasen ante un florero fuera de lugar o una lámpara mal colocada.

Respiré hondo, me sequé las sudorosas manos en el pelaje de Bad y entré en la recepción.

Sería demasiado dramático afirmar que toda la estancia se quedó inmóvil al verme llegar o que se sumió en el silencio como ocurría en mis libros cuando las princesas entraban en el salón de baile, pero sentí que el silencio se abría paso a mi alrededor, como si me escoltara una brisa invisible. Unas pocas conversaciones vacilaron hasta cesar cuando sus interlocutores se giraron hacia mí, con las cejas un poco arqueadas y los labios fruncidos.

Quizá se habrían quedado mirando a Bad, que andaba agarrotado y con gesto malhumorado junto a mí. En teoría no podía acudir a ningún acontecimiento social hasta el fin de los tiempos, pero estaba muy segura de que ni el señor Locke iba a montar un numerito en público ni Bad iba a lastimar a nadie tanto como para necesitar puntos de sutura. Además, tampoco tenía muy claro que pudiese salir de mi habitación sin que me siguiera allá donde fuese.

O a lo mejor sí que me miraban. Todos me habían visto antes, deambulando a la sombra del señor Locke en todas las fiestas de la Sociedad y en los banquetes navideños, en los que o bien no me hacían ni caso o bien me concedían demasiada importancia.

«¡Qué vestido tan bonito lleva, señorita Enero!», me decían entre esos cacareos tan propios de las pudientes esposas de los banqueros.

«¿No es encantadora? ¿De dónde dice que la ha sacado, Cornelius? ¿De Zanzíbar?»

Pero en esa época era muy joven, una inofensiva criatura a caballo entre dos mundos que vestía con trajes que parecían de muñeca y a quien habían entrenado para responder con educación cuando los invitados se dirigían a ella.

Ahora no era tan joven, y ellos ya no estaban tan impresionados. El invierno había traído consigo muchos de esos cambios misteriosos y alquímicos que de pronto transforman a los niños en adultos inexpertos: era más alta, menos agradable y menos digna de confianza. Hasta mi rostro, que veía reflejado en los espejos de marcos dorados, me resultaba ajeno, vacío.

Y luego llevaba los regalos del señor Locke: largos guantes de seda, varios collares de perlas rosáceas y un holgado vestido de gasa color marfil y rosa que resultaba tan obvio que era caro que las mujeres me miraban incrédulas como si calculasen cuánto había costado. Podía haberse costeado una guerra con lo que llevaba en el pelo, que me había arreglado con un peine alisador y el Maravilloso Tratamiento Acondicionador de Madame Walker. Mi cuero cabelludo aún crepitaba un poco.

La conversación recuperó la algarabía anterior poco a poco. Los hombros se giraron y me dieron la espalda con decisión, y abanicos llenos de lazos empezaron a agitarse como si pretendieran defender a sus portadoras de un intruso. Bad y yo nos abrimos paso hasta colocarnos en nuestra esquina habitual, como maniquíes que tenían poco en común con lo que los rodeaba. Los invitados nos ignoraron con educación y me sentí libre para sentarme despatarrada, abrirme algunos de los botones apretados del vestido y quedarme contemplando la distinguida multitud.

Como siempre, era una imagen impresionante. Los sirvientes de la casa habían limpiado todas las lámparas y los candelabros hasta que la estancia brillase como los chorros del oro, y el suelo de parqué estaba tan encerado que podía llegar a ser un peligro. Unas peonías sobresalían de unos enormes jarrones esmaltados y una pequeña orquesta se había embutido entre un par de estatuas asirias. Toda la falsa realeza de Nueva Inglaterra que se encontraba en el lugar se lucía y pavoneaba por la estancia, reflejada cientos de veces en los relucientes espejos.

Me percaté de que había niñas de mi edad desperdigadas por el lugar, con mejillas enrojecidas, el cabello colgando en bucles perfectos y sedosos, y mirando de un lado a otro con ojos llenos de ilusiones. (Antes de cada fiesta, las páginas de cotilleos de los periódicos locales siempre publicaban una columna con los solteros más cotizados y el supuesto valor de sus posesiones antes de la fiesta.) Me las imaginé a todas mientras planeaban la velada durante semanas, se compraban el vestido adecuado con sus madres y se peinaban una y otra vez delante de un espejo. Y ahora las tenía delante, despampanantes, esperanzadas y privilegiadas, mientras sus futuros maridos deambulaban frente a ellas en un desfile ordenado y bañado en oro.

Las odiaba. O las habría odiado de no haber existido esa cosa informe y oscura que me oprimía las entrañas hasta el punto de que era difícil sentir algo más que un leve desagrado.

Un tintineo se elevó entre la multitud y las cabezas se giraron como si de marionetas bien peinadas se tratara. El señor Locke estaba en pie debajo de la mayor de las lámparas de araña y golpeaba su vaso con una cucharilla de postre para llamar la atención. No era en absoluto necesario: la gente siempre miraba y hacía caso al señor Locke, quien parecía generar su propio campo magnético.

La orquesta enmudeció en mitad de un minueto y él alzó los brazos en un saludo benevolente.

—Damas y caballeros, estimados miembros de la Sociedad, primero me gustaría darles las gracias por venir y beberse todo mi champán. —Se oyeron unas risas fomentadas por esas burbujas doradas—. Como bien sabrán, hemos venido aquí para celebrar el cuadragésimo octavo aniversario de la Sociedad Arqueológica de Nueva Inglaterra, un pequeño grupo de académicos aficionados que, si me permiten la soberbia, hace todo lo que está en su mano para contribuir al progreso del saber de la humanidad. —Se oyó un aplauso tenue y diligente—. Pero también hemos venido para celebrar algo mucho más grandioso: el progreso de la mismísima humanidad. Tengo muy claro que los presentes en esta velada son tanto testigos como responsables de una nueva era de paz y prosperidad en todo el mundo. Cada año que pasa vemos cómo hay menos guerras y conflictos, y cómo proliferan los negocios y la buena voluntad, de modo que los gobiernos civilizados prevalecen sobre los más desfavorecidos.

Había oído ese discurso tantas veces que podría haberlo recitado de memoria: hablaba de cómo el trabajo duro y la dedicación de personas como las allí presentes, ricas, poderosas y blancas, había contribuido a mejorar el estado de la especie humana; afirmaba que durante el siglo XIX habían dominado el caos y la confusión, pero que el XX auguraba la preeminencia del orden y de la estabilidad; aseguraba que los aspectos más insatisfactorios se habían arrancado de raíz, tanto allí como en el resto del planeta, y, por último, aseguraba que por fin se había civilizado a los salvajes.

En cierta ocasión, cuando era niña, le había dicho a mi padre: «No te dejes capturar por los salvajes».

Él estaba a punto de marcharse, y llevaba en la mano la

desgastada maleta y en los hombros encorvados su deformado abrigo marrón. Me había dedicado una sonrisa asimétrica.

«No me pasará nada, no te preocupes —me había dicho—. Los salvajes no existen.»

Podría haberle replicado que el señor Locke y varios miles de novelas de aventuras no corroboraban su afirmación, pero me abstuve de hacer comentarios. Me rozó la mejilla con uno de sus nudillos y se marchó. Otra vez.

«Y ahora ha desaparecido para siempre.»

Cerré los ojos y sentí esa cosa fría y negra que me envolvía con más fuerza...

Me agité al oír mi nombre.

—¡... miren a mi señorita Enero, que es buena prueba de ello!

Era la voz del señor Locke, jovial y ensordecedora.

Abrí los ojos de pronto.

—Cuando llegó a esta casa no era más que un fardo sin madre. Una huérfana de origen desconocido que no valía ni un centavo. ¡Y mírenla ahora!

Vaya si me miraban. Una oleada de rostros marfileños se había girado y escrutaban hasta la más mínima perla y costura de mi atuendo. ¿Qué se suponía que miraban? Yo seguía sin tener madre y sin valer ni un centavo... Y ahora, además, tampoco tenía padre.

Me hundí aún más en el revestimiento de madera de la pared y deseé que aquello terminase cuanto antes, que el señor Locke diera por finalizado el discurso y la orquesta volviese a tocar y hacerle olvidar a todo el mundo mi presencia en aquel lugar.

Locke hizo un ademán imperioso para indicar que me acercase.

—No seas tímida, niñita mía.

No me moví; me quedé plantada con los ojos muy abiertos y el corazón desbocado.

«Oh, no. No, no, no.»

Me imaginé mientras huía de ahí a la carrera, empujaba a los invitados y salía al jardín.

Pero luego miré al rostro orgulloso y reluciente del señor Locke. Recordé la firme calidez de sus brazos mientras me abrazaba, el suave rumor de su voz y los regalos discretos que me había dejado en la Sala de los Faraones durante todos esos años.

Tragué saliva y me aparté de la pared. Acto seguido, me tambaleé entre la multitud con las piernas agarrotadas y con gesto contrito, como si fuese una enorme talla de madera. Todo el mundo susurraba a mi paso, y las uñas de Bad restallaban en el suelo pulido.

En cuanto me tuvo a su alcance, el señor Locke extendió el brazo y me sostuvo contra él con fuerza.

—¡Aquí esta! La viva imagen de la civilización. La prueba fehaciente de los logros de una influencia positiva.

Me agitó con fuerza por los hombros.

¿Las mujeres se desmayaban de verdad o no era más que una invención de las peores novelas victorianas y de los espectáculos cinematográficos de los viernes por la noche? Puede que en realidad decidieran derrumbarse en los momentos más idóneos para no tener que oír, ver ni sentir ciertas cosas. En ese momento sentí empatía por ellas.

—… es suficiente. Gracias a todos por consentirle algo de optimismo y entusiasmo a este anciano, pero, como les había dicho, hemos venido a disfrutar.

Levantó el vaso para hacer el brindis final, aquel querido vaso tallado en jade verde traslúcido. ¿Se lo había conseguido mi padre? Tal vez lo había robado él en persona de una tumba o de un templo antes de envolverlo en serrín y facturarlo a la otra punta del globo, donde ahora lo sostenía la mano blanca y recia del señor Locke.

—Por la paz y la prosperidad. ¡Por el futuro que crearemos juntos!

Me atreví a alzar la vista hacia las caras pálidas y sudorosas que nos rodeaban, en cuyas lentes relucían las luces prismáticas del candelero, y cuyo aplauso posterior rompió a mi alrededor como las olas de un océano.

El señor Locke me soltó los hombros y luego habló en voz mucho más baja.

—Buena chica. Quiero que vengas con nosotros a la sala de fumadores oriental a las diez y media, ¿vale? Me gustaría darte un regalo de cumpleaños.

Me indicó con un gesto vago a qué se refería con ese «nosotros», y luego reparé en que algunos miembros de la Sociedad se habían apostado a su alrededor como polillas trajeadas. El señor Havemeyer se contaba entre ellos y me miraba con ese gesto de repugnancia propio de las personas de alta alcurnia mientras sus manos enguantadas descansaban sobre su bastón. Noté el pelaje de Bad que se me clavaba en la palma de la mano y cómo el animal gruñía con un bramido tan tenue que parecía un terremoto submarino.

Me di la vuelta y me alejé sin prestar atención a lo que me rodeaba mientras Bad me seguía muy de cerca. Me dirigí hacia nuestra esquina segura e invisible, pero llegar fue todo un suplicio. La multitud no dejaba de empujar y moverse en patrones retorcidos e impredecibles, con gestos lascivos en el rostro y sonrisas demasiado amplias. Algo había cambiado: el discurso del señor Locke me había puesto en el candelero, como un elefante reticente al que empujan hasta el centro del escenario del circo. Sentí unos dedos enguantados que me rozaban la piel y algunas risillas al pasar. También noté cómo me tiraban del pelo quemado y sujeto con pinzas.

Después, una voz masculina que sonó demasiado cerca de mis oídos.

—La señorita Enero, ¿verdad? —Un hombre de rostro blanco y tonos azulados se erguía ante mí, con el cabello rubio pegado al cráneo y unos gemelos dorados en las mangas que no dejaban de relucir—. ¡Enero! ¿A qué viene ese nombre?

—Es mi nombre —respondí mientras me envaraba.

En una ocasión le había preguntado a mi padre qué mosca le había picado para ponerme el nombre de un mes y, en particular, el de uno tan frío y marchito como enero, como si no hubiese nombres más comunes.

«Es un buen nombre —me había dicho mientras se frotaba los tatuajes. Y al insistir al respecto, había añadido—: A tu madre le gustaba su significado.»

(No hace falta que busques el significado. El diccionario dice: «Primer mes del año, que tiene treinta y un días. Del lat. vulg. *Ienuarius*, y este del lat. *Ianuarius*. *Ianus*, Jano, una antigua deidad de la mitología romana». Qué revelador.)

—¡Pero no sea arisca! Si quiere podemos vernos fuera, ¿qué le parece? —dijo mientras me dedicaba una mirada lasciva.

No había pasado mucho tiempo con gente de mi edad, pero había leído suficientes historias de adolescentes como para saber que los caballeros nunca tenían buenas razones para llevar a las señoritas a dar un paseo a la cálida brisa de una noche de verano. Aunque bueno, tampoco es que yo fuese una señorita, ¿no?

—No, gracias —respondí.

Él parpadeó con el gesto estupefacto de un hombre que conoce el significado de la palabra «no» pero que nunca ha tenido que afrontarla.

Se inclinó hacia mí y me tocó el hombro con una mano sudorosa.

—Venga, vamos a…

Una bandeja plateada con copas de champán apareció entre nosotros, y oí cómo una voz grave y antipática preguntaba:

—¿Quiere beber algo, señor?

Era Samuel Zappia, vestido con el elegante uniforme blanco y negro de un camarero.

Llevaba casi dos años sin verlo, en gran medida porque la carreta roja de la tienda de los Zappia había sido reemplazada por un camión negro y formidable que tenía la cabina cerrada y no me permitía saludarlo desde la ventana de mi estudio. En un par de ocasiones había pasado en automóvil por la tienda con el señor Locke y había visto de reojo a Samuel en el exterior, descargando sacos de un camión y mirando hacia el lago con gesto distante y soñador. En esas ocasiones me había preguntado si seguiría suscrito a la revista *Argosy* o si ya había abandonado esa moda infantil.

Ahora lo veía mucho mejor, como a través de una cámara que acabara de enfocar la imagen. Tenía la piel de ese dorado oscuro que se solía denominar oliváceo, y los ojos seguían siendo negros y relucientes como una lutita pulida.

Miraba con ellos al caballero rubio con rostro impertérrito y sin pestañear, bajo unas cejas arqueadas en un gesto inquisitivo de cortesía impostada. Era una mirada que tenía algo inquietante, algo tan abiertamente agresivo que el hombre retrocedió medio paso. Se quedó mirando a Samuel como un individuo de alta alcurnia a quien acabasen de ofender, un gesto que seguro que solía servirle para que los sirvientes se marchasen a hacer sus cosas.

Pero Samuel no se movió. Sus ojos se iluminaron con un brillo místico, como si esperase a que el joven intentara reprenderlo. No pude evitar fijarme en cómo los hombros de Samuel hacían ceder la chaqueta almidonada que llevaba puesta, ni en el aspecto nervudo del antebrazo con el que sujetaba la bandeja. A su lado, el rubio tenía el aspecto pálido y blanduzco de una masa que no sube en el horno.

Se giró con los labios fruncidos y se dirigió a toda prisa al amparo de los suyos.

Samuel se giró con cautela hacia mí y levantó una copa dorada y reluciente.

—¿Le apetece una copa por su cumpleaños, señorita?

Tenía un gesto muy afable en el rostro.

«Se ha acordado de mi cumpleaños.»

El roce del vestido empezó a darme picores y me acaloré.

—Gracias por… rescatarme.

—Bueno, no ha sido un rescate, señorita Demico. En realidad, he salvado a ese pobre chico de un animal muy peligroso.

Agachó la cabeza para mirar a Bad, que no le había quitado ojo de encima al hombre mientras se marchaba, con los pelos del pescuezo erizados y enseñando los dientes.

—Ah.

Se hizo el silencio, y deseé encontrarme a miles de kilómetros de distancia, ser una chica de pelo rubio que se llamase Anna o Elizabeth y que riera como un cuco y siempre tuviese la respuesta adecuada para todo.

Samuel entrecerró los ojos un milímetro. Me cogió la mano y me la cerró alrededor de la copa de champán. Las suyas eran callosas y cálidas como el verano.

—Puede que la ayude —dijo antes de perderse entre la multitud.

Me bebí el champán tan rápido que sentí un cosquilleo en la nariz. Atravesé varias bandejas de plata más mientras me abría paso por la estancia y, cuando llegué a la sala de fumadores, me di cuenta de que tenía que obligarme a pisar con pies firmes e intentar no fijarme en la manera en la que los colores se agitaban por el rabillo de los ojos. El velo oscuro, esa Cosa invisible que me envolvía día y noche, parecía haberse deformado a mi alrededor.

Respiré hondo antes de entrar.

—¿Estás listo, Bad?

Me miró con sus ojos perrunos.

Mi primera impresión fue que la estancia había encogido mucho desde la última vez que la había visto, pero lo cierto es que nunca la había visto tan llena: vi allí una docena de hombres sobre los que flotaban coronas de humo azulado y que murmuraban en tono grave. Sabía que era una de esas reuniones importantes y exclusivas a las que nunca se me había permitido acudir, asambleas nocturnas regadas de alcohol donde los hombres tomaban las decisiones de verdad. Debí sentirme honrada o agradecida, pero en lugar de eso noté un regusto amargo en la garganta.

El humo de los puros y la peste a cuero hizo estornudar a Bad, y el señor Locke se giró hacia nosotros.

—Al fin llegas, querida. Ven, siéntate.

Me señaló el sillón de respaldo alto que se encontraba más o menos en el centro de la estancia, rodeado por los integrantes de la Sociedad Arqueológica cuyas posturas los hacían lucir como si posasen para un cuadro. Vi a Havemeyer, al entrometido del señor Ilvane y a otros que recordaba haber visto en otras fiestas y visitas: una mujer de labios rojos con una gargantilla negra alrededor del cuello, un hombre más o menos joven con una sonrisa voraz, y otro de pelo blanco con uñas largas y retorcidas. Todos tenían aspecto reservado, como depredadores que acecharan entre la hierba alta.

Me dejé caer en el sillón con gesto atormentado.

El señor Locke me puso la mano en el hombro por segunda vez esa noche.

—Te hemos convocado aquí para hacerte un pequeño anuncio. Después de muchas discusiones y de pensarlo con sumo detenimiento, a mis colegas y a mí nos gustaría ofrecerte algo excepcional y muy deseado. Sabemos que es poco ortodoxo, pero también que tu situación actual lo justifica. Enero…
—Hizo una pausa dramática—. Nos gustaría ofrecerte que te incorporaras a la Sociedad.

Parpadeé. ¿Ese era mi regalo de cumpleaños? Me cuestioné si debería sentirme agradecida, si el señor Locke sabía que de pequeña había soñado con formar parte de su absurda sociedad y deambular por el mundo para vivir aventuras y conseguir objetos raros y valiosos. Me pregunté si mi padre había querido formar parte de ella.

Volví a notar el sabor amargo y también algo diferente que me quemaba la lengua. Tragué saliva.

—Gracias, señor.

El señor Locke me dio dos palmadas cordiales en la espalda para felicitarme y luego siguió hablando de los entresijos del procedimiento de ingreso y los rituales y juramentos que había que realizar ante el Fundador (¿ves esa F mayúscula que saluda como un soldado?), pero yo había dejado de prestarle atención. El ardor de la boca iba a más, me quemaba la lengua mientras el velo invisible se convertía en cenizas y quedaba chamuscado a mi alrededor. Me pareció como si la estancia hubiera empezado a latir a causa del calor.

—Gracias —interrumpí. Hablé con una voz impertérrita, casi átona, que oí con una fascinación cargada de indiferencia—. Pero me temo que me veo obligada a rechazar su oferta.

Silencio.

Noté una voz muy amable que me susurraba en la mente: «Sé una buena chica, sabes cuál es el lugar que te corresponde». Pero quedó ahogada por el batir del alcohol en mis venas.

—O sea, ¿para qué iba a querer unirme a su Sociedad? Un puñado de aristócratas viejos y quisquillosos que pagan a hombres mejores y más valientes para que les vayan a robar cosas. Y que cuando alguno de ellos desaparece ni siquiera fingen sentirse atribulados, siguen con su vida como si nada, como si les diese igual…

Se me quebró la voz y empecé a jadear.

Uno no se imagina la cantidad de ruidos que hace una casa hasta que deja a todos los presentes en una habitación en absoluto silencio: el tictac del reloj de pie, el susurro de la brisa veraniega en los cristales de las ventanas o el quejido de las vigas del suelo debido a los cientos de pares de zapatos caros. Agarré a Bad por el collar como si fuese él quien necesitara que lo sostuviesen.

La mano del señor Locke me aferró con fuerza el hombro y su sonrisa dadivosa se tornó en un gesto forzado y lastimero.

—Pide perdón —susurró.

Apreté los dientes. Una parte de mí, la que era la niña buena del señor Locke, la que nunca se quejaba, la que sabía cuál era el lugar que le correspondía y no dejaba de sonreír y sonreír y sonreír, ansiaba lanzarse a sus pies y suplicarle perdón. Pero el resto de mi ser prefería morir antes que hacer algo así.

El señor Locke me miró a los ojos con una mirada tranquila y firme que me oprimía como si me sostuviera el rostro con dos manos frías...

—Perdón —espeté.

Uno de los miembros de la Sociedad soltó una risilla burlona.

Vi cómo el señor Locke se esforzaba por aflojar la presión de los dientes.

—Enero. La Sociedad es muy antigua, muy poderosa y muy prestigiosa...

—Sí, sí, prestigiosísima —me burlé—. Demasiado prestigiosa para que se le uniesen personas como mi padre, con independencia de toda la basura que robara para ustedes y de todo el dinero que sacaran subastándolas en secreto. ¿Es porque tengo la piel lo bastante blanca como para formar parte de ella? ¿Tienen alguna gráfica al respecto que se pueda consultar? —Les dediqué una sonrisa llena de dientes—. Tal vez alguno de ustedes quiera añadirme a su colección de cráneos cuando muera, como si fuese un eslabón perdido de la especie.

El silencio que sobrevino a continuación fue absoluto, como si el reloj de pie se hubiese ofendido hasta el punto de dejar de emitir sonido alguno.

—Algo me dice que su hija adoptiva está un tanto descontenta, Cornelius. —Era el señor Havemeyer, quien me miraba con una sonrisa de pura mezquindad al tiempo que retorcía un puro sin encender entre sus dedos enguantados—. ¿Se lo habíamos advertido, o no?

Noté cómo el señor Locke cogía aire mientras decidía si salir en mi defensa o reprenderme, pero yo ya había perdido el interés. No tenía más que decir. Estaba harta de todos ellos, de ser una niña buena, de saber cuál era el lugar que me correspondía y de tener que agradecer las migajas de dignidad que me ofrecían.

Me levanté y noté cómo las burbujas del champán se agitaban de manera desagradable en mi interior.

—Gracias por mi regalo de cumpleaños, caballeros.

Me di la vuelta y salí por las puertas oscuras seguida por Bad.

Los invitados estaban más sudorosos, más borrachos y hablaban en voz mucho más alta. Era como estar atrapada en un cuadro de Toulouse-Lautrec, personajes de rostros iluminados de verde que giraban a mi alrededor con gestos macabros en el rostro. Me dieron ganas de echarles encima a Bad, mi bola de pelo de bronce bruñido y llena de dientes. Me dieron ganas de gritar hasta quedarme afónica.

De dibujar una puerta en el aire, una puerta a cualquier parte, y atravesarla.

La bandeja de plata volvió a materializarse a la altura del codo y sentí una brisa caliente contra la nuca que susurraba.

—El exterior. Ala oeste. Cinco minutos.

La bandeja desapareció y vi cómo Samuel desaparecía entre esa turba que no se callaba ni debajo del agua.

Cuando salí con Bad por la puerta del ala oeste, me sentí como si fuésemos fugitivos de un horroroso baile sacado de un cuento de hadas. Vimos que Samuel estaba solo. Se encontraba apoyado contra la pared de ladrillos de la Hacienda Locke con las manos embutidas en los bolsillos. También daba la impresión de haber estado a punto de quitarse ese uniforme parecido al de un camarero: tenía el nudo de la corbata deshecho, los puños desabrochados y ya no llevaba puesta la chaqueta negra.

—Vaya, no tenía claro que fueses a venir.

Al fin vi cómo la sonrisa se le reflejaba en la mirada.

—Sí.

Los silencios eran más llevaderos en el exterior. Oí los resoplidos de Bad al rebuscar en un seto a una desafortunada criatura, y también el raspón y el chasquido de la cerilla cuando Samuel se encendió un cigarrillo enrollado a duras penas. Vi cómo dos llamas se iluminaban en sus ojos.

Respiró hondo y exhaló una nube perlada.

—Mira, yo... Nos hemos enterado de lo ocurrido. Al señor Demico. Lo sien...

Había estado a punto de decir cuánto lo sentía, lo trágico que resultaba y todas esas cosas, y en ese momento supe con una claridad pasmosa que no iba a ser capaz de soportarlo. La rabia demente que me había permitido actuar así frente a los integrantes de la Sociedad se había enfriado y hecho un ovillo antes de abandonarme.

Lo interrumpí antes de que terminara la frase con un aspaviento con el que señalé a Bad.

—¿Por qué me lo diste? Nunca me lo llegaste a decir.

Hablé en voz muy alta e impostada, como una pésima actriz de una obra local.

Samuel arqueó las cejas. Vio que Bad empezaba a masticar con alegría algo del tamaño de un ratón de campo y luego me dedicó un encogimiento de hombros.

—Porque estabas sola. —Retorció el cigarrillo en uno de los ladrillos de la pared y luego añadió—: Y no me gusta ver a alguien sobrepasado en número. El señor Locke y esa anciana alemana… Bah. Necesitabas a alguien que estuviera de tu parte, igual que Robin Hood necesitaba a Little John, ¿no crees? —Me miró con el rostro iluminado. Siempre le hacía interpretar a Little John cuando jugábamos al bosque de Sherwood, y a veces se cambiaba por Alan-a-Dale o el fraile Tuck cuando era necesario. Samuel señaló a Bad, que había empezado a toser de forma desagradable para escupir los huesos de ratón que se le había quedado en la garganta—. Este perro está de tu parte.

Tenía una amabilidad muy natural e irreflexiva. Me di cuenta de que me había empezado a inclinar hacia él, como un barco perdido guiado por un faro en la noche.

Samuel no había dejado de mirar a Bad.

—¿Sigues nadando?

Parpadeé.

—No.

De niños, habíamos pasado horas salpicándonos y revolcándonos en el lago, pero llevaba años sin meterme en el agua. Era una de esas costumbres que, de alguna manera, había perdido con el paso del tiempo.

Vi cómo me dedicaba una sonrisa asimétrica.

—Vaya, entonces estarás desentrenada. Te apuesto un cuarto de dólar a que ahora sí que te gano.

Samuel siempre perdía las carreras, supongo que porque tenía que ayudar a su familia en la tienda y no tenía las mismas infinitas tardes de verano que tenía yo para practicar.

—Las señoritas no apuestan —dije con retintín—, pero si lo hiciese sería veinticinco centavos más rica.

Samuel rio, un sonido infantil y excesivo que no había oído desde que éramos niños, y yo le respondí con una sonrisa muy ingenua. Luego me di cuenta de que nos habíamos acercado sin saber muy bien cómo, por lo que tuve que alzar la cabeza para mirarlo a la cara y olí a tabaco, a sudor y a un aroma parecido al de la hierba recién cortada.

Me vinieron a la mente sin motivo alguno *Las diez mil Puertas* y Adelaide besando al niño fantasma bajo las constelaciones del cielo de otoño sin el más mínimo atisbo de duda. Me habría gustado ser como ella: salvaje e intrépida, lo bastante valiente como para robar un beso.

«Sé una niña buena.»

… Se acabó el ser buena.

La idea fue desconcertante y embriagadora. Esa noche había incumplido, destrozado y hecho añicos tantas normas que ¿qué importaba una más?

Luego me imaginé el rostro del señor Locke al marcharme de la sala de fumadores, la rabia que destilaba el fruncimiento de sus labios y la decepción que se entreveía en sus apacibles ojos grises, y me quedé de piedra. Mi padre había muerto y, sin el señor Locke, no tendría nada que hacer en el mundo.

Bajé la mirada al suelo y di un paso atrás, temblando un poco a causa del frío de la noche. Me dio la impresión de oírlo resoplar.

Se hizo un breve silencio que aproveché para recuperar el aliento, y Samuel no tardó en preguntarme con tono jovial:

—Si ahora mismo pudieses estar en cualquier otra parte, ¿dónde sería?

—Pues en cualquier parte. En otro mundo.

Su comentario me hizo recordar la Puerta azul y el olor a mar. Llevaba años sin pensar en ella, pero había regresado a mi memoria al leer la historia de Adelaide.

Samuel no se rio de mí.

—Mi familia tiene una cabaña en la zona norte de Champlain. Solíamos pasar allí una semana entera todos los veranos, pero la salud de mi padre y la tienda… Llevamos años sin ir.

—Me imaginé a Samuel como era antes, joven, desgarbado y con la piel tan morena que parecía como si emanase luz de ella—. No es muy grande ni muy cómoda, sino poco más que una caja de madera de cedro con tejas y una chimenea oxidada en el tejado… Pero es solitaria y está a orillas de un lago. Cuando miras por la ventana, lo único que ves es el agua, el cielo y pinos.

»Cuando me canso de esto —agitó la mano para abarcar los alrededores, pero no solo la Hacienda Locke, sino también todo lo que había en ella: las botellas caras de vino importado, los tesoros robados y las insoportables esposas de los banqueros que le cogían copas de las bandejas sin dedicarle ni un saludo—, pienso en esa cabaña. Lejos de corbatas y de trajes, de ricos y de pobres y de cualquier tipo de persona que haya entre ellos. Ahí es adonde me gustaría ir si pudiese. —Sonrió—. Mi otro mundo.

En ese momento me quedó muy claro que seguía leyendo revistas *pulp* y novelas de aventuras, que seguía soñando con horizontes lejanos.

La sensación de toparse con alguien cuyos deseos son tan parecidos a los tuyos siempre me ha resultado muy extraña, como tocar un espejo con la punta de los dedos y descubrir que lo que tocas es carne caliente. Si en algún momento llegas a encontrar esa simetría mágica e insólita, espero que seas lo bastante valiente como para aferrarla con ambas manos y no dejarla escapar.

Yo no lo fui en ese momento.

—Es tarde. Voy a entrar —anuncié, y la dureza de mis palabras borró de un plumazo el círculo milagroso que habíamos dibujado a nuestro alrededor, como un pie que emborrona una línea de tiza. Samuel se envaró. No me atreví a mirarlo a la cara. ¿Habría visto arrepentimiento o reproche? ¿O acaso un deseo y una desesperación a la altura de los míos? Me limité a silbarle a Bad y a darme la vuelta.

Titubeé al llegar a la puerta.

—Buenas noches, Samuel —susurré antes de entrar.

Υ

La estancia estaba oscura. La luz de la luna proyectaba haces pálidos por las sábanas marfileñas que ahora estaban tiradas por el suelo. Oí el rumor del pelo de Jane al rozar con su almohada y sentí la curva del lomo de Bad, apoyado contra mí.

Estaba tumbada en la cama y ya empezaba a notar cómo la marea de champán empezaba a remitir y me dejaba encallada, como una desafortunada criatura marina. Cuando desapareció del todo, esa Cosa pesada, negra y agobiante regresó como si se hubiese pasado toda la noche esperando a que los dos estuviéramos solos. Deslizó su extensión húmeda y correosa por mi piel, se me metió por las fosas nasales y se quedó estancada en mi garganta. Me susurró al oído historias sobre pérdida, soledad y pobrecitas niñas huérfanas.

«Érase una vez una niña llamada Enero que no tenía madre ni padre.»

Sentí cómo se abalanzaba sobre mí el peso de la Hacienda Locke, la piedra roja, el cobre y todas esas cosas valiosas, secretas y robadas. ¿Qué quedaría de mi ser cuando llevara sintiéndolo veinte o treinta años?

Me dieron ganas de escapar y no dejar de correr hasta que hubiera salido del cuento de hadas triste y horrible en el que me hallaba. Solo hay una manera de huir de tu historia: entrar en la de otra persona. Cogí el libro encuadernado en cuero de debajo del colchón y respiré el olor a tinta y a aventuras que emanaba de él.

Me sumergí en él y crucé a otro mundo.

Capítulo 2

Sobre el descubrimiento del resto de puertas de la señorita Larson y su alejamiento de la historia registrada

Una muerte oportuna. Las brujas de St. Ours. Los años de hambruna y su final.

Mamá Larson murió el aciago invierno de 1885, una semana después de que los primeros narcisos se marchitaran a causa de una gran nevada y ocho días antes de que su nieta cumpliera diecinueve años. Para las tías Larson, la muerte de su madre fue una tragedia comparable a la caída de un gran imperio o al derrumbe de una cadena montañosa, casi incomprensible y que sumió la casa en un duelo indiscriminado.

El luto es un asunto que lo deja a uno muy abstraído, por lo que no debería sorprenderte que las mujeres Larson no le prestaran mucha atención a lo que hacía Adelaide Lee. Ade agradeció mucho esa falta de atención, ya que, si sus tías se hubiesen fijado en su expresión, tal vez se habrían dado cuenta de que no había en ella ni rastro de tristeza ni desesperanza.

Cuando se encontraba junto al lecho de muerte de su abuela, ataviada con un vestido de lana que aún olía a tinte negro de palo de Campeche, Ade se sintió igual que un árbol joven que acabara de ver cómo uno de los árboles más antiguos y gigantescos del bosque caía inmóvil: maravillada, sorprendida y tal vez un tanto asustada. Cuando mamá Larson exhaló su último suspiro, Ade sintió lo mismo que seguro que habría sentido uno de esos árboles jóvenes: que, en ausencia de uno de los más antiguos del bosque, se había abierto un hueco en las copas que había sobre él.

Empezó a sospechar que era libre por primera vez en su vida.

No era cierto que durante los años que había vivido hasta ese momento hubiese sido lo contrario; de hecho, si la comparaban con otras jóvenes de la época, había llevado una vida libre y ociosa. Se le permitía llevar pantalones y sombreros de hombre, más que nada porque sus tías perdieron la esperanza de que mantuviera presentables las faldas. No se esperaba de ella que consiguiese llamar la atención de alguno de los solteros disponibles de la región, ya que sus tías compartían una opinión un tanto desesperanzada sobre los hombres. Tampoco la obligaban a acudir a la escuela ni a encontrar trabajo y, aunque nadie la incitaba a seguir con esa manía suya de deambular por ahí, al menos sus tías se resignaban a ello.

Pero Ade aún sentía una correa invisible alrededor del cuello que la ataba a la granja de los Larson. Podía desaparecer dos, cuatro o seis días, viajar en un tren hacia el norte e incluso dormir en los almacenes de tabaco de un desconocido, pero siempre se veía obligada a volver a casa. Mamá Larson le soltaba una reprimenda sobre mujeres fracasadas, sus tías fruncían los labios y ella se iba a dormir con un dolor en el pecho y soñaba con puertas.

Esa correa se había desgastado con el paso de los años hasta convertirse en poco más que un hilo formado por el amor y el apego familiar, pero la muerte de Mamá Larson terminó por romperlo.

Al igual que ocurre con muchas criaturas enjauladas y con las jovencitas medio domesticadas, Ade tardó varias semanas en darse cuenta de que podía marcharse de verdad. Se quedó para el entierro de su abuela en el burdo solar lleno de hiedras que había al otro lado de la granja y le pagó al señor Tullsen para que grabara una piedra caliza con la siguiente inscripción: AQUÍ YACE ADA LARSON, 1813-1885, UNA MADRE EJEMPLAR. Tres semanas después se despertó creyendo que el corazón estaba a punto de salírsele por la boca. Era una preciosa mañana de primavera que traía consigo grandes promesas. La mayoría de los viajeros saben lo que comporta un clima como ese; en el que el viento sopla hacia el oeste y es cálido, pero en el que el suelo te congela los talones; en el que los árboles han empezado a germinar y el aire huele a la promesa de una primavera descontrolada. Justo la clase de días que están hechos para partir.

Y Ade partió.

Esa mañana, cada una de sus tías recibió un beso en la mejilla, de la más anciana a la más joven. Pero no supieron distinguir si dichos besos eran más sinceros de lo habitual o si su sobrina se había vuelto majareta. La única que alzó la vista de su huevo duro fue la tía Lizzie.

—¿Adónde vas, niña?

—A la ciudad —respondió Ade, sin pensárselo.

La tía Lizzie la miró durante un buen rato, como si fuese capaz de leer las intenciones de su sobrina por la manera en la que inclinaba los hombros hacia delante o por la curva de su sonrisa.

—Vaya —suspiró al fin—. Pues aquí estaremos cuando vuelvas.

Ade casi ni la oyó, porque salía de la puerta de la cocina como un pajarillo al que acaban de dejar en libertad, pero más tarde recordaría las palabras y se aferraría a ellas hasta dejarlas lisas como rocas erosionadas por la corriente de un arroyo.

Lo primero que hizo al salir fue dirigirse hasta el desvencijado pajar y desenterrar un martillo, un buen puñado de clavos cuadrados, una brocha de crin de caballo y una lata de pintura azul de un tono llamado azul de Prusia.

Llevó los pertrechos hacia la parte occidental del henar, en el que el paso del tiempo apenas había hecho mella. Un vecino rico había cortado un poco el césped y el heno durante un tiempo, pero luego lo había abandonado, y algunos equipos de agrimensores habían acudido al lugar con la intención de construir unos astilleros junto a la orilla del río, pero habían desistido al comprobar que el terreno era demasiado bajo. Ahora solo quedaban en él tramos de alambre de púas oxidado y un cartel de hojalata que indicaba que el lugar era de propiedad privada y amenazaba a los intrusos. Ade se agachó por debajo de la barrera para pasar sin aflojar el paso.

Nunca habían llegado a retirar toda la madera de la casa, por lo que seguía allí podrida bajo una maleza enmarañada de madreselva y de hierba carmín. Ade se agachó junto a la madera vieja en silencio y sin dejar de darle vueltas a la cabeza, cuyos pensamientos fluían como si fuesen ríos subterráneos profundos y silenciosos; después hurgó en busca de madera en buenas condiciones, goznes y viejas bisagras. La vida de campo sin tíos ni hermanos la había obligado a desarrollar unas más que decentes habilidades con la carpintería, por lo que solo tardó una hora en montar el marco irregular de una puerta. Lo clavó en la tierra con el martillo y unió a él la puerta improvisada que acababa de montar. La estructura chirrió con la brisa que soplaba desde el río.

Después de terminar por completo y de haber pintado la puerta de ese azul oscuro y oceánico, comprendió al fin por qué lo hacía: tenía pensado marcharse, quizá por mucho tiempo, y quería dejar algo suyo detrás; una suerte de monumento u homenaje, como la tumba de Mamá Larson, que le recordara al niño fantasma y la casa que había en ese lugar. No pudo evitar tener la esperanza, un poco al menos, de que un día esa puerta volviera a abrir el camino hacia esa Otra Parte. Algo que, con arreglo a mi dilatada experiencia, puedo asegurar que era una vana esperanza. Las puertas, una vez cerradas, no se vuelven a abrir.

Ade abandonó las herramientas de sus tías y caminó los escasos kilómetros que había hasta el pueblo. Luego se embutió el pelo debajo de un sombrero, tan informe y ajado que parecía como si en realidad se hubiera puesto un animal durmiente sobre la cabeza, y se dirigió a los muelles para esperar el primer barco de vapor. Tenía la sensación de que, más que ajustarse a un plan, se dejaba llevar por la corriente, por un río gigantesco y agitado que la llevaba hacia mares desconocidos. En lugar de enfrentarse a él, dejó que esas aguas invisibles la engulleran.

Se pasó dos días deambulando y suplicando hasta que al fin dio con un barco de vapor tan desesperado que la contrató como marinera de cubierta. Lo que la habría privado de tal privilegio no había sido su sexo, ya que los pantalones manchados de pintura y la camisa holgada de algodón eran disfraz más que suficiente para ocultarse, y su rostro tenía una angulosidad llena de pecas que eludía la belleza y lo dejaba en algo más cercano al atractivo.

(Al menos, ese es el aspecto que habría lucido en un daguerrotipo de haber posado Ade para alguno, pero las fotografías, al igual que los espejos, son unas mentirosas de cuidado. La verdad es que Adelaide era la criatura más bella que yo había visto tanto en este mundo como en cualquier otro, si consideramos belleza el fuego vital e implacable que arde en el centro del alma de una persona y que prende todo lo que toca.)

Pero había algo en su mirada que levantaba las sospechas de los marineros más sabios, algo de lo que emanaba audacia y desamparo, características propias de una persona que no tiene un futuro definido que alcanzar. La casualidad quiso que el Reina del Sur estuviese timoneado por un capitán sin experiencia que había contratado a tres borrachos y a un ladrón río arriba y que tenía tantas ganas de cambiar de tripulación que contrató a Ade sin preguntarle nada más que cómo se llamaba y adónde se dirigía, información que luego quedaría registrada en el cuaderno de bitácora del Reina: «Larson» y «Otra Parte».

Y en este momento, cuando los pies de Ade empiezan a deambular por la cubierta desgastada de un barco de vapor del Misisipi, tenemos que hacer una pausa. Hasta ahora, la vida de la señora Larson ha sido una historia inusitada, pero ni misteriosa ni inescrutable. He podido realizar esta labor historiográfica gracias a la información que he encontrado en entrevistas y otros testimonios, lo que me ha permitido crear una crónica llevadera de la juventud de una niña. Pero de ahora en adelante, la historia de Ade se convierte en una mucho más ambiciosa, extraña y salvaje. Se pierde entre fábulas y leyendas, se escabulle y pasa inadvertida, se cuela entre las fisuras de la historia escrita igual que el humo se cuela entre las copas de los árboles para llegar hasta los cielos. No hay académico, por muy inteligente y meticuloso que sea, capaz de recoger en una página los caminos inescrutables de ese humo o de los mitos.

Ade había decidido dar solo unas pocas fechas y detalles al respecto, por lo que a partir de ese momento, y durante muchos años, nuestra historia solo puede aspirar a ser una serie de conjeturas aisladas.

Por lo tanto, no sabemos qué ocurrió durante los meses que pasó a bordo del Reina del Sur. Tampoco sabemos cómo le fue con el trabajo, ni si sus compañeros de tripulación estaban encantados o molestos por su presencia; por no hablar de cuál era la opinión de Ade sobre los pueblos de tonos pardos que se desplazaban a toda velocidad por la ribera del río al pasar. No tenemos forma de saber si se quedaba a veces en la cubierta con el rostro de cara al viento del sur, libre al fin de las estrecheces de su infancia, pero sí sabemos que poco después se la vio a bordo de un barco muy diferente en un lugar muy diferente, contemplando el horizonte como si su alma misma se desplegara y extendiera para alcanzarlo.

No sabemos siquiera si oyó por primera vez la historia de la Bruja cuando recorría el río arriba y abajo, aunque es muy probable. Este académico sabe a ciencia cierta que los barcos que recorren los ríos son los lugares idóneos para la transmisión de historias, y que estas les siguen la pista como sirenas plateadas, por lo que es muy probable que dicho relato surcara las aguas con ella. Quizá la historia le recordara a Ade a la casa encantada del viejo henar y despertara en ella los anhelos de su yo de quince años. O quizá se limitase a considerarla una historia fantasiosa.

Lo único que sabemos sin el menor asomo de duda es que, durante el cálido invierno de 1886, Adelaide Larson llegó a la mansión de St. Ours del distrito de Algiers en Nueva Orleans y salió de allí al cabo de dieciséis días.

Solo podemos ceñirnos al testimonio de dos lugareños que habían hablado con Ade antes de marcharse. Pasaron muchos años antes de que me fuese posible seguirles la pista y registrar sus recuerdos, pero el señor Vicente LeBlanc y su señora insistieron en que la historia era absolutamente precisa, ya que las circunstancias a las que se habían enfrentado eran muy singulares: iban de paseo por Homer Street a las diez de la noche después de salir de un salón de baile de muy buen humor. (La señora LeBlanc había insistido en afirmar que en realidad acababan de salir de una misa nocturna, y el señor LeBlanc puso una mirada inexpresiva muy calculada.) Una joven se había acercado a la pareja.

—Era... Bueno, se podía decir que era una chica extrañísima. Algo mugrienta y llevaba unos pantalones que la hacían parecer una estibadora.

La señora LeBlanc era demasiado educada como para dar más detalles, pero también podemos dar por hecho que se trataba de una chica muy joven, sola, que deambulaba por la noche en una ciudad que no conocía y más blanca que la harina.

El señor LeBlanc se encogió de hombros con gesto conciliador.

—Bueno, quién sabe, Mary. Parecía perdida. —Luego aclaró—: No perdida como una niña pequeña. No parecía preocupada. Daba la impresión de haberse perdido a propósito.

La joven les hizo toda una serie de preguntas. ¿Es esta la avenida Elmira? ¿Se encuentra cerca la mansión Fortuna? ¿Cómo es de alta la valla que la rodea? ¿Saben si hay algún perro entre mediano y grande por allí? Y finalmente:

—¿Alguno conoce la historia de John y la Bruja?

En ese momento, cualquier persona con tres dedos de frente se habría dado media vuelta y habría ignorado a una loca así, sin dejar de mirarla de reojo por si la mujer lo empezaba a seguir. Pero Mary LeBlanc tenía esa compasión imprudente que le hacía dar dinero a los desconocidos e invitar a cenar a los mendigos.

—Elmira se encuentra una manzana en dirección oeste, señorita —le dijo a esa mujer tan peculiar.

—Vaya. Pues no estaría mal que pusieran carteles en la ciudad, la verdad.

—Sí, señorita.

Tanto Mary como Vicente LeBlanc afirmaron haber pronunciado un sinfín de «señorita» y «perdón», seguro que porque, a pesar de tratarse de una mujer blanca muy rara, no dejaba de ser una mujer blanca. Quizá temiesen que fuera una de esas pruebas que aparecen en los cuentos de hadas, en las que una mendiga se transforma en una bruja y te castiga por haberla tratado mal.

—¿Y allí es donde está esa casa? ¿La nosequé Fortuna?

Los LeBlanc se miraron el uno al otro.

—No, señorita. Nunca hemos oído hablar de esa casa.

—Joder —dijo la mujer blanca, que escupió en la calle adoquinada con el dramatismo propio de una joven de diecinueve años.

A continuación, Mary LeBlanc preguntó:

—¿Se refiere...? Allí es donde está St. Ours, casi al final de

Elmira. —Vicente recuerda haberle rodeado el brazo con el codo para intentar mandarle una tácita advertencia—. Es una mansión, pero en mi vida la he visto habitada.

—Pues podría estarlo.

La chica había entrecerrado los ojos para quedarse mirando con gesto felino a Mary, que susurró:

—Bueno, ahora que lo ha mencionado, recuerdo que siempre han dicho que... Me gustaría recalcar que solo son historias que ninguna persona culta tomaría por ciertas, pero siempre han dicho que John Prester vivía en St. Ours. Y que fue allí donde se encontró con esa Bruja[7], señorita.

El rostro de la chica se iluminó con una sonrisa parecida a la del gato de Cheshire, llena de dientes y de ansias.

—No me diga. Me llamo Ade Larson. ¿Podría hacerle algunas preguntas más, señora?

Les pidió que le contaran toda la historia tal y como ellos la conocían, que le hablaran del joven y guapo John, que estaba agotado y gris todas las mañanas y que soñaba con locas aventuras y cielos iluminados por las estrellas. Preguntó si alguien entraba alguna vez en St. Ours (por si los jóvenes se desafiaban para hacerlo). También si los que entraban volvían a salir (¡Claro que sí! Aunque había algunos rumores al respecto. Sobre chicos que pasaban una noche allí y tardaban un año y un día en salir o sobre otros que se escondían en armarios y decían haber soñado con países lejanos).

—Una última cosa, amigos: ¿saben cómo llegó a entrar en la casa esa supuesta Bruja? ¿Cómo encontró al pobre John?

Los LeBlanc volvieron a mirarse entre ellos, y hasta la amabilidad de Mary empezaba a preocuparse por la acuciante curiosidad de la joven. No era solo por la extrañeza de la situa-

---

7. Pasé un tiempo en la zona investigando este fenómeno después de hablar con los LeBlanc. En mi opinión se trata de una variante de la típica historia de esas ancianas que se dedican a cazar jovenzuelos, chuparles la sangre o el aliento y quizás hasta robarles la apariencia y darse un garbeo con otro aspecto durante toda la noche. Es algo que he oído más a menudo en las costas de Georgia, donde la comparación entre mujeres y brujas es, por desgracia, habitual.

Adelaide Larson no era consciente de la universalidad de la historia que le estaban contando. Y no descubriría el siguiente destino al que acudir por deducción académica, sino por la brújula vacilante de la que suelen hacer gala los trotamundos.

ción ni por la ropa de trabajo ni por el hecho de que deambulase sola de noche; sino también por el brillo de su mirada, que refulgía como la luz de una lámpara de gas que parecía surgir de su interior, y también por su manera de parecer la presa y el cazador al mismo tiempo, huyendo de algo a la vez que perseguía otra cosa.

Pero fueron incapaces de dejar la historia y su tan intrincado final inconcluso y sin respuesta.

—De la misma forma que las brujas entran en casa de cualquiera, señorita. Encuentran una grieta, un agujero o una puerta que no estaba cerrada con llave.

La chica les dedicó a ambos una sonrisa beatífica, se inclinó en una reverencia y luego se dirigió hacia el oeste.

No la volvieron a ver durante dieciséis días, cuando un grupo de jovenzuelos que iban por la calle haciendo rodar un aro vieron salir de St. Ours a una mujer blanca. Dijeron que tenía apariencia «brujil»: cómo su atuendo le colgaba en jirones y llevaba una extraña capa de plumas negras y lubricadas, su mirada era fría y en su rostro tenía esculpida una sonrisa que se recortaba taimada contra el cielo nocturno, como si tuviese una relación muy estrecha con las estrellas.

Cuando los chicos le preguntaron qué estaba haciendo allí, ella fue incapaz de darles una explicación clara y se limitó a unas vagas descripciones: altos picos montañosos, ramas de pinos oscuros y luces en el cielo que refulgían como seda rosa unida a las estrellas.

Cuando yo mismo le pregunté qué había visto detrás de esa puerta (porque tenía que haber cruzado alguna puerta), ella se limitó a reír.

—¡Las brujas! ¿Qué va a ser? —Y al ver que fruncía el ceño y estaba a punto de replicar, se apresuró a decir—: Mira, hay historias que no están hechas para ser contadas. A veces, al hacerlo lo que ocurre es que la devalúas y pierde parte del misterio. Vamos a dejar en paz a esas mujeres.

En ese momento no tenía muy claro a qué se refería. Yo tenía un ansia académica por descubrir y ser capaz de explicarlo todo, de registrar lo desconocido; pero fracasé con la puerta de St. Ours. Seguí los pasos de la joven por la avenida Elmira y encontré una mansión descolorida oculta entre la dulzona podredumbre de las magnolias, grandiosa y olvidada al mismo tiempo. Planeé volver esa noche para continuar con mi investigación, pero resultó ser la noche del Gran Incendio de Algiers de 1895. El cielo se iluminó de un naranja áureo a medianoche, y al amanecer no quedaban más que varios armazones tiznados de lo que antes habían sido la mansión de St. Ours y la manzana entera.

Recuerdo ese incendio. Recuerdo que sus orígenes son inciertos y que no atendió a mangueras ni cubos de agua hasta que cada centímetro de St. Ours quedó reducido a cenizas.

Pero quería dejar por escrito esta remembranza porque St. Ours fue la primera puerta que encontré en este mundo, y la segunda que encontró la señorita Larson. Y cuando se encuentran puertas, las cosas siempre cambian.

Ade acabaría refiriéndose al periodo comprendido entre 1885 y 1892 como los Años de los Anhelos. Cuando le pregunté qué anhelos eran esos, rio y dijo:

—Supongo que los mismos que los tuyos. Los senderos entre mundos. Las Ningunas Partes. Las Otras Partes.

Exploró el mundo, deambuló hambrienta en busca de puertas.

Y las encontró[8]. Las encontró en iglesias abandonadas y

8. Quizá no tenga el perfil más previsible para tratarse de una osada exploradora: una chica pobre y sin educación que no destaca en nada. Pero la literatura que he recopilado al respecto parece indicar que las puertas no tienden a atraer al tipo de exploradores y pioneros a los que estamos acostumbrados, como el doctor Livingstone o el señor Boone, personajes aguerridos que cruzaron las fronteras de nuestro mundo. En el caso de las puertas, a menudo nos topamos con viajeros pobres y desgraciados, vagabundos a los que nadie quiere; en definitiva, personas que recorren los márgenes del mundo en busca de una salida.

Piensa en Thomas Aikenhead, por ejemplo, un joven huérfano y lisiado que publicó un manifiesto desacertado en el que insinuaba que el cielo era un lugar que existía de verdad y que se encontraba justo al otro lado de una puertecilla desgastada en una antigua iglesia de Escocia. Admitió que el lugar también podía ser el infierno, o incluso el purgatorio, pero llegó a la conclusión de que sin duda se trataba de un sitio «cálido y soleado mucho mejor que Escocia». Lo ahorcaron unos meses después por dicha blasfemia.

Tratado breve sobre la magia del caos y la entrada al cielo, Thomas Aikenhead, 1695.

en las paredes llenas de salitre de las cuevas, en cementerios y detrás de las cortinas ondeantes de los mercados extranjeros. Encontró tantas que empezó a ver la realidad como un encaje de bolillos lleno de agujeros, como un mapa agujereado por las ratas. Yo la seguí a mi ritmo y redescubrí tantas como fui capaz. Pero las puertas son por naturaleza aberturas, espacios vacíos por los que llegar de un lado a otro, lugares olvidados; y es complicado registrar la geometría tan precisa de la ausencia. Mis notas están llenas de callejones sin salida e incertidumbres, de susurros y rumores, y hasta mis informes más meticulosos están llenos a rebosar de preguntas sin respuesta que deambulan como ángeles grises por los márgenes de las páginas.

Una que hay que tener en cuenta se halla en la puerta del río Platte. El rastro iridiscente de Ade salió del Misisipi en dirección oeste hasta cruzarse con un caballero llamado Frank C. True. Cuando tuve la ocasión de hablar con el señor True en el año 1900, se había convertido en un jinete de circo que trabajaba en el Gran Circo Doble Estadounidense de W. J. Taylor, que era al mismo tiempo el mayor museo, caravana, hipódromo, zoológico y agrupamiento de animales salvajes vivos del mundo.

Frank era un hombre de pelo oscuro y mirada fría cuyo encanto y talento desbordaban su pequeña figura. Cuando le mencioné a Ade, su sonrisa dio paso a la nostalgia.

—Sí. Claro que me acuerdo de ella. ¿Por qué lo pregunta? ¿Es usted su marido acaso?

Después de asegurarle que no era un amante celoso que había acudido en su busca diez años después de un pequeño desliz, suspiró en la silla de acampada en la que estaba sentado y me contó cómo la había conocido durante el caluroso verano de 1888.

La había visto por primera vez entre el público del Espectáculo de las Llanuras y las Montañas Rocosas del doctor Carver, en el que Frank interpretaba a un auténtico indio de las llanuras por un dólar al día. Ella estaba muy sola y mugrienta, sentada en los bancos de madera con el pelo enmarañado, vestida con la desesperanza propia de un hojalatero, con botas enormes y una camisa de hombre. Se quedó durante toda la sangrienta recreación de la batalla de Little Bighorn, animó cuando se le echó el lazo a un caballo salvaje, aunque dicho «caballo» fuese en realidad un poni que no era más salvaje que un gato casero, y silbó cuando Frank ganó la carrera de indios. Él le guiñó el ojo. Y ella le devolvió el guiño.

Cuando el Espectáculo de las Llanuras y las Montañas Rocosas del doctor Carver se marchó de Chicago la noche siguiente, Ade y Frank ya estaban acurrucados juntos en la carreta de los artistas. Así fue como Ade experimentó esa desgracia que sus tías y abuela más habían temido y al hacerlo también descubrió algo: que las mujeres caídas en desgracia también adquieren cierta libertad[9]. Como era de esperar, hubo algunas contrapartidas: varias de las mujeres artistas se negaron a hablar con ella en las tiendas que usaban de comedor y los hombres hicieron conjeturas desafortunadas sobre su disponibilidad; pero en términos generales los horizontes de Ade se expandieron en lugar de contraerse. Se introdujo en un submundo atestado de hombres y mujeres que habían cedido de maneras diferentes a la bebida, los vicios, las pasiones o a los diferentes colores de su piel. Fue como encontrar una puerta sin cruzar a ningún otro mundo.

Frank me comentó que fueron unas semanas maravillosas en las que recorrieron de arriba abajo el este de Estados Unidos en esas carretas pintadas de azul y blanco del espectáculo, pero luego Ade empezó a sentirse incómoda, y Frank se dedicó a contarle historias para distraerla.

—Nube Roja. ¿Te he hablado de él en alguna ocasión? Juro que nunca he conocido a una mujer a la que le gustara más una buena historia.

Frank le contó el relato del joven y valiente jefe de los lako-

9. Me gustaría recalcar que no existen las susodichas mujeres caídas en desgracia, a menos que nos refiramos a una que se haya caído por las escaleras hace poco. Uno de los elementos más difíciles de comprender de este mundo es la manera en la que las normas sociales son al mismo tiempo rígidas y arbitrarias. No se permite dejarse llevar por el amor físico antes de unirse en sagrado matrimonio, a menos que uno sea un hombre joven y con dinero. Los hombres tienen que ser audaces y seguros de sí mismos, pero solo si tienen la piel clara. Cualquier persona puede llegar a enamorarse con independencia de su posición social, pero solo si dicha relación se produce entre hombre y mujer. Te aconsejo que no limites tu vida a unos confines tan irregulares, querida mía. Al fin y al cabo, existen otros mundos.

ta que consiguió poner en muchos aprietos al Ejército de Estados Unidos y a las guarniciones del río Powder. También de la sorprendente capacidad que tenía el jefe de predecir el resultado de las batallas usando un puñado de huesos tallados.

—Eso sí, nunca decía de dónde había sacado los huesos, pero se rumoreaba que de pequeño había desaparecido durante todo un año y regresado de algún lugar con un saco de huesos a la espalda.

—¿Dónde está ese lugar en el que desapareció? —había preguntado Ade, y Frank recordó cómo había abierto los ojos y se le habían dilatado las pupilas hasta quedarse negras y redondas como lunas nuevas.

—En algún lugar al norte del río Platte, supongo. Fuera adonde fuese, quizá volviera allí, porque desapareció otra vez cuando se encontró oro en las colinas Negras y Estados Unidos incumplió el acuerdo. Con el corazón roto, supongo.

Ade se había marchado poco antes del amanecer y había dejado una nota que el señor True se negó a compartir conmigo pero que aún conserva, así como las enormes botas que llevaba ella y que le quedan mejor a él. El señor True no había vuelto a verla ni a saber de ella.

No sé si había alguna puerta en North Platte, en Nebraska, pero nunca la encontré. Lo que sí encontré fue una ciudad amarga, devastada y empobrecida. Un anciano a quien hallé en un bar muy sórdido me dijo con tono inexpresivo que me marchara y no volviese, porque tenía muy claro que ese no era un lugar adecuado para mí y sabía que los oglala lakota no iban a revelar sus secretos a los desconocidos. Me marché de la ciudad a la mañana siguiente.

Pero esa no fue más que una de las decenas de puertas que Ade descubrió durante esos Años de los Anhelos. Aquí debajo he escrito una lista parcial de algunas de las que descubrió y confirmó este humilde autor:

En 1889, Ade se encontraba en la isla del Príncipe Eduardo trabajando para un anciano agricultor de patatas al tiempo que buscaba historias sobre «focas algo particulares», aunque supongo que se refería a las *selkies*. El agricultor le contó una sobre un vecino que había fallecido hacía mucho tiempo y decía haber encontrado a una «extraña joven» en las cuevas marinas del lugar. Los ojos de esa mujer estaban más separados de lo habitual, eran de un negro aceitoso y no hablaba ni una palabra de ningún idioma comprensible para los humanos. Ade pasó las jornadas siguientes explorando las cuevas de la costa, hasta que un día no regresó. El pobre agricultor de patatas estaba convencido de que se había ahogado, pero reapareció una semana después y llevaba consigo un aroma a océanos fríos y a misterio.

En 1890, Ade trabajaba en un barco de vapor que recorría las Bahamas como una gaviota borracha y, en un momento dado, empezó a oír historias sobre la rebelión de Toussaint Louverture y cómo sus tropas habían desaparecido sin dejar ni rastro al llegar a las tierras altas, como por arte de magia. Las rutas marítimas comerciales de la época evitaban Haití como si tuviese la peste, por lo que Ade abandonó su puesto en el barco y engañó a un pescador para que la llevase desde Matthew Town hasta la irregular costa verde de Haití.

Encontró la puerta de Toussaint después de haber pasado varias semanas deambulando por los caminos embarrados de las tierras altas. Se encontraba en un túnel muy largo cuya entrada estaba entre las raíces nudosas de una acacia. Nunca describió lo que encontró al otro lado, y puede que nunca lo sepamos. Las tierras se compraron, se talaron y se convirtieron en una plantación de azúcar varios años después.

Ese mismo año, empezó a oír historias de monstruos de ojos fríos cuya mirada podía convertir en piedra a los incautos, y terminó en una iglesia pequeña y olvidada de Grecia. Allí encontró una puerta (negra y con grabados de nieve), que atravesó. Al otro lado encontró un mundo de un frío despiadado y asolado por el viento, que habría abandonado al momento encantada de no haber sido porque nada más entrar se topó con una banda de salvajes de piel pálida ataviados con pieles de animales. Como comentaría más adelante, le robaron todo lo que llevaba encima y la «dejaron en bragas», le gritaron durante un buen rato y después la llevaron ante la jefa de la tribu, quien no le gritó, sino que se limitó a mirarla y a susurrarle.

—Y juro por Dios que casi llegué a entenderla. Me dijo qué tenía que hacer para unirme a la tribu: luchar contra sus enemigos y llenar sus arcas de riquezas, etcétera. Lo juro, de verdad. Había algo en su mirada…, un brillo iridiscente, frío y poderoso. Pero terminé por rechazar la oferta.

Ade no explicó cuáles habían sido las consecuencias de dicho rechazo, pero los lugareños griegos sostienen haber visto a una mujer estadounidense de mirada perdida deambulando por las calles ataviada con pieles llenas de escarcha y una lanza de aspecto nada halagüeño. (Más adelante hablaré sobre mi experiencia con esa puerta en particular.)

En 1891, Ade descubrió un pasaje abovedado adornado con azulejos que se encontraba a la sombra del Gran Bazar de Estambul y volvió con unos enormes discos dorados que decía que eran escamas de dragón. Visitó Santiago y las islas Malvinas, contrajo la malaria en el Congo-Léopoldville y desapareció durante varios meses en el nordeste de Maine. Acumuló tierra de otros mundos sobre la piel como si de diez mil perfumes se tratara, y dejó a su paso constelaciones de hombres deseosos y también historias insólitas.

Pero nunca se quedó mucho tiempo en ningún lugar. La mayoría de quienes la habían visto me dijeron que no era más que una vagabunda dispuesta a ir de un lado a otro guiada por las mismas corrientes de aire que hacían que las golondrinas volasen hacia el sur, pero a mí se me asemejaba más a un caballero embarcado en una misión. En mi opinión, Ade buscaba una puerta y un mundo concretos.

Y la encontró en 1893, en una cima nevada durante la primavera de su vigesimoséptimo cumpleaños.

La historia viajó como lo suelen hacer las historias, culebreando de boca en boca por ferrocarriles y carreteras como una infección que fluye por las arterias. En febrero de 1893, había llegado a Taft, en Texas, y había permeado las paredes del molino de semillas de algodón en el que trabajaba Ade Larson. Sus colegas recuerdan un acontecimiento en particular que sucedió durante la hora del almuerzo: se habían reunido detrás del molino con sus baldes de hojalata de los que emanaba el pútrido aroma a las cáscaras de las semillas de algodón, y se dedicaban a escuchar el informe diario que hacía Dalton

Gray sobre los cotilleos que oía en el bar. Les habló de un par de tramperos del norte que habían descendido de las Montañas Rocosas locos de atar jurando por lo más sagrado que habían encontrado un océano en la montaña Silverheels.

Los trabajadores rieron, pero la voz de Ade atronó sobre sus carcajadas como un hacha que golpea un tocón.

—¿Cómo que encontraron un océano?

Dalton Gray se encogió de hombros.

—Y yo qué sé. Me lo dijo Gene. Comentó que se habían perdido y habían encontrado una vieja iglesia de piedra de la época de las minas de plata, donde se habían quedado a vivir durante un par de semanas. Dijeron que se trataba de una pequeña iglesia perfectamente normal, ¡con la única excepción del océano que se veía a través de la puerta trasera!

Las risas volvieron a inundar el ambiente, pero Ade ya había empezado a recoger el almuerzo sin terminar y se encaminó hacia el noroeste a través de la plantación, con rumbo a la East Texas & Gulf Railway.

No encontré ni rastro de Ade ni en Texas ni en Colorado. Apareció de repente en el pueblo de Alma un mes después, como si fuese una buzo que sale a la superficie. Allí empezó a preguntar sobre botas, pieles y el equipo que necesitaría una mujer para sobrevivir al frío ártico de la cordillera Frontal. El tendero local recuerda haber sentido pena al verla marchar, a sabiendas que era muy probable que encontrasen su cadáver en los senderos que aparecían debajo de la nieve en verano.

Pero en lugar de ello, la mujer volvió a la montaña Silverheels diez días después, con las mejillas sonrosadas y una sonrisa de oreja a oreja que al tendero le recordó a la de los mineros que acababan de encontrar una veta de oro. Ade le había preguntado dónde podía encontrar un aserradero.

El hombre se lo dijo, pero luego había añadido:

—Perdone, señorita, pero ¿podría decirme para qué necesita madera?

—¡Ah! —Ade rio, unas carcajadas que el hombre describiría más delante como las de una lunática en sus peores momentos—. Para construir un barco.

Como era de esperar, el espectáculo de ver a una joven solitaria dotada de unas habilidades para la carpintería que no eran nada del otro mundo construyendo un velero en las alturas de las montañas no pasó desapercibido. Ade había montado a duras penas algo parecido a un campamento en la base de Silverheels, que según describió un reportero «parecía un barrio de chabolas que acabara de ser azotado por un tornado». Unas planchas de madera de pino yacían esparcidas por el suelo helado, dobladas en curvas imposibles. Las herramientas que había pedido prestadas se apilaban descuidadas como si perteneciceran a una persona que solo pensase usarlas una vez. Ade presidía el caos ataviada con una piel de oso y sin dejar de soltar tacos con entusiasmo mientras trabajaba.

En abril, el velero ya tenía una forma identificable: unas cuadernas estrechas y con aroma a savia se encontraban en mitad del campamento como si perteneciesen a una desafortunada criatura marina a la que Dios hubiera olvidado dar piel o escamas.

Los primeros periodistas llegaron poco después, y el primer reportaje que se publicó fue una columna de tinta borrosa en el *Leadville Daily* titulada con poca gracia, todo hay que decirlo, UNA MUJER CONSTRUYE UN BARCO Y DESCONCIERTA A LOS LUGAREÑOS. Generó tantos cotilleos y arrancó tantas carcajadas que la historia empezó a aparecer en periódicos de mayor tirada, que se imprimieron y reimprimieron tanto que empezó a relacionarse con la historia de los tramperos que habían encontrado el océano. Al cabo de más de un mes, después de que Ade y su barco hubieran desaparecido de la región, llegó incluso hasta *The New York Times,* con un titular mucho más llamativo, como era de esperar: LA SEÑORA NOÉ DE LAS ROCOSAS: UNA LOCA DE COLORADO SE PREPARA PARA EL DILUVIO.

Daría cualquier cosa, todas las palabras de las Escrituras, todas las estrellas de todos los mundos, e incluso mis dos manos, por ser capaz de borrar de la historia la publicación de esa maldita noticia.

Hasta donde sé, Ade nunca leyó ninguno de los artículos que hablaban de ella. Se limitó a trabajar en su velero, colocando una plancha tras otra para conformar el casco y consultando a un techador de la zona que le confió sin problema la receta de sebo y sabia de pícea que usaba para sellar las juntas. La vela de lona era un caos lleno de puntadas mal cosidas que habría horrorizado a sus tías y que colgaba de un mástil rechoncho, pero a final de ese mismo mes Ade quedó convencida de haber creado el velero más glorioso y digno de navegar de todo el mundo. O al menos, el más digno que podía encontrar a más de tres mil metros de altitud. Grabó el nombre en la proa a carboncillo con caligrafía temblorosa: «La llave».

Esa misma noche regresó al pueblo y gastó el dinero que le quedaba del trabajo con las semillas de algodón en comprar algo de jamón y judías en lata, tres cantimploras grandes, una brújula y la ayuda de dos jóvenes a quienes tuvo que comunicar en lo poco que sabía de su idioma que quería que la ayudaran a subir el barco a la montaña. Me encontré con uno de esos caballeros años después, el señor Lucio Martínez, quien me confesó con amarga pesadumbre que ojalá nunca hubiese aceptado el trabajo. Durante la mayor parte de la década, el hombre había sido objetivo de todo tipo de rumores infundados porque su amigo y él eran las últimas personas que habían visto con vida a la loca blanca y su barco antes de que desapareciera. El *sheriff* del condado lo había interrogado un par de años después del acontecimiento y había insistido en que el señor Martínez dibujara un mapa preciso del lugar en el que había visto a Adelaide por última vez.

Ade no era capaz de concebir las miserias por las que tendría que pasar el pobre señor Martínez cuando se separaron en la cima del monte Silverheels, y no tengo muy claro si le habría importado o no. La guiaba el más puro egoísmo, propio de un caballero que se acerca al final de su misión y que no puede apartarse de su objetivo, igual que la aguja de una brújula es incapaz de marcar el sur.

Esperó a que Lucio y su amigo empezasen a descender por la montaña y a que la media luna iluminase los pinos de tenues tonos plateados. Luego arrastró el deforme velero por un sendero hasta un edificio de piedra bajo que bien podría haber sido la iglesia de los mineros en el pasado, o acaso algo más antiguo y mucho más sagrado.

La puerta se encontraba justo donde la había visto unas semanas antes. Ocupaba casi la totalidad de una pared de piedra y estaba encuadrada por unas maderas que parecían haberse quedado ennegrecidas hacía mucho tiempo. Un agujero irregular en las tablas era lo más parecido a un pomo que tenía, y Ade ya había empezado a sentir la suave brisa que silbaba detrás de ella y que llevaba consigo un aroma a sal, a cedro y a días soleados.

Era un olor que no tendría por qué haberle resultado familiar, pero que sí lo era. Olía igual que la piel del niño fantasma cuando se habían besado en aquel prado a final del verano. Olía a Otra Parte.

Abrió la puerta y arrastró el velero a los desconocidos mares de otro mundo.

La Puerta que no estaba cerrada con llave

*C*uando abrí los ojos, sentí como si me los hubiesen arrancado, rebozado en arena áspera y vuelto a embutir con torpeza en el cráneo. Tenía la boca pastosa y amarga, y sentí como si la cabeza me hubiese encogido durante la noche. Durante unos segundos cargados de confusión, olvidé la media docena de copas de champán que había bebido en la fiesta y me cuestioné turbada si era por culpa del libro. Como si una historia pudiese fermentarme en las venas igual que el vino y emborracharme.

De haber sido posible, tenía claro que la historia que acababa de leer se prestaba a ello. Sin duda había leído libros mejores, con más aventuras, más besos y que no pretendían sentar cátedra en ningún aspecto, pero de alguna manera aquel había plantado en mí la sospecha frágil e imposible de que todo lo que contaba era cierto. Que había Puertas ocultas en todos los lugares recónditos, a la espera de que alguien las abriese. Que una mujer podía mudar la piel de su cuerpo infantil como una serpiente y abalanzarse hacia lo desconocido.

No creía posible que el señor Locke me hubiese dado algo tan fantasioso, con independencia de la pena que sintiese por mí. ¿Entonces? ¿Cómo había llegado aquel libro a mi cofre del tesoro de la Sala de los Faraones?

Era un misterio leve e insignificante en comparación con esa Cosa que no había dejado de sentir en el pecho. Empecé a dar por hecho que se quedaría ahí, que iba a adherirse a mi carne como una segunda piel y envenenaría todo lo que tocase.

Sentí el roce húmedo del hocico de Bad cuando se colocó debajo de mi brazo, como tenía por costumbre desde que era un cachorro. Hacía mucho calor y el sol de julio empezaba a calentar la tarima y el tejado de cobre, pero lo rodeé con los brazos y enterré la cara en su pelaje. Nos quedamos sudados y pegajosos mientras salía el sol y la Hacienda Locke crujía y murmuraba a nuestro alrededor.

La puerta se abrió justo cuando había empezado a quedarme dormida a causa del calorcito.

Olí a café y oí unos pasos familiares y determinados que se dirigían hacia mí. Noté en el pecho cómo desaparecía una tensión que había permanecido oculta hasta ese momento y solté un suspiro.

«Aún no se ha ido.»

Jane estaba vestida y alerta como si llevase mucho tiempo despierta y hubiera evitado molestarme hasta que ya no fuesen horas de seguir durmiendo. Dejó dos tazas humeantes de café en una estantería, arrastró una silla larguirucha hacia la cama y se sentó con los brazos cruzados a la perfección.

—Buenos días, Enero. —Su voz tenía cierto tono adusto, profesional. Tal vez un día era un periodo de luto más que suficiente para un padre que había estado ausente durante la mayor parte de mi vida. Quizá le molestase que me quedara durmiendo hasta tarde y monopolizara nuestra habitación—. Las chicas de la cocina me han dicho que la fiesta fue… ¿cómo dijeron?… ajetreada.

Solté un gemido de esos que se usan cuando no quieres hablar de un asunto concreto.

—¿Es cierto que te emborrachaste, le gritaste al señor Locke y saliste hecha una fiera de la sala de fumadores? ¿Y luego, a menos que mis confidentes se equivoquen, desapareciste con el chico de los Zappia?

Repetí el gemido, un poco más alto. Jane se limitó a arquear un poco las cejas. Me tapé la cara con el brazo, contemplé el resplandor anaranjado de debajo de mis párpados y gruñí:

—Sí.

Ella rio, un retumbar vibrante que asustó a Bad.

—Bueno, parece que tienes futuro. A veces me haces pensar que eres demasiado inocente para el mundo exterior, pero quizá me equivoque. —Hizo una pausa, aleccionadora—. Cuando conocí a tu padre, me dijo que eras una niña problemática y asilvestrada. Espero que sea así, porque lo vas a necesitar.

Me dieron ganas de preguntarle si mi padre solía hablar de mí, qué cosas le había contado y si había mencionado en algún momento la idea de llevarme con él, pero las palabras se me atropellaron en la garganta. Tragué saliva.

—¿Para qué?

Volví a ver ese gesto adusto y al borde de la irritación.

—Las cosas no van a seguir siempre así, Enero. Tienen que cambiar.

Vaya. Así que era eso. Iba a decirme que estaba a punto de marcharse, volver a casa, a las tierras altas del África Oriental Británica y abandonarme en aquella habitación pequeña y gris. Intenté reprimir la oleada de pánico que sentí en el pecho.

—Lo sé. Te vas a marchar. —Deseé haber sonado fría y adulta, que no se diese cuenta de que me había aferrado a las sábanas—. Te marchas porque mi padre... porque mi padre ha muerto.

—Ha desaparecido —me corrigió.

—¿Cómo dices?

—Tu padre ha desaparecido. No está muerto.

Negué con la cabeza y levanté un hombro.

—El señor Locke me dijo que...

Jane frunció los labios e hizo con ellos un gesto que me recordó al de una mujer que acabara de aplastar un mosquito.

—Locke no es Dios, Enero.

«Pues actúa como si lo fuese.»

No repliqué nada, pero no fui capaz de borrar el rechazo de mi rostro.

Jane suspiró, pero luego habló con voz amable y casi titubeante.

—Tengo razones para creer que... que tu padre adoptó ciertas precauciones. Tengo esperanza de volver a ver a Julian. Quizá tú también deberías tenerla.

La Cosa negra me envolvió con más fuerza, como una concha con forma de espiral de nautilo invisible que me protegiese de sus palabras, cruel y esperanzadora al mismo tiempo. Volví a cerrar los ojos y rodé a un lado para apartarme de ella.

—No me apetece café, pero gracias.

Inspiró con brusquedad. ¿La había ofendido? Bien. Quizá se marchara sin fingir que me iba a echar de menos, sin falsas promesas de que mantendríamos el contacto.

Pero luego refunfuñó:

—¿Qué es eso?

Y noté cómo su mano rebuscaba entre las sábanas a mi espalda. Sacó algo cuadrado de detrás de mí.

Me incorporé y vi que tenía *Las diez mil Puertas* en las manos y cómo acariciaba la cubierta con las puntas blancas de los dedos.

—Es mío. No lo...

—¿De dónde lo has sacado? —preguntó con una voz tranquila de la que emanaba una urgencia misteriosa.

—Me lo regalaron —respondí, a la defensiva—. Creo.

Pero ella había dejado de prestarme atención. Había empezado a hojear el libro con manos temblorosas y a repasar las palabras como si ocultasen un mensaje muy valioso escrito solo para ella. Sentí una envidia extraña y absurda.

—¿Dice algo sobre las irimu? ¿Y de las mujeres leopardo? ¿Encontró...?

Se oyó un «toc, toc, toc» en la puerta. Bad se incorporó con la boca a medio abrir y enseñando un diente blanco.

—¿Señorita Jane? Al señor Locke le gustaría hablar en privado con usted, si no es molestia.

Era el señor Stirling, quien, como siempre, sonaba como una máquina de escribir que de alguna manera se las hubiera arreglado para aprender a hablar y caminar.

Jane y yo nos quedamos mirando. Durante los dos años que llevaba viviendo en la Hacienda Locke, el señor Locke nunca había hablado en privado con ella. Y, en público, apenas una docena de veces. Stirling la miró con una expresión de apuro lastimoso, como si fuese un jarrón feo que no tienes más remedio que conservar porque es el regalo de un amigo.

Vi cómo la garganta de Jane se movía para tragar la misma emoción que le había hecho dejar unas manchas oscuras de sudor en la cubierta de piel del libro.

—Iré en un momento, señor Stirling. Gracias.

Se oyó un carraspeo muy profesional al otro lado de la puerta.

—Tiene que ser ahora. Si no le importa.

Jane cerró los ojos y apretó los dientes con frustración.

—Sí, señor —dijo. Se levantó, se metió mi libro en el bolsillo de la falda y dejó la mano encima, como si pretendiese asegurarse de que era real. Luego añadió con voz mucho más tranquila—: Hablaremos a mi regreso.

Tendría que haberme aferrado a su falda mientras le exigía una explicación. Tendría que haberle dicho al señor Stirling que cerrara la boca y, luego, haber disfrutado del silencio posterior.

Pero no lo hice.

Jane se marchó al recibidor y después todo se volvió a quedar en silencio y muy tranquilo, salvo el inquieto agitar de las motas de polvo que había levantado al marcharse. Bad saltó al suelo, se estiró y se sacudió. Una fina capa de pelo broncíneo se unió al polvo y resplandeció dorada contra los relucientes rayos de sol.

Volví a dejarme caer en el colchón. Oí los meticulosos chasquidos de las tijeras de podar del jardinero en el exterior. También el distante zumbido de un automóvil que cruzaba las puertas de hierro forjado. El agitado tamborileo de mi corazón al palpitar en la caja torácica me recordó a alguien que toca desesperado con el puño en una puerta cerrada.

El señor Locke afirmaba que mi padre estaba muerto.

«Acéptalo», me había dicho. Y yo lo había hecho. Pero ¿y si…?

Un doloroso agotamiento se apoderó de mis extremidades. ¿Cuántos años de mi vida había pasado esperando a mi padre, creyendo que volvería al día siguiente o al otro, corriendo desesperada a mirar el correo por si encontraba algún mensaje escrito con su pulcra caligrafía, esperanzada y desesperanzada al mismo tiempo, a la espera de que llegase el día de su regreso a casa y me dijera: «Enero, ha llegado la hora», y me perdiera con él en sus maravillosos viajes a lo desconocido? Sin duda era mejor no hacerle mucho caso a esa decepción definitiva y concluyente.

Deseé que Jane se hubiese olvidado mi libro. Me volvieron a dar ganas de escapar, de sumergirme de nuevo en la búsqueda del niño fantasma de Ade. Esa mujer había pasado muchos años buscándolo con un mínimo hilo de esperanza. Me pregunto qué habría hecho ella en mi lugar.

«Pues ponte a prueba.» Oí la respuesta en mi mente con ese acento sureño y regular que bien podría haber sido el de la voz de Ade, como si fuera una persona en lugar de un personaje de ficción. Resonó nítida y potente en mi cráneo, como si ya la hubiese oído antes. «Ve a buscarlo.»

Me quedé tumbada y casi inmóvil al tiempo que notaba un peligroso estremecimiento procedente de mi pecho y se extendía por mi cuerpo como si de una fiebre repentina se tratara.

Pero una voz más adulta y seria me recordó que *Las diez mil Puertas* no era más que una novela, y que las novelas no son las mejores consejeras. No se preocupan por la racionalidad ni por la solemnidad, sino que se regodean en la tragedia y la intriga, en el caos y el quebrantamiento de las normas, en la locura y la angustia; te derivan hacia ello con las mismas artimañas con las que un flautista engañaría a las ratas para tirarlas al río.

Después de la debacle de la noche anterior, lo más inteligente habría sido quedarme allí, dejarme embaucar por las riquezas del señor Locke y dejar mis anhelos infantiles encerrados tal y como les correspondía; aprender a olvidar la voz grave y sincera de mi padre diciendo «Te lo prometo».

«Nunca viniste a buscarme. Nunca me rescataste.»

Pero quizá, si era audaz, bragada y tozuda, si le hacía caso a esa vocecilla intrépida y determinada de mi corazón, esa tan familiar y extraña al mismo tiempo; quizás en ese caso nos podría rescatar a ambos.

No esperaba encontrarme con nadie al salir. Y tendría que haberlo hecho, porque había varios hombres de la Sociedad pernoctando en la casa como invitados de honor del señor Locke, ocupando las chabacanas *suites* del segundo piso, y la casa seguía atestada de sirvientes contratados que se dedicaban a limpiar después de la fiesta, pero Escapar de Casa implica tener un plan muy bien pensado y sincronizado: se suponía que Bad y yo íbamos a salir por la puerta delantera y recorrer el camino que salía de la casa como un par de fantasmas. Cabía la posibilidad de que el señor Locke entrase hecho una fiera al cabo de un rato, encontrase mi nota (poco informativa, pero preñada de pena, y en la que le agradecía todos los años de generosidad y amabilidad) y soltase un taco en voz baja. Puede que incluso se asomase a la ventana para comprobar si me veía escapar, pero ya sería demasiado tarde.

Pero todo se fue al traste cuando me topé con él en el vestíbulo. Con él y con el señor Havemeyer.

—… solo una niña, Theodore. Lo solucionaré en un par de días.

Locke estaba de pie y me daba la espalda. Con un brazo hacía los gestos confiados de un banquero que tranquiliza a un inversor nervioso y con el otro sostenía el abrigo de Havemeyer, quien tenía la mano extendida para cogerlo y el rostro retorcido en un gesto perplejo cuando me vio bajar por la escalera.

—Vaya. Ahí está la niña descontenta, Cornelius.

La sonrisa de Havemeyer solo se distinguía como tal porque tenía los labios curvados hacia arriba y mostraba un poco los dientes. Locke se dio la vuelta, y vi cómo su cara pasaba de una fría desaprobación a la consternación poco antes de abrir un poco la boca, asombrado.

Su fruncimiento de ceño y su mirada de «qué está pasando aquí» me hicieron titubear. La confianza embriagadora e impulsiva que me había llevado hasta allí, y que había hecho que me vistiese con los atuendos más abrigados, llenado un bolso de lona con algunas de mis posesiones colocadas al azar y escrito dos notas de altivez demasiado literaria. Titubeó. De pronto me sentí mucho más parecida a una niña que les comenta a sus padres que se va a escapar de casa. Reparé en que había metido en el equipaje nueve o diez libros, pero ni un solo par de calcetines.

Locke abrió aún más la boca y el pecho empezó a agitársele cada vez más, como si se preparase para el sermón que estaba a punto de soltarme, pero en ese momento me di cuenta de algo. Si estaba en el vestíbulo con Havemeyer, sin duda ya había terminado de hablar con Jane… y no la había vuelto a ver.

—¿Dónde está Jane? —interrumpí.

Se suponía que iba a volver a nuestra habitación y encontrar la nota que había escondido dentro de *Tom Swift y su aeronave*. Luego se reuniría conmigo en Boston, donde compraríamos un pasaje para un barco de vapor que fuese hacia el este y daría comienzo nuestra aventura. Si quería hacerlo, claro. Mi plan maestro obviaba la necesidad de preguntárselo cara a cara y la posibilidad de oírle decir que no.

El rostro de Locke se puso pálido a causa de la irritación.

—Vuelve a tu habitación, niña. Ya hablaremos luego. De hecho, te vas a quedar encerrada allí hasta que considere que…

—¿Dónde está Jane?

Havemeyer no había dejado de mirarnos y espetó:

—Me alegra saber que no solo es una maleducada cuando está borracha, señorita Demico.

Locke no le prestó atención.

—Enero. Arriba. Ya. —Su voz se había vuelto grave y urgente. Le rehuí la mirada, pero noté cómo sus ojos pálidos se quedaban fijos en mí, tiraban de mi cuerpo y me empujaban hacia atrás—. Vuelve a tu habitación…

Pero estaba cansada de hacerle caso al señor Locke, cansada de sentir cómo su voluntad me aplastaba hasta hacerme más y más pequeña, cansada de saber cuál era el lugar que me correspondía.

—No. —Pronuncié la palabra en un susurro. Tragué saliva mientras rozaba el pelaje broncíneo de Bad con la punta de los dedos—. No. Me voy.

Bajé la cabeza, cuadré los hombros como una mujer que se prepara para enfrentarse a una tempestad y arrastré mi bolso por las escaleras y luego a través del vestíbulo. Mantuve la espalda muy erguida.

Cuando estábamos a punto de pasar junto a ellos, cuando no quedaba nada para alcanzar el pomo de latón de la puerta principal, el señor Havemeyer rio. Fue un siseo espantoso y agudo que hizo que a Bad se le erizasen los pelos del cogote bajo mi mano. Lo agarré con fuerza por el collar.

—¿Y adónde va a ir algo como tú? —preguntó.

Luego levantó el bastón y cabeceó con sorna hacia mi bolso de lona.

—A encontrar a mi padre.

También estaba cansada de mentir.

La sonrisa falsa de Havemeyer se volvió empalagosa. Y algo indecoroso que bien podría haber sido expectación o placer le iluminó los ojos mientras se inclinaba hacia mí y colocaba un dedo enguantado debajo de mi barbilla para levantarme un poco la cabeza.

—¿Te refieres a tu padre fallecido?

En ese momento tendría que haber soltado el collar de Bad y dejarle que hiciese papilla a Havemeyer. Tendría que haberle dado una torta o haber hecho como si no existiera o haberme escabullido hacia la puerta.

Cualquier cosa menos lo que hice en realidad.

—Puede. Puede que no. Quizá solo esté perdido. Ahí fuera, en algún lugar. Quizás haya encontrado una Puerta, la haya atravesado y ahora esté en otro mundo, un mundo mejor en el que no haya gente como usted.

Era una respuesta que podía considerarse propia de una lunática y también deplorable. Esperé a que el señor Locke suspirase y a que Havemeyer hiciese ese sonido sibilante que parecía una risa.

Pero, en lugar de eso, ambos se quedaron en silencio, uno de esos que hacen que se te erice el vello de los brazos y que te obliga a pensar en lobos y serpientes que aguardan en la hierba alta. El tipo de silencio que hace que te des cuenta de que acabas de cometer un error muy grave, aunque no sepas muy bien de qué se trata.

El señor Havemeyer se envaró, me soltó el rostro y flexionó los dedos muy intranquilo dentro de sus guantes para conducir.

—Cornelius, creí que habíamos dejado claro que cierta información solo podía estar disponible para los miembros de la Sociedad. De hecho, creía que era un dogma esencial de nuestra organización, impuesto por el mismísimo Fundador.

Y por segunda vez esa mañana, me pareció que la conversación había pasado de repente a un idioma nada familiar.

—Yo no le he contado absolutamente nada.

Locke habló con voz brusca, pero había en ella un atisbo de algo que podría ser miedo, aunque me costaba asociar el miedo con el señor Locke.

Las fosas nasales de Havemeyer se agitaron.

—En ese caso... —Cogió aire—. ¡Luke! ¡Evans!

Un par de hombres descomunales bajaron las escaleras a trompicones en cuanto lo oyeron gritar. Llevaban unas maletas a medio cerrar.

—Diga, señor Havemeyer —jadearon.

—Llevad a esta chica a su habitación, por favor. Y encerradla. Por cierto, tened cuidado con el perro.

Una cosa que siempre he odiado de los libros es cuando un personaje se queda paralizado por el miedo. «¡Despierta!», me dan siempre ganas de gritarle. «¡Haz algo!» Recuerdo que me quedé allí quieta con el bolso de lona al hombro y aflojando la sujección del collar de Bad. Y que también me dieron ganas de gritarme: «¡Haz algo!».

Pero era una niña buena y no hice nada. Me quedé en silencio mientras el señor Havemeyer daba unos golpecitos en el suelo con el bastón para que sus hombres se diesen prisa, mientras el señor Locke bufaba y protestaba y mientras unas manazas se cerraban alrededor de mis hombros.

Mientras, el valiente de Bad empezaba a gruñir y uno de los hombres le tiró un abrigo sobre la cabeza que no dejaba de agitar y luego le dio una patada para tirarlo al suelo.

Me arrastraron escaleras arriba y me lanzaron al suelo de mi habitación. Luego oí el chasquido de la cerradura al cerrarse, similar al del martillo lubricado del revólver del señor Locke.

No emití ruido alguno hasta que oí unos ladridos furiosos, a unos hombres que no dejaban de soltar tacos, una serie de patadas ahogadas al golpear contra un cuerpo y luego un silencio ominoso. Ya era demasiado tarde.

Espero que hayas aprendido algo de esto: si eres demasiado buena y nunca alzas la voz, lo pagarás caro. Siempre lo pagarás caro en algún momento.

Υ

«Bad Bad BadBadBad.»

Arañé la puerta y giré el pomo hasta que me empezaron a doler los huesos de la muñeca. Las voces de varios hombres subían por las escaleras y se deslizaban bajo mi puerta, pero no las oí a causa del traqueteo de los goznes y un gemido terrible que no sabía de dónde salía. En ese momento descubrí la voz irritada de Havemeyer que venía del rellano.

—¿Puede ir alguien a callarla?

Y fue entonces cuando me di cuenta de que el gemido surgía de mí.

Me quedé quieta. Oí a Havemeyer gritar en la parte baja de las escaleras:

—Saca eso de aquí y limpia este desastre, Evans.

Luego solo recuerdo el estruendoso batir de la sangre en mis oídos y el escándalo silencioso de mi mente al venirse abajo.

Volvía a tener siete años y la llave de Wilda acababa de girar en la cerradura de acero negro para dejarme sola y encerrada. Recuerdo cómo las paredes se me vinieron encima, como si fuesen un espécimen botánico. También recuerdo el sabor dulzón y asqueroso del jarabe en la cuchara de plata, el olor de mi propio miedo. Creí que lo había olvidado, pero los recuerdos eran nítidos como fotografías. Me pregunté, sin emoción alguna, si siempre había estado ahí, acechando en la oscuridad y susurrándome sus miedos. Detrás de toda niña buena también había una buena y vigilante amenaza.

Oí un agitar y varios insultos que venían del salón. «Bad.»

Mis piernas dejaron de sostenerme y me deslicé hacia el suelo junto a la puerta sin dejar de pensar: «Eso es lo que se siente al estar sola». Creía que lo sabía, pero ahora Jane ya no estaba y se habían llevado a Bad, por lo que iba a pudrirme entre el polvo y el algodón de esa habitación gris y descuidada sin que le importase absolutamente a nadie.

La Cosa negra volvió a rodearme y me cubrió los hombros con sus alas grises y densas como el humo del carbón. «Sin madre, sin padre, sin amigos.»

Yo era la culpable. Era culpable por pensar que podía librarme, que podía encontrar en mi interior la osadía necesaria para perderme en lo desconocido como un héroe que se embarca en una misión. Por creer que podía doblegar las normas, solo un poco, y forjarme un destino mejor y más grandioso.

Pero los que hacían las normas eran personas como Locke y Havemeyer, hombres ricos en salas de fumadores que atraían riquezas como arañas bien vestidas situadas en el centro de una telaraña de oro. Gente importante a la que nunca iban a dejar encerrada en habitaciones pequeñas para que todo el mundo se olvidara de ella. Lo mejor a lo que podía aspirar era a una vida bajo su magnánima sombra, como una criatura a caballo entre dos mundos a la que nadie quería pero a la que tampoco insultaban, y a la que se le permitía deambular libre por ahí mientras no causase problemas.

Me llevé las manos a los ojos. Me dieron ganas de lanzar un hechizo que borrara de un plumazo los tres últimos días y volver, inocente y desconcertada, a la Sala de los Faraones cuando me disponía a acercarme al cofre azul. Me dieron ganas de desaparecer entre las páginas de *Las diez mil Puertas*, de perderme en las imposibles aventuras de Ade. Pero Jane me había quitado el libro y ahora ya no estaba en la casa.

Me dieron ganas de encontrar una Puerta y de escribir cómo la atravesaba.

Pero eso era una locura.

Aun así… No podía dejar de pensar en ese libro. Ni en la expresión ansiosa de los ojos negros muy abiertos de Jane al cogerlo. Ni en la manera en la que Havemeyer y Locke se habían quedado de piedra ante la breve mención de las Puertas. ¿Y si…?

Titubeé al borde de ese acantilado invisible, conteniéndome para no abalanzarme al agitado y caudaloso océano de debajo. Me puse en pie despacio y me acerqué al armario. Mi joyero era un viejo costurero que había guardado y llenado de tesoros acumulados durante diecisiete años: plumas y piedras, baratijas de la Sala de los Faraones, cartas de mi padre dobladas tantas veces que los dobleces estaban traslúcidos. Pasé un dedo por el revestimiento interior hasta que noté el canto frío de una moneda.

La reina de plata me dedicó una sonrisa ajena, tal y como había hecho cuando tenía siete años. La sostuve en la palma de la mano y la noté pesada, muy real. Sentí un mareo provocado por la emoción, como si un ave de enormes alas volase en mi interior y dejara a su paso un reguero de sal, de cedro y del sol de otro mundo, un astro que me era familiar pero que no lo era al mismo tiempo.

Respiré hondo. Dos veces. Era una locura. Pero mi padre estaba muerto, me habían encerrado y Bad me necesitaba, por lo que solo podía aferrarme a esa locura.

Me lancé por ese borde invisible hacia las aguas oscuras del fondo, donde lo irreal se convirtió en realidad, donde lo imposible nadaba con aletas relucientes, donde podía creerme cualquier cosa.

Y la calma llegó de repente cuando creí. Me metí la moneda en la falda y me acerqué al escritorio que había debajo de la ventana. Encontré un pedazo de papel usado y lo desplegué en la mesa. Me quedé quieta durante un instante para hacer acopio de todos los indicios que pudiera encontrar de mi ebria y vertiginosa convicción, y luego levanté la pluma y escribí:

La Puerta se abre.

Ocurrió tal y como había sucedido cuando tenía siete años y aún era lo bastante joven como para creer en la magia. Levanté la pluma del punto y final y me dio la impresión de que el universo exhalaba a mi alrededor, de que encogía sus hombros invisibles. La luz que entraba por la ventana, atenuada y que presagiaba tormenta, resplandeció de pronto.

Unas bisagras chirriaron a mi espalda.

Experimenté una sensación alegre y embriagadora que amenazaba con engullirme, a la que siguió un cansancio doloroso, una oscuridad pegajosa y desbocada que latía detrás de mis ojos. Pero no tenía tiempo para pararme a pensar en ello. «Bad.»

Corrí a pesar de lo mucho que me temblaban las piernas. Pasé a toda prisa junto a unos invitados sorprendidos, junto a vitrinas numeradas con placas de latón, y luego me abalancé escalera abajo.

Me recibió una escena diferente en el vestíbulo: Havemeyer había desaparecido, la puerta principal seguía abierta y el señor Locke hablaba con una de esas moles con voz grave y concisa. El hombre asentía al tiempo que se limpiaba las manos en una toalla blanca y la dejaba manchada de un tono similar al del óxido. Sangre.

—¡Bad! —Mi intención había sido gritar, pero me había quedado sin aire y empezaba a sentir una fuerte presión en el pecho.

Se giraron hacia mí.

—¿Qué han hecho?

Ahora mi voz era poco más que un susurro.

Ninguno me respondió. El hombre de Havemeyer parpadeaba con gesto desconcertado, como el de alguien que no se cree lo que ven sus ojos.

—La encerré, señor. Lo juro. Tal y como dijo el señor Havemeyer. ¿Cómo ha…?

—Silencio —espetó Locke, y el hombre cerró la boca al momento—. Márchate.

El grandullón salió por la puerta de detrás de su jefe, sin dejar de mirarme de reojo con una expresión cargada de miedo y sospecha.

Locke se giró hacia mí, con los brazos alzados en un gesto que bien podría haber sido de apaciguamiento o de frustración. ¿Qué más daba?

—¿Dónde está Bad? —Aún no había aire suficiente en mis pulmones, como si un puño gigante me hubiera atrapado entre sus dedos—. ¿Qué le han hecho? ¿Cómo ha podido dejar que le hagan daño?

—Siéntate, niña.

—No me pienso sentar. —Nunca le había hablado así a nadie en toda mi vida, pero las extremidades habían empezado a temblarme a causa de algo ardiente e imponente—. ¿Dónde está? Y Jane, tengo que hablar con Jane… ¡Suélteme!

El señor Locke se había acercado a las escaleras para agarrarme por la barbilla con firmeza, y noté sus dedos contra mi cara. Me levantó el rostro y me miró directo a los ojos.

—Que. Te. Sientes.

Las piernas me empezaron a temblar y a perder fuerza. Me agarró de un brazo y me arrastró a la fuerza hasta una de las habitaciones: la Sala de los Safaris, una estancia llena de cabezas de antílopes disecados y máscaras hechas de madera oscura y tropical. Al entrar, me lanzó a un sillón. Me agarré al asiento, mareada, tambaleándome y aún atormentada por ese agotamiento enfermizo.

Locke arrastró otra silla por toda la habitación al tiempo que descolocaba una alfombra con las patas y luego se sentó delante de mí, tan cerca que nuestras rodillas se rozaban. Se reclinó en un gesto de fingida tranquilidad.

—Sabes que lo he intentado todo contigo, ¿verdad? —expuso con naturalidad—. Todos los años que he pasado cuidándote, puliéndote, protegiéndote… Siempre te he considerado el objeto más valioso de mi colección. —Cerró el puño con frustración—. Y aun así te empeñas en meterte en problemas.

—Señor Locke, por favor. Bad…

Se inclinó hacia delante sin apartar de mí la mirada gélida y apoyado en los reposabrazos de mi asiento.

—¿Acaso no sabes cuál es el lugar que te corresponde?

Bajó la voz al pronunciar las cuatro últimas palabras, que sonaron con un acento ajeno y gutural que casi no reconocí. Me estremecí, y él se apartó y soltó un gran suspiro.

—Dime, ¿cómo saliste de tu habitación? Y en nombre de todos los dioses, ¿cómo descubriste esas aberraciones?

¿Se estaba refiriendo a las… Puertas?

Conseguí olvidarme por completo de Bad por primera vez desde que había oído esas patadas ahogadas, y mi mente se centró en el hecho de que sin duda no había sido el señor Locke quien me había regalado *Las diez mil Puertas*.

—No fue cosa de tu padre, creo que de eso podemos estar seguros. Esas postalitas desinteresadas apenas tenían hueco para pegar los sellos. —Locke bufó detrás del bigote—. ¿Fue esa maldita africana?

Parpadeé.

—¿Jane?

—¡Ajá! Así que tiene algo que ver. Lo sospechaba. Ya la seguiré en cuanto pueda.

—¿Seguirla? ¿Dónde está?

—La despedí esta mañana. Ya no requeríamos sus servicios, fueran estos cuales fuesen.

—¡No puede hacer eso! Mi padre contrató a Jane. ¡No puede despedirla!

Como si eso importase. Como si un vacío legal o un tecnicismo fuesen a devolvérmela.

—Me temo que tu padre ya no está en condiciones de contratar a nadie. Los muertos no suelen poder. Pero ahora tenemos cosas más importantes de las que preocuparnos. —Locke había perdido el tono iracundo en algún momento de la conversación para adoptar uno distante, brusco e imparcial, como el que usaría para dar comienzo a una reunión de la junta o para dictarle órdenes al señor Stirling—. De hecho, lo cierto es que la manera en la que hayas conseguido dicha información es lo de menos. Lo importante es que sabes demasiado, que has descubierto muchas cosas por tu cuenta y que has sido tan negligente como para revelarle tal conocimiento a uno de nuestros miembros más… ¿cómo lo diría?… imprudentes. —Suspiró y encogió los hombros, como si diese por hecho que iba a hacer tal cosa—. Theodore emplea unos métodos algo bruscos, y me temo que se ha inquietado mucho con tu truquito de abrir la puerta. Pero bueno, es joven.

«Es mayor que usted.»

¿Era así como se sentía Alicia al caer por la madriguera del conejo?

—Por todo eso, debo encontrar la manera de mantenerte a salvo, de ocultarte. He hecho algunas llamadas.

Me revolví y sentí como si cayese por un acantilado.

—¿Llamadas a quién?

—Unos amigos…, unos clientes… Ya sabes. —Agitó una manaza—. Te he encontrado un lugar en el que vivir. Me han dicho que es muy profesional, moderno y cómodo… No como esas mazmorras victorianas en las que solían encerrar a la gente. Brattleboro tiene una reputación excelente.

Cabeceó hacia mí, como si debiera sentirme agradecida por oírlo.

—¿Brattleboro? Un momento… —Noté cómo algo me oprimía el pecho—. ¿Brattleboro Retreat? ¿El manicomio? —Había oído el nombre entre susurros en boca de los invitados del señor Locke; era el lugar en el que los ricos encerraban a sus tías solteras y locas y también a las hijas problemáticas—. Pero ¡yo no estoy loca! No pueden encerrarme.

La expresión de Locke dio paso a algo similar a la conmiseración.

—Pero querida, ¿acaso no te he enseñado todo lo que se puede comprar con dinero? Además, para los demás no eres más que una pequeña mestiza huérfana que se acaba de enterar de la muerte de su padre y ha empezado a balbucear no sé qué de puertas mágicas. Admito que tardé un poco en convencerlos de que no tuviesen en cuenta el color de tu piel, pero ten por seguro que sí que pueden encerrarte.

La escena transcurría en mi fuero interno como una película; hasta vi los intertítulos con frases del señor Locke para que el público los leyese: «Tu padre está muerto, Enero». Y luego, las escenas de una joven que lloraba y deliraba. «¡La pobre se ha vuelto loca!» Y después, un tranvía negro que cruza por debajo del arco de piedra de un edificio con unas letras que rezan MANICOMIO mientras unos relámpagos alumbran el cielo. En la siguiente escena aparecía la heroína amarrada a la cama de un hospital contemplando desganada la pared. «No.»

El señor Locke volvió a hablar.

—Solo serán unos meses. Puede que un año. Necesito tiempo para hablar con la Sociedad y hacerlos entrar en razón. Para demostrarles que en realidad tienes una naturaleza dócil. —Me sonrió, y a pesar de todo mi dolor desgarrador, vi la amabilidad en su gesto, la disculpa—. Me gustaría no haber tenido que llegar a esto, pero es la única manera de mantenerte a salvo.

Empecé a jadear y se me estremecieron los músculos.

—No puede hacerlo. No lo hará.

—¿Creíste que no habría consecuencias, que podrías zambullirte en estas aguas sin que ocurriese nada? Estos son asuntos muy serios, Enero. Traté de advertirte. Estamos imponiendo un orden natural a las cosas, determinando el destino de varios mundos. Quizá llegue el día en el que puedas ayudarnos. —Volvió a extender el brazo hacia mi cara. Lo evité. Recorrió mi mejilla con un dedo de la misma manera en que lo haría con una porcelana china importada: con codicia y delicadeza—. Sé que parece cruel, pero créeme cuando te digo que es por tu bien.

Y su mirada se encontró con la mía. Anhelé, de una manera extraña e infantil, confiar en él, acurrucarme y dejar que el mundo fluyese a mi alrededor, como siempre había hecho, pero...

Bad.

Intenté correr. Lo juro. Pero mis piernas seguían débiles y tambaleantes, y Locke me sujetó por la cintura antes siquiera de tener la ocasión de bajar al vestíbulo.

Me arrastró hacia un armario entre forcejeos y salpicones de saliva y me lanzó dentro con el mismo desdén con el que un cocinero cuelga las piezas de carne en una sala frigorífica. Cerró de un portazo y me quedé atrapada en la oscuridad con el aroma intenso y mohoso de los abrigos de piel y el sonido de mi respiración.

—¿Señor Locke? —Me salió un tono agudo y tembloroso—. Señor Locke, por favor. Lo siento...

Balbuceé. Supliqué. Lloré. La puerta no se abrió.

Se supone que una buena heroína debería cerrar la boca cuando la encierran en una mazmorra, empezar a maquinar valientes planes para escapar al tiempo que odia a sus enemigos con recto entusiasmo. Pero yo supliqué con ojos llorosos y sin dejar de temblar.

Odiar a la gente en los libros es fácil. Yo también soy lectora y sé cómo los personajes se pueden convertir en Villanos con poco más que una actitud autoritaria. (Fíjate en los dientes afilados o las puntas de daga que son las astas de esa letra mayúscula.) Pero las cosas son diferentes en la vida real. El señor Locke aún era el señor Locke, el hombre que me había cuidado en la comodidad de su lujoso hogar mientras mi padre ni se preocupaba por criarme. No quería odiarlo. Quería olvidarlo todo y hacer que las últimas horas no hubiesen existido jamás.

No sé cuánto tiempo estuve esperando en el armario. Esta es la parte de la historia en la que el tiempo se vuelve voluble e inconsistente.

Terminé por oír un golpeteo insistente en la puerta, y oí cómo el señor Locke decía:

—Entren, entren, caballeros. Gracias a Dios que han llegado. —Un agitar de pies y el ruido de los goznes de la puerta—. Estaba un poco inquieta hacía un momento. ¿Seguro que podrán controlarla?

Otra voz respondió que eso no sería problema, que tanto él como sus compañeros tenían mucha experiencia. Luego invitaron al señor Locke a retirarse a otra habitación, para evitar imágenes desagradables.

—No, no se preocupen. Quiero ver lo que hacen.

Más pasos. Luego el deslizar de la llave en la cerradura de la puerta del armario y las siluetas de tres hombres recortadas contra la luz del ocaso. Fornidos, de manos enguantadas que me agarraron por la parte superior de los brazos y me arrastraron hacia la entrada. Las piernas no me respondían.

—Señor Locke, por favor. No sé nada. No quería. No deje que me lleven…

Me pusieron un trapo sobre la nariz y la boca, húmedo y de aroma dulzón. Grité, pero la tela empezó a cubrirme más y más hasta que mis ojos y mis extremidades quedaron velados por una oscuridad dulzona de sonidos amortiguados.

Lo último que sentí fue un alivio distante. Al menos, en esa oscuridad no tenía que ver la mirada compasiva del señor Locke.

Lo primero que nota una es el olor. Antes siquiera de despertarte, ese olor se agita contigo en la oscuridad: almidón, amoniaco, sosa cáustica y algo más, algo que bien podría haber sido pánico destilado y fermentado en las paredes del hospital durante décadas. Una también se huele a sí misma, grasienta y sudorosa como un pedazo de carne que alguien ha dejado sobre una encimera.

Por eso, cuando abrí los ojos, y experimenté una sensación similar a la de sacar del bolsillo dos caramelos que se te han derretido dentro, no me sorprendí al encontrarme en una estancia extraña de paredes de un tono gris verdoso. No contaba con ninguno de los elementos habituales de una habitación y solo quedaban en ella el delicado suelo pulido y dos ventanas estrechas. Hasta la luz del sol que se filtraba por ellas parecía más apagada de lo normal.

Noté los músculos flácidos, como si se hubiesen soltado de mis huesos, y un latido en la cabeza. Tenía una sed exagerada. Pero no empecé a tener miedo hasta que intenté extender la mano hacia la pretina para tocar la moneda de plata y no pude hacerlo: unas grandes y suaves esposas de lana me rodeaban las muñecas.

Y claro, tener miedo solo sirvió para hacerme sudar.

Me quedé allí tumbada con el miedo, ese latido en la cabeza y la boca pastosa durante horas, pensando en Bad y en Jane y en mi padre y en cuánto echaba de menos el olor polvoriento y envejecido de la Hacienda Locke. Y también en lo mal que había ido todo. Cuando al fin llegaron las enfermeras, estaba demasiado sumida en mis pensamientos.

Eran unas mujeres de espalda rígida, manos ásperas a causa de la sosa cáustica y voces persuasivas.

—Venga, incorpórate para comer. Sé una niña buena —ordenaron.

Y lo fui. Comí algo insípido y blanduzco que parecía avena, bebí tres vasos de agua y oriné cuando me lo ordenaron en un recipiente de latón; hasta me tumbé en la cama cuando me lo pidieron y dejé que me apretasen las esposas que me ceñían las muñecas.

Mi único acto de rebelión (y Dios sabe bien lo patético que fue) fue sacar la moneda de la pretina y agarrarla con fuerza en la palma de la mano. La primera noche sobreviví gracias a que no dejé de aferrarla, ni de soñar con reinas de rostros argénteos que navegaban libres por mares ajenos.

La segunda mañana estaba convencida de que una legión de doctores ceñudos llegaría en cualquier momento para administrarme drogas o golpearme, tal y como había leído en las noticias que se publicaban sobre los manicomios. Me quedé varias horas tumbada bocarriba contemplando la lóbrega luz del sol que se proyectaba por la ventana, hasta que al fin recordé la lección que había aprendido de pequeña: lo que acaba con una persona no es el dolor ni el sufrimiento, sino el tiempo.

El tiempo, que se aposenta en tu clavícula como un dragón de escamas negras y empieza a contar los minutos con un entrechocar de garras mientras unas alas sulfúreas te empiezan a envolver horas después.

Las enfermeras regresaron dos veces y repitieron los rituales. Fui muy dócil y ellas murmuraron, admiradas. Cuando les hice saber que por favor quería hablar con el doctor porque se había cometido un terrible error y no estaba loca, de verdad, una de ellas hasta rio entre dientes.

—Está muy ocupado, guapa. Tu valoración está programada para mañana, o al menos para antes de que acabe la semana. —Luego me dio unos golpecitos en la cabeza de una manera en la que un adulto jamás se lo haría a otro adulto, y añadió—: Pero te has portado muy bien, por lo que esta noche podemos quitarte esto.

Lo dijo de tal manera que pareció como si tuviera que darle las gracias por quitarme las esposas, por disponer de la libertad humana y básica de mover mis brazos y tocar algo que no fuesen unas sábanas demasiado almidonadas. Noté cómo algo se encendía en mi interior. Si lo dejaba arder, se iba a convertir en un gran incendio, en una llama voraz que chamuscaría mis sábanas rígidas, haría estallar el cuenco de avena contra la pared e iluminaría mis ojos con un fuego abrasador. Nadie habría creído en mi cordura después de hacer algo así, por lo que sofoqué las brasas.

Se marcharon y me quedé junto a la ventana, apoyando la frente contra el cristal caliente por el sol del verano, hasta que me empezaron a doler los pies. Volví a tumbarme.

Volví a sentir la presencia del dragón de las horas. Se hacía más grande a medida que se ponía el sol; se multiplicaba en las sombras.

Esa segunda noche estuve a punto de romperme en mil pedazos, que luego habría sido incapaz de unir, de no haber sido por unos golpes irregulares y un tanto familiares que oí en la ventana. Dejé de respirar.

Salí de la cama y traté de abrir como pude el tenaz pestillo. Los brazos casi no me respondían. Se abrió unos pocos centímetros, pero lo suficiente para que entrara una dulce brisa de noche veraniega, suficiente para oír cómo una voz familiar decía mucho más abajo:

—¿Enero? ¿Eres tú?

Era Samuel. Me sentí por unos instantes como Rapunzel cuando el príncipe acudía a rescatarla a la torre, aunque en mi caso no habría cabido por la ventana ni aunque hubiera tenido el pelo lo bastante largo y rubio, en lugar de rizado y apelmazado como lo tenía. Pero fue una sensación agradable.

—¿Qué haces aquí? —murmuré.

Solo veía la silueta de un hombre que sostenía algo en las manos varios pisos por debajo.

—Me ha enviado Jane. Me ha dicho que te cuente que intentó hablar contigo, pero que no fue capaz de…

—Pero ¿cómo has sabido cuál era mi ventana?

Vi que la sombra se encogía de hombros.

—Pues esperé y me quedé mirando hasta que te vi.

No dije nada. Me lo imaginé oculto entre los arbustos con la cabeza alzada hacia las ventanas de mi prisión y esperando durante horas y horas hasta ver mi rostro en la ventana. Sentí un estremecimiento que me bajó por la clavícula. A lo largo de mi vida, las personas importantes nunca habían estado a mi lado. Siempre se habían marchado, me habían abandonado para no volver jamás… Pero Samuel se había quedado esperando.

Volvió a hablar.

—Mira, Jane me ha dicho que es importante que tengas…

Se quedó en silencio. Ambos vimos un resplandor de luces que se iluminaban en las ventanas del primer piso y oímos el murmullo ahogado de pasos que acudían a comprobar qué ocurría.

—¡Cógelo!

Lo cogí. Era una piedra con un cordel.

—¡Tira! ¡Rápido!

Y luego desapareció en el paisaje mientras las puertas del hospital se cerraban tras él. Tiré del cordel con nerviosismo y cerré la ventana lo más rápido que pude. Luego me deslicé por la pared de la habitación y empecé a jadear como si, en lugar de Samuel, hubiera sido yo la que había desaparecido a la carrera en medio de la noche.

En el otro extremo del cordel había atado algo pequeño y cuadrado: un libro. El libro. Incluso en la oscuridad, vi la caligrafía desgastada de la cubierta sonriéndome como unos dientes dorados en la oscuridad: *LA DIEZ MI UERTAS*. Samuel llevaba mucho tiempo sin pasarme una historia de tapadillo. Me pregunté si habría doblado las puntas de las páginas en las que aparecían sus partes favoritas.

Se me ocurrieron cientos de preguntas. ¿Cómo había reconocido Jane el libro y por qué quería que lo tuviese yo? ¿Cuánto tiempo habría esperado Samuel en caso de tener que quedarme encerrada aquí para siempre? No les presté atención. Los libros son Puertas y tenía ganas de cruzarlas.

Me arrastré hacia el centro de la estancia, donde se proyectaba un rectángulo de la luz amarillenta del pasillo, y empecé a leer.

Capítulo 3

Sobre puertas, mundos y palabras

Otros mundos y la flexibilidad de las reglas de la naturaleza. La Ciudad de Nin. Una puerta familiar vista desde el otro lado. Un fantasma en el mar.

*E*s descorazonador, pero llegados a este punto de la historia tenemos que abandonar por completo a la señorita Adelaide Larson. La dejamos navegando por un océano desconocido en La Llave, con la brisa salada soplándole el aroma a savia de pino del pelo y llenándole el corazón de una certeza deslumbrante.

Pero la abandonamos por una buena razón: ha llegado la hora de conocer a fondo la naturaleza de las puertas. Antes que nada, me gustaría que supieses que no es algo que haya retrasado para darle un tono dramático al relato, sino tan solo porque a estas alturas espero haberme ganado tu confianza. Espero, simple y llanamente, que me creas.

Empecemos por la idea principal de esta historia: las puertas son aberturas entre dos mundos que solo existen en lugares que cuentan con una resonancia particular e indefinible. Por «resonancia indefinible» me refiero al espacio entre mundos, esa vasta negrura que espera en el umbral de cada una de las puertas, una espantosa zona que es muy peligroso atravesar. Uno siente que los bordes de su cuerpo se disuelven a pesar de que no hay nada que los presione, que su misma esencia amenaza con derramarse por el vacío. La literatura y los mitos están a rebosar de personajes que han entrado en el vacío para no volver a aparecer al otro lado[10]. Por lo tanto, es de esperar que estas puertas se hayan construido en lugares en los que esa negrura es débil y menos mortal; puntos de convergencia o cruces de caminos creados de forma natural.

¿Y cuál es la naturaleza de esos otros mundos? Como hemos descubierto en capítulos anteriores, hay una variedad infinita y cambiante de ellos, una heterogeneidad que suele fracasar a la hora de seguir las reglas del que habitamos nosotros, esas que con arrogancia llamamos las leyes del universo. Hay lugares en los que hombres y mujeres tienen alas y la piel roja y lugares en los que no hay ni hombres ni mujeres, sino personas a caballo entre ambos géneros. Hay mundos en los que los continentes van en la espalda de enormes tortugas que nadan a través de océanos de aguas claras, en los que las serpientes recitan acertijos y en los que la línea que separa la vida de la muerte está tan emborronada que se podría decir que ni existe. He visto aldeas donde han conseguido domar al mismísimo fuego y este los sigue como un sabueso obediente; también ciudades de capiteles de cristal, tan altos que están rodeados de nubes. (Si te preguntas por qué el resto de mundos parecen ser tan mágicos en comparación con tu aburrida Tierra, ten en cuenta lo mágico que puede resultar este mundo visto desde otra perspectiva. Para un mundo de personas que habitan en los mares, tu capacidad de respirar aire tiene que ser algo asombroso; para uno cuyos habitantes aún usan lanzas, tus máquinas parecerán demonios domados para trabajar sin

---

10. Piensa en todas las historias de niños perdidos, mazmorras, agujeros sin fondo, barcos que navegan hacia los límites del océano hasta la nada. No son relatos de viajes ni de cómo cruzaron hacia otros mundos, sino de finales repentinos e irrevocables.

En mi opinión, el personaje del viajero tiene un papel muy importante a la hora de determinar el éxito o el fracaso del viaje. Piensa si no en Edith Bland y su aparentemente inocente obra *La Puerta a Kyriel*: cinco estudiantes ingleses descubren una puerta mágica que los lleva a un nuevo mundo. Cuando regresan a casa, el más joven y más miedoso de todos cae presa de una «gran oscuridad» y nunca se vuelve a saber nada de él. Los críticos lo consideraron demasiado inquietante y extraño para tratarse de un cuento infantil.

Yo lo considero una advertencia: cuando uno cruza una puerta, debe ser lo bastante valiente como para atreverse a descubrir qué hay al otro lado.

Edith Bland, *La Puerta a Kyriel*. (Editorial Al otro lado del espejo, Londres, 1900.

descanso a tu servicio; para un mundo a rebosar de glaciares y nubes, el verano parecerá un milagro.)

Mi segunda suposición es la siguiente: que las puertas generan una pizca variable pero significativa de filtraciones entre mundos. Pero ¿qué clase de cosas se filtran y qué les ocurre al otro lado? Hombres y mujeres, claro, personas que llevan consigo artes y talentos que han desarrollado en sus mundos natales. Algunas de esas personas han tenido destinos desafortunados, como acabar encerradas en manicomios, quemadas en piras, decapitadas o desterradas, pero otras parecen haber empleado sus asombrosos poderes o sus conocimientos arcanos de una manera más provechosa. Han ganado poder, amasado riquezas o moldeado los destinos de las personas y de los mundos. En definitiva, han dado lugar a esos cambios.

Hay objetos que también han cruzado esas puertas entre mundos, objetos transportados por vientos extraños, que han viajado sobre blancas olas de hielo o que han atravesado las puertas y sido abandonados al otro lado por viajeros descuidados. O robados, incluso. Algunos de ellos se han perdido, se han ignorado o se han olvidado, como libros escritos en idiomas extraños, atuendos de factura ajena y dispositivos que solo podían usarse en los mundos de los que venían; pero otros han dejado historias tras de sí. Historias de lámparas maravillosas y espejos encantados, de vellocinos de oro y fuentes de la juventud, de armaduras de escamas de dragón o de escoba recortadas contra la luz de la luna.

He pasado la mayor parte de mi vida documentándome sobre esos mundos y sus riquezas, siguiendo los rastros olvidados que se ha ido dejando de ellos en novelas, poemas, autobiografías y tratados, en cuentos de ancianas y en las canciones que se cantan en centenares de idiomas. Y, aun así, me da la impresión de que estoy muy lejos de haberlos descubierto todos o una pequeña fracción de ellos siquiera. Me da la impresión de que dicha tarea es imposible, aunque en mis primeros días albergaba la gran esperanza de conseguirlo.

En una ocasión, le confesé esto a una mujer muy sabia a quien conocí en otro mundo, encantador y lleno de árboles tan grandes que bien podrían haber albergado planetas enteros entre sus ramas. La conocí lejos de la costa de Finlandia en el invierno de 1902. Era imponente, tendría unos cincuenta años y hacía gala de esa vivaz inteligencia que destaca incluso a pesar de las barreras del idioma y de varias copas de vino. Le dije que albergaba la intención de encontrar todas las puertas a todos los mundos que habían existido jamás. Ella rio y contestó:

—Hay diez mil, imbécil.

Más tarde descubriría que su pueblo no era capaz de contar más allá de diez mil, por lo que para ella decir que había esa cantidad era lo mismo que decir que eran infinitas. Ahora creo que esa cifra no distaba mucho de la realidad, y que mis aspiraciones eran los sueños de un hombre joven y desesperado.

Pero no tenemos por qué preocuparnos por esos diez mil mundos. Solo nos interesa ese por el que navegó Adelaide Larson en 1893. Quizá no sea el más fantástico y bello de todos los mundos posibles, pero sí que se trata del que más anhelo. Es el mundo que busco desde hace casi dos décadas.

Lo primero que suelen hacer los autores que presentan a un nuevo personaje es describir su atuendo y sus facciones. Creo que, para presentar un mundo, lo más adecuado será empezar por su geografía. Se trata de un mundo de vastos océanos y un sinfín de islas pequeñas; un atlas que te parecería demasiado desigual, como si un artista ignorante hubiese cometido un error y pintado demasiado azul en él.

Adelaide Larson llegó a navegar casi por el centro de dicho mundo. El mar que se agitaba bajo el casco de su navío había recibido muchos nombres a lo largo de los siglos, como les suele pasar a los mares, pero en esa época el nombre más usado era Amarico.

Cuando se presenta a un nuevo personaje, también es de recibo darle un nombre, pero el nombre de un mundo es una criatura mucho más escurridiza de lo que podrías sospechar. Piensa en todos los nombres que se le han dado a tu Tierra en varios idiomas, nombres como Erde, Midgard, Tellus, Ard o Uwa, y lo absurdo que resultaría para un académico extranjero llegar a él y darle a todo el planeta una única denominación. Los mundos son demasiado complejos y están bellamente fragmentados como para darles un único nombre, pero traduzcamos en líneas generales y por comodidad uno de los nombres de este: las Escrituras.

Puede parecer un nombre extraño para un mundo, pero debes tener en cuenta que en las Escrituras las palabras tienen poder.

No me refiero a que tengan poder en el sentido de que sean capaces de agitar los corazones de los hombres, de contar historias ni de revelar verdades, poderes que las palabras tienen en todos los mundos. Me refiero a que, en ese mundo, las palabras a veces se alzan de las cunas de tinta y algodón y reformulan la naturaleza de la realidad. Las oraciones pueden alterar el clima, y los poemas, derribar murallas. Las historias pueden cambiar el mundo.

Pero no todas las palabras escritas albergan tanto poder, claro. ¡Eso sería un caos! Dicho prodigio se reserva a ciertas palabras escritas por ciertas personas que combinan un talento innato con muchísimos años de minucioso estudio, e incluso en ese caso los resultados no son tan propios de un hada madrina como puede que estés pensando a estas alturas. Ni siquiera una fabulosa artesana de las palabras podría garabatear una oración que hable de carruajes voladores con la esperanza de que uno venga a su encuentro volando por el horizonte. Ni tampoco escribir que los muertos vuelvan a la vida ni trastocar los fundamentos mismos de la realidad. Pero sí que podría trabajar durante semanas para elaborar una historia que incremente la probabilidad de lluvia en un domingo en particular, o quizá podría componer una estrofa que hiciese que los muros de su ciudad fuesen un poco más resistentes contra una invasión, o alejar a un barco temerario de unos acantilados con los que se habría encontrado cuando ya fuera demasiado tarde. Hay historias medio olvidadas, demasiado distantes o poco creíbles como para ser llamadas leyendas, que hablan de hechizos sin parangón, de escritores que han conseguido controlar las mareas, destruido ciudades o hasta conseguido que dragones desciendan de los cielos. Pero son historias demasiado improbables como para considerarlas serias.

La magia de las palabras tiene un coste, ¿sabes? El poder siempre lo tiene. Las palabras absorben la vitalidad de sus escritores, por lo que la fuerza que tiene una palabra está limitada por la de su contrapartida humana. Las acciones que se llevan a cabo con la magia de las palabras dejan a los artesanos agotados y enfermizos; y los más ambiciosos, los que pervierten la urdimbre y el entramado de la realidad, son los que más sufren. La mayoría de los artesanos de las palabras carecen de la voluntad necesaria y, como mucho, se arriesgan a tener algún que otro goteo de sangre por la nariz o a pasar un día en cama, pero hay personas más dotadas que necesitan varios años de minucioso estudio para aprender a controlar y a equilibrar su poder de modo que no pongan en peligro sus vidas.

Las personas con dicho talento reciben nombres diferentes dependiendo de la isla, pero la mayoría estamos de acuerdo en que nacen con un poder muy particular que jamás podría emularse solo con estudios. La naturaleza exacta de ese algo es un asunto muy polémico entre académicos y sacerdotes. Algunos afirman que está relacionado con la certeza que tienen de sí mismos o con el alcance de su imaginación, o quizá con lo intrincado de su voluntad (puesto que se afirma que suelen ser personas muy alborotadoras[11]). También hay muchas disputas en lo relativo a qué hacer con dichas personas y cuál es la mejor forma de limitar el caos que causa su naturaleza. Ciertos dogmas de algunas islas predican que los escritores son un reflejo de la voluntad de sus dioses y que hay que tratarlos como beatos. En la región meridional hay varios municipios que han obligado a sus escritores a vivir separados de las personas iletradas para que no las infecten con locuras indisciplinadas. No obstante, son casos extremos y poco frecuentes. La mayoría de las ciudades han conseguido encontrar un papel funcional y respetable para sus escritores y estos han conseguido ganarse la vida.

Así eran las cosas en las islas que rodean el mar Amarico. Los escritores talentosos solían conseguir trabajo en las universidades, se esperaba que se dedicasen a hacer el bien en su comunidad y se les daba el apellido de Artesano.

---

11. Es cosa sabida que Farfey había llegado a comentar que consiguen sus poderes nada más y nada menos que gracias a su pura cabezonería. Aportó como prueba el caso de Leyna Artesana, la talentosa autora de *La canción de Ilgin*, que en una ocasión llegó a salvar a su ciudad de una plaga mortal. También era la esposa de Farfey y, al parecer, una mujer muy difícil de tratar.

Farfey Scholar, *Tratado sobre la naturaleza de los artesanos de la palabra*, Ciudad de Nin, 6609.

Como diría esa vieja conocida mía, entre ese mundo y el tuyo había otras diez mil diferencias, aunque muchas son tan insignificantes que no merecen quedar documentadas. Podría describir el aroma a briznas de hierba y sol que permeaba todas las piedras de todas las calles o la manera en la que los supervisores de marea permanecían en sus torres de vigilancia y proclamaban a voz en grito la hora en cada una de las ciudades. Podría hablarte de los barcos de todo tipo de formas que surcaban los mares con palabras de cuidada caligrafía en sus velas para conseguir así buena fortuna y vientos propicios. O también de los tatuajes con tinta de calamar que adornaban las manos de todos los maridos y de todas las esposas, y también de los artesanos de palabras menores que se dedicaban a rubricar palabras en la carne.

Pero un registro tan antropológico de hechos y prácticas no te serviría de mucho a la hora de hacerte una idea de la naturaleza del mundo. En lugar de eso, te hablaré de una isla en particular y de una ciudad en concreto, y también de un chaval en especial que no habría tenido nada de destacable de no ser por el día en el que atravesó una puerta y llegó a los campos refulgentes y anaranjados de otro mundo.

De haber podido contemplar los atardeceres en la Ciudad de Nin, tal y como llegó a hacer Adelaide en cierto momento, habrías comprobado que se parecía más bien a una criatura de lomo retorcido enroscada alrededor de un afloramiento rocoso. De haber navegado en dirección a dicha criatura, te habrías dado cuenta de que se dividía en una serie de edificios dispuestos en hileras que bien podrían haber sido vértebras encaladas. Las calles serpenteantes entre los edificios podrían haberse considerado venas y, poco a poco, habrías empezado a vislumbrar a las criaturas que deambulan entre ellas: niños que persiguen por callejones a gatos que se escabullen, hombres y mujeres de túnicas blancas que recorren avenidas con rostros serios, tenderos que se alejan con sus cestas de la abarrotada costa. Puede que algunos hagan una pausa para contemplar por un momento el ambarino mar.

Podrías imaginar que la ciudad es una versión más pequeña y bañada por el mar del paraíso. Y no sería una impresión muy alejada de la realidad, aunque admito que me cuesta ser objetivo con ella.

La Ciudad de Nin sin duda era un lugar apacible, y no se

trataba ni de la ciudad más grandiosa ni de la más humilde de todas las que pueblan los confines del Amarico. Era famosa por la habilidad de sus artesanos de las palabras y por la decencia de sus mercaderes, y había conseguido labrarse cierta fama como lugar de reunión de prestigiosos académicos. Esto se debía a los vastos túneles atestados de documentos que había en el lugar, que albergaban algunas de las colecciones más antiguas y exhaustivas del Amarico. Si llegaras a la isla en alguna ocasión, te recomendaría que los visitases y deambulases por sus interminables cámaras acorazadas llenas de pergaminos, libros y páginas escritas en todos los idiomas que han llegado a documentarse en ese mundo.

Eso no quita que la Ciudad de Nin no tuviese los problemas habituales de cualquier ciudad humana: pobreza y conflictos, crímenes y castigos, enfermedades y desabastecimiento… No he encontrado ni un mundo que haya conseguido librarse de esos problemas. Pero la juventud de Yule Ian no se vio mancillada por ninguna de esas flaquezas. Era un joven de mirada soñadora que creció en la zona oriental de la ciudad en un desmoronado apartamento de piedra que había sobre el salón de tatuajes de su madre.

Sus padres eran maravillosos y el único mal que le hicieron en toda su vida fue tener mucha descendencia. Tenía seis hermanos y hermanas que eran iguales a los del resto de mundos: un día podían ser sus mejores amigos, y otros, sus peores enemigos. Yule disfrutaba de una cama estrecha decorada con estrellas de hojalata que colgaban del techo y que inundaban sus sueños de planetas resplandecientes y lugares fantasiosos. También poseía un tomo encuadernado de *Los cuentos del mar Amarico* escrito por Var Narrador que le había regalado su tía favorita, y un gato temperamental al que le gustaba dormir al sol en el alféizar de la ventana mientras él se dedicaba a leer[12]. Era una vida muy propicia para la imaginación y para soñar despierto, que era lo que más le gustaba a Yule.

---

12. He descubierto que los gatos parecen tener más o menos la misma forma en todos los mundos. En mi opinión, llevan varios miles de años entrando y saliendo por las puertas, y cualquiera que esté acostumbrado a convivir con uno sabrá que es algo que acostumbran a hacer.

Yule y sus hermanos se pasaban las tardes trabajando con su padre en un pequeño bote pesquero o ayudando a su madre en el salón de tatuajes, copiando oraciones o bendiciones con diferentes tipos de letra, mezclando tintas o limpiando las herramientas. Yule prefería el salón al barco, y lo que más le gustaba eran las tardes en las que su madre le permitía ver cómo dibujaba palabras con pequeños puntitos sangrientos en la piel de los clientes. La artesanía de las palabras de su madre no era especialmente destacable, pero sí suficiente para que la gente pagara un poco más por el hecho de que sus bendiciones las escribiera Tilsa Tinta, porque a veces se convertían en realidad.

En un principio, su madre pretendía enseñarle su arte, pero no tardó en quedar claro que Yule no tenía el más mínimo talento con la artesanía de las palabras. Aun así, estaba decidida a hacerlo, pero el niño no tenía paciencia para el trabajo laborioso que suponían los tatuajes. A él solo le gustaban las palabras, sus sonidos, su forma y su maravillosa fluidez, por lo que se dedicó a observar a los académicos y sus largas túnicas blancas.

Se suponía que todos los niños de la Ciudad de Nin debían superar varios años de educación académica, lo que conllevaba reuniones semanales en el campus de la universidad donde se dedicaban a escuchar a un joven académico que les daba clases sobre letras, números y la ubicación de las ciento dieciocho islas habitadas del Amarico. La mayoría de los niños dejaban de acudir a esas clases tan pronto como sus padres se lo permitían. Pero ese no fue el caso de Yule. Él solía quedarse para hacer preguntas y hasta conseguía que sus profesores le prestasen libros. Uno de ellos, un joven paciente llamado Rilling Académico, le dio libros en idiomas extraños, que terminaron por convertirse en las posesiones más preciadas de Yule. Le encantaba la manera en la que las nuevas sílabas resonaban en su mente y también la extrañeza de las historias que albergaban, como si fuesen tesoros ocultos bajo las aguas en barcos naufragados.

Cuando cumplió nueve años, Yule ya dominaba tres idiomas, uno de los cuales solo existía en los registros universitarios. Y cuando cumplió once, que era la edad en la que solían tomarse tales decisiones, ni siquiera su madre fue capaz de oponerse a que su destino fuera convertirse en académico. Compró largos trozos de tela sin teñir en el mercado del puerto y solo suspiró un poco cuando envolvió las negras extremidades de su hijo con el atuendo que le era propio a los académicos. Salió por la puerta con un buen puñado de libros bajo el brazo y no tardó en convertirse en un borrón blanco a lo lejos.

Pasó los primeros años en la universidad como inmerso en una ensoñación, y no tardó en demostrar su talento, lo cual frustraba y admiraba a partes iguales a sus instructores. Siguió aprendiendo nuevos idiomas con la facilidad de un niño que saca agua de un pozo, pero nunca llegó a decidirse por dominar a la perfección ninguno de ellos. Consagró innumerables horas en los túneles a pasar una a una las páginas de los manuscritos con una palita de madera, y solía faltar a las clases cuando encontraba un párrafo muy interesante sobre criaturas marinas en el cuaderno de bitácora de un marinero o un mapa desmigajado en algún idioma desconocido. Consumía libros como si fuesen necesarios para su salud, como el agua o el pan, pero no solían ser los que le mandaban en clase.

Los instructores más generosos creyeron que era cuestión de tiempo y de madurez que el joven Yule Ian encontrara un objeto de estudio en el que centrarse y al que dedicar su vida. El joven terminó por elegir un mentor y empezar a contribuir en las investigaciones gracias a las cuales la Universidad de Nin era tan prestigiosa. Al ver que Yule colocaba un libro de fábulas apoyado en la jarra de agua durante el desayuno y se ponía a hojearlo con la mirada perdida, otros académicos no eran tan optimistas.

De hecho, cuando se acercaba el decimoquinto cumpleaños de Yule, hasta los académicos más optimistas ya habían empezado a preocuparse. No mostraba interés alguno en estrechar su área de estudio ni en proponer ninguna materia de investigación, y tampoco se le veía nada preocupado por los exámenes que se avecinaban. De aprobarlos, se convertiría por derecho en Yule Ian Académico y empezaría su andadura entre las filas de la universidad; de suspenderlos, se le pediría con educación que pensase en un oficio menos exigente.

Visto en perspectiva, resulta fácil sospechar que la falta de rumbo de Yule era en realidad una cruzada, una búsqueda de algo anónimo e informe que acechaba oculto. Y quizá fuese suerte. Quizás Adelaide y él se habían pasado la infancia de la misma manera: buscando las fronteras de sus mundos para hallar otros.

Pero las misiones interminables no son propias de un académico serio, por lo que un día hicieron llamar a Yule al despacho de su maestro para tener una «seria discusión sobre su futuro». Llegó una hora tarde, con un dedo marcando la página de *Análisis de mitos y leyendas de las islas del mar del norte* en la que lo habían interrumpido y una expresión distante y desconcertada en el rostro.

—¿Me ha llamado, señor?

El maestro tenía un gesto sombrío y arrugado, como suele corresponder a los académicos de la mayoría de mundos, y también unos tatuajes venerables por los brazos que indicaban su matrimonio con Kenna Mercader, su dedicación al academicismo y sus veinte años de admirable servicio a la ciudad. Tenía el pelo afianzado al cuero cabelludo como una cimitarra blanca, como si el calor de su mente incansable le rezumara por los poros. Posó en Yule sus ojos atribulados.

—Siéntese, joven Yule. Siéntese. Me gustaría hablar con usted sobre su futuro en la universidad. —Los ojos del maestro se fijaron en el libro que Yule aferraba entre las manos—. Seré breve y conciso: estamos muy preocupados por su falta de concentración y de disciplina. Si no es capaz de centrarse en una rama de conocimientos, tendremos que empezar a buscar alternativas para usted.

Yule ladeó la cabeza, como un gato al que le ofrecen una comida que nunca ha probado.

—¿Alternativas, señor?

—Actividades que casen mejor con su mente y su temperamento —aclaró el maestro.

Yule se quedó en silencio durante un momento, pero llegó a la conclusión de que nada casaba mejor con su temperamento que pasar las soleadas tardes acurrucado junto a los olivos leyendo libros en idiomas olvidados hacía mucho tiempo.

—¿A qué se refiere?

El maestro, quien quizás esperase que la conversación fuera a tener más súplicas y angustia en lugar de tanto asombro respetuoso, apretó los labios hasta que se convirtieron en poco más que una línea granate.

—Me refiero a que quizá podría estudiar en otro sitio. Estoy seguro de que su madre aún está dispuesta a enseñarle a ser tatuador, o quizá podría hacer las veces de escriba para uno de los artesanos de palabras del ala este o hasta contable de un mercader. Podría hablar con mi mujer, si quiere.

En ese momento, la expresión de Yule empezó a reflejar el pavor que el maestro esperaba, pero luego intentó tranquilizarlo.

—Bueno, chico, aún no hemos llegado a ese punto. Me gustaría que pasase esta semana meditando al respecto y considerando las opciones. Y si quiere quedarse y seguir adelante con sus exámenes de académico… encuentre la manera de centrarse.

Yule salió del despacho. Empezó a recorrer los pasillos de piedra fría, a deambular por los patios y las calles sinuosas hasta que se encontró subiendo por las colinas inclinadas mientras el sol le ardía en la nuca, todo sin tener un destino particular en mente. Se limitaba a moverse, a huir de la elección que le había propuesto su maestro.

Cualquier otro joven que quisiese formar parte de las filas de los académicos lo hubiera decidido al momento: o proponía una línea de investigación de historia amaricana, idiomas antiguos o filosofía teológica, o abandonaba tales aspiraciones y empezaba a trabajar como un humilde escriba. Pero a Yule ambas opciones le parecían tremendamente burdas. Para dedicarse a cualquiera de ellas tenía que estrechar sus ilimitados horizontes, dejar de soñar. Pensar siquiera en ello le hacía sentir una angustia horrible en el pecho, como si dos manos enormes le presionaran las costillas por ambos lados.

En ese momento no lo sabía, pero era más o menos lo mismo que había sentido Ade cuando había salido corriendo por el viejo henar para estar a solas con el sonido de las embarcaciones fluviales y la amplitud del cielo. Pero Ade había crecido con las férreas limitaciones de su vida siempre patentes y se había rebelado contra ellas mucho tiempo atrás, mientras que el pobre y afortunado Yule había descubierto ese mismo día que existían dichas normas.

Se tambaleó al procesar la información. Ascendió por la colina cubierta de maleza, pasó junto a los últimos senderos de tierra batida, cruzó huellas de animales y escaló peñascos rocosos. El rastro de los animales terminó por desaparecer en las rocas grises, y la brisa trajo consigo aromas de madera y salitre. Nunca había estado a tanta altura sobre la Ciudad, y descubrió que le encantaba verla tan pequeña, como si no fuese más que un grupo distante de cuadrados blancos rodeados por la inmensidad del mar.

Notó un escozor en la piel provocado por el sudor seco a causa de la brisa, y se le pelaron las palmas de las manos por tener que escalar las rocas. Sabía que tenía que volver, pero sus piernas no respondieron y siguieron alejándolo hasta que escaló un último saliente y lo vio al fin: un arco.

De él colgaba una fina cortina gris que se agitaba a pesar de que no había brisa alguna, como la falda de una bruja. El lugar olía a agua de río, a barro y a la luz del sol, un aroma muy diferente al de las rocas y la sal propios de Nin.

Al ver el arco, Yule reparó en que no podía apartar la mirada. Era como si fuese una mano indicándole que se acercara. Caminó hacia la estructura con una esperanza irrefrenable y desconocida, como si al otro lado de esa cortina hubiese esperándole algo maravilloso y extraño.

Apartó la tela a un lado y solo vio hierba y piedras. Cruzó el arco y sintió cómo lo consumía una vasta oscuridad que se aferró a él y lo impregnó como si de brea se tratara; lo ahogó en su enormidad hasta que Yule sintió madera sólida bajo la palma de sus manos. Jadeó apoyado en ella, desesperado pero sin haber abandonado la esperanza. Luego sintió que se pulverizaba hasta convertirse en un barro que llevaba mucho tiempo inalterado, y luego se abrió y Yule llegó a una extensión de hierba anaranjada debajo de un cielo del color de una cáscara de huevo. Se quedó quieto y con la boca abierta unos instantes en ese extraño mundo, y fue entonces cuando la vio acercarse por el campo. Una joven del color de la leche y del trigo con miel.

No repetiré ese encuentro por segunda vez. Ya has leído

cómo los dos se sentaron en la fría brisa de principios de otoño a contarse verdades imposibles sobre ese mundo y sobre Otra Parte. Cómo hablaron en un idioma olvidado hacía mucho que solo se conservaba en unos pocos textos antiguos archivados en los túneles de Nin, textos que Yule había estudiado por el mero placer de sentir esas nuevas sílabas jugueteando en su lengua. Ya sabes que en lugar de parecer el encuentro entre dos personas más bien fue como la colisión de dos planetas, como si ambos se hubiesen desprendido de sus órbitas para empezar a acercarse el uno al otro. Recordarás que se besaron mientras las luciérnagas revoloteaban a su alrededor.

También lo breve y condenado al fracaso que resultó ser dicho encuentro.

Yule pasó los tres días siguientes en un estado de desconcertante euforia. Los académicos empezaron a preocuparse aún más y a creer que su mente había resultado dañada en una caída o un accidente. A su madre y a su padre, que estaban más acostumbrados al sufrimiento de los jóvenes, les preocupaba que se hubiese enamorado. Yule no ofreció explicación alguna, sino que se limitó a sonreír desangelado y tararear versiones desafinadas de viejas baladas sobre famosos amantes y barcos de vela.

Volvió al arco de la cortina el tercer día y, al otro lado de esa oscuridad infinita, Ade regresó a la casa del henar. Ya sabes qué ocurrió, claro: una decepción amarga. En lugar de encontrar una puerta mágica que llevaba a un mundo extraño, Yule solo encontró un puñado de piedras apiladas en la cumbre y una cortina gris que colgaba inerte y ajada como la piel de una criatura muerta. La entrada no llevaba a ninguna parte, por muchos insultos que terminara por dedicarle.

Yule decidió sentarse y aguardar con la esperanza de que la chica encontrase la manera de llegar hasta él. Pero no fue el caso. Ya te imaginarás la estampa: Ade esperando en la oscuridad de la noche en ese henar descuidado mientras la esperanza se le consumía en el pecho como una vela y Yule en la cumbre con los brazos enjutos alrededor de las rodillas, como dos figuras a cada lado del espejo. Pero en este caso, el frío cristal que los separaba era la vastedad que hay entre mundos.

Yule contempló cómo las constelaciones se apoderaban del horizonte y leyó palabras conocidas en la titilante luz de las estrellas: Barcos-Cielo-Enviar, Bendiciones-de-Verano, Humildad-de-Académico. Se deslizaron sobre él como las páginas de un libro gigantesco, tan familiares como su nombre. Pensó en Ade, esperando en esa lejana oscuridad y se preguntó qué le estarían contando a ella las estrellas.

Se puso en pie. Rozó con el pulgar la moneda de plata que había traído con la esperanza de enseñársela como prueba del mundo en el que habitaba y luego la dejó caer al suelo. No sabía si se trataba de una ofrenda o de una manera de mantenerla alejada, pero sí que tenía claro que no quería llevarla encima más tiempo, que no le apetecía seguir sintiendo la mirada argéntea y en relieve de la Fundadora de la ciudad[13]. Se dio la vuelta y no regresó jamás al arco de piedra.

Pero, como bien recordarás, las puertas siempre traen consigo cambios.

El Yule que se alejó del arco esa noche era un poco diferente del que lo había encontrado hacía tres días. Algo nuevo había empezado a latir en su pecho junto a su corazón, como un órgano aparte que hubiese nacido en ese momento. Tenía una cadencia insistente y tempestuosa que Yule fue incapaz de ignorar a pesar de la tristeza que sentía. La sopesó mientras se encontraba tumbado en su cama estrecha esa noche, oyendo los sonidos contrariados de sus hermanos intentando volver a dormir después de que él los hubiese despertado al llegar tan tarde. No sintió desesperanza ni soledad ni una sensación de pérdida. Era algo parecido a esa sensación que notaba a veces en los túneles cuando un pedazo de manuscrito sobre vitela llamaba su atención y sentía la obligación de zambullirse en él, de perderse en el sendero sinuoso de las historias. Pero incluso dicha sensación no era nada en compa-

---

13. La mayor parte de las ciudades del Amarico acuñan sus monedas con sus Fundadores; la Ciudad de Nin había sido fundada por Nin Artesana muchos siglos antes, y era su perfil sonriente el que miraba a Yule desde la tierra iluminada por la luna donde había caído. Las monedas también se acuñaban con palabras de poder, que capturaban una pequeña porción del alma de la ciudad. Una persona que sostuviese una moneda de Nin sería capaz de oler el salitre y el polvo de los libros, y quizás hasta fuesen capaces de pensar en sus calles deslustradas por el sol y en el parloteo jovial de una ciudad apacible. Eso era justo lo que Yule quería compartir con la chica del henar: una pequeña moneda de plata de su hogar.

ración con lo que sentía ahora. Se dejó dormir, preocupado por si lo que tenía en realidad era un soplo cardiaco.

La mañana siguiente se dio cuenta de que se trataba de algo mucho más serio: al fin había descubierto cuál era su propósito en la vida.

Se quedó tumbado en la cama durante unos minutos más y valoró la inmensidad de la tarea que tenía por delante; luego se levantó y se vistió con tanta prisa que sus hermanos solo alcanzaron a columbrar el agitar de unas túnicas blancas saliendo por la puerta. Fue directo al despacho de su maestro académico y le pidió que le hiciese los exámenes de inmediato. El maestro le recordó con amabilidad que los aspirantes a académicos tenían que presentar una propuesta formal y exhaustiva de su plan de estudios que convenciera a sus colegas de la dedicación, la seriedad y la capacidad de las que disponían para llevarla a cabo. Sugirió que Yule se tomase el tiempo necesario para recopilar la bibliografía y los volúmenes indispensables y también para consultarlo con académicos más experimentados.

Yule soltó un bufido de exasperación.

—Perfecto. Pues volveré dentro de tres días. ¿Le parece bien?

El maestro asintió, pero su expresión solo anticipaba catástrofe y humillación.

Se equivocaba, tanto en esta como en otras cosas. El Yule que llegó preparado para los exámenes parecía un chico del todo diferente al que había conocido y al que le había preocupado durante tantos años. La admiración idealista y la curiosidad sentimental había desaparecido de su gesto como la niebla marina bajo la luz del sol, dejando al descubierto un joven de rostro serio que irradiaba una determinación firme e implacable. Su propuesta tenía una claridad y una ambición tales que requería el dominio de múltiples idiomas, familiarizarse con una docena de ramas de estudio y pasar una cantidad indeterminada de años revisando con mucha minuciosidad cuentos antiguos y leyendas olvidadas. Era habitual que los académicos expresaran sus objeciones y preocupaciones durante las conclusiones de tales presentaciones, pero un silencio sepulcral se extendió por la sala en este caso.

El primero en hablar fue el maestro.

—Bien, Yule. El único problema que le veo a tu plan de estudios es que podría llevarte media vida. Me gustaría saber de dónde ha salido esta… repentina determinación. ¿Qué te ha hecho cambiar de opinión?

Yule Ian sintió un temblor en la clavícula, como si tuviese un hilo rojo atado alrededor del hueso y alguien acabase de tirar del otro extremo. Se planteó por un momento la respuesta y estuvo a punto de tomar la irreflexiva decisión de decir la verdad: que deseaba encontrar los esquivos senderos de migas de pan que dejaban las palabras y que llevaban a otros mundos, para así llegar a un campo refulgente y anaranjado iluminado con luciérnagas donde lo esperaba una chica del color del trigo y la leche.

Pero en lugar de eso dijo:

—El verdadero academicismo no tiene por qué tener origen ni destino, buen maestro. El conocimiento es motivo más que suficiente.

Era la típica respuesta vacía e idealista que más complacía a los académicos. Murmuraron admirados mientras firmaban la propuesta con una caligrafía más ostentosa de lo habitual. El maestro fue el único que hizo una pausa antes de firmar; miró a Yule como un pescador que contempla una nube de tormenta en el horizonte, pero luego también terminó por agachar la cabeza hacia las páginas.

Yule abandonó la estancia ese día con una bendición formal y un nuevo nombre, que su madre le tatuaría en sinuosas espirales alrededor de la muñeca izquierda. Las palabras aún le ardían y le escocían en la piel al día siguiente, cuando ascendió por las escaleras de piedra blanca que llevaban a su sala de lectura favorita. Se sentó a una mesa de madera amarilla que daba al mar y abrió la primera y aromática página de un nuevo cuaderno. Luego escribió con una caligrafía atípicamente pulcra: «Notas e indagaciones vol. 1: un estudio comparativo de pasajes, portales y entradas en la mitología mundial. Recopilado por Yule Ian Académico, 6908».

Como sin duda habrás supuesto, el título ha terminado por ser diferente.

Υ

Yule Ian Académico pasó una parte considerable de los siguientes doce años encorvado sobre ese mismo escritorio, escribiendo y leyendo, rodeado por tantas torres de libros que su estudio se parecía en ocasiones a una maqueta de papel de una ciudad. Leyó recopilaciones de fábulas y entrevistas con exploradores fallecidos tiempo ha, cuadernos de bitácora y textos sagrados de religiones olvidadas. Los leyó en todos los idiomas del mar Amárico, y también en los de las escrituras de otros mundos que habían terminado por cruzar las grietas que los separaban a lo largo de los siglos. Leyó hasta que no le quedaba mucho más que leer, y se vio obligado a empezar con el «trabajo de campo», como informó con naturalidad a sus colegas. La actitud acomodada de los académicos les llevó a pensar que con «trabajo de campo» se refería a los exóticos archivos de otras ciudades y le desearon buen viaje.

No habían supuesto que Yule se echaría al hombro una bandolera llena de diarios y pescado deshidratado, pagaría el pasaje de unos pocos barcos mercantes y transportes de correspondencia y marcharía hacia desconocidas islas extranjeras con la determinación de un sabueso que ha encontrado el rastro de un animal. Pero los rastros que seguía él eran las huellas invisibles y resplandecientes de los mitos y las historias y, en lugar de animales, Yule Ian cazaba puertas.

Al cabo, terminó por encontrar una gran variedad de ellas, pero ninguna llevaba a ese mundo que olía a cedro y cuyos habitantes eran del color del algodón. No obstante, no cejó en su empeño. Se apropió de esa confianza sin tacha que solo son capaces de empuñar los más jóvenes, los que nunca han conocido la amargura del fracaso ni han sentido cómo los años se derraman entre sus dedos como si fuesen granos de arena. Creía a pies juntillas que terminaría por tener éxito.

(Ahora no pienso igual, claro.)

Solía imaginar siempre lo mismo: que quizás encontraría la casa de esa chica después de semanas de viaje y ella alzaría la cabeza de lo que fuera que estuviese haciendo para contemplar cómo él se dirigía hacia allí y dedicarle una amplia sonrisa. Que quizá volviesen a encontrarse en el mismo lugar y que correrían el uno junto al otro entre tallos verdes y primaverales. O que puede que terminara por encontrarla en una ciudad distante que casi ni fuese capaz de imaginar o en mitad de una tormenta atronadora o en las costas de una isla sin nombre.

La arrogancia infundada que suele acompañar a los jóvenes hizo que Yule nunca considerara la posibilidad de que Adelaide ya no estuviese esperando por él. Nunca llegó a imaginar que cabía la posibilidad de que hubiera pasado la última década entrando y saliendo de varios mundos con la facilidad innata de una gaviota que vuela de barco en barco en un puerto, sin libro ni registro alguno que la guiasen. Sin duda, Yule nunca llegó a imaginar que Adelaide se fabricaría un barco desvencijado en las montañas para navegar por las olas añiles del mar Amarico.

De hecho, era una idea tan estrafalaria que Yule estuvo a punto de obviar por completo el extraño rumor que había oído en los muelles de la Ciudad de Plumm. Lo descubrió como se descubren los rumores, como un grupo de consejas o habladurías que terminan por conformar una historia. Los detalles que más parecían repetirse eran los siguientes: que se había divisado una embarcación extraña en la costa oriental de la Ciudad de Plumm, una de velas de lona blanca e inquietante. Una o dos pescadoras y mercaderes se habían acercado para descubrir qué loco navegaría en un barco así sin bendiciones cosidas en las velas, pero todos había terminado por virar con brusquedad al acercarse. Decían que el barco lo timoneaba una mujer blanca como el papel. Puede que un fantasma o una criatura submarina pálida que hubiera salido a la superficie.

Yule agitaba la cabeza cuando le nombraban esas supersticiones y luego regresó a la habitación que había alquilado en la biblioteca de Plumm. Había llegado al lugar para investigar unas leyendas locales que afirmaban que unos lagartos escupefuego vivían en el centro de los volcanes y solo salían una vez cada ciento trece años, y se pasaba las tardes revisando sus notas con esmero. Pero una noche cuando se encontraba en su estrecha cama dándole vueltas a las cosas y a punto de dormirse, se le ocurrió preguntarse de qué color sería el cabello de esa marinera fantasma.

Yule volvió a los muelles temprano a la mañana siguiente y tuvo que interrogar a varios mercaderes sorprendidos antes de conseguir una respuesta.

—¡Blanco igual que el resto de su cuerpo! —le había asegurado un marinero con tono asustado—. Aunque bueno, quizás era más bien como el color de la paja. Amarillento.

Yule tragó saliva con dificultad.

—¿Y venía hacia aquí? ¿Venía a Plumm?

El hombre no podía responder con certeza. ¿Cómo conocer los anhelos de las brujas marinas o de los fantasmas?

—Iba en dirección a las playas orientales, pero no sé si habrá mantenido el rumbo. Si ese es el caso, descubriremos quién decía la verdad y quién no. ¿Verdad, Edon?

Se quedó en silencio para darle un codazo a su indeciso compañero de tripulación y ambos se enfrascaron en un animado debate sobre si las criaturas marinas llevaban ropa o no.

Yule se quedó solo y de pie en el muelle. Se sentía como si el mundo hubiese girado sobre su eje de repente, como si volviera a ser un niño que extendiera una mano sin tatuajes hacia esa cortina gris.

Corrió. No sabía cómo llegar a las playas orientales, una extensión de costa rocosa y árida que solía estar frecuentada por coleccionistas de cachivaches y cierto tipo de poetas románticos, pero después de una serie de preguntas y respuestas consiguió llegar hasta la orilla del mar mucho antes del mediodía. Encogió las piernas hasta el pecho y contempló las olas coronadas por reflejos áureos y la arruga blanca y estrecha de una vela en el horizonte.

Ella no llegó ese día ni el siguiente, pero Yule regresaba a la costa todas las mañanas y se quedaba mirando el mar hasta el ocaso. Su mente, incansable y determinada durante tantos años, parecía haberse asentado como un gato que se acurruca para dormir. A la espera.

Al tercer día, una vela hinchada y del todo blanca empezó a batir entre las olas. Yule miró cómo el barco se acercaba, cuadrado y destartalado por las aguas, hasta que empezaron a dolerle los ojos a causa de la sal y del sol. A bordo solo había una figura, que contemplaba la isla con pose desafiante y orgullosa mientras una maraña de pelo rubio se agitaba alrededor de su cabeza. Yule sintió el deseo incontenible de bailar, gritar o desmayarse, pero en lugar de ello se quedó allí de pie y levantó un brazo hacia los cielos.

Se dio cuenta de que la mujer lo había visto. Ella se quedó

muy quieta a pesar del bamboleo de las olas bajo sus pies. Luego rio, un sonido alegre y salvaje que se transmitió sobre las olas en dirección a Yule como si fuese el trueno de una tormenta de verano, y después la mujer se lanzó a las olas sin el menor asomo de duda. Durante medio segundo, Yule se cuestionó a qué clase de loca había estado tratando de encontrar durante doce años y si había sido buena idea, pero poco después ya se había lanzado al agua entre risas y chapoteos y se acercaba a ella a través de las olas arrastrando su empapada túnica blanca de académico.

Y así, la primavera del año 1893 de tu mundo, que era el 6920 del de aquel, Yule Ian Académico y Adelaide Lee Larson se encontraron en mitad de las olas del mediodía en las afueras de la Ciudad de Plumm. Y nunca volvieron a separarse de manera voluntaria.

La Puerta cerrada

*S*oñé con dorado y añil.

Volaba a ras de la superficie de un océano extraño y detrás de un barco de velas blancas. Veía una figura velada junto a la proa, una mujer cuyo pelo se agitaba a sus espaldas. Sus facciones eran borrosas e irregulares, pero había algo muy familiar en la silueta que se recortaba contra el horizonte, algo tan salvaje y veraz que hasta sentí cómo se rompía en pedazos mi corazón onírico.

Me despertó la sensación de las lágrimas al derramarse por mis mejillas. Estaba tumbada en el suelo de mi habitación, fría y agarrotada, y me dolía la cara por la parte que había apoyado contra *Las diez mil Puertas*. Me dio igual.

La moneda. La moneda de plata que había encontrado de pequeña medio enterrada entre la arena de un mundo desconocido, la moneda cálida que ahora tenía en la palma de la mano, era real. Tan real como las baldosas gélidas que tenía bajo las rodillas, como las lágrimas que me enfriaban el rostro. La sostuve y olí el mar.

Y si la moneda era real… también lo era lo demás. La Ciudad de Nin y sus interminables túneles, Adelaide y sus aventuras en cientos de Otras Partes, el amor verdadero. Las Puertas. ¿La artesanía de las palabras?

Sentí un estremecimiento provocado por la duda y oí el eco de la voz de Locke resoplando un «menuda tontería más elaborada». Pero ya había decidido creer en una ocasión y había abierto una puerta cerrada con las palabras. Fuera lo que fuese esta historia, esa fantasía imposible y poco probable de Puertas y palabras y otros mundos era cierta. Y, de alguna manera, yo formaba parte de ella. Así como el señor Locke, la Sociedad, Jane y quizás hasta mi pobre y perdido padre.

Me sentí como una mujer que lee una novela de misterio a la que le falta uno de cada cuatro renglones.

Y una persona que está metida de lleno en una novela de misterio solo puede hacer una cosa: seguir leyendo.

Cogí el libro y empecé a hojearlo para abrirlo por donde me había quedado, pero me detuve: vi que un pedazo de papel sobresalía por las páginas del final. Era una nota, escrita en el dorso blanco de un recibo que tenía el nombre «Comestibles de la Familia Zappia» al otro lado. La leí:

AGUANTA, ENERO.

Estaba escrita en mayúsculas, con letras rígidas y la meticulosa presión de alguien que no se siente muy cómodo al escribir. Pensé en Samuel al contarme lo de la cabaña de su familia en la orilla septentrional del lago, en sus manos del color del ocaso al gesticular en la oscuridad, en su cigarrillo al trazar cometas en la noche.

«Oh, Samuel.»

De no haber sostenido ese pedazo de papel ni pensado en esas manos, tal vez habría oído los pasos de las enfermeras antes del chasquido de la cerradura y de que se abriese la puerta. Se quedaron quietas en el umbral como un par de gárgolas ataviadas con delantales blancos y almidonados. Contemplaron la estancia: la cama hecha, la ventana abierta, una paciente en el suelo con el camisón por encima de las rodillas. Y luego el libro. Se acercaron con una eficiencia tan sincronizada que llegué a la conclusión de que era algún tipo de Procedimiento. Procedimiento 4B: cuando una reclusa no está en la cama y tiene un objeto de contrabando.

Sus manos se abalanzaron sobre mis hombros como las garras de una arpía. Me quedé de piedra. Tenía que calmarme, reforzar la impresión de que estaba cuerda, de que era una niña buena. Pero una me tiró el libro al suelo y me lancé para cogerlo. Luego noté cómo me aferraban por las muñecas y me las colocaban a la espalda, y empecé a patalear, a gritar y a escupir, a hacer gala de ese caos nada científico propio de las niñas pequeñas y de las locas.

Pero las mujeres eran mayores, más fuertes y, por desgracia, eficientes. Por eso no tardaron en contener mis forcejeos y fijarme los brazos a los costados mientras me obligaban, medio a rastras, medio a paso ligero, a salir al pasillo.

—De cabeza al despacho del doctor —jadeó una de ellas. La otra asintió.

Vi algún que otro atisbo de mí misma en los reflejos de las puertas acristaladas: un fantasma de tez oscura con ropa blanca, mirada perturbada y el pelo alborotado a quien escoltaban dos mujeres tan erguidas e impecables que bien podrían haber sido ángeles o demonios.

Me hicieron bajar dos pisos hasta llegar a la puerta de un despacho de letras doradas pintadas en la ventana interior: DOCTOR STEPHEN J. PALMER, DIRECTOR MÉDICO. Encontré inquietante y absurdo al mismo tiempo el llegar a ese despacho por unos pocos aspavientos y gritos, pero no después de tanto tiempo de buena conducta y solicitudes educadas. Quizá tenía que gritar más a menudo. Quizá tenía que convertirme de nuevo en la niña alborotadora que era cuando tenía siete años.

El despacho del doctor Palmer tenía paneles de madera y sillas de cuero, estaba lleno de artefactos antiguos y certificados de marcos dorados en latín. El doctor Palmer era un hombre anciano y distante con gafas pequeñas que le colgaban en el puente de la nariz como un pájaro domesticado. Allí no había ni rastro del olor a amoniaco ni del pánico que eran tan propios del manicomio.

Eso me hizo odiarlo. Ese hombre no tenía que respirar ese hedor todos y cada uno de los días.

Las enfermeras me arrastraron hasta una silla y se quedaron a mi espalda. Una de ellas le dio mi libro al doctor Palmer. En su escritorio, parecía pequeño, desgastado y del que no parecía emanar magia alguna.

—Algo me dice que la señorita Enero empezará a portarse bien a partir de ahora. ¿No es así, guapa?

Tenía una voz cordial e irrebatible que me recordó a la de un senador o un comerciante. O al señor Locke.

—Sí, señor —susurré.

El doctor Palmer reorganizó una serie de carpetas y documentos que tenía sobre el escritorio. Cogió la pluma pesada y horrible que daba la impresión de poder usarse como rodillo de cocina en caso de necesidad, y me quedé muy quieta. Ya había abierto una Puerta con las palabras en una ocasión, ¿verdad?

—Bueno. Hablemos del libro. —El doctor tocó la cubierta con un nudillo—. ¿Cómo cruzó la puerta de tu habitación?

—No cruzó la puerta, cruzó la ventana.

Hay muchas personas que son incapaces de distinguir a la gente que dice la verdad de los locos. Si no saben a qué me refiero, pruébenlo en alguna ocasión.

El doctor Palmer me dedicó una sonrisilla compasiva.

—Bien. Ya veo. Sigamos. El señor Locke me ha dicho que tu deterioro está relacionado con tu padre. ¿Te importaría hablarme un poco de él?

—Prefiero no hacerlo.

Quería recuperar mi libro. Quería ser libre y salir de allí. Ir en busca de mi perro, de mi amigo y de mi padre. Quería esa maldita pluma.

El doctor Palmer me volvió a dedicar otra sonrisilla compasiva.

—Era extranjero, ¿no es así? Una persona de color. ¿Un aborigen o un negroide?

Me quedé un buen rato reflexionando sobre lo bien que me sentaría escupirle en toda la cara y pringarle de flemas los anteojos.

—Sí, señor. —Traté de poner mi cara de niña buena, de reorganizar mis facciones para conformar esa expresión dócil e ingenua que tan útil me había sido en el trato con el señor Locke. Pero terminó por convertirse en un gesto rígido y forzado en absoluto convincente—. Mi padre trabajaba… trabaja para el señor Locke. Es explorador arqueológico. Suele pasar mucho tiempo de viaje.

—Ya veo. Y ha fallecido en fechas recientes, si no me equivoco.

Me acordé de Jane cuando me dijo que Locke no era Dios y que ella aún no se había dado por vencida. Yo tampoco me he dado por vencida, padre.

—Sí, señor. Por favor… —Tragué saliva e intenté volver a ponerme esa máscara de niña buena—. ¿Cuándo podré volver a mi hogar?

«Hogar.» ¿Ves esa H que parece una casa con dos chimeneas? Me refería a la Hacienda Locke, a sus conocidos y laberínticos pasillos, a sus desvanes ocultos y sus cálidas paredes de piedra roja; pero no tenía la menor intención de volver allí jamás.

El doctor Palmer empezó a reorganizar de nuevo las carpetas, sin mirarme. Me pregunté cuánto le había pagado el señor Locke para tenerme allí encerrada, estuviese loca o no.

—Lo cierto es que aún no lo tenemos claro, pero yo en tu lugar me lo tomaría con calma. Creo que lo mejor sería que te quedases aquí unos pocos meses, ¿no te parece? Para recuperar fuerzas.

Se me ocurrieron al menos treinta buenas razones para no querer quedarme encerrada en un manicomio durante meses, pero me limité a decir:

—Sí, señor. ¿Y podría…? ¿Sería mucha molestia si recuperase mi libro? ¿Y quizá también si me diese una pluma y algo de papel? Escribir… me tranquiliza.

Le dediqué una sonrisa tímida.

—Aún no, pero retomaremos el asunto la semana que viene si te comportas como es debido. Señora Jacobs y señora Reynolds, por favor…

La puerta se abrió a mi espalda. Los pasos firmes de las enfermeras resonaron por el suelo.

¿Una semana?

Me abalancé sobre el escritorio y cogí la pluma suave y resbaladiza del doctor. Se la quité de las manos, me di la vuelta, me arrojé contra las enfermeras y… Me cogieron y ahí acabó todo. Un brazo blanco y almidonado me agarró por el cuello sin contemplaciones y noté cómo alguien me abría con fuerza los dedos para quitarme la pluma.

—No, por favor. No lo entienden…

Pataleé descalza y empecé a deslizarme sin poder evitarlo por el suelo.

—Yo diría que éter. O una dosis de bromuro. Gracias, señoras.

Lo último que alcancé a ver del despacho fue cómo el doctor Palmer se metía la pluma en el bolsillo de manera meticulosa y guardaba mi libro en el cajón del escritorio.

Refunfuñé, grité y aullé por los pasillos, agitándome con rabia y vehemencia. Vi rostros que me miraban por las ventanillas estrechas de las puertas, pálidos e inexpresivos como lunas. Resulta curiosa la rapidez con que pasas de ser una jovencita civilizada a una loca. Fue como si esa criatura bestial y salvaje llevase años habitando debajo de mi piel y agitando la cola.

Pero existen lugares capaces de contener a mujeres bestiales. Me arrastraron hasta la cama, me pusieron los grilletes en los tobillos y las muñecas y luego me acercaron algo frío y húmedo a la boca. Contuve el aliento todo lo que fui capaz y luego me sumí en una oscuridad resinosa.

No quiero hablar mucho de los días posteriores, así que no lo haré.

Fueron anodinos, grises y largos. Me desperté en momentos extraños y poco habituales del día con el regusto intenso de las drogas en la boca. Por las noches soñaba que me ahogaba y no podía moverme. Creo que hablé con otras personas, enfermeras y pacientes, pero la única compañía de verdad que tuve fue la reina de plata de la moneda. Y también el transcurrir de las horas, odiosas y acechantes.

Intenté evitarlas durmiendo. Me tumbaba muy quieta, cerraba los ojos a la pueril oscuridad de la estancia y dejaba los músculos inertes y reposados. A veces funcionaba, o al menos conseguía que una parte del tiempo fuese aún más gris y anodina que el resto, pero en muchas ocasiones no servía para nada. Muchas veces me quedaba allí tumbada mirando las venas rosáceas de mis párpados y oyendo el batir de mi flujo sanguíneo.

El personal de enfermería y los celadores aparecían cada pocas horas con programas y horarios en las manos para desatarme de la cama y que me moviese un poco. Comía bajo una férrea supervisión, me ponían atuendos blancos y almidonados y me aseaban en hileras de bañeras de hojalata. Temblaba junto a dos docenas de mujeres pálidas como peces, nos despojaban a todas de nuestra intimidad como caracoles a los que les quitan las conchas. Les dedicaba miradas furtivas y veía cómo se agitaban, cómo lloraban o cómo se quedaban silenciosas como tumbas. Me daban ganas de gritar cosas como: «No soy como ellas, no estoy loca, este no es mi lugar». Y luego pensé: «Quizás al principio ellas tampoco tenían ningún motivo para estar aquí».

El tiempo transcurrió, de una manera extraña. Las horas acechaban y volaban en círculos sobre mí como dragones. Oí las escamas de sus vientres rozar las baldosas mientras dormía. A veces se metían conmigo en la cama, se estiraban a mi lado como solía hacer Bad y yo me despertaba sudada y muy sola.

Otras veces me veía abocada a una rabia más que justificada. ¿Cómo podía haberme metido el señor Locke en aquel infierno? ¿Cómo podría mi padre dejarme allí sola? Pero la rabia terminaba por apagarse y lo único que dejaba a su paso eran cenizas, un paisaje silencioso envuelto en una capa de carbón gris.

Y al fin, el quinto o el sexto (¿o era el séptimo?) día de reclusión, una voz dijo:

—Tiene visita, señorita Demico. Su tío ha venido a verla.

Tenía los ojos cerrados con fuerza, con la esperanza de que, si fingía estar dormida durante el tiempo suficiente, mi cuerpo claudicaría y me seguiría el juego. Oí el chasquido de la puerta y luego cómo alguien arrastraba una silla. Y después, una voz:

—Dios, pero si ya son más de las diez y media de la mañana. Haría un chiste sobre la Bella Durmiente, pero solo harías honor a la mitad del nombre.

Abrí los ojos de pronto y lo vi frente a mí: ojos crueles y fríos como el alabastro; manos enguantadas como arañas blancas posadas en el bastón. Havemeyer.

La última vez que había oído su voz, les ordenaba a sus hombres que sacasen «eso» del vestíbulo, y con eso se refería a mi querido amigo.

Me abalancé hacia él. Olvidé que estaba desesperada y débil, y también que unos grilletes me ataban a la cama. Solo sabía que quería hacerle daño, morderle, arañarle la cara de arriba abajo.

—Tranquila. Tranquila. Nada de emociones fuertes, o de lo contrario tendré que llamar a las enfermeras, y no me servirías de nada drogada y babeando.

Gruñí y me agité con los grilletes. Él rio entre dientes.

—Con lo dócil y civilizada que eras en la Hacienda Locke… Le insistí a Cornelius para que no te creyese.

Le escupí. No había escupido a nadie desde que Samuel y yo éramos niños y hacíamos concursos en la orilla del lago. Me alegré de no haber perdido la puntería.

Havemeyer se limpió la mejilla con un dedo enguantado y su júbilo se agrió un poco.

—Tengo algunas preguntas que hacerte, señorita Demico. Cornelius siempre nos dijo que esta es una solución desproporcionada, que lo único que hiciste fue escuchar a escondidas a tus superiores, que estabas consternada por lo de tu padre y que de verdad no supones ninguna amenaza, etcétera, etcétera. Yo no lo tengo tan claro. —Se inclinó hacia delante—. ¿Cómo descubriste las grietas? ¿Con quién has estado hablando?

Le enseñé los dientes.

—Ya veo. ¿Y cómo escapaste de tu habitación? Evans estaba seguro de haberla cerrado con llave y no es tan imbécil como para mentirme.

Mis labios se curvaron en un gesto que tenía poco de sonrisa. Era la típica expresión que le haría pensar a cualquiera: «Esa persona es inestable» o «Alguien debería encerrarla». Me di cuenta de que me importaba más bien poco.

—Quizás haya lanzado un hechizo mágico, señor Havemeyer. Quizá sea un fantasma. —La sonrisa dio paso a un bufido—. Estoy loca. ¿Acaso no se ha enterado?

Él ladeó la cabeza y reflexionó.

—Ese maldito perro tuyo ha muerto, por si no lo sabías. Evans lo tiró al lago. Me disculparía contigo, pero en mi opinión era algo que teníamos pendiente desde hace muchos años.

Retrocedí como un animal al que le propinan una fuerte patada. Noté cómo las costillas empezaban a presionar el suave tejido de mis entrañas.

«Bad, Bad. No, Bad…»

—Parece que ahora sí me estás prestando atención. Bien. Pues dime: ¿has oído hablar de upiros, de vampiros o de estrigas? —Las palabras se revolvieron y sisearon en su lengua. Sin razón aparente, recordé el viaje en el que había acompañado a Viena al señor Locke cuando tenía doce años. Era febrero, y la ciudad se veía antigua y sombría, y estaba asolada por el viento—. Bueno, los nombres son lo de menos. Estoy seguro de que has oído hablar de ellos: son cosas que se agitan en la oscuridad de los bosques del norte y se alimentan de la sangre de los vivos.

Se había empezado a quitar el guante de la mano izquierda mientras hablaba, tirando de los dedos uno a uno.

—Los campesinos supersticiosos son quienes difunden las mentiras que luego se imprimen en las novelas baratas y se venden a los chavales. —Ya se había quitado el guante del todo, y tenía unos dedos tan pálidos que vi cómo los recorrían unas venas azuladas—. En mi opinión, alguien tendría que haber ajusticiado a Stoker.

Me tendió la mano. Ni medio segundo después, me rozó la piel con la punta de los dedos. Se me erizaron todos los pelillos del brazo y me dio un vuelco el estómago. Fue entonces cuando me di cuenta, cuando me sobrevino una sensación instintiva de inquietud que me aseguró que no le dejase tocarme, que gritase para pedir ayuda. Pero era demasiado tarde.

Sentí sus dedos fríos en mi piel. No, no era frío, era dolor, esa ardiente ausencia de calor que hace que te duelan hasta los dientes. El calor de todo mi cuerpo desapareció al instante, drenado por esa cosa de la que emanaba un frío voraz. Intenté articular algunas palabras, pero no eran más que los torpes balbuceos propios de alguien que camina contra un viento helado.

Havemeyer soltó un suspiro grave lleno de profunda satisfacción, como el de alguien que se calienta las manos en una hoguera o que le da el primer sorbo a un café caliente. Luego separó a regañadientes los dedos de mi piel.

—Las historias siempre tienen algo de verdad, ¿no crees? Diría que esa es la idea que llevó a tu padre a recorrer el mundo en busca de chatarra para su amo. —Vi cómo sus mejillas se habían vuelto de un rojo carmesí más propio de la tuberculosis. No dejaba de mover los ojos negros de un lado a otro—. Dime, querida, ¿cómo descubriste las grietas?

Mis labios seguían entumecidos, y noté la sangre perezosa y como cuajada en las venas.

—No entiendo a qué… ¿Por qué…?

—¿Que por qué estamos tan preocupados? Cornelius te daría un discurso sobre orden, prosperidad, paz, etcétera. Pero confieso que los motivos que me mueven no son tan idealistas. Mi única intención es preservar este mundo tal y como es: complaciente, lleno de personas serviciales, indefensas y profanas. Mi interés es personal y entusiasta, por lo que te aconsejaría que me contases todo lo que sabes.

Lo miré. No había borrado de su gesto esa sonrisa confiada ni de rozarse el pulgar por las uñas. Pasé más miedo del que nunca había pasado en mi vida. Miedo de ahogarme en un mar de locura y de magia, de traicionar a alguien o a algo sin saberlo, pero, sobre todo, miedo de que esas manos heladas volviesen a tocarme.

Oí un golpe agudo en la puerta. Ninguno de los dos dijo nada.

La señora Reynolds entró de todos modos, y sus pisadas indiscretas empezaron a retumbar por las baldosas.

—Me temo que es la hora del baño, señor. Los familiares pueden volver a visitarla más tarde.

Havemeyer frunció los labios en un gesto preñado de rabia.

—Estamos ocupados —espetó. En la Hacienda Locke, una afirmación así habría sido más que suficiente para dispersar a los sirvientes.

Pero no estábamos en la Hacienda Locke. La señora Reynolds entrecerró los ojos y apretó los labios.

—Lo siento mucho, señor, pero los pacientes de Brattleboro tienen un horario y hay que respetarlo por su salud. Se perturban con facilidad y necesitan una vida tranquila y predecible para mantener la calma…

—Bien.

Havemeyer resopló con fuerza por la nariz. Volvió a sacar el guante y se lo puso poco a poco. La ostentosa lentitud de aquel gesto lo convirtió en algo muy obsceno.

Luego se inclinó hacia mí con las manos apoyadas en el pomo del bastón.

—Hablaremos pronto, querida. ¿Tienes algo que hacer mañana por la noche? No me gustaría volver a interrumpir tu rutina.

Me pasé la lengua despacio por los labios, que empezaban a recuperar la temperatura. Luego pregunté con mucho más arrojo del que sentía en realidad:

—¿No... no tendría que invitarte a entrar?

Lanzó una risotada.

—Querida, no creas todo lo que lees en esas novelas baratas. Los tuyos siempre tratan de inventarse razones para todo. Los monstruos solo dan caza a los niños malos, a las mujeres libertinas y a los hombres impíos. Los poderosos siempre dan caza a los débiles, cuando y donde quieren. Siempre ha sido así, y siempre lo será.

—Señor.

La enfermera se interpuso entre los dos.

—Sí, sí.

Havemeyer agitó la mano, me dedicó una sonrisa voraz y luego se marchó.

Oí el alegre golpeteo de su bastón por los pasillos.

Empecé a temblar en mitad del baño. No podía parar. Las enfermeras me envolvieron en toallas calientes y me frotaron los brazos y las piernas, pero el estremecimiento fue a más hasta que me vi desnuda en el suelo de baldosas agarrándome por los hombros para tratar de detenerlos. Me llevaron de nuevo a mi habitación.

La señora Reynolds empezó a colocarme los grilletes en los enjutos brazos, y yo le cogí ambas manos con las mías antes de que terminara.

—¿Podría...? ¿Cree que podría devolverme el libro? Solo esta noche. Me portaré bien. P-por favor.

Ojalá ese tartamudeo hubiera sido fingido. Ojalá se tratara

de una astuta estratagema para hacer que confiasen en mí antes de atreverme a escapar… Pero lo cierto es que estaba tan aterrorizada y desesperada como parecía. Solo pensaba en una posible manera de obviar los pensamientos nefastos que me atormentaban. Pensamientos como: «Havemeyer es un monstruo» o «La Sociedad está llena de monstruos» o «¿Qué es en realidad el señor Locke?» o «Bad está muerto».

No creí que fuese a decir que sí. Hasta ese momento, las enfermeras nos habían tratado como poco más que a muebles aparatosos y maleducados que había que alimentar y acicalar. Nos hablaban, pero con la misma indiferencia con la que la mujer de un granjero les hablaría a sus pollos. Nos alimentaban y nos bañaban, pero sus manos parecían piedras ásperas con las que nos restregaban la piel.

Pero la señora Reynolds se quedó en silencio y me miró. Era una mirada que parecía casi accidental, como si se hubiera olvidado durante medio segundo de que yo era una paciente y en realidad estuviese mirando a la joven que le pedía ese libro.

Apartó la mirada como un ratoncillo asustado. Apretó los grilletes hasta que noté cómo el pulso me latía en las puntas de los dedos y se marchó sin volver la vista atrás.

Lloré, incapaz siquiera de limpiarme la vela de mocos que tenía sobre el labio, de enterrar la cara en la almohada o de meter la cabeza entre las rodillas. Seguí llorando mientras oía cómo las mujeres iban de un lado a otro en los pasillos, hasta que la almohada se quedó empapada y todo se sumió en el silencio. Las luces eléctricas zumbaron y chasquearon al apagarse.

En la oscuridad era complicado no pensar en el señor Havemeyer. En cómo sus dedos blancos de piel azulada se extendían hacia mí brillando a la luz de la luna.

Y luego oí cómo alguien metía una llave en la cerradura y empujaba la puerta para abrirla. Me agité pese a los grilletes, asustada, y empecé a buscar la silueta negra y trajeada del hombre en la oscuridad. Afiné el oído para ver si oía el repiqueteo del bastón en el suelo…

Pero no era Havemeyer, sino la señora Reynolds. Con mi ejemplar de *Las diez mil Puertas* bajo el brazo.

Se apresuró para colocarse junto a la cama, como una mancha blanca furtiva en la oscuridad. Metió el libro bajo mis sábanas y me quitó los grilletes con dedos temblorosos. Abrí la boca, pero ella agitó la cabeza sin mirarme y se marchó. Volví a oír el chasquido de la cerradura.

Al principio, me limité a sostenerlo y a frotar la desgastada cubierta con el pulgar mientras disfrutaba del aroma ajeno que emanaba de él.

Luego lo acerqué a los haces de luz de luna inclinados que entraban por la ventana, lo abrí y me marché.

Capítulo 4

Sobre el amor

El amor arraiga. El amor zarpa. Los resultados tanto milagrosos como predecibles del amor.

*L*os intelectuales y los sibaritas se mofan del amor verdadero, creen que no es más que un placentero cuento de hadas con el que se puede engañar a los niños y a las jovencitas y que es igual de creíble que las varitas mágicas o los zapatos de cristal.[14] Siento verdadera lástima por esos eruditos, porque seguro que no dirían tantas estupideces si lo hubiesen experimentado en algún momento.

Ojalá hubiesen presenciado el encuentro de Yule Ian y Adelaide Lee en 1893. Nadie que hubiera visto sus cuerpos abrazarse con el agua por la cintura, que hubiese visto sus miradas relucir como faros que guían barcos a un puerto seguro al fin, habría sido capaz de negar la presencia del amor. Flotó entre ellos como un sol diminuto que irradiaba calor y que hacía que sus rostros brillasen en tonalidades rojas y áureas.

Pero hasta yo debo admitir que hay ocasiones en las que el amor no es tan venturoso. Después de que Ade y Yule terminasen de abrazarse al fin, se quedaron de pie entre las olas, mirando cada uno al completo desconocido que tenían delante. ¿Qué le dice uno a una mujer a la que solo ha visto una vez en un henar de otro mundo? ¿Qué le dice una a un

---

14. Espero que a estas alturas estés lo bastante familiarizado con la naturaleza de las puertas como para dar por hecho la existencia tanto de varitas mágicas como de zapatos de cristal, ya sea en un mundo o en otro.

niño fantasma cuya mirada curtida y oscura no has sido capaz de olvidar en doce años? Ambos hablaron a la vez, y ambos volvieron a guardar silencio.

Luego Ade dijo con voz apasionada:

—Joder. —Hizo una pausa y lo repitió—. Joder. —Se pasó los dedos por el pelo y luego se restregó algo de agua salada por unas mejillas demasiado calientes—. ¿Eres tú de verdad, niño fantasma? ¿Cómo te llamas?

La pregunta era del todo natural, pero oscureció el sol que relucía entre ellos. Ambos comprendieron en el acto cuán poco probable era que dos personas que no sabían ni sus nombres se enamorasen.

—Yule Ian.

Las palabras fueron como un susurro apresurado.

—Encantada de conocerte, Julian. ¿Podrías echarme una mano?

Hizo un gesto hacia el barco, que se bamboleaba apacible hacia el sur. Tardaron unos cuantos minutos en atarlo y arrastrarlo entre los dos para llevarlo por fin hasta el muelle y amarrarlo a una roca inmune al efecto de la marea. Trabajaron en silencio y estudiaron los movimientos de sus cuerpos, la milagrosa geometría de sus huesos y de sus músculos, como si fuese un código secreto que les hubiesen encargado descifrar. Luego se quedaron en pie en la costa al rojo resplandor del ocaso y les costó volver a mirarse directamente.

—¿Te gustaría…? Tengo un sitio en el que podrías quedarte. En la ciudad.

Yule pensó en la estrecha habitación del segundo piso de la casa de la lavandera, y deseó poder invitar a Ade a un castillo, un palacio o al menos a una de las habitaciones con balcón que alquilaban los mercaderes ambulantes. Ade asintió, y regresaron a la Ciudad de Plumm el uno junto al otro. Los dorsos de sus manos se rozaban a veces con timidez al atravesar las calles estrechas, pero nunca durante mucho tiempo. Yule notó los roces como si fuesen cerillas encendidas contra su piel.

Cuando llegaron a la habitación, Ade se colocó junto a la cama sin hacer y empezó a observar poco a poco la estancia, las pilas de libros y los botes de tinta vacíos que había en las esquinas. No dijo nada. De haberla conocido más, no solo unas pocas horas durante su juventud, Yule se habría dado cuenta de lo insólita que era esa actitud viniendo de ella. Adelaide Lee era una mujer que expresaba sus anhelos de manera abierta, sin asomo de vergüenza ni artificio, y que esperaba que el mundo se amoldase a ellos. Pero ahora estaba sentada en una estancia abarrotada que olía a océano y a tinta, y era incapaz de encontrar las palabras adecuadas para expresarse.

Yule se sentó titubeante a su lado.

—¿Cómo has llegado aquí? —preguntó.

—Navegué a través de una puerta que había en la cima de una montaña de mi mundo. Siento haber tardado tanto en llegar, pero es que había muchísimas puertas.

En su voz se empezó a notar un poco de su arrogancia habitual.

—¿Has estado buscando este mundo? ¿A mí?

Ade lo miró y asintió.

—Pues claro.

Yule le dedicó una sonrisa de oreja a oreja, y Ade sintió que se la acababa de robar a un chico mucho más joven. Era la misma que le había dedicado en el henar cuando ella le había prometido que volverían a verse al cabo de tres días, extasiado por la suerte de haberse encontrado. En ese momento, supo lo que tenía que hacer a continuación.

Ade lo besó. Sintió cómo las curvas de la sonrisa volvían a remodelarse para besarla, y luego las delicadas manos del académico se posaron con suavidad en las de la chica. Ade se echó un poco hacia atrás para mirarlo, para contemplar la oscuridad rojiza de su piel y la sonrisa tan diferente que se había abierto paso en su rostro y que lucía como una luna con forma de cimitarra, la seriedad con que la contemplaba. Luego rio una vez y lo obligó a tumbarse.

Fuera de la habitación de Yule, la Ciudad de Plumm se sumió en el estupor propio del atardecer y sus ciudadanos se vieron sorprendidos por ese momento tranquilo posterior a la cena y que precedía al anochecer. Detrás de Plumm, el mar Amarico se agitaba una y otra vez contra miles de cascos alquitranados y contra las rocas de las islas, y también soplaban unas brisas llenas de sal que cruzaban puertas y llegaban hasta otros cielos. Diez mil mundos en los que el atardecer se abría paso diez mil veces. Pero por primera vez en sus vidas, Ade y Yule no prestaron atención a ninguno de esos otros mundos, ya que su universo ahora estaba formado por una cama estrecha en el segundo piso de la casa de una lavandera de la Ciudad de Plumm. Salieron de ella varios días después.

Ahora que tenemos clara la existencia del amor verdadero, podemos recapacitar sobre su naturaleza. No es lo que cuentan algunos de esos poetas que no tienen ni idea, no es un acontecimiento ni algo que ocurre en un momento dado, es algo que está ahí y que siempre ha estado ahí. Uno no se enamora, sino que descubre que está enamorado.

Fue este procedimiento arqueológico el que mantuvo ocupados a Yule y a Ade durante los días que pasaron encerrados en la habitación de la lavandera. Descubrieron su amor, primero gracias al milagroso y extraño lenguaje corporal: a través de la piel, el sudor con olor a canela, las arrugas de las sábanas rosadas o los deltas de las venas que recorrían los dorsos de sus manos. Era un idioma nuevo para Yule, pero para Ade fue más como volver a aprender uno que creía conocer.

Las palabras no tardaron en llenar el ambiente, en abrirse paso a través del calor submarino de las tardes húmedas y del alivio de las noches frías. Se contaron doce años de historias. Ade le contó primero la suya; una conversación emocionante llena de viajes en tren a la luz de las estrellas, de caminatas agotadoras, de idas y venidas, y también de puertas oblicuas entreabiertas al ocaso. Yule se dio cuenta de que era incapaz de escucharla sin tener una pluma en la mano, como si la joven fuese un pergamino que ha cobrado vida y tuviese que documentar sus palabras antes de que desapareciera.

Terminó con la historia de la montaña Silverheels y la puerta que daba al mar, y rio cuando Yule insistió para que le contase los detalles y las fechas.

—Esas son el tipo de cosas que arruinan una buena historia. No, señor. Es hora de que tú me cuentes la tuya, ¿no crees?

Él se tumbó bocabajo en el frío suelo de piedra, con las piernas enredadas entre las sábanas y los brazos manchados de tinta.

—Creo que mi historia es tu historia.

Se encogió de hombros.

—¿A qué te refieres?

—Me refiero a que... Ese día en el henar me cambió igual que a ti. Ambos nos hemos pasado las vidas buscando los secretos de las puertas, ¿no? Siguiendo el rastro de historias y mitos. —Yule apoyó la cabeza en el brazo y alzó la vista hacia los cabellos dorados de Ade que se extendían por la cama—. La única diferencia es que yo pasé mucho más tiempo en bibliotecas.

Yule le habló sobre su juventud idealista y determinada, sobre sus publicaciones académicas respetables (que nunca aseveraron directamente la existencia de las puertas, sino que afirmaban que eran creaciones mitológicas de las que podían sacarse muchas ideas sociales), sobre su interminable aventura en pos de descubrir la verdadera naturaleza de las puertas entre mundos.

—¿Y qué has descubierto, Julian?

Se deleitó en la manera extraña en la que Ade pronunciaba su nombre.

—Alguna que otra cosa —respondió al tiempo que señalaba los incontables volúmenes de *Un estudio comparativo de pasajes, portales y entradas en la mitología mundial* que tenía sobre el escritorio—. Pero aún no es suficiente.

Ade se levantó y se inclinó sobre el escritorio para leer con detenimiento las palabras extranjeras escritas en las páginas. Yule tuvo la impresión de que el cuerpo de la chica adquiría una tonalidad extraña: la piel cambiaba con brusquedad entre los tonos pálidos y los mucho más oscuros de las pecas.

—Lo único que sé es que esos lugares existen, que son escasos y difíciles de ver a menos que se busquen con cierto empeño y que sirven para viajar a otras partes. A mundos de todo tipo, algunos de los cuales están llenos a rebosar de magia. Y que siempre hay filtraciones entre mundos; solo hay que seguir las historias. ¿Tú has descubierto algo más?

Yule se cuestionó si todos los académicos dedicaban sus vidas a formular preguntas que otros ya habían respondido sin pretenderlo, y si eso les molestaba o les resultaba gratificante. Le dio la impresión de que Ade podía provocar ambas sensaciones.

—Pues no mucho —respondió ella con indiferencia—. Como has dicho, son lugares escasos en los que los mundos se filtran entre ellos. Pero algo me dice que esas filtraciones son... importantes. Que hasta pueden llegar a ser fundamentales.

Yule le contó que las puertas eran cambio, y que los cambios son una necesidad que entraña un peligro potencial. Las puertas son revoluciones y agitaciones, incertidumbre y misterios, ejes sobre los que pueden llegar a girar mundos enteros. Son los principios y los finales de toda buena historia, pasajes entre mundos que llevan a las aventuras, a las locuras y a veces al amor. Sonrió con esa última afirmación. Sin las puertas, los mundos serían lugares estancados, rígidos y carentes de historias.

Terminó la diatriba con la solemnidad propia de un académico.

—Pero no sé de dónde han surgido las puertas. ¿Siempre han estado aquí o las creó alguien? ¿Quién y cómo? ¡Un artesano de las palabras podría tardar toda una vida en empezar a desentrañar esos misterios! Aunque también podría no hacerlo, ya que los mundos parecen mucho más conectados de lo que creíamos. Quizá sea más parecido a correr un velo o abrir una ventana. Pero primero habría que convencer a todo el mundo de que es posible hacerlo, y dudo que...

—Pero ¿qué más da de dónde hayan salido las puertas?

Ade se había tumbado junto a él mientras hablaba y lo contemplaba con una mezcla de admiración y familiaridad.

—Importa porque parecen ser muy frágiles y da la impresión de que se pueden cerrar con mucha facilidad. Además, ¿no habrá cada vez menos puertas si solo se pueden destruir, pero no crear? Es una idea que... me aterra. Llegué a pensar que no te encontraría nunca.

El peso de doce años de búsqueda infructuosa comenzó a oprimirlos.

Ade puso un brazo y una pierna sobre la espalda de Yule.

—Eso ya da igual. Sea como fuere, te he encontrado y ninguna puerta cerrada volverá a separarnos nunca.

Lo dijo con mucha confianza y sin miedo alguno, como el gruñido de una tigresa que retumba entre sus costillas. Y Yule la creyó.

Pasarían muchos días más antes de que Ade y Yule fuesen capaces de quedarse tumbados en la cama el uno junto al otro sin sentir la apremiante necesidad de conocerse. Habían desenterrado la superficie del amor que sentían el uno por el otro y estaban decididos a dejar que el resto saliese a la luz de una forma mucho más sosegada, que se desplegase poco a poco como un mar infinito frente a su proa.

Ade sintió que al fin estaba en casa. Después de pasar muchos años deambulando y siguiendo los rastros sutiles de las historias sin dejar de sentir desconsuelo, al fin podía estar satisfecha de permanecer en un lugar. Para Yule era más bien como un viaje. Se había pasado toda la vida encerrado en las investigaciones propias de la vida académica, movido por un fervor cargado de determinación que lo llevaba a alzar pocas veces la cabeza para contemplar el horizonte. Pero ahora se encontraba a la deriva y era libre. ¿De qué servían ahora sus estudios? ¿Qué sentido tenían los misterios de las puertas comparados con el del cuerpo cálido y blanco de Ade que se encontraba junto a él?

—¿Y ahora qué hacemos? —le preguntó una mañana.

Ade estaba adormilada a la luz perlada y rosácea del alba, y la preocupación que notó en la voz del chico le hizo mucha gracia.

—Lo que queramos, Julian. Podrías empezar por enseñarme tu mundo.

—Muy bien. —Yule se quedó unos segundos en silencio—. Antes que nada, me gustaría hacer una cosa. —Se levantó y empezó a rebuscar en su escritorio para hacerse con una pluma y un bote de tinta densa y gelatinosa. Después se agachó junto a la cama, cogió el brazo izquierdo de Ade y lo extendió sobre las sábanas—. En mi mundo tenemos que escribir los acontecimientos importantes. Si se trata de algo muy importante que todo el mundo debería saber, lo escribimos aquí.

Le dio unos golpecitos en la cara interna de la muñeca.

—¿Y qué vas a escribir?

Alzó la vista y sus ojos lucieron solemnes y oscuros como estanques subterráneos. Ade sintió un cosquilleo en el estómago.

—Me gustaría escribir: «El verano de 6920, Adelaide Lee Larson y Yule Ian Académico encontraron el amor y juraron conservarlo durante toda la eternidad». —Trago saliva—. Si estás de acuerdo, claro. Si las escribo así, las palabras solo durarán unas semanas y la tinta se puede lavar. No es más que una especie de promesa.

El corazón de Ade latió desbocado.

—¿Y si decido que no quiero lavar la tinta?

Yule levantó el brazo izquierdo en silencio. Unos tatuajes serpenteaban por ellos, líneas oscuras y entrelazadas que anunciaban su condición de académico y también sus publicaciones más prestigiosas. Ade los miró en silencio durante un rato, como una mujer que contempla su futuro y a la que se le ofrece una última oportunidad de dar marcha atrás. Luego miró a Yule a los ojos.

—Pues entonces, nada de pluma. ¿Adónde puedo ir a que me tatúen?

Yule notó cómo estallaba en su pecho una burbuja de alivio y de júbilo. Rio, y ella lo besó. Cuando abandonaron la habitación de la lavandera esa tarde, unos ribetes de tinta serpenteaban alrededor de sus manos entrelazadas y deletreaban un futuro desconocido para el mundo que los rodeaba.

Pasaron las horas siguientes comprando en el mercado de toldos llamativos de la Ciudad de Plumm. Yule negoció para comprar avena y frutas deshidratadas, con frases cortas y prácticas del idioma común del Amarico mientras Ade congregaba tras de sí una multitud de espectadores fascinados. Se oyeron risas y gritos de niños de brazos escuálidos, murmullos apenados de las mujeres del mercado y chismorreos estrepitosos de los pescadores que habían oído los rumores acerca de la existencia de la mujer fantasma.

Yule alquiló una carreta desvencijada en la que bajó los suministros a la playa oriental, donde aún se bamboleaba el barquito rechoncho de Ade. Pasaron la noche acurrucados y cubiertos por unas lonas en la cubierta del navío mientras oían las olas batir contra el casco de pino alquitranado y contemplaban la rueda celeste que se alzaba sobre ellos y se agitaba como la falda etérea de una bailarina. Ade se apoyó en el suave brazo de su amado y fantaseó con vivir felices para siempre. Yule hizo lo propio con érase una vez y con principios de cuentos prometedores.

Zarparon al alba, y cuando Yule le preguntó qué quería ver, Ade respondió:

—Todo.

Así que obedeció y trazó rumbo hacia todo. Primero atracaron en la Ciudad de Sissly, donde Ade admiró las cúpulas rosadas de las capillas locales y saboreó el regusto a pimienta de las frutas güana. Luego pasaron tres noches en la Isla de Tho, donde las ruinas de una ciudad abandonada se alzaban como dientes grises recortados contra el sol, y partieron hacia un archipiélago de islas bajas y arenosas demasiado pequeñas como para tener nombre. Recorrieron las calles de la Ciudad de Jungil y caminaron por el famoso puente que conectaba las Ciudades Gemelas de Iyo e Ivo. Luego navegaron rumbo al noroeste y siguieron las corrientes veraniegas hasta el sudoroso bochorno del ecuador, donde vieron ciudades tan lejanas que Yule solo había leído sus nombres en las cartas náuticas.

El sueldo de académico de Yule, que usaban para alquilar pequeñas habitaciones y comer cualquier cosa, no era tan boyante como para comprar todo lo que había en los mercados de la ciudad, por lo que decidió recordar lo que su padre le había enseñado hacía mucho tiempo sobre cordeles y anzuelos y se dedicó a pescar las cenas. Ade se puso a tallar y a doblar ramitas para fabricar una especie de toldo cerca de la proa con el que protegerse tanto del sol como de la lluvia. En la abarrotada Ciudad de Cain, Yule compró una bobina de hilo encerado y agujas de metal del tamaño de la palma de su mano. Pasaron un día fondeados en el puerto de Cain mientras Yule cosía bendiciones en las desvergonzadas velas desnudas. Escribió las típicas oraciones que imploraban el buen clima y los viajes sin incidentes, pero mientras que el resto de barcos también añadían una inscripción que rogaba por una pesca abundante o un comercio beneficioso o un viaje cómodo, Yule se limitó a rubricarlas en nombre del amor. Ade vio en las velas las mismas palabras que serpenteaban por sus muñecas, le dio un beso en la mejilla y sonrió.

Costaba imaginar cómo iban a terminar esos meses tan perfectos que pasaron en La Llave. El calor del verano empezó a remitir y dio paso a los vientos fríos y racheados del entretiempo, momento en el que el Amarico estaba tan abarrotado de barcos que le daba la impresión de que hasta el mar olía a especias, a aceite y a lino. Yule y Ade recorrieron las corrientes embargados por el amor, en dirección al sur, surcando olas de cachones blancos y con la única idea de llegar a la siguiente isla, a la siguiente ciudad o de pasar la siguiente noche acurrucados en alguna playa desierta. Creyó que podrían seguir así para siempre.

Como era de esperar, se equivocaba. El amor verdadero no es estanco; de hecho, es una puerta que pueden cruzar todo tipo de cosas increíbles o peligrosas.

—Julian, amor mío, despierta.

Habían pasado la noche en una islita cubierta de pinos en la que solo habitaban leñadores y cabreros. Yule estaba acurrucado en la cama de lona y sudaba el vino de bayas de enebro que habían bebido la noche anterior, pero abrió los ojos nada más oír a Ade.

—¿Mmm? —preguntó con claridad.

Ella estaba sentada dándole la espalda al mar y su silueta se recortaba contra la luz del amanecer que se escabullía entre las ramas de los pinos. Su cabello del color del heno le caía por los hombros de manera irregular porque Yule se lo había cortado con el cuchillo de pescador, y su piel había adquirido un tono pardo que no le pegaba demasiado. Llevaba el atuendo práctico de una marinera, pero aún no dominaba los dobleces y los pliegues necesarios, por lo que lo llevaba suelto como una red. Yule no había dejado de pensar que era lo más bonito que había visto en su mundo o en cualquier otro.

—Tengo que decirte algo. —Ade había empezado a frotarse las palabras negras que seguían adornándole la muñeca izquierda—. Y diría que es muy importante.

Yule la miró con detenimiento, pero la joven tenía una expresión que no llegó a reconocer. A lo largo de los meses que habían pasado juntos la había visto agotada y eufórica, furiosa y combativa, aburrida y envalentonada; pero nunca asustada. La emoción se desplegó por sus facciones como un turista extranjero.

Ade resopló y cerró los ojos.

—Julian. Creo que... Bueno, lo cierto es que estoy muy segura desde hace un tiempo. Voy a tener un bebé.

El mundo se paralizó a su alrededor. Las olas dejaron de batir; las ramas de los pinos, de agitarse, y hasta las pequeñas criaturas del suelo pararon de excavar. Yule no tenía muy claro que su corazón siguiese latiendo, pero al menos sí que sabía a ciencia cierta que seguía vivo.

—Bueno, tampoco tienes razón para estar tan sorprendido. O sea, después de lo que llevamos haciendo durante más de medio año, hay que ser un imbécil para no pensar que podríamos... que yo podría...

Ade aspiró a través de los dientes, que tenía casi apretados.

Pero a Yule le costó mucho oírla porque el silencio momentáneo había dado paso a un ambiente ruidoso y festivo, como si su balbuceante corazón hubiera sido reemplazado por un desfile en la ciudad. Se afanó por responder con cautela y amabilidad.

—¿Y qué vas a hacer?

Ade abrió los ojos de par en par y se llevó la mano abierta al estómago en gesto protector.

—No parece que tenga muchas opciones, ¿no crees?[15] —No había rencor ni arrepentimiento en su voz, solo ese miedo sosegado—. Los hombres sí que la tienen, ¿no? Por Dios. Mi padre no... no tenía intención de... Bueno, ¿qué vas a hacer tú?

Y Yule se dio cuenta en ese momento de algo que parecía obvio: que Ade no tenía miedo del bebé, sino de él. Era un alivio tan grande que se limitó a reír y soltó una gran carcajada de júbilo que asustó a los pájaros que había posados sobre ellos. Ade se mordió un carrillo con súbita esperanza.

---

15. En realidad, sí que tenía elección. Puede que Ade hubiera olvidado que se encontraba en el mundo de Yule en lugar de en el suyo, y en ese mundo existían los artesanos de las palabras. Los embarazos son frágiles e inciertos, sobre todo al principio, y un artesano de las palabras habilidoso que supiese cuáles usar podía llegar a borrar de la realidad a los hijos no deseados cuando aún no eran más que un tenue atisbo en el cuerpo de su madre.

Yule tiró a un lado las mantas y se arrastró hacia ella. Le cogió las manos hermosas, quemadas y llenas de cicatrices de clavos.

—Esto es lo que vamos a hacer. Si quieres. Volveremos a Nin, me casaré contigo y encontraremos un lugar al que llamar hogar. Y luego los tres, los cuatro o los seis, ya veremos cuando te presente a mis hermanos y hermanas, pasaremos los inviernos en Nin y los veranos navegando. Y os querré a ti y a nuestro hijo más que a cualquier cosa del mundo. Nunca os abandonaré mientras viva.

Yule vio cómo el miedo desaparecía del rostro de la joven. En su lugar apareció un sentimiento ardiente y luminoso que a Yule le recordaba al gesto que ponían los buzos justo antes de saltar de un acantilado a las profundidades del mar o al de los artesanos de las palabras que contemplan una página en blanco.

—Sí —aseguró ella, una palabra de la que habían dependido tres vidas.

De haber sido un hombre mejor, Yule habría mantenido su promesa. Tanto a su mujer como a su hija.

La madre de Yule le tatuó los votos matrimoniales en los brazos. Llevaba el pelo blanco y enredado debajo de un pañuelo y movía las agujas arriba y abajo al ritmo que Yule recordaba de su juventud. Aún le parecía mágico ver cómo las palabras empezaban a surgir entre la sangre y la tinta que dejaban las agujas, como un amanecer que precede al carro de un antiguo dios. Ade no sentía la tradición propia del ritual; aun así, contenía el aliento al contemplar la belleza de las extrañas líneas que se entrecruzaban por sus antebrazos, y cuando lo colocó junto al de Yule para ver cómo sus heridas negras y rojas se tocaban y él pronunció las palabras tatuadas en voz alta, sintió que una especie de movimiento tectónico agitaba todo su cuerpo.

Después de los votos llegó el turno de la tradicional Firma de las Bendiciones. Los padres de Yule, cuyas expresiones amables y perplejas demostraban que no comprendían del todo cómo se las había arreglado su hijo para casarse con una extranjera blanca como la leche cuya única posesión era un barco muy feo, estaban muy felices por él a pesar de todo. Fueron los anfitriones de la ceremonia, a la que acudieron todos los primos, todas las tías de espaldas encorvadas y todos los compañeros de universidad, quienes grabaron sus oraciones para los recién casados en el libro de familia. Se quedaron a comer y a beber como era de recibo, y Ade pasó su tercera noche en la Ciudad de Nin embutida en la cama de juventud de Yule contemplando las estrellas de metal que oscilaban sobre ella.

Yule tardó otra semana en llegar a un acuerdo con la universidad. Explicó que había terminado su investigación y que necesitaba tiempo y tranquilidad para recopilar sus pensamientos, así como un estipendio suficiente como para mantener a su mujer y a su futuro retoño. La universidad se opuso, pero él insistió. Después de mucho hablar sobre sus contribuciones futuras a la reputación de la universidad, el maestro le pidió dar clase tres veces a la semana en la plaza de la ciudad, a cambio de lo cual recibiría una paga suficiente para permitirse una pequeña casa de piedra en la alta ladera norte de la isla.

La casa era una estructura baja y bien dispuesta medio enterrada en la colina que se alzaba detrás de ella y que soltaba un fuerte olor a cabra las cálidas tardes veraniegas. Solo tenía dos habitaciones, un horno ennegrecido que ocupaban varias generaciones de ratones y una cama con un colchón de paja. El mampostero que había cincelado sus nombres sobre la piedra del horno pensó que se trataba de una casa demasiado adusta y pequeña para una familia joven, pero para Yule y Ade era el edificio más bonito que se había erigido jamás con cuatro paredes y un techo. Se debía al Midas del amor verdadero, que convertía en oro todo lo que tocaba.

El invierno se enseñoreó de Nin poco a poco, como un gran gato blanco hecho de niebla fresca y de rachas de viento intensas. Ade no se sintió muy impresionada, y rio al ver cómo Yule se envolvía en prendas de lana y temblaba junto al fuego del horno. Ella salía a dar largos paseos por las colinas ataviada con prendas veraniegas, y volvía a casa con las mejillas sonrosadas a causa de la brisa.

—¿No quieres abrigarte un poquito más? —le había comentado Yule una mañana—. Por nuestro hijo, aunque sea.

Extendió un brazo y rozó la leve curvatura del vientre de Ade.

Ella rio y se apartó.

—Nuestra hija, dirás.

—Ajá. ¿Qué te parece si te pones esto? —preguntó al tiempo que sacaba de detrás un abrigo pardo de botones oscuros que lucía ajeno para el mundo en el que se encontraban y a ella le resultaba muy familiar.

Se quedó de piedra.

—¿Lo has guardado? ¿Durante todos estos años?

—Claro —le susurró al tiempo que acercaba el rostro al pelo enmarañado y con olor a salitre de la nuca de Ade.

Esa mañana, el paseo se había retrasado un poco.

En Nin, la primavera era una estación que conllevaba la saturación. Las cálidas lluvias convertían todos los senderos en barro y llenaban de musgo todas las rocas. La ropa bien doblada se llenaba de moho y el pan se ponía rancio casi antes de enfriarse. Ade se pasaba la mayor parte del día en la Ciudad de Nin, recorriendo de un lado para otro las calles mojadas por la lluvia y practicando su pésimo amaricano con todo aquel que se cruzara con ella. También ayudaba al padre de Yule a arrancar unas pequeñas criaturas con concha de las quillas de los barcos pesqueros y se encargaba de mantener en buen estado La Llave. La ajustó y la reformó bajo la batuta de su suegro hasta que adquirió mucho mejor aspecto: el mástil más alto y más estrecho y el casco bien sellado. Le gustaba ver cómo el barco se agitaba entre las olas y también notar al bebé agitarse dentro de su cuerpo.

«Algún día será tuyo —pensó Ade para su hija nonata—. Algún día navegarás con La Llave y te perderás en el amanecer.»

A mitad de verano, en ese mes tan caluroso que Ade llamaba julio, Yule volvió a casa y se la encontró jadeando entre gritos con la piel perlada de sudor.

—¿Ya viene el niño?

—La… la niña —resopló al tiempo que miraba a Yule con la expresión de un joven soldado que se disponía a enfrentarse a su primera batalla. Yule le cogió las manos y los tatuajes de ambos se entrelazaron como serpientes que subieran por sus antebrazos, y luego empezó a rezar las mismas oraciones silenciosas que rezan todos los padres en esos momentos. Rezó para que su esposa sobreviviese y para que su hija naciera sana y poder tenerla en sus brazos antes del siguiente amanecer.

Y sus oraciones obtuvieron respuesta y dieron como resultado el milagro más habitual y trascendental de toda vida.

La niña nació antes del amanecer. Tenía la piel del color del cedro y los ojos como el trigo.

Le pusieron el nombre de un dios antiguo y casi olvidado del mundo de Ade, uno que Yule había estudiado en una ocasión en uno de esos textos antiguos que se guardaban en los túneles de Nin. Era un dios extraño que se solía representar con dos rostros que miraban tanto hacia delante como hacia atrás. No regentaba ningún dominio en particular, sino todos los lugares entre mundos: el pasado y el presente, el aquí y el allí, los finales y los principios... Las puertas, en definitiva.

Pero Ade llegó a la conclusión de que Jano sonaba muy parecido a Jane, y tenía muy claro que no quería que ninguna de sus hijas se llamara nada parecido a Jane. Y por eso le pusieron el nombre del mes que toma su nombre de dicho dios: Enero.

Mi niña perfecta, mi Enero. Te pediría perdón, pero me faltan agallas.

Lo único que te puedo pedir es que creas. Cree en las puertas, en los mundos y en las Escrituras. Pero cree en nuestro amor por ti sobre todas las cosas, aunque la única prueba de su existencia sea este libro que ahora tienes entre las manos.

La Puerta de sangre y plata

*C*uando era niña, los desayunos consistían en veinte minutos de silencio absoluto sentada frente a la señorita Wilda, quien creía que las conversaciones cortaban la digestión y que la mantequilla y la mermelada solo se podían comer los días festivos. Cuando se marchó, empecé a acompañar al señor Locke por la mañana en la mesa enorme y pulida, donde hacía todo lo posible para impresionarlo con mis buenos modales y mi silencio femenino. Luego llegó Jane, y los desayunos se convirtieron en cafés birlados de la cocina que tomábamos en salones olvidados o en desvanes llenos de cosas, donde todo olía a polvo y a la luz del sol y Bad podía llenar de pelos broncíneos los asientos sin que nadie le dijese nada.

En Brattleboro, los desayunos consistían en una pasta de avena metida en un cuenco de hojalata mientras la luz pálida se filtraba por las altas ventanas y se oía el resonar de los pasos del personal de enfermería por los pasillos.

La buena conducta me había granjeado el derecho a unirme al murmullo de mujeres que comían en el refectorio. Esa mañana estaba sentada junto a una pareja de mujeres blancas muy diferentes: una era una anciana enjuta y arrugada que tenía el pelo recogido en una coleta tan firme que hasta le tiraba de las cejas, y la otra era joven y fornida, con ojos grises y húmedos y labios agrietados.

Ambas se me quedaron mirando cuando tomé asiento. Era una mirada que me resultaba familiar, un «Y tú qué miras» receloso que era como si me pusieran una navaja en el cuello.

Pero esa mañana sentí algo diferente. Tenía la piel reluciente como una brillante armadura, como si de una serpiente plateada se tratara. Era invulnerable. Esa mañana era la hija de Yule Ian Académico y Adelaide Lee Larson, y esos ojos no podían hacerme nada.

—¿Te vas a comer eso?

Al parecer, mi aspecto no le había impedido a la joven de ojos grises pedirme la galleta. Estaba medio enterrada en la avena, un bulto del color de las escamas de un pez.

—No.

La cogió y luego la sorbió.

—Me llamo Abby —aventuró—. Esta es la señora Margaret.

La anciana no me miró, pero arrugó un poco el gesto.

—Enero Demico —dije con educación.

Pero luego pensé: «Enero Académica».

Como mi padre antes que yo. Las palabras me reconfortaron y sentí como si una luz hubiese empezado a brillar en mi interior y a filtrarse por la estancia, como cuando reluce por las junturas de una puerta cerrada.

La señora Margaret soltó un resoplido agudo y leve, calibrado a la perfección para dar el pego como resuello. Me pregunté a qué se dedicaba antes de ser una loca. ¿Heredera? ¿Mujer de un banquero?

—¿Qué clase de nombre es ese?

No me había mirado y no le dirigió la pregunta a nadie en particular.

La luz relució aún más en mi pecho.

—Pues el mío.

Solo mío. El que me habían dado mis verdaderos padres al nacer. Mis padres que se querían y me querían; padres que, de alguna manera, me habían abandonado. La luz se atenuó un poco y empezó a agitarse como si soplara una brisa repentina.

¿Qué habría pasado con esa pequeña casa de piedra de la colina? ¿Y con La Llave? ¿Y con mi padre y mi madre?

Quizás era mejor no saberlo. Quería disfrutar del pasado lo máximo posible, perderme en los frágiles y efímeros ayeres, en ese breve «y comieron perdices» en el que tenía un hogar y una familia. La noche anterior había ocultado *Las diez mil puertas* debajo del colchón en lugar de arriesgarme a leer otra página y perderlo todo.

Abby parpadeó con sus ojos húmedos y rompió el repentino silencio.

—Esta mañana he recibido un telegrama de mi hermano. Vuelvo a casa el martes, o tal vez el miércoles. —Margaret volvió a resoplar. Abby no le prestó atención—. ¿Crees que vas a pasar mucho tiempo por aquí? —me preguntó.

No. Había mucho que hacer. Tenía que terminar el maldito libro, encontrar a Jane, encontrar a mi padre y escribir un futuro mejor, nada de quedarme allí encerrada como la desgraciada huérfana de una novela gótica. Además, si me quedaba una noche más, estaba casi segura de que un vampiro se iba a colar por la ventana de mi celda para morderme.

Tenía que encontrar la forma de escapar. ¿Acaso no era la hija de Yule y de Ade, la que había nacido bajo un sol de otro mundo? ¿Acaso no me habían puesto el nombre del dios de los lugares entre mundos, de los pasajes, del dios de las Puertas? De ser así, ¿cómo podía estar encerrada? Mi sangre parecía ser la clave: era una tinta con la que bien podría escribirme un futuro diferente.

Claro. La sangre.

Una ligera sonrisa empezó a perfilarse en mi rostro.

—No, no creo que me quede mucho más —respondí, animada—. Tengo muchas cosas que hacer.

Abby asintió satisfecha y empezó a relatar una historia larga e improbable sobre el pícnic que iba a preparar cuando llegase a casa, cuánto la echaba de menos su hermano y que ella no tenía la culpa de ser una hermana tan complicada.

Abandonamos el refectorio formando la misma fila gris. Traté de dejar caer los hombros y encorvar la espalda como las demás, y cuando la señora Reynolds y otra enfermera me escoltaron hasta mi habitación les di las gracias en voz baja y sumisa. La señora Reynolds me miró a los ojos y luego apartó la vista. No me amarraron a la cama antes de marcharse.

Esperé hasta que los pasos se perdieron a lo lejos y resonaron junto a la otra puerta cerrada del pasillo para meter las manos debajo del colchón. Rocé el lomo del libro de mi padre con las puntas de las dedos, con suavidad, pero no lo cogí. En lugar del libro, cogí la moneda de plata de la Ciudad de Nin.

La sostuve en la palma de la mano. Era pesada, mayor que una de medio dólar y el doble de gruesa. La reina me sonrió desde la superficie de metal.

Empecé a rascar con el canto el estuco de cemento de la pared junto a la cama. La levanté a la luz y vi que la suave curva del borde estaba muy poco desgastada.

Sonreí como sonríen los prisioneros que empiezan a excavar un túnel para escapar y volví a rascar la pared con la moneda.

Cuando llegó la hora de la cena, tenía los músculos del brazo destrozados y me dolían mucho las articulaciones de los dedos con los que había rascado la pared. Y la moneda ya no era una moneda. Se había convertido en una especie de cuña, limada por los extremos y en la que el único rastro que quedaba de la cara de la reina era un ojo en el centro. Seguí excavando después de la cena, porque quería que estuviese lo bastante afilada y también porque tenía miedo.

La noche cada vez estaba más cerca. Vi cómo la luz de las paredes desnudas pasaba de un tono rosáceo a un amarillo pálido y luego a uno ceniciento. Havemeyer no tardaría en llegar. Treparía por las paredes como un monstruo sacado de una novela barata y extendería los dedos fríos hacia mí para consumir el calor de mi cuerpo…

Hice la cama, bajé al suelo descalza y me acerqué a la puerta cerrada.

La moneda relucía desgastada en la palma de mi mano, convertida en un pequeño puñal o un plumín de plata. La rocé con la punta de un dedo, pensé en los ojos ansiosos de Havemeyer y apreté un poco más.

La sangre tenía el color de la tinta a la luz de la luna. Me agaché y restregué el dedo por el suelo para dibujar una línea temblorosa, pero la sangre se acumuló en perlas sobre las baldosas pulidas. Me apreté la mano para que cayesen al suelo más gotas y empecé a dibujar una L, pero tenía claro que no era buena idea. Escribir en el suelo requería mucha sangre y demasiado tiempo.

Tragué saliva. Apoyé el brazo izquierdo sobre las rodillas y me imaginé que era papel, arcilla o pizarra, que no formaba parte de un ser vivo. Acerqué la afilada moneda de plata a la zona de piel en la que el fibroso músculo se unía con el codo.

«Aguanta, Enero», pensé. Y empecé a escribir.

Me dolió menos de lo que creía. No, miento. Dolió tanto como duele grabarse letras en la piel con una navaja y con la profundidad suficiente como para que la sangre empiece a borbotear como si fuesen pozos rojos de petróleo. Pero a veces el dolor es inevitable y necesario.

LA PUERTA.

Tuve cuidado y evité las venas que se entreveían en mitad del antebrazo, pues tenía claro que no albergaba la menor intención de desangrarme en mitad del suelo de un manicomio y que mi plan de fuga se fuera al traste tan pronto. Pero también me daba miedo que los cortes no fuesen lo bastante profundos y dieran a entender vacilación o escepticismo. Recordé que lo más importante de todo era creer.

LA PUERTA SE ABRE PARA ELLA.

La punta de la moneda se retorció en el punto y final, y creí en aquellas palabras con todo mi atribulado corazón.

La estancia se agitó de esa manera tan familiar, se reconfiguró con un zarandeo muy sutil, como si un ama de casa invisible tirase de las esquinas de la realidad para alisarla. Cerré los ojos y esperé mientras notaba cómo la esperanza batía en mis venas y salpicaba el suelo. No sabía qué iba a ser de mí si no funcionaba. Me encontrarían por la mañana en un charco formado por mi sangre coagulada. Al menos, de ese modo no quedaría vida alguna que Havemeyer pudiese robar…

La cerradura de la puerta emitió un chasquido. Abrí los ojos y parpadeé, agotada de repente. La puerta se abrió un poco hacia dentro, como si la hubiese empujado una ligera brisa.

Me encorvé hacia delante, apoyé la frente contra el suelo y dejé que las oleadas de fatiga batieran contra mi cuerpo. Se me cerraban los ojos y me dolían las costillas como si acabara de bucear hasta el fondo de un lago y volviera a la superficie.

Pero estaba a punto de llegar y no podía quedarme.

Me arrastré hasta la cama como buenamente pude con tres extremidades y dejando tras de mí un rastro rojo, antes de empezar a buscar el libro. Lo apreté contra mi pecho al encontrarlo y respiré por unos instantes ese aroma a especias y a océano. Olía justo como el abrigo antiguo y holgado de mi padre, ese que siempre colgaba del respaldo de la silla durante la hora de cenar cuando estaba en casa. ¿Cómo no me había dado cuenta antes?

Me metí el libro bajo el brazo, aferré la moneda desgastada y afilada en una mano y me marché.

Allí no había Umbral, claro, pero salir de la habitación al pasillo fue como cruzar de un mundo a otro. Empecé a recorrer el lugar mientras mi rígida bata susurraba sin parar contra mis piernas y dejaba tras de mí un sinfín de manchas de sangre. Me vino a la mente un absurdo rastro de migas de pan que cruzase uno de esos oscuros bosques que aparecían en los cuentos de hadas y tuve que reprimir una carcajada histérica.

Bajé por dos tramos de escaleras hacia el prístino blanco del recibidor. Atravesé puertas con letras doradas en los cristales y parpadeé confusa al leer los títulos. «Doctor Stephen J. Palmer.» Me dieron unas ganas irrefrenables de entrar en su despacho y desordenar todas sus carpetas y archivadores, de hacer picadillo sus minuciosas notas y quizás hasta de robarle esa pluma espantosa… Pero seguí avanzando.

Las baldosas de mármol de la entrada estaban frías al tacto cuando las crucé descalza. Extendí la mano hacia las puertas dobles y ya empezaba a oler a césped, a verano y a libertad, pero justo en ese momento me di cuenta de dos cosas: la primera, que oía voces hablando en voz alta en el piso de arriba, un clamor intranquilo que aumentaba de intensidad, y que había dejado un rastro rojo a través de los pasillos que llevaba directo hasta las puertas delanteras. Y la segunda, que había una figura borrosa quieta al otro lado de la puerta, recortada entre las sombras contra la luz de la luna. Era un hombre alto y delgado.

No.

Las piernas me empezaron a temblar y las noté pesadas, como si atravesase arenas movedizas. La silueta se volvió más nítida a medida que me acercaba. Se giró el pomo de la puerta y contemplé a Havemeyer debajo del marco. Ya no llevaba guantes ni bastón, y esas manos que parecían arañas blancas le colgaban desnudas a los lados. Tenía la piel centelleante y extraña en la oscuridad, y en ese momento pensé en lo raro que resultaba que tuviese aspecto humano durante el día.

Abrió los ojos de par en par al verme. Me dedicó una voraz sonrisa de depredador, de esas que carecen de sentido en un rostro humano, válgame Dios, y salí corriendo.

Las voces se alzaron, y las luces eléctricas empezaron a encenderse y a zumbar sobre mí. Tanto el personal de enfermería de ropas blancas como trabajadores de todo tipo empezaron a correr en mi dirección, entre gritos y gruñidos, pero noté la presencia de Havemeyer a mi espalda como una brisa maligna, por lo que seguí corriendo hasta encontrarme casi cara a cara con mis otros perseguidores. Empezaron a frenar, alzaron las manos con gesto apaciguador y me dedicaron palabras tranquilizadoras. Daba la impresión de que no querían tocarme, y en ese momento imaginé cuál sería a sus ojos mi desconcertante aspecto: el de una niña salvaje a caballo entre dos mundos con la bata manchada de sangre y unas palabras grabadas en la piel de uno de sus antebrazos, todo ello mientras no dejaba de enseñar los dientes y les dedicaba una mirada aterrorizada de ojos muy negros. La niña buena del señor Locke había sido sustituida por alguien del todo diferente.

Alguien que no estaba dispuesta a rendirse.

Giré hacia un lado y atravesé una puerta de madera que no indicaba qué había al otro lado. Choqué contra escobas y cubos en la oscuridad, que olía a amoniaco y a sosa cáustica. Un cuarto de la limpieza. Tiré de un cordel que colgaba del techo para encender la luz e intenté bloquear la puerta con una escalerilla de mano sin mucho acierto. Es lo que los héroes hacían siempre en mis historias, pero en la vida real lucía mucho menos efectivo.

Oí pasos a la carrera al otro lado de la puerta y el pomo se agitó con rabia al tiempo que se oían gritos y tacos. Un ominoso empujón sacudió la escalerilla. Se me aceleró el pulso y reprimí el gimoteo de pánico que atenazaba mi garganta. No tenía lugar alguno por el que escapar. No había ninguna puerta abierta.

«Un momento, Enero.»

La escalera volvió a zarandearse y, en esa ocasión, la madera emitió un preocupante chasquido.

Tenía que salir de allí cuanto antes, lejos y lo más rápido posible. Pensé en la puerta azul que daba al mar, en el mundo de mi padre, en el de Samuel, en su cabaña junto al lago. Bajé la vista hacia el brazo izquierdo, en el que me latía el dolor como si de una banda desfilando a lo lejos se tratara, y pensé: «No tengo nada que perder».

Titubeé durante medio segundo. Mi padre había dicho que el poder siempre tiene un coste. ¿Cuánto costaría ser capaz de manipular el mundo de esa manera? ¿Me podía permitir pagarlo entre temblores y sangrando en un cuarto de la limpieza?

—Sal ahora mismo, señorita Demico —siseó una voz al otro lado de la puerta—. No te comportes como una niña.

Era una voz paciente, como un lobo que deambula alrededor del árbol en el que se oculta su presa.

Tragué saliva para reprimir el pánico que sentía y empecé.

El primer trazo lo hice a la altura de la clavícula, donde casi no llegaba, e intenté que las letras fuesen compactas y pequeñas.

ELLA ESCRIBE UNA PUERTA

Cesaron los sonidos atronadores de la puerta del armario y la voz fría de antes volvió a hablar.

—Apártese.

Luego oí una discusión, más pasos y la puerta empezó a agitarse con mucha más fuerza.

DE SANGRE

¿Dónde? Sentí que mis ojos no estaban unidos a mi cráneo, como si se me hubieran separado para elevarse por la estancia, y debajo en el suelo vi mi cuerpo sangrante y dolorido. No sabía la dirección ni podía señalar en un mapa el lugar al que quería ir, pero daba igual. Creer era lo más importante. Desearlo.

Y PLATA.

Cuando la hoja dibujó la última de las letras, pensé en Samuel.

Escribí las nuevas letras justo antes de las de hacía un rato para que fluyesen como una única historia en la que creía como una loca desesperada.

«Ella escribe una Puerta de sangre y plata. La puerta se abre para ella.»

La escalerilla emitió un chasquido final y funesto. La puerta empezó a abrirse un poco a pesar de la madera rota y los suministros de limpieza. Pero me dio igual, porque en ese mismo instante percibí ese agitar tan característico que era sinónimo de que el mundo había empezado a reconfigurarse y luego noté algo muy improbable: una brisa fría que había empezado a soplar detrás de mí. Olía a pinocha, a tierra gélida y al agua templada de un lago en julio.

Me di la vuelta y vi una extraña abertura en la pared, un agujero que relucía con la tonalidad propia de la herrumbre y de la plata. Era feo, un dibujo tosco como líneas de tiza hechas por un niño que hubiesen adquirido vida, pero lo reconocí. Era una Puerta.

La del armario ya estaba medio abierta y una mano de dedos blancos empezaba a asomar por un extremo. Me eché hacia atrás, resbalé un poco en mi sangre y reparé en el dolor que empezaba a sentir en la mandíbula, provocado por una sonrisa feroz y desgarradora similar a la de Bad cuando estaba a punto de morder a alguien. Noté la puerta a mi espalda, una ausencia dichosa, una promesa con olor a pino, y luego la atravesé a pesar de que los hombros me rozaron contra los bordes irregulares.

Caí hacia atrás en la angustiosa oscuridad y vi caras y manos que se agitaban al entrar en el armario, como un monstruo de múltiples brazos que hubiese estado a punto de atraparme. Luego me consumió la nada del Umbral.

Me había olvidado de lo vacía que era. No, «vacía» no era la palabra adecuada, porque para que algo estuviese vacío antes tenía que haber estado lleno y era imposible que nada hubiera existido en el Umbral. No estaba segura de si yo existía en ese mismo momento, y por un instante sentí cómo mi ser se disipaba y se deshacía.

Es una sensación que me aterra incluso ahora que tengo la seguridad de la madera bajo mis pies y la cálida luz del sol al darme en la cara.

Pero me aferré a *Las diez mil Puertas* con dedos manchados de sangre y pensé en cómo mi madre y mi padre viajaban entre mundos como rocas que se agitan en un lago negro y vasto, sin miedo alguno a caerse. Luego pensé en Jane, en Samuel y en

Bad. En ese momento, como si sus rostros fuesen un mapa que se abría ante mí, recordé adónde me dirigía.

Volví a sentir cómo los hombros me rozaban contra los bordes irregulares de la Puerta, y vi una oscuridad mucho menos oscura que la del Umbral. Unos tablones de madera llenos de moho aparecieron frente a mí. Caí hacia delante y me intenté agarrar al suelo con las uñas, como si me hubiese quedado colgando de un acantilado. Las esquinas del libro empezaron a clavárseme en las costillas, y mi corazón, que parecía haber desaparecido en el Umbral, retumbó al renacer.

—¿Quién anda por ahí? —Una figura se movió y empezó a proyectar sombras de luz de luna a mi alrededor. Luego añadió—: ¿Enero?

Era una voz grave y de mujer, que articuló las vocales de mi nombre con acento extranjero, pero con mucha naturalidad. Lo primero que me vino a la cabeza fue la palabra «imposible», pero los últimos días habían cambiado sobremanera mi concepto sobre lo que era posible y lo que no.

Vi el resplandor dorado y aceitoso de una luz. Y luego, a ella: pelo corto iluminado por el farol, un vestido desaliñado, la boca entreabierta y arrodillada junto a mí.

—Jane. —Sentí que la cabeza me pesaba demasiado. Me tumbé y hablé con la boca pegada al suelo—. Gracias a Dios que estás aquí. Sea donde sea. Sabía adónde quería ir, pero con las Puertas uno nunca sabe lo que puede ocurrir—. Las palabras sonaban torpes y ahogadas, como si las gritase debajo del agua. Me dio la impresión de que la luz del farol se había atenuado un poco—. ¿Cómo has llegado hasta aquí?

—Creo que sería más interesante preguntar cómo has llegado tú hasta aquí. Y ese «aquí» es la cabaña de la familia Zappia, por cierto. —La frialdad de su tono parecía frágil, impostada—. Pero ¿qué te ha pasado? Estás llena de sangre…

Yo había dejado de hacerle caso. Oí un ruido que venía de uno de los rincones oscuros de la estancia, un ruido tambaleante y agotado al que siguió el chasquido de unas uñas en la madera. Dejé de respirar. Los pasos se acercaron, irregulares y titubeantes.

«Imposible.»

Levanté la cabeza.

Bad se acercó a la luz. Tenía un ojo hinchado, no apoyaba una pata trasera que no dejaba de temblarle y la cabeza le colgaba baja y macilenta. Parpadeó durante unos segundos al verme, como si no estuviera seguro de que fuese yo en realidad, y luego nos abalanzamos el uno sobre el otro. Formamos una pelota de extremidades agitadas y pelo broncíneo. Se restregó contra mi cuello y mis axilas, como si pretendiese encontrar un lugar en el que poder acurrucarse, y luego soltó un gemido ronco que nunca le había oído antes. Lo abracé, apoyé la cabeza en su cuello tembloroso y dije todas las cosas estúpidas y vacías que una dice cuando su perro está herido («Lo sé, guapo, no pasa nada. Ya estoy aquí. Lo siento. Lo siento»). Noté cómo una herida profunda que se me había abierto en el pecho empezaba a sanar.

Jane carraspeó.

—Odio interrumpir, pero ¿no es posible que... salgan más cosas por ese agujero?

Me quedé de piedra. La cola de Bad dejó de golpear el suelo. Un ruido alborotado e insidioso resonó detrás de mí, como si algo se acercase a rastras. Volví la vista atrás para mirar la Puerta, que en realidad era una rasgadura negra y aserrada, como si la realidad se hubiese desgarrado con una uña descuidada, y me pareció ver un resplandor malévolo en las profundidades, como un par de ojos voraces.

—Viene a por mí.

Lo dije con voz tranquila, casi ausente, mientras en mi fuero interno no dejaba de darle vueltas a lo mismo. Havemeyer iba a salir por ella, blanco y malvado, para arrebatarme lo que quisiese. Otros irían detrás de él cuando encontrasen el valor suficiente para cruzar. Me encerrarían para siempre, si es que dejaban algo de mí a lo que encerrar, y puede que también a Jane. Estaba claro que una africana acompañada por una fugitiva de una institución mental a medianoche no podía traer nada bueno. Y en tal caso, ¿quién iba a cuidar al pobre y herido Bad?

—Creo que tengo que... Tengo que cerrarla.

Todo lo que está abierto se puede cerrar. ¿Acaso no lo había descubierto mi padre cuando se cerró la Puerta que separaba la Ciudad de Nin y el lugar en el que se encontraba mi madre? En ese momento no sabía cómo ni por qué había sucedido, pero luego se había convertido en un académico cuyas herramientas eran el estudio minucioso, el análisis racional de pruebas y años y años de documentación.

Mis herramientas eran las palabras y mi voluntad, y empezaba a quedarme sin tiempo. Encontré la moneda con forma de puñal tan cubierta de sangre que la plata había dejado de brillar. Encogí las piernas y empecé a apoyar la mano en el suelo. Luego acerqué la moneda a mi piel por una última vez, y parpadeé un poco al notar cómo la estancia se emborronaba y se enfocaba a mi alrededor.

—¡No! Enero, pero ¿qué…?

Jane me tiró del brazo para apartarla.

—Por favor. —Tragué saliva y me tambaleé un poco—. Confía en mí, por favor. Cree en mí.

No había razón alguna para que lo hiciese. Cualquier otro me habría devuelto sin miramientos a los doctores con una nota en el pecho que recomendase encerrarme en una pequeña habitación sin objetos afilados durante más o menos un siglo. (Esa era la verdadera crueldad que emanaba de lo que me había hecho el señor Locke. Una no sabe lo frágil y efímera que puede llegar a sonar su voz hasta que ve a un rico haciéndole caso omiso con la misma naturalidad con la que firma un cheque.)

El ruido se hizo más intenso.

Jane contempló el hueco que había en la pared detrás de mí, y luego miró las letras de sangre coagulada de mi brazo. Una expresión extraña empezó a abrirse camino en su rostro… ¿Perspicacia, quizás? ¿Entendimiento receloso? Y luego me soltó la mano.

Elegí una zona desnuda y limpia de mi piel y empecé a cortar una sola palabra:

SO…

La negrura empezó a agitarse y oí el irregular batir de una respiración, una mano parecida a una araña blanca surgió del interior y se extendió hacia mí.

SOLO.

«La puerta se abre solo para ella.»

Noté cómo la palabra adquiría fuerza y la tirantez propia de la piel que rodea una cicatriz. La negrura empezó a desaparecer, la mano blanca se agitó, se oyó un aullido terrible e inhumano y luego me di cuenta de que me había quedado mirando la pared anodina de la cabaña.

La Puerta se había cerrado.

Luego sentí la mejilla apoyada contra el suelo y la mano fría de Jane en mi frente. Bad se arrastró hacia mí y se tumbó a mi lado con el lomo apoyado en mi cuerpo.

Lo último que recuerdo haber visto entre las brumas de la inconsciencia son tres objetos pálidos tirados en fila en la tarima. Parecían los pies blancos de una seta extraña, o acaso fueran unas velas. Había cerrado los ojos y había empezado a sumirme en el sueño y abotargamiento propio del dolor cuando comprendí qué eran en realidad: tres dedos blancos.

Estuve ausente durante un tiempo. No sé muy bien dónde, pero me pareció que se trataba de otro Umbral: sin luz, infinito, una galaxia silenciosa sin estrellas ni planetas ni lunas. Pero no la atravesaba, sino que me quedaba allí, suspendida. A la espera. Me vino a la mente la vaga sensación de que se trataba de un lugar agradable, sin monstruos ni sangre ni dolor, y me pareció bien quedarme.

Pero había algo que no dejaba de interrumpirme. Algo cálido que respiraba, se acurrucaba a mi lado y olisqueaba mi pelo al tiempo que gimoteaba.

Bad. Bad estaba vivo y me necesitaba.

Salí de la oscuridad y abrí los ojos.

—Hola, chico.

Tenía la lengua pastosa y pesada, pero Bad levantó las orejas. Volvió a gemir y me dio la impresión de que se acercaba aún más a mí aunque ya estuviese pegado. Acerqué la mejilla a su cuerpo e hice un amago de rodearlo con los brazos, pero desistí y solté un aullido de dolor.

Me dolía. Me dolía todo: los huesos magullados y molidos como si hubiesen cargado con un peso descomunal, y también tenía el brazo izquierdo muy caliente, vendado con firmeza; no dejaba de latirme. Hasta sentía el pesado batir de mi sangre en los oídos. A pesar de todo, me parecía un precio justo por haber reescrito la naturaleza del espacio tiempo y crear una Puerta yo sola. Reprimí las ganas de reír y puede que hasta de llorar, y eché un vistazo a mi alrededor.

La cabaña era pequeña, tal y como había dicho Samuel, y también estaba un poco abandonada: había pilas de mantas llenas de moho, el metal de un fogón oxidado que empezaba a descascarillarse y las ventanas llenas de telarañas. Pero el olor... Dios, el olor. Olía a sol, a pinos, a lago y a brisa, como si el verano hubiese impregnado sus aromas en las paredes. Era perfecto. Lo opuesto a Brattleboro.

En ese momento me percaté de la presencia de Jane, que estaba sentada a los pies de mi cama y nos contemplaba a Bad y a mí con una leve sonrisa en el rostro. Había algo en ella que había cambiado durante la semana que habíamos pasado separadas. Quizá fuesen sus ropas, ya que su soso traje gris había dado paso a una falda que le llegaba a los tobillos y una blusa de algodón holgada; o quizá fue el brillo intenso de sus ojos, como si se hubiese quitado una máscara que no sabía que llevara puesta.

Me sentí algo indecisa. Hablé sin apartar la vista del lomo de Bad.

—¿Dónde lo encontraste?

—En el lago, en esa orilla que hay al pasar la casa. Estaba... —Titubeó, y al alzar la vista vi que la sonrisa de su rostro había desaparecido del todo—. No estaba muy bien. Había tragado agua y estaba lleno de sangre... Me dio la impresión de que alguien lo había arrojado por el acantilado con la esperanza de que se ahogase. —Levantó un hombro—. Hice lo que pude. No sé si la pata llegará a sanarle del todo.

Rocé con los dedos el pelo irregular y el hilo de los puntos de sutura. Tenía la pata trasera vendada y con una férula.

Abrí la boca, pero no fui capaz de articular palabra. Hay momentos en los que un «gracias» es tan poca cosa en comparación con el favor que te acaban de hacer que las palabras son insuficientes.

Jane, si en algún momento llegas a leer esto: gracias.

Tragué saliva.

—¿Y cómo es que...? ¿Cómo es que estáis aquí?

—Como bien habrás adivinado, el señor Locke me llamó a su despacho para informarme de que ya no necesitaba mis servicios. Me... agobié, y ese maldito aparcacoches suyo me sacó de la propiedad sin darme tiempo siquiera de hacer las maletas. Volví esa noche, claro, pero tú ya te habías marchado. Fue un error y lo siento muchísimo.

Se le ensancharon las fosas nasales y agitó los hombros.

—Me han dicho que Brattleboro es una institución para blancos, por lo que no me estaba permitido visitarte. Le pedí ayuda al chico de los Zappia, porque di por hecho que lo considerarían lo bastante blanco a pesar de ser italiano, pero al parecer tampoco le dieron permiso. A pesar de todo, te entregó mi paquete con… eficiencia, podría decirse. —Volvió a sonreír, tanto que en esta ocasión vi sus dientes separados—. Es un amigo incondicional, ¿verdad?

No consideré necesario responder a esa pregunta. Ella siguió hablando con cautela.

—También es un chico muy amable. Me dio esta dirección, un lugar en el que pensar y planear mis siguientes pasos. Un lugar en el que dormir ahora que no era bienvenida en la Hacienda Locke.

—Lo siento —me disculpé con una voz que resonó tenue y apagada.

Jane soltó un bufido.

—Pues yo no. He odiado esa casa y a su propietario desde que la pisé por primera vez. Si lo toleré fue únicamente para respetar el acuerdo al que había llegado con tu padre. Me rogó que te protegiese a cambio de… algo que yo ansiaba. —Extravió la mirada y noté que empezaba a rezumar de ella una rabia que me hizo contener el aliento. Ella tragó saliva—. Aunque al parecer, ya no podrá conseguírmelo.

Rodeé a Bad con el brazo y hablé con el tono más neutro del que fui capaz.

—¿Y ahora? ¿Te vas a marchar? ¿Vas a volver a casa?

Vi que abría los ojos de par en par.

—¿Ahora? ¿Y dejarte herida y enferma mientras te persigue los dioses saben qué? Puede que Julian ya no pueda respetar nuestro acuerdo, pero tú y yo tenemos uno del todo diferente. —Parpadeé como una imbécil, y la expresión de Jane se apaciguó como nunca la había visto—. Soy tu amiga, Enero. No voy a abandonarte.

—Oh.

Nos quedamos un rato en silencio. Me recliné para sumirme en un duermevela sudoroso mientras Jane encendía el fogón y volvía a calentarse el café. Volvió a acercarse a la cama, echó a Bad a un lado y se colocó junto a mí. Tenía *Las diez mil puertas* en las rodillas y con el pulgar acariciaba la cubierta algo arrugada y manchada de rojo.

—Deberías dormir.

Pero no podía hacerlo. Mi mente era un cúmulo de preguntas que no dejaban de atosigarme como mosquitos: ¿qué le había prometido mi padre a Jane? ¿Cómo se habían conocido y qué significaba el libro para ella? ¿Y para qué había vuelto mi padre a este mundo gris y anodino?

Me agité bajo el edredón hasta que oí el suspiro de Bad.

—¿Te importaría… te importaría leerme un poco? Acabo de terminar el cuarto capítulo.

Jane me dedicó una de sus sonrisas con los dientes separados.

—Claro.

Abrió el libro y empezó a leer.

Capítulo 5

Sobre la pérdida

Cielo. Infierno.

Se podría decir que nadie recuerda de verdad sus propios orígenes. La mayoría de nosotros tenemos una especie de mitología difusa que conforma nuestra infancia, historias que nos cuentan nuestros padres una y otra vez y que se entremezclan con nuestros confusos recuerdos de cuando éramos bebés. Son historias sobre esa ocasión en la que estuvimos a punto de morir cuando bajábamos las escaleras a gatas detrás del minino de la familia, sobre la manera en la que sonreíamos al dormir cuando había tormenta, sobre nuestras primeras palabras, los primeros pasos y las tartas de cumpleaños. Nos cuentan cientos de historias diferentes que en realidad son todas la misma: «Te queremos y siempre te hemos querido».

Pero Yule Ian nunca le contó esas historias a su hija. (Espero que me permitas la cobardía de seguir usando un narrador en tercera persona. Es absurdo, pero me ayuda a llevarlo mejor.) Entonces, ¿qué es lo que recuerda ella?

Seguro que no recuerda esas primeras noches en las que sus padres contemplaban con miedo y euforia cómo sus costillas subían y bajaban al respirar. Ni tampoco la sensación cálida de los tatuajes recientes que se agitaban bajo su piel y que deletreaban nuevas palabras («madre», «padre», «familia»). Ni tampoco la manera en la que se quedaban mirando el uno al otro justo antes del amanecer después de haber pasado horas paseándola, acunándola y cantando canciones carentes de sentido en media docena de idiomas, con una gran variedad de emociones en el rostro, un agotamiento estupefacto, una ligera histeria, un anhelo tremendo por echarse a dormir, y a sabiendas de que eran las almas más afortunadas de los diez mil mundos.

Es muy probable que no recuerde la tarde en la que su padre llegó a la pequeña casa de piedra y la encontró durmiendo junto a su madre en la colina. Tenía la boca abierta, estaba desnuda a excepción del pañal de algodón que llevaba atado a la cintura y el viento le agitaba los rizos. Ade estaba acurrucada junto a ella, blanca y dorada como una leona o una espiral de nautilo, tan cerca de ella que olía en su aliento la dulce leche de sus pechos. Era casi a finales de verano, y las sombras del atardecer se extendían poco a poco hacia ellas como si pretendiesen sorprenderlas, pero aún no las habían alcanzado. Las dos resplandecían, prístinas y perfectas.

Yule se quedó contemplándolas en la colina y experimentó una alegría exultante y desmedida con cierto atisbo de melancolía, como si al tiempo que la sentía también estuviese llorando su pérdida. Como si supiera que no podría vivir siempre en el cielo.

Me duele hablar de estos asuntos ahora. A pesar de escribir esto resguardado en mi tienda al pie de las colinas por fuera de Ulán Bator, acompañado únicamente por el roce de mi pluma y los aullidos aterradores de los lobos, aprieto los dientes a causa del dolor, un pesar que se extiende por mis entrañas y me llega hasta el tuétano.

¿Recuerdas cuando me preguntaste por tu nombre y te dije que a tu madre le gustaba? Te quedaste molesta e insatisfecha, y pusiste un gesto tan parecido al suyo que me quedé de piedra y me costó respirar. Traté de seguir trabajando, pero no fui capaz. Me metí en la cama retorciéndome de dolor y temblando, pensando en la forma que adquirirían los labios de tu madre cuando pronunciaba tu nombre: Enero.

Esa noche no cené y me marché a la mañana siguiente antes del alba. Saliste de la cama a toda prisa para verme marchar y vi tu cara a través de la ventana de la carreta; se veía adormilada, despeinada y también acusatoria. Fue una imagen que me atormentó durante muchos meses. El dolor de mi pérdida provocó que yo te dejase a ti con el dolor de mi ausencia.

Ya es tarde para arreglar nada. No puedo viajar atrás en el tiempo y obligarme a abrir la puerta de la carreta para volver corriendo hasta donde te encontrabas, abrazarte y susurrarte al oído:

—Te queremos y siempre te hemos querido.

He dejado pasar demasiado tiempo y ya eres casi adulta, pero no quería dejar pasar la oportunidad de contarte los hechos, por muy tarde que sea.

Por todo ello creciste entre los pinos nevados de Vermont en lugar de hacerlo en las islas de piedra del mar Amarico en las Escrituras. La razón por la que tu padre te mira de vez en cuando y fugazmente, como si fueras un sol muy pequeño que pudiera dejarlo ciego. La razón por la que me encuentro a casi diez mil kilómetros de distancia con las manos entumecidas por el frío y siempre acompañado por esas arpías gemelas que son la desesperación y la esperanza.

He aquí lo que les sucedió a Yule Ian Académico y a Adelaide Lee Larson después del nacimiento de su hija, durante la terrible primavera del Año Escrito 6922.

A principios de primavera, Yule empezó a ser consciente de que había cierta expresión en el rostro de su esposa que no había visto antes. Era melancolía, una tendencia a contemplar el horizonte, suspirar y olvidar por un instante lo que hacía. Por la noche no dejaba de agitarse irritada, como si el edredón fuese una carga insoportable, y se levantaba antes del amanecer para preparar el té y volver a quedarse mirando el mar por la ventana de la cocina.

Una noche, cuando ya estaban tumbados en la oscuridad y el olor de los pastos primaverales empezaba a notarse en el ambiente, Yule le preguntó:

—¿Te ocurre algo, Adelaide?

Preguntó en el idioma de la Ciudad de Nin, y ella respondió en el mismo.

—No. Sí. No lo sé. —Luego siguió en su lengua materna—. Es que no estoy segura de que me guste estar anclada a un solo lugar. La quiero y te quiero. Me encantan esta casa y este mundo, pero... A veces me siento como un perro rabioso al que atan con una correa demasiado corta. —Se apartó de él—. Quizá todo el mundo se sienta así al principio. Puede que la primavera me esté afectando demasiado, ya que siempre he dicho que es un buen momento para dejarlo todo atrás.

Yule no dijo nada, pero se quedó tumbado y se dedicó a oír el susurro distante de la marea mientras pensaba.

Al día siguiente, se marchó temprano. Dejó a Ade y a Enero tumbadas en la cama y salió cuando el cielo aún estaba iluminado por los sueños en lugar de por la luz. Estuvo ausente varias horas en las que habló con cuatro personas, gastó los pocos ahorros que tenían y firmó tres contratos de propiedad y otros tres préstamos. Volvió a la casa de piedra agotado, pero con una sonrisa de oreja a oreja.

—¿Qué tal las clases? —preguntó Ade.

—¡Ba! —añadió Enero, impetuosa.

Yule le quitó al bebé de los brazos, parpadeó y dijo:

—Ven conmigo.

Bajaron por el camino serpenteante hasta la ciudad, pasaron por la plaza, la universidad, el salón de tatuajes de su madre y por la lonja que había en la costa hasta llegar a los muelles bañados por la luz del sol. Yule la llevó hasta el fondo y se detuvo junto a un pequeño bote bien proporcionado, mayor y más elegante que La Llave, que tenía bendiciones cosidas apresuradamente en la vela que hablaban de velocidad, aventura y libertad. También había suministros metidos en bolsas de lona, redes, toldos, barriles de agua, pescados ahumados, manzanas deshidratadas, vino de bayas de enebro, cuerda, una reluciente brújula de cobre... y un camarote bien cubierto en un extremo dentro del que se entreveía un colchón de paja.

Ade guardó un silencio tan prolongado que el corazón de Yule empezó a agitarse y a latir cargado de dudas. Nunca es recomendable tomar decisiones antes del amanecer sin consultar a tu pareja, y eso era justo lo que había hecho él.

—¿Es nuestro? —preguntó Ade al fin.

Yule tragó saliva.

—Sí.

—¿Cómo has...? ¿Por qué?

Yule bajó la voz y le dio la mano para que los tatuajes de ambos se fusionaran en un solo río de tinta.

—No pienso ser tu correa, cariño.

Ade lo miró con un gesto tan lleno de amor que Yule supo que no solo había hecho algo importante, sino también vital.

(¿Que si me arrepiento? ¿Que si me retractaría si pudiese? ¿Que si le diría que abandonara la idea de marcharse de su casa, de su hogar, para deambular por el mundo? Pues depende de lo que consideremos más importante: una vida o un alma.)

Enero, que hasta entonces daba palmas sin dejar de mirar una bandada de gaviotas, empezó a aburrirse y terminó por fijarse en el barco antes de lanzar ese graznido tan característico suyo que significaba «dame eso ahora mismo».

Ade pegó su frente a la de su hija.

—No podría estar más de acuerdo contigo, cosita.

Dos días después, la Ciudad de Nin se encogía detrás de ellos y el horizonte oriental se extendía reluciente y vacío al frente. Ade estaba agachada en la proa con un abrigo holgado de granjero y con su hija en brazos y cerca del pecho. Yule no estaba seguro, pero le dio la impresión de que le contaba entre susurros lo que se sentía al notar las olas batiendo bajo tus pies, ver ciudades extrañas recortadas durante el ocaso y oír idiomas desconocidos a tu alrededor.

Pasaron los meses siguientes como una pequeña bandada de aves migratorias que crea su propia ruta, viajando de ciudad en ciudad, pero sin quedarse demasiado tiempo en ningún lugar. La piel de Ade, que se había vuelto blanca como la leche durante el invierno, se volvió a oscurecer y a llenar de pecas, y el cabello se le aclaró y se le enmarañó como si fuese la crin de un caballo. Enero adquirió un tono de piel marrón rojizo, como las brasas o la canela. Ade dijo que la niña era una «viajera nata», ya que todo niño que aprende a gatear en el suave balanceo de la cubierta de un barco, que se baña en agua salada y que usa una brújula como juguete para la dentición tiene que estar destinado a llevar una vida errante.

Cuando llegó la primavera y las islas reverdecieron, a Yule le dio la impresión de que el viaje sí que tenía un destino fijado aunque no lo pareciese. La ruta podía parecer errática y sinuosa, pero viajaban hacia el este, por lo que no se sorprendió cuando Ade le confesó una noche que echaba de menos a su tía Lizzie.

—Creo que merece saber que no estoy criando malvas en una cuneta cualquiera, y también que acaba de nacer una nueva Larson. Y que hay un nuevo hombre en mi vida.

Lo que no dijo, y Yule sospechaba, es que por primera vez en su vida echaba de menos su hogar. Por la noche le hablaba del olor del Misisipi durante las tardes de verano y del color azul como la porcelana del cielo sobre el henar. Tener un hijo te hace recordar tu pasado, como si te pasaras toda la vida dibujando un círculo y ahora Ade estuviese a punto de llegar al lugar del comienzo.

Se reabastecieron en la Ciudad de Plumm, en la que Yule y Ade se habían encontrado el año anterior. Algunas personas los reconocieron en el mercado, y empezó a correr el rumor de que la mujer de los mares se había casado con el académico y que habían tenido una (decepcionantemente normal) hija. Cuando se marcharon había una multitud nada desdeñable viéndolos zarpar en la playa. Enero alternó entre aullarles con júbilo y enterrar el rostro en el hombro de su madre, mientras que Ade daba respuestas carentes de sentido a sus preguntas. (¿Que adónde vamos? Pues a la cima de una montaña en Colorado, no os voy a mentir.) Al anochecer se había convertido en el típico pícnic y se alejaron en el barco dejando atrás el cálido brillo de las hogueras que habían empezado a encenderse en la playa. La multitud los vio zarpar con expresiones que iban de la curiosidad a la hilaridad pasando por el miedo; les gritaron advertencias y buenos deseos mientras el cielo pasaba del rosado pálido al azul añil sobre sus cabezas.

(He pensado mucho en esas personas a lo largo de los años, en los que nos vieron partir hacia el vacío del mar oriental. ¿Habría ido alguno de ellos en nuestra busca al comprobar que no regresamos? ¿Algún mercader curioso o un pescador preocupado? Reconozco que es una esperanza vana en la que apoyarse.)

Yule no estaba acostumbrado a tanto ajetreo, pero Ade rio al verlo.

—He dejado un rastro de personas como esas al marcharme en tres docenas de mundos. Es bueno para ellos. Intentarán explicar cosas que no tienen explicación y crearán historias y cuentos de hadas, supongo. —Miró a Enero, acurrucada en su regazo y mordiéndose un nudillo con gesto pensativo—. Nuestra niña formará parte de un cuento de hadas antes incluso de aprender a andar, Jule. ¿No es maravilloso? La mejor viajera nata que habrá jamás.

Ade trazó la ruta en la oscuridad, y navegó a la luz de las estrellas y de los recuerdos con la niña pegada al pecho. Yule la contempló desde el camarote y empezó a soñar en cómo sería su hija de mayor. Hablaría seis idiomas, más que su padre, y tendría un corazón salvaje y audaz como su madre. Nunca se quedaría anclada en un único hogar, sino que bailaría entre mundos por senderos creados por ella misma. Sería fuerte, brillante y enérgica, tendría una belleza extraña y crecería a la luz de diez mil soles.

Yule se despertó antes del alba, cuando Ade entró en el camarote y colocó a Enero junto a ellos. Les pasó el brazo por encima y volvió a quedarse dormido.

El viento embraveció, más frío cuanto más se alejaban de las islas con ciudades. Pasaron los días siguientes al impulso de corrientes desconocidas mientras las olas batían advertencias contra el casco y la vela no dejaba de inflarse y desinflarse. Ade no dejaba de sonreír ante las salpicaduras saladas, como un halcón de caza que contempla al fin su presa. Enero gateaba de popa a proa con una cuerda atada a la cintura, y a veces las olas la tiraban al suelo y la hacían rodar. Yule examinaba el horizonte en busca de la puerta de Ade.

Apareció el amanecer del tercer día: dos peñascos negros que surgían del mar como dientes de dragón y apuntaban el uno hacia el otro hasta casi tocarse en la punta superior, formando así entre ellos un estrecho pasaje de mar abierto. La niebla matutina se enroscaba y se agitaba alrededor, ocultando la estructura para luego dejarla al descubierto.

«Da la impresión de estar hecha para que no se la descubra con facilidad, lo que corrobora mi hipótesis inicial», escribió Yule en su diario.

Se guardó las notas y se quedó de pie en la proa con Enero en brazos mientras la carita adormilada de la niña contemplaba las dobleces del abrigo desgastado de Ade. El mar se había quedado inmóvil y silencioso, y el barco lo cruzaba como una pluma que se desliza sobre una página. Justo antes de cruzar el pasaje, de atravesar el umbral y llegar a esa nada negra entre mundos, Yule Ian se dio la vuelta para mirar a su esposa.

Ade estaba inclinada sobre el timón, enfrentándose a las corrientes con sus recios hombros, los dientes apretados y unos ojos de los que emanaba un júbilo implacable. Quizá fuese por la emoción de volver a cruzar otra puerta, o por la gloria de haber alcanzado al fin una vida sin fronteras ni barreras, o puede que tan solo estuviera contenta ante la perspectiva de volver a casa. Su cabello, una maraña suelta y del color de la piel, le caía sobre un hombro y se entremezclaba con las líneas serpenteantes de los tatuajes del brazo. Había cambiado mucho desde aquel primer día, más de una década antes, en el que Yule la había visto en el campo que olía a cedro. Era más alta y más fuerte, unas arrugas se le marcaban alrededor de los ojos y los primeros mechones blancos empezaban a notársele en las sientes. Pero aún era igual de maravillosa.

Oh, Enero, era preciosa.

Alzó la vista cuando cruzamos hacia la oscuridad y nos dedicó esa leve sonrisa tan suya.

Esa mancha blanca y dorada recortada contra la niebla es algo que aún recuerdo a la perfección, como si la tuviese delante. Es el último momento en el que mi mundo estuvo completo. El último que pasó junta nuestra breve y frágil familia. La última vez que vi a Adelaide Larson.

La oscuridad se apoderó de nosotros y sentimos esa agobiante ausencia propia de ese lugar entre mundos. Cerré los ojos y deseé que Ade consiguiera hacernos cruzar sin problema.

Pero luego oí un sonido desgarrador, un chasquido que en realidad no era un sonido, porque en ese lugar no había aire. Me empezaron a temblar los pies y lo primero que me vino a la cabeza fueron monstruos marinos y leviatanes, tentáculos enormes que habían envuelto nuestro barco; y luego noté una presión inconmensurable y desconocida que se acercaba a nosotros. Era como si la oscuridad misma se hubiera partido en dos.

Me quedé sin aire, no veía nada y sucumbí al pánico. Pero hubo una fracción de segundo en la que podría haber tomado una decisión diferente, que ahora tengo grabada en la memoria como si fuese el eje que podría haber cambiado mi vida para siempre. Podría haberme lanzado hacia la popa, hacia Ade. Podría haber muerto o haber quedado condenado a vagar para siempre por aquel lugar entre mundos, pero al menos lo habría hecho junto a ella.

Pero en lugar de eso, clavé los pies en el suelo y te rodeé con mis brazos.

Es un momento en el que suelo pensar a menudo. No me arrepiento, Enero, ni cuando me siento más solo y desesperado.

El momento pasó. La presión se hizo más intensa, hasta que nos quedamos aplastados contra el casco del navío, que no dejaba de chasquear, sin aire y con la cabeza comprimida contra el suelo. No te solté en ningún momento y ya no tenía nada claro si te estaba protegiendo o aplastando. Noté cómo los globos oculares se me enterraban en las cuencas, cómo los dientes se rozaban con fuerza los unos contra los otros...

Aire. Apacible, frío y con cierto aroma a pinos y a nieve. Atravesamos una barrera invisible y el barco empezó a deslizarse a toda prisa por el suelo. Salimos despedidos hacia delante y caímos en el frío suelo de otro mundo.

Llegados a ese punto, mis recuerdos se vuelven confusos e inciertos, titubean como una bombilla rota en un proyector. Creo que me golpeé la cabeza contra una roca o un madero. Te recuerdo, muy nerviosa y gritando en mis brazos, viva para mi sorpresa y alegría. Recuerdo cómo me puse en pie a duras penas, me di la vuelta y vi los restos de nuestro barco mientras buscaba desesperado algún atisbo blanco o dorado. Pero no podía enfocar la vista y caí de rodillas. Recuerdo cómo busqué el marco de madera de la puerta que me había descrito Ade y solo encontré escombros y cenizas.

Recuerdo cómo grité su nombre y no obtuve repuesta.

Recuerdo cómo una figura surgió de las sombras, recortada contra el amanecer.

Un golpe en la nuca y el mundo se fragmentó. Mi nariz cayó a la pinocha y la piedra, y noté el sabor metálico de la sangre en la boca.

Recuerdo que pensé: «Me estoy muriendo». Y recuerdo que sentí un alivio distante y egoísta, porque justo en ese momento comprendí que Ade no había atravesado la puerta con nosotros.

La Puerta de marfil

*P*or lo general, no soy una persona muy propensa a llorar. Cuando era joven sí que lloraba por todo, desde las miradas desdeñosas hasta los finales tristes. En una ocasión incluso lloré por una charca llena de renacuajos que se había secado al sol. Pero llegó un momento en el que aprendí cuál era el truco del estoicismo: esconderse. Ocultarse dentro de las murallas de tu castillo, recoger el puente levadizo y contemplarlo todo desde la torre más alta.

Pero en aquel momento fui incapaz de no llorar. Estaba tumbada, muy cansada y cubierta de sangre en la cabaña de la familia Zappia, con Bad a mi lado y la voz de Jane contando la historia de mi padre.

Lloré hasta que me empezaron a picar los ojos y hube llenado de mocos la almohada. Lloré como si llorase por tres personas en lugar de hacerlo por una: por mi madre, que se había perdido en el abismo; por mi padre, que estaba perdido sin ella; y por mí, perdida y sin ninguno de los dos.

Jane terminó de leer y guardó silencio. ¿Qué le dices a una adulta que llora hasta quedarse dormida? Cerró el libro con cuidado, como si las páginas estuviesen hechas de una piel que podía amoratarse al mínimo roce, y luego me cubrió con el edredón rosado. Corrió las cortinas para tapar el sol de mediodía y se sentó en una mecedora con el café frío en las manos. Tenía el rostro inexpresivo, tanto que sospecho que reprimía sus emociones. Al parecer, ella también había aprendido el truco del estoicismo.

Me quedé dormida mientras la miraba con los ojos hinchados y doloridos y con el brazo apoyado sobre las costillas de Bad, que no dejaban de subir y bajar al ritmo de su respiración.

Recuerdo haber visto en sueños a Jane mientras hacía cosas por la cabaña; se marchaba y volvía con un haz de leña para soportar la noche fría que teníamos por delante, y después manipulaba afanosa algo oscuro y metálico en la mesa con gesto inescrutable. En un momento dado me incorporé un poco y vi que la puerta estaba abierta y que Jane y Bad estaban sentados en la escalera de la entrada. Sus siluetas se recortaban a la luz de una luna veraniega como un par de estatuas de plata o espíritus guardianes. Dormí mucho mejor al verlos.

Me desperté del todo a la mañana siguiente, cuando el sol empezaba a despuntar y los primeros rayos se proyectaban en la pared occidental, una luz pálida y azulada que indicaba que era demasiado temprano como para que la gente civilizada estuviese despierta. Vi cómo pasaba del azul a un rosado intenso, oí los trinos titubeantes de los pájaros y me sentí segura de verdad, quizá por primera vez en mi vida.

Sí, lo sé: crecí en una hacienda rural enorme, viajé por todo el mundo con pasajes en primera clase y llevé trajes de raso y también perlas. No se puede decir que la mía hubiera sido una infancia muy dura. Pero eran privilegios que no me correspondían, y lo sabía. Había sido como Cenicienta en el baile: sabía que mis ropas elegantes no eran más que una ilusión, que estaban condicionadas y que dependían de cómo aceptara una serie de reglas tácitas. Todo podía desaparecer al dar las campanadas de medianoche y dejar al descubierto lo que era en realidad: una niña de piel marrón, pobre y que no tenía a nadie que la protegiera.

Pero al fin me sentía segura de verdad, ahora que estaba en esa cabaña mohosa y olvidada en una colina llena de pinos a decenas de kilómetros del pueblo más cercano.

Jane había echado a Bad de la cama en algún momento de la noche y había ocupado su lugar junto a mí, y lo único que veía de ella era su maraña de pelo negro. Intenté no molestarla mientras me acercaba al cabezal. Me quedé quieta un instante, tambaleándome y mareada, aunque no tenía nada que ver con lo poco que había dormido, y luego cogí una manta un tanto mohosa de una esquina. Susurré el nombre de Bad y renqueamos juntos hasta la puerta delantera para sentarnos en los escalones, donde contemplamos cómo el rocío matutino del lago se elevaba en intrincadas volutas blancas.

Los pensamientos dibujaban círculos en mi mente, regresaban una y otra vez. Veía las mismas imágenes fragmentadas que intentaba unir como esquirlas de algo roto y muy valioso: la Sociedad, las Puertas al cerrarse, el señor Locke. Mi padre.

Aún me quedaba un capítulo por leer, pero no era difícil averiguar lo que había ocurrido durante los años siguientes. Mi padre había permanecido varado en este mundo miserable con su hija pequeña, había encontrado un empleo que le permitía viajar y luego había pasado diecisiete años buscando la manera de volver a casa. De reencontrarse con ella. Con mi madre.

Pero yo había encontrado la Puerta, ¿no? La Puerta azul en el henar, con la moneda de plata tirada a un lado, esa que se había abierto durante un breve espacio de tiempo. Y mi padre nunca lo había sabido y seguro que había muerto mientras buscaba la misma Puerta que su hija había abierto. Era todo tan… estúpido. Como una de esas tragedias en las que muere todo el mundo al final tras una serie de malentendidos y envenenamientos evitables.

Aunque es posible que no todo hubiese sido evitable ni accidental. Alguien nos había estado esperando al otro lado de esa Puerta en la cima de la montaña. Alguien la había cerrado. El libro de mi padre estaba lleno de referencias a otras Puertas que se cerraban, a una fuerza sin nombre que le seguía los pasos.

Pensé en cuando Havemeyer me dijo que deseaba conservar el mundo tal y como era, en Locke al invitarme a la Sociedad con un discurso grandilocuente en el que hablaba de orden y estabilidad. «Las puertas traen consigo un cambio», había escrito mi padre. Pero… ¿de verdad tenía que creerme que la Sociedad Arqueológica de Nueva Inglaterra era en realidad una organización secreta de malvados cerradores de Puertas? Y si lo eran…, ¿lo sabía el señor Locke? ¿Era él la V mayúscula de los Villanos de esta historia?

No. No podía ser cierto. Era el hombre que nos había dado cobijo a mi padre y a mí, el que había abierto su casa para nosotros. El hombre que había contratado institutrices y tutores y también el que me había comprado trajes bonitos, el que me había dejado regalos durante diecisiete años en ese cofre del tesoro azul. Regalos muy poco habituales como muñecas de países lejanos, bufandas con aroma a especias, libros en idiomas que no era capaz de leer; cosas que le venían de perlas a una niña solitaria que soñaba con vivir todo tipo de aventuras.

El señor Locke me quería. Estaba segura de ello.

El olor a amoniaco de Brattleboro ya parecía haberse esfumado de mi cuerpo para dejar paso a un leve hedor. Él también había hecho eso. Me había enviado allí para encerrarme y que nadie pudiera oírme ni verme. Según él, lo había hecho para protegerme, pero las verdaderas razones no me habían quedado muy claras.

Jane se acercó a la puerta con el pelo aplastado por la almohada y la luz matutina la obligó a cerrar los ojos; yo tenía las piernas entumecidas y el rocío del lago ya se había dispersado. Se sentó junto a mí sin pronunciar palabra.

—¿Lo sabías? —pregunté al cabo de un rato.

—¿Que si sabía el qué?

No me molesté en responder, y ella soltó un suspiro breve de resignación.

—Sabía una parte, pero no la historia completa. Julian era un hombre muy suyo.

El verbo en pasado se extendió por la oración como una serpiente oculta en la hierba que esperase el momento adecuado para morderme.

Tragué saliva.

—Cuéntame la verdad. ¿Cómo conociste a mi padre? ¿Por qué te envió aquí?

Soltó un suspiro más largo. Cuando expulsó el aire me dio la impresión de que sonaba como el chasquido de una cerradura al abrirse.

—Conocí a tu padre en agosto de 1909, en un mundo lleno de mujeres leopardo y ogros. Estuve a punto de matarlo, pero había poca luz y fallé el tiro.

Hasta ese momento, pensaba que eso que había leído en los libros de quedarse de pronto con la mandíbula desencajada no ocurría en la vida real. Jane me miró de soslayo con una sonrisa dibujándose en el rostro.

—Entra y vamos a comer algo. Te lo contaré todo.

—Encontré la puerta la cuarta vez que escapé de la escuela misional. No fue fácil: la zona septentrional del monte Suswa está llena de cuevas y la puerta estaba oculta en un túnel estrecho y serpenteante que solo a una niña se le ocurriría explorar. La vi brillar en las sombras, alta y de un color blanco amarillento como el del marfil.

Me había cambiado el vestido de algodón manchado de sangre por una blusa y una falda de Jane. También me había atusado el pelo, aunque no había servido de mucho. Estábamos sentadas la una frente a la otra en la polvorienta mesa de la cocina. Parecía una situación casi normal, como si bebiésemos café ocultas en alguna de las buhardillas de la Hacienda Locke mientras comentábamos la última entrega de *La saga princesitas: Las aventuras románticas de unas niñas de bien*.

Pero en realidad hablábamos de la historia de Jane, y ella no había empezado por el principio.

—¿Por qué huías?

Frunció un poco los labios.

—Por la misma razón por la que huye todo el mundo.

—Pero no te preocupaba que… Bueno. ¿Y tus padres?

—No tenía padres. —Alargó la última S más de lo normal. Vi cómo se le agitaba el cuello como si intentara tragarse la rabia—. En esa época solo me quedaba mi hermana pequeña. Nacimos en las tierras altas de la granja de mi madre. No recuerdo gran cosa de esa época: la tierra de labranza, negra como nuestra piel; el olor del mijo al fermentar, o el raspar de la cuchilla de afeitar contra mi cráneo. *Mucii*. Hogar.

Jane se encogió de hombros.

—Cuando tenía ocho años hubo una sequía, y también llegó el ferrocarril. Nuestra madre nos metió en la escuela misional y aseguró que volvería a buscarnos con las lluvias de abril. No la volví a ver. Me gusta pensar que murió de fiebre en algún campo de trabajos forzados, porque de lo contrario me resultaría imposible perdonarla.

El tono de su voz estaba cargado de la amargura propia del abandono, de esperas interminables a una madre que ya no regresaría. Me estremecí porque sabía muy bien lo que se sentía en esos casos.

—Mi hermana la olvidó por completo. Era demasiado joven. Olvidó nuestro idioma, nuestra tierra y nuestros nombres. Los profesores la llamaban bebé Charlotte, y ella siempre decía que se llamaba Bebé. —Otro encogimiento de hombros—. Era feliz.

Jane hizo una pausa y los músculos de su mandíbula se le tensaron. No lo pronunció, pero lo oí como si lo hubiese hecho.

«Yo no lo era.»

—¿Y huiste? ¿Adónde?

Relajó la mandíbula.

—Lejos. No tenía ningún lugar al que ir. Volví a la misión por mi propio pie en dos ocasiones, o bien porque me ponía enferma o bien porque tenía mucha hambre. Y en una de ellas me ataron al caballo de un militar porque me pillaron robando bollos de los barracones. La cuarta vez ya era mayor, tenía casi catorce años y llegué mucho más lejos.

Recordé cómo era yo cuando tenía catorce años, asolada por la incertidumbre y la soledad, ataviada con faldas de lino y practicando caligrafía. No me imaginé corriendo por la sabana africana a esa edad. A ninguna edad, de hecho.

—En esa ocasión conseguí llegar hasta mi antiguo hogar, pero descubrí que ya no lo era. En su lugar solo había una casa grande y fea con tejas y chimeneas, y unos niños rubios que jugaban frente a ella, vigilados por una mujer negra enfundada en un delantal blanco.

Se encogió de hombros otra vez. Empecé a darme cuenta de que su gesticulación tenía un sentido, como si quisiera desembarazarse del resentimiento que amenazaba con encorvarle la espalda.

—Y seguí corriendo. Hacia el sur, donde las tierras altas se arrugaban en valles y montañas. Donde los árboles estaban secos, el viento quemaba y la comida escaseaba. Adelgacé. Los pastores me veían pasar y no decían nada.

Chasqueé la lengua con incredulidad, y Jane me dedicó una mirada de inmensa tristeza.

—Por aquel entonces llegó el imperio e impuso sus fronteras, sus escrituras de propiedad, sus ferrocarriles y sus ametralladoras Maxim. No fui la única niña salvaje que corría por la sabana porque se había quedado sin madre.

Me quedé en silencio. Acudieron a mi memoria los sermones del señor Locke sobre el Progreso y la Prosperidad. En ellos nunca se hablaba de niñas huérfanas, granjas expoliadas y ametralladoras Maxim. Bad estaba tumbado junto a mi silla y la pata entablillada le sobresalía, tiesa. En ese momento se movió para apoyar aún más la cabeza sobre mis pies. Jane continuó.

—Pues encontré la puerta de marfil y la franqueé. Al principio pensé que había muerto y que había llegado al mundo de los espíritus y los dioses. —Separó los labios en algo parecido a una sonrisa y en su mirada noté una emoción nueva. ¿Nostalgia? ¿Añoranza?—. Estaba en un bosque tan verde que parecía azul. Detrás de mí, entre las raíces superficiales de un inmenso árbol, tenía la puerta que había atravesado. Me alejé de ella y me adentré en la espesura.

»Ahora sé que fue una estupidez. Los bosques de ese mundo están llenos de criaturas crueles y arteras, de monstruos dotados de muchas bocas y un apetito voraz. Gracias a la suerte o, como habrían dicho los trabajadores de la misión, a la voluntad de Dios, di con Liik y sus cazadoras antes de que cualquiera de esas cosas diese conmigo. Pero en ese momento no me pareció que hubiera tenido suerte: al pasar junto al tronco de un árbol, una flecha se clavó en él a escasos centímetros de mi cara.

Tosí para disimular la sorpresa, con la esperanza de no parecer una niña pequeña que atiende a un cuento de miedo contado junto a una hoguera.

—¿Y qué hiciste?

—Nada de nada. Para sobrevivir hay que saber cuándo es mejor no hacer nada. Oí un crujido detrás de mí y en ese momento supe que tenía a alguien detrás, que me habían rodeado. La mujer que sostenía el arco me empezó a sisear algo en un idioma que desconocía. Al parecer, yo no tenía un aspecto muy amenazante, pues al fin y al cabo no era más que una joven hambrienta que llevaba un atuendo de algodón blanco con el cuello roto, y Liik bajó el arma. Fue en ese momento cuando las vi bien a todas.

Jane pareció abandonar el gesto serio, solo un poco, como si se tratase de un recuerdo agradable.

—Eran todas mujeres. Musculadas, de ojos dorados, de altura imposible y una gracilidad vibrante que me recordó a las de las leonas. Tenían la piel moteada a lunares y, cuando sonrieron, vi que sus dientes estaban afilados. Me parecieron lo más bello que había visto jamás.

»Me aceptaron. No nos entendíamos al hablar, pero me daban instrucciones sencillas: sígueme, come, quédate ahí, despelleja a esta criatura para cenar. Patrullé con ellas durante semanas, quizá meses, y aprendí muchas cosas. Aprendí a atravesar los bosques en silencio y a lubricar las cuerdas de los arcos con grasa. Aprendí a comer carne cruda y con sangre aún caliente. Aprendí que las historias sobre ogros que había oído eran ciertas y que hay monstruos que acechan en las sombras.

La voz de Jane se había vuelto rítmica, casi hipnótica.

—Aprendí a amar a Liik y a sus cazadoras. Y cuando las vi cambiar, cuando contemplé cómo mudaban sus pieles, se alargaban sus mandíbulas y sus arcos caían al suelo olvidados en el lecho del bosque, sentí envidia en lugar de miedo. Había estado indefensa durante toda mi vida, y la forma de las mujeres leopardo cuando se lanzaban a la batalla irradiaba mucho poder.

Creo que nunca le había oído a Jane un tono de voz tan cargado de emoción. Ni cuando un libro terminaba mal ni cuando se le quemaba el café ni cuando algún invitado de manos enguantadas la importunaba en medio de una fiesta para efectuar comentarios mordaces sobre ella. Al oírla ahora, toda nuestra charla parecía impregnada de cierto aire de indiscreción.

—La patrulla terminó y las mujeres me llevaron a su hogar: una aldea rodeada de árboles frutales y tierras de labranza que estaba oculta en la caldera de un volcán inactivo. Los hombres de su especie nos saludaron en las calles con bebés gordos en brazos y cerveza fresca en cuencos de arcilla. Liik habló con sus maridos y ellos me miraron con ojos misericordiosos. Luego me llevaron a su casa, me alimentaron y pasé esa noche, la siguiente y las posteriores durmiendo sobre una pila de pieles suaves y rodeada por los tenues ronquidos de los hijos de Liik. Sentí... —Jane tragó saliva y se le quebró un poco la voz—. Sentí como si hubiese encontrado un hogar.

Se hizo un breve silencio.

—¿Y te quedaste allí, en la aldea?

Jane sonrió, un gesto triste y amargo.

—Eso hice. Pero Liik y sus cazadoras no se quedaron. Una mañana me desperté y descubrí que todas habían vuelto a los bosques a patrullar y que me habían dejado en la aldea.

Se había puesto muy seria. Al parecer, ese segundo abandono le había dolido mucho.

—Sabía lo bastante de su idioma como para entender lo que me dijeron los maridos: que el bosque no era lugar para una criatura como yo. Era demasiado pequeña, demasiado débil. Que tenía que quedarme en la aldea, criar bebés, hacer harina de nueces tisi y permanecer a salvo. —Otra de esas sonrisas—. Pero ya estaba acostumbrada a huir. Robé un arco y tres cantimploras de agua, y regresé a la puerta de marfil.

—Pero...

—¿Que por qué? —Jane pasó un dedo por la madera rugosa de la mesa—. Supongo que porque no quería estar a salvo. Quería ser peligrosa, encontrar mi energía y aportársela al mundo.

Aparté la mirada y bajé la vista a Bad, que gruñía en sueños.

—Entonces te marchaste del mundo de las mujeres leopardo. ¿Y adónde fuiste?

La gente nunca se queda en su País de las Maravillas, ¿verdad? Alicia, Dorothy o los Darling, todos vuelven a su mundo, donde sus mayores los arropan antes de volver a dormirse. Una realidad anodina donde mi padre se había quedado atrapado.

Jane soltó una carcajada brusca de desdén.

—Al llegar fui al puesto de avanzada británico más cercano, robé un fusil Lee-Metford y tanta munición como podía cargar y volví a atravesar la puerta de marfil. Al cabo de dos semanas, llegué al fin a la aldea con el rifle sobre el hombro y un cráneo lleno de costras de sangre bajo el brazo. Estaba hambrienta y volvía a estar delgada. Tenía la blusa de algodón ajada y me había roto dos costillas en combate, pero sentí el orgullo aflorar en mi mirada.

Sus ojos también brillaban de orgullo en ese instante; una luz amenazadora en la oscuridad de la cabaña.

—Encontré a Liik en el sendero de la aldea y le tiré la cabeza de ogro a los pies.

El hueco entre sus dientes se hizo más evidente a medida que se le ensanchaba la sonrisa.

—Y así empecé a patrullar con las mujeres leopardo durante los siguientes veintidós años. Conseguí doce muertes a mi nombre, dos maridos, una esposa cazadora y tres nombres en tres idiomas. Conseguí todo un mundo de sangre y gloria. —Se inclinó hacia mí sin dejar de mirarme a los ojos como un gato cazador que agita el rabo. Volvió a hablar con voz más grave y brusca—. Y conservaría todas esas cosas si tu padre no hubiese llegado en 1909 y hubiese cerrado mi puerta para siempre.

Me quedé del todo sin palabras. No por vergüenza ni por incertidumbre, sino porque el habla parecía haberse esfumado de mis recuerdos y dejado tras de sí un zumbido anodino y de estática. De haberme recuperado, tal vez habría dicho algo como: «¿Mi padre cerrando Puertas?» o «¿Estás segura de eso?». O lo más sincero y necesario de todo: «Lo siento».

Pero no dije nada porque se oyó un repentino retumbar en la puerta de la cabaña. Luego, una voz fría que arrastraba las sílabas.

—Señorita Demico, criatura querida, ¿estás ahí? Nunca llegamos a terminar nuestra conversación.

Se hizo un silencio cristalino e imperturbable.

La cerradura chasqueó y la puerta de la cabaña se abrió hacia nosotras. La silla de Jane cayó al suelo cuando se levantó y empezó a alisarse la falda. Bad se incorporó a duras penas, se le erizó el pelo del cuello y enseñó los dientes. Yo sentí como si me hubiera sumergido en miel muy fría.

Havemeyer se encontraba bajo el umbral de la puerta, pero no se parecía en nada al hombre que acudía a las reuniones de la Sociedad y nos despreciaba en las fiestas navideñas:

tenía el traje de lino arrugado y de un gris desgastado, como si lo hubiera llevado durante demasiados días; su piel estaba enrojecida y había algo en su sonrisa que no casaba para nada con la situación. Llevaba una tela envuelta en la mano izquierda, oscurecida y ensangrentada. La mano derecha la llevaba al descubierto.

Pero lo que me hizo tambalearme y extender las manos con impotencia hacia la puerta no fue ver a Havemeyer, sino al joven que tenía detrás, maltrecho y aturdido.

Samuel Zappia.

Samuel tenía las manos atadas a la espalda y le habían metido una mordaza de algodón en la boca. Su piel, por lo general del color de la mantequilla marrón, se había vuelto de un amarillo enfermizo, y tenía los ojos hundidos en las cuencas, con una mirada de pánico propia de una presa que me resultaba muy familiar. Era la misma que habría visto de haberme mirado en un espejo justo en el momento en el que Havemeyer me había tocado en Brattleboro.

Samuel parpadeó y contempló la oscuridad de la cabaña. Había centrado la mirada en mí y soltó un gruñido grave a pesar de la mordaza, como si el mero hecho de verme le hubiera sentado como un puñetazo en las entrañas.

Jane ya había empezado a moverse con gestos que presagiaban una violencia inminente: el ángulo de los hombros, la longitud de las zancadas, la mano que acababa de sacar de la falda y con la que sostenía algo de un brillo opaco. Pero Havemeyer levantó la mano derecha y la colocó sobre el cuello de Samuel sin tocarlo, cerca del calor de su piel.

—Tranquilas, señoritas. No me gustaría verme obligado a hacer algo de lo que podría arrepentirme.

Jane vaciló al sentir la amenaza de su voz; seguía sin comprender qué pretendía Havemeyer.

—¡Jane, no! —grité al instante. Me estremecí, con los brazos llenos de vendas y extendidos como si pudiera detener a Jane o a Bad en caso de que se abalanzasen contra Havemeyer—. Es una especie de… de vampiro. No dejes que te toque.

Jane se quedó de piedra, roja a causa de la ira.

Havemeyer soltó una breve carcajada que sonó igual de desconcertante que su sonrisa.

—¿Sabéis una cosa? Yo estoy igual de sorprendido que vosotras con ese animal que tenéis al lado. ¿Cómo ha sobrevivido? Sé que Evans no es muy listo, pero daba por hecho que al menos sabría ahogar a un perro como es debido.

Cerré los puños con fuerza hasta que se me clavaron las uñas en la palma de la mano y luego apreté los dientes. La extraña sonrisa de Havemeyer se ensanchó.

—Da igual. He venido para continuar con nuestra conversación, ya que no acudiste a nuestra cita, señorita Demico. Aunque te confieso que la conversación que pretendía mantener contigo ha cambiado un poco en vista de tu pequeño truco de magia.

Agitó hacia mí la mano izquierda que tenía vendada y sus ojos relucieron con malicia. Vi cómo los músculos del cuello de Samuel se movían al tragar saliva.

—Al parecer eres una criatura extraordinaria. Se podría decir que todos tenemos nuestros talentos, pero ninguno de nosotros es capaz de abrir un hueco a partir de la nada. ¿Lo sabe Cornelius? Sería muy propio de él, que siempre está dispuesto a coleccionar todo tipo de cosas maravillosas y guardarlas a cal y canto en ese mausoleo que llama hogar. —Havemeyer agitó la cabeza con gesto amistoso—. Pero hemos llegado a la conclusión de que no puede seguir encerrándote y nos gustaría tener una buena charla contigo.

Eché un vistazo por la estancia, desde Jane hasta los dedos blancos con los que Havemeyer sostenía el cuchillo pasando por el cuello de Samuel, como si me afanara por resolver una ecuación matemática una y otra vez con la esperanza de obtener un resultado diferente.

—Acompáñame ahora mismo y sin rechistar, y no le succionaré la vida a tu pequeño tendero.

En ese momento, Havemeyer acercó la punta de los dedos a la piel de Samuel con una delicadeza obscena. Fue como ver una llama agitarse al viento: el cuerpo de Samuel se agarrotó y empezó a estremecerse, para luego jadear contra la mordaza que aún tenía en la boca. Las piernas dejaron de responderle.

—¡No!

Me abalancé hacia él con las manos extendidas y lo sostuve

a duras penas mientras caía hacia delante. Luego ambos caímos al suelo; lo noté temblar en mis rodillas y sentí un dolor intenso cuando se me abrieron las heridas y volvieron a sangrar. Le quité la mordaza de la boca y empezó a respirar menos agitado, pero seguía con la mirada perdida y distante.

Creo recordar que susurré algo («No, no, Samuel, por favor»), porque Havemeyer chasqueó la lengua.

—No hay por qué ponerse así. Está perfectamente. Bueno, quizá no tanto… Pero no se mostró muy dispuesto a cooperar cuando me presenté ante él anoche. Menos mal que se me da muy bien insistir. —Volvió a dedicarme esa extraña sonrisa—. Lo único que quedó cuando desapareciste y te llevaste contigo parte de mí fue su carta de amor. Esa que dejaste olvidada en Brattleboro y que el muy idiota había escrito en el dorso de una factura de comestibles de la familia Zappia.

«Aguanta, Enero.»

Había sido un acto muy valiente y escueto que le había provocado demasiado sufrimiento. Yo creía que lo único que se castigaba eran los pecados.

—Se recuperará si no le ocurre nada más. Me comprometo incluso a dejar en paz a tu perro y a tu sirvienta. —Havemeyer habló con voz confiada y hasta informal. Me vino a la mente la imagen de un carnicero que trata de convencer a una res para que entre en el matadero—. Lo único que tienes que hacer es acompañarme.

Miré el rostro pálido de Samuel que tenía debajo; la pata entablillada de Bad; a Jane, que se había quedado sin trabajo y sin sitio en el que vivir por mi culpa, y comprendí cuánto sufrimiento había provocado una niña huérfana y solitaria como yo.

Se acabó.

Aparté a Samuel de mi regazo con toda la suavidad de que fui capaz. Titubeé y luego le aparté un rizo de pelo negro de la sudorosa frente, porque tal vez fuera mi última oportunidad de hacerlo y me lo merecía.

Me puse en pie.

—De acuerdo —dije en voz tan baja que casi parecía un susurro. Tragué saliva—. De acuerdo. Lo acompañaré, pero no les haga daño.

Havemeyer se me había quedado mirando con una especie de confianza terriblemente cruel en el gesto, como el meneo de un gato que acecha a algo débil y pequeño que pretende cazar. Extendió hacia mí la mano desnuda, blanca y de aspecto voraz, y yo me acerqué a él.

Oí un rasguñar detrás de mí, luego un gruñido y después noté cómo Bad pasaba a la carrera junto a mí como un borrón broncíneo.

Me vino a la mente la imagen de la fiesta de la Sociedad del señor Locke cuando tenía quince años, momento en el que habían tenido que intervenir varios invitados y hasta un mayordomo para sacar los dientes de Bad de la pierna de Havemeyer.

En esta ocasión, no había nadie para apartarlo.

Havemeyer soltó un aullido estridente que no sonaba muy humano y se tambaleó hacia atrás. Bad gruñó sin soltarlo y plantó las patas en el suelo, como si estuviesen jugando al juego de la soga para ver quién se quedaba con la mano derecha de Havemeyer. De no haber estado herido y no haber perdido el apoyo de la pata entablillada, quizás hasta habría ganado.

Pero Bad se tambaleó y gimoteó, y Havemeyer recuperó el control de la mano entre salpicones de sangre negra. Se llevó ambas manos al pecho, tanto la que tenía vendada y a la que le faltaban las puntas de tres dedos como la derecha que ahora estaba ensangrentada. Contempló a Bad con tanta rabia que me dejó bien claro que lo iba a matar, que iba a enterrar sus manos destrozadas entre el pelo de mi perro y a sostenerlo hasta que le succionase todo el calor de su cuerpo y la luz de sus ojos ambarinos se volviese fría y apagada...

Pero no lo consiguió, porque en ese momento oí un chasquido metálico propio del entrechocar de la yesca y el pedernal, y luego un estruendo inmenso.

Apareció un pequeño agujero en el traje de lino de Havemeyer, justo encima de su corazón. El hombre bajó la vista, confuso, parpadeó y luego levantó la cabeza con una expresión de absoluta incredulidad en el rostro.

La oscuridad empezó a brotar alrededor del agujero de su pecho y después cayó al suelo. No cayó con gracia teatral, sino de lado, como una vela derretida que se desmorona contra el marco de la puerta.

Emitió un sonido húmedo y espantoso al coger aire, como si estuviese sorbiendo a través de una pajita, y luego me miró a los ojos. Sonrió.

—Nunca dejarán de buscarte, niña. Y te prometo que...
—Volvió a emitir ese sonido alquitranado al tiempo que la cabeza le caía hacia delante—. Te encontrarán.

Esperé a que volviera a resoplar, pero no lo hizo. Me dio la impresión de que su cuerpo desmoronado era mucho más pequeño, como el de uno de esos cadáveres disecados que las arañas capturan en los alféizares de las ventanas.

Me di la vuelta despacio.

Vi a Jane con las piernas separadas, los brazos levantados y perfectamente estables mientras sostenía con ambas manos...

¿Sabes lo que se siente cuando uno ve un objeto que le resulta familiar, pero que está fuera de su contexto habitual? ¿Esa sensación de que el cerebro no es capaz de procesar lo que está viendo?

Solo había visto el revólver Enfield en la vitrina del escritorio del señor Locke.

Una única voluta de humo se elevaba del extremo del cañón al tiempo que Jane empezaba a bajarlo. Luego examinó el arma con gesto frío y ausente.

—La verdad es que me sorprende un poco que haya disparado. Es una antigüedad. —Sonrió, con un gesto feroz y de júbilo, y fue entonces cuando la vi tal y como debería haber sido en el pasado, como la joven amazona que disfruta de la emoción de la caza, como un felino que atraviesa las junglas de otro mundo—. Pero está claro que el señor Locke cuida muy bien de sus posesiones.

Jane era la única de los cuatro... o de los cinco (¿debería contar a Havemeyer?) que parecía estar intacta. Bad no dejaba de dar brincos alrededor de Havemeyer con sus tres patas sanas entre gemidos y gruñidos, quejándose al parecer de que le hubiesen fastidiado una buena pelea. Me dejé caer de rodillas junto a Samuel, que se agitaba débil entre mohines y aspavientos, como si fuese presa de una inquieta pesadilla. Sentí el latido de mi pulso en el brazo herido y pensé, aliviada: «No se parece en nada a las historias que leíamos, ¿verdad, Samuel?». ¿No tendría que haber más sangre y más jaleo?

Jane no parecía nada preocupada. Apoyó una mano fría en mi rostro y me miró con la apesadumbrada expresión de alguien que acaba de hacer añicos una muñeca de porcelana china. Asintió una vez, un diagnóstico de la situación que yo no podía compartir, pues me sentía destrozada, y luego empezó a deambular por la cabaña con determinación. Colocó una sábana agujereada por las polillas sobre Havemeyer, enroscó su cuerpo en ella y lo empujó hacia el exterior. Se oyó un estruendo de carne al entrechocar con el suelo mientras el cadáver atravesaba el umbral de la puerta y caía al otro lado. «Los Umbrales son lugares muy peligrosos», pensé al tiempo que trataba de reprimir un acceso de carcajadas. Y luego todo se quedó en silencio y solo se oyó cómo algo pesado se arrastraba entre la pinocha.

Jane regresó con dos cubos oxidados de agua del lago, la camisa arremangada hasta los codos y con un gesto más parecido al de una ama de casa laboriosa que al de una asesina. Me vio, se detuvo y soltó un breve suspiro.

—Encárgate de Samuel, Enero —me susurró.

También me dio la impresión de que decía algo como: «Recobra la compostura, niña» y también: «Todo va a salir bien». Asentí y me estremecí un poco.

Tardé media hora en estabilizar a Samuel, incluso teniendo en cuenta que él hacía todo lo posible por ayudar, pese a hallarse medio aturdido. Primero tuve que arrastrarlo hasta la cama y despertarlo lo suficiente como para que se metiera en ella. Luego lo convencí para que aflojara un poco la fuerza con la que me aferraba la muñeca.

—Todo va a salir bien. Estás a salvo. Havemeyer ha... Bueno, ya no está por aquí. Sam, eso duele, por Dios.

Luego encendí el fuego y le tapé las piernas con todas las mantas que fui capaz de encontrar.

Se oyeron unos arañazos de madera contra madera cuando Jane empezó a arrastrar una silla para sentarse a mi lado. Se limpió las manos, que aún tenía húmedas, en la falda, y dejó en la prenda unas manchas de un rosado pastel.

—Cuando me contrató para protegerte —dijo en voz baja—, tu padre me contó que te seguían ciertas personas. Tanto a ti como a él. Dijo que tal vez consiguieran atraparlo y que luego fueran a por su hija, quien él se había preocupado durante toda su vida de mantener a salvo. —Jane hizo una pausa y giró la cabeza para mirarme—. Que sepas que le dije que, por lo general, las hijas no quieren que las protejan, sino que prefieren estar con sus padres... Pero él no dijo nada.

Tragué saliva para reprimir a la niña que habitaba en mi interior y quería dar un pisotón y gritar «¿Por qué?» o lanzarse a los brazos de Jane y llorar desconsolada. Era demasiado tarde para hacer cualquiera de esas dos cosas.

En lugar de eso, dije:

—Pero ¿a qué se dedicaba mi padre? Y si lo seguían unos villanos misteriosos por todo el mundo, cosa que me creo en vista de que le acabas de pegar un tiro a un vampiro, ¿quiénes son?

Jane no respondió de inmediato. Se inclinó hacia delante y cogió el libro encuadernado en cuero de mi padre que había en el suelo junto a la cama.

—No lo sé, Enero. Pero algo me dice que lo han capturado y que ahora van a por ti. Creo que deberías terminar de leer este libro.

Me resultó muy curioso que uno de los momentos más aterradores de mi vida se fuese a solucionar haciendo lo que mejor se me daba: perdiendo la noción del tiempo al leer un libro.

Le quité de la mano *Las diez mil Puertas*, me acuclillé y lo abrí por el último capítulo.

Capítulo 6

El nacimiento de Julian Demico

Un hombre a la deriva que recupera la ilusión.
Un hombre que es cazador y presa.
Un hombre esperanzado.

*Y*ule Ian se tambaleó en una oscuridad turbulenta, a la deriva de su cuerpo. Sintió que era lo mejor para él y tomó la decisión de quedarse así todo el tiempo que pudiese.

No fue fácil. A veces, las inoportunas exigencias de su organismo y unos sueños que lo dejaban agotado e insomne le hacían oír voces extrañas y ver la luz de unos faroles en una estancia desconocida. Oyó una o dos veces el llanto familiar y penetrante de un bebé que sonaba como esquirlas de un jarrón roto al entrechocar y que le hizo sentir una punzada en el pecho antes de volver a sumirse en la oscuridad.

Y empezó a notar cómo sanaba poco a poco, de manera irregular y a regañadientes. En ocasiones yacía tumbado durante horas, despierto pero inmóvil y en silencio, como si la realidad fuese una tigresa dispuesta a no prestarle atención si lograba pasar desapercibido. No consiguió escapar al hombre brusco y de aspecto malhumorado que llevaba un maletín de cuero negro y se acercó a él para tomarle la temperatura y cambiarle las vendas de la cabeza. No pudo hacer caso omiso de sus preguntas, pero sí de los cuencos humeantes de caldo que le dejaba siempre en la mesilla de noche. También hizo caso omiso de la mujer baja y achaparrada que entraba de tanto en tanto en la habitación para importunarlo con preguntas sobre su hija. «¿Eres el padre?», «¿Por qué la has llevado solo a esa montaña?», «¿Dónde está la madre?», inquiría al tiempo que le presionaba las heridas de la cabeza contra el colchón hasta que el dolor y la oscuridad volvían a apoderarse de él.

(Entre la multitud de cosas que me atormentaron a causa de mi cobardía, quizá la peor de todas fuera el hecho de saber lo que habría dicho tu madre de haberme visto en una situación así. Sentí un alivio teñido de amargura al recordar que había desaparecido y que, por lo tanto, ya no podía decepcionarla.)

Yule se despertó unos días (o tal vez unas semanas) después y descubrió a un desconocido que se sentaba junto a su cama, un hombre pudiente con traje negro que consiguió entrever a través de sus ojos semicerrados.

—Buenos días, señor —dijo el hombre con tono agradable—. ¿Quieres té? ¿Café? ¿Una copa del mísero *bourbon* que beben los salvajes que habitan en estas montañas?

Yule cerró los ojos.

—¿No? Sabia elección, amigo mío. Me atrevería a decir que tiene cierto hedor a raticida.

Yule oyó un tintineo y un borboteo, señales ambas de que el desconocido se había servido una buena copa.

—El propietario del lugar me ha dicho que te encontró muy desconcertado después del accidente, y que no has pronunciado palabra desde que consiguieron arrastrarte hasta esta estancia. También se queja por el olor nauseabundo que estás dejando en su mejor habitación, aunque opino que llamar «mejor» a esto es ser demasiado magnánimo.

Yule siguió sin decir nada.

—Rebuscó entre tus cosas, como era de esperar, al menos entre las que se pudieron rescatar después del extraño naufragio acaecido en la cima de la montaña. Cuerdas, lona, pescado en salazón, ropajes estrambóticos… Y también fardos y fardos de páginas escritas en algo que parecía una jerigonza, o un código. El pueblo está dividido entre los que creen que eres un espía extranjero que se disponía a despachar correspondencia con los franceses, aunque ¿quién ha oído hablar alguna vez de espías de color?; y los que creen que ya estabas loco antes de abrirte la cabeza. A título personal, no creo ninguna de esas versiones.

Yule cerró los ojos, empezó a presionar la cabeza contra el colchón relleno de paja y vio unas pequeñas constelaciones efervescentes que se agitaban en sus párpados.

—Se acabó, chico. —La voz del hombre cambió con la untuosidad de una serpiente que muda su piel, como si se hubiese quitado un abrigo y lo hubiera tirado al suelo—. ¿Se te ha ocurrido preguntarte por qué duermes en una estancia cálida y agradable en lugar de haber muerto lentamente en las calles? ¿Crees que ha sido por la benevolencia de los nativos? —Rio, con un sonido breve y desdeñoso—. La benevolencia no está hecha para los negros pobres y llenos de tatuajes, o lo que quiera que seas. Me temo que ha sido gracias a mí y a mi dinero. Yo soy la razón por la que has pasado aquí todos estos días rodeado de tales comodidades. Así que creo que, como mínimo, me debes algo: prestarme toda tu atención.

Yule sintió cómo el desconocido lo sujetaba con brusquedad por la barbilla y le giraba la cara hacia él mientras pronunciaba esas últimas palabras.

Yule ya daba por perdidas las convenciones sociales y la reciprocidad, y lo primero que pensó fue que su viaje hacia la oscuridad de la muerte sería mucho más rápido sin la presencia de ese desconocido. Mantuvo los ojos cerrados.

El silencio se alargó un poco más de lo habitual.

—También le hago transferencias semanales a una tal señora Cutley. Si dejo de hacerlo, tu hija podría acabar en un tren con dirección a Denver y encerrada en un orfanato estatal. De ser el caso, crecería entre piojos y penurias o moriría joven de inanición y soledad, sin nadie en el mundo que se llegue a preocupar por lo que pueda sucederle.

Yule volvió a sentir el pinchazo de las esquirlas en el pecho, esta vez acompañado por un grito silencioso que surgía de su cráneo y que sonaba en parte como un «Por encima de mi cadáver» pronunciado por Adelaide.

Yule abrió los ojos. El tenue sol del ocaso le penetró el cráneo como si de cientos de agujas se tratara y en un primer momento solo pudo parpadear y resoplar. La estancia se iluminó poco a poco: era pequeña, mugrienta y contaba con unos pocos muebles algo toscos de madera de pino. La cama en la que se encontraba era poco más que una maraña de sábanas sucias. Sus débiles y flacuchas extremidades sobresalían de ellas en ángulos imposibles y fortuitos, como escombros que flotaran después de una inundación.

El desconocido se lo había quedado mirando, con ojos pálidos como el amanecer y un vaso de jade en una mano. Yule se humedeció los labios cuarteados.

—¿Por qué? —preguntó.

Tenía la voz más ronca y grave de lo que recordaba, como si alguien hubiese cambiado sus pulmones por unos fuelles oxidados.

—¿Que por qué he sido tan magnánimo contigo? Pues porque estaba por aquí cerca, valorando unas inversiones mineras, que resulta que es un mercado al borde de la saturación, y me acaban de aconsejar que no despilfarre mi dinero en él; y oí rumores sobre un loco con tatuajes que acababa de naufragar en la cima de una montaña y no dejaba de hablar sobre puertas, otros planetas y una mujer que, a menos que mis informantes se hayan equivocado, se llama Adelaide. —El hombre se inclinó hacia delante y la tela cara del traje emitió un susurro—. Soy un coleccionista de objetos únicos y valiosos, y algo me dice que tú eres ambas cosas.

—Y ahora… —Sacó un segundo vaso, una copa mugrienta que no se parecía en nada a su vaso verde y tallado, y la llenó de ese licor de apariencia grasienta—. Vas a incorporarte y a beber un poco de esto. Y luego te serviré otra copa y también te la beberás. Después vas a contarme la verdad. Toda.

Al pronunciar esas últimas palabras, el hombre miró a Yule con fijeza a los ojos y no apartó la mirada.

Él se incorporó. Luego se bebió el licor, una experiencia muy parecida a beber cerillas encendidas, y a continuación le refirió su historia.

—Vine a este mundo en el año 1881 de vuestro calendario y conocí a una niña llamada Adelaide Lee Larson. —Se quedó en silencio un instante y luego continuó, pero ahora entre susurros—: Me enamoré de ella ese día y nunca he dejado de quererla.

Al principio Yule hablaba en voz baja y con frases cortas y escuetas, pero no tardó en hacerlo en algo que más bien se podría comparar con párrafos y páginas para luego terminar con una avalancha interminable y asfixiante. No le pareció algo bueno o malo de por sí, sino necesario, como si esos ojos pálidos fuesen piedras gemelas asentadas en el pecho y presionándolo para arrancarle poco a poco las palabras.

Le contó al desconocido cómo se había cerrado la puerta y cómo él había empezado a dedicarse al estudio académico de estas. También sobre los viajes de Adelaide y cómo se habían encontrado en la costa de la Ciudad de Plumm. Le habló de su hija, del viaje de vuelta a la puerta de la cima de la montaña y de cómo el mundo se había hecho añicos.

—Y ahora…, pues no sé… No sé qué hacer ni adónde ir. Tengo que encontrar otra puerta que me lleve a casa. Tengo que saber si ha sobrevivido. Estoy seguro de que sí, porque Ade siempre fue muy… Pero mi pequeña, mi Enero…

—Deja de balbucear, chico. —Yule se quedó en silencio y empezó a retorcerse las manos sobre el regazo, a frotar las palabras que tenía tatuadas en el brazo («académico», «marido», «padre») y a preguntarse si podían seguir considerándose ciertas—. Como he dicho antes, soy un coleccionista y, como tal, tengo una gran cantidad de agentes de campo que se dedican a viajar en busca de dichos objetos: esculturas, vasijas, aves exóticas y demás. Algo me dice que esas cosas que has llamado… ¿Puertas? Esas puertas podrían ayudarme a conseguir objetos de una rareza extraordinaria. Puede que incluso rayen lo mitológico. —El hombre se inclinó hacia delante—. ¿No es así?

Yule parpadeó vagamente.

—Supongo… Supongo que sí. A lo largo de mis investigaciones he descubierto que las cosas que son comunes en un mundo pueden percibirse como milagrosas en otros, debido a los cambios en el contexto cultu…

—Eso mismo, sí. —El hombre sonrió, se reclinó en el asiento y sacó un puro apagado del bolsillo del abrigo. Poco después, el olor a azufre de una cerilla inundó el ambiente antes de dar paso al hedor del tabaco—. Algo me dice que podríamos llegar a un acuerdo muy provechoso para ambos, chico. —Agitó la cerilla para apagarla y tiró los restos al suelo—. Tú necesitas cobijo, comida, empleo y, a menos que me equivoque, algo de dinero para encontrar la manera de regresar junto a tu querida y difunta esposa.

—No está…

El hombre no le prestó atención.

—Puedes contar con todo lo que necesites. Un lugar en el que vivir, comida y también un salario ilimitado para investigar y viajar. Podrás buscar tu puerta durante el tiempo que quieras y donde quieras, pero a cambio… —Sonrió, un gesto de dientes marfileños y relucientes que se perfilaron a través del humo del tabaco—. A cambio, me ayudarás a crear una colección que haga que el Smithsonian parezca el desván de un pobre. Encontrarás cosas poco comunes, extrañas, imposibles y de otros mundos. Cosas que tengan poderes, incluso. Y me las entregarás.

Yule centró la vista en el hombre para verlo mejor que antes mientras el pulso se le aceleraba debido a la repentina esperanza. Soltó un taco en voz muy baja en su idioma.

—¿Podría también proporcionarme una nodriza que me acompañe en mis viajes? Aunque sea por un breve espacio de tiempo, para que mi pequeña…

El hombre se atusó el frondoso bigote.

—Bueno, en lo que a eso respecta… Se podría decir que este mundo no es un lugar muy seguro para las jovencitas, como no tardarás en darte cuenta. Preferiría que ella se quedase conmigo. Mi casa es muy grande y… —Tosió y apartó la mirada de Yule para fijarla en la distante pared por primera vez—. No tengo hijos. No será problema.

Después volvió a mirarlo.

—¿Qué me dices, amigo?

Yule se quedó en silencio durante un momento. Era todo cuanto podría haber deseado… Tiempo y dinero suficientes como para buscar una puerta que lo llevara de vuelta a las Escrituras, un lugar seguro para Enero, una salida de la oscuridad. Pero titubeó. Cuando la desesperación plantaba sus raíces en uno era muy difícil deshacerse de ellas.

Yule respiró hondo y extendió la mano, tal y como Adelaide le había enseñado a hacer. El desconocido se la estrechó con una sonrisa que dejó al descubierto más dientes de los que parecían necesarios.

—¿Cómo te llamas, chico?

—… Julian. Julian Demico.

—Cornelius Locke. Encantado de tenerte a bordo, señor Demico.

Cuando era joven y vivía en las Escrituras, Julian se dedicó a buscar puertas con la confianza sin límites de un muchacho enamorado que da por hecho que el mundo se va a rendir a sus deseos. Hubo momentos, cuando ya había pasado semanas infructuosas rebuscando en los túneles de una ciudad distante, cuando le dolían los ojos por intentar descifrar media docena de idiomas o después de recorrer kilómetros de colinas boscosas sin el más mínimo atisbo de una puerta, en los que sintió que la duda se apoderaba de él. Le consumieron unos pensamientos traicioneros mientras yacía tumbado en el desguarnecido lugar que había entre el sueño y la vigilia, pensamientos como: «¿Y si envejezco buscándola y nunca llego a encontrarla?».

Pero los pensamientos desaparecían por la mañana, como la neblina al amanecer, y no dejaban ni rastro. Él se limitaba a levantarse y a seguir buscando.

Ahora que estaba atrapado en el mundo de Adelaide, empecé a buscar con la desesperación de un anciano que sabe que el tiempo es muy valioso y escaso, que las manecillas del reloj no dejan de darme vueltas en el pecho a medida que se consume.

Pasé parte de ese tiempo tratando de dar con la manera de navegar por este mundo, un lugar que encontraba desconcertante, cruel en ocasiones, y muy hostil. Hay normas relativas a la riqueza y a la posición social, a las fronteras y a los pasaportes, a las armas, a los baños públicos e incluso al color de mi piel; reglas que cambiaban dependiendo del lugar y del momento en el que me encontrase. En un lugar podía resultar perfectamente posible visitar la biblioteca de la universidad y pedir prestados algunos libros, pero hacer lo mismo en otro podía acabar con una llamada a la policía, que seguramente no aprobaría mi actitud, me encerraría y se negaría a liberarme hasta recibir una llamada del señor Locke pidiendo perdón y pagando una cantidad nada desdeñable de dinero a la comisaría del condado de Orleans. Había momentos en los que me topaba con otros académicos en mi campo y no parábamos de hablar sobre el valor arqueológico de los mitos. Otras veces me trataban como a un perro más listo que la media y que hubiera aprendido a hablar el idioma de los humanos. Algunos príncipes persas llegaron a agasajarme por mis descubrimientos, y también recibí escupitajos en la calle por no dignarme a apartar la mirada. Me invitaban a las cenas en casa de Cornelius, pero nunca a unirme a su Sociedad Arqueológica.

Para ser justo, también debo admitir que he visto cosas bellas y admirables en este mundo: un grupo de niñas haciendo volar cometas en Guyarat y creando un borrón rosa y turquesa en el cielo, una garza azul que me miraba fijamente con sus ojos dorados en la ribera del Misisipi, dos jóvenes soldados que se besaban en un oscuro callejón de Sebastopol. No se puede considerar un mundo del todo zafio, pero nunca será igual que el mío.

He perdido mucho tiempo tratando de cumplir mi parte del trato con Cornelius, un trato que bien podría haber firmado con el mismísimo diablo: el pasaporte decía que mi oficio era «investigador y explorador arqueológico», aunque podría haber dicho «exhumador de tumbas bien vestido». En una ocasión oí cómo unos iugures de China usaban un nombre muy largo, complicado y lleno de consonantes fricativas combinadas de manera imposible para referirse a mí. Significaba «devorador de historias».

Eso es lo que soy, en lo que me he convertido: un carroñero que excava en la tierra para encontrar lugares hermosos y secretos y luego cosechar sus tesoros y sus mitos. Devorar sus historias. He llegado a arrancar con un cincel partes enteras de obras de arte sagradas de las paredes de un templo; he robado urnas, máscaras, báculos y lámparas mágicas; he desenterrado tumbas y robado joyas de los brazos de los muertos. Tanto en este mundo como en otros cientos. Y todo, para completar la colección de un rico que se encuentra muy lejos.

Resulta penoso que un académico de la Ciudad de Nin no haya tenido más remedio que convertirse en un devorador de historias. ¿Qué diría tu madre al respecto?

Haría cosas aún peores para regresar a su lado.

Pero se me acaba el tiempo. Tu rostro es mi reloj de arena: cada vez que vuelvo a la Hacienda Locke, me da la impresión de que me he ausentado durante décadas en lugar de hacerlo durante semanas, que has vivido y renacido durante una cantidad innumerable de vidas, que han pasado meses llenos de problemas y triunfos desconocidos que han moldeado poco a poco tu ser hasta convertirlo en algo que ya casi me resulta irreconocible. Has crecido y te has vuelto más silenciosa, has adquirido esa quietud desconfiada de la que hace gala un ciervo antes de salir huyendo.

A veces, cuando estoy muy cansado o demasiado borracho como para evitar pensar en las cosas que no debería, me pregunto qué pensaría tu madre si te viese. Tus facciones son muy parecidas a las suyas, una imagen muy dolorosa para mí, pero tu naturaleza es una mezcla de buenos modales y esa sensación desoladora de no pertenecer a ningún lugar. Ella había soñado con darte una vida muy diferente, plena de una libertad profunda y arriesgada, ilimitada y en la que todas las puertas se abriesen ante ti.

Pero en lugar de eso, te he dado la Hacienda Locke, a Cornelius y a esa alemana horrible que me mira como si fuese poco más que ropa sucia. Te he dejado sola, huérfana y ajena a las cosas maravillosas y horribles que subyacen a la realidad. Cornelius dice que es mejor así, que no es sano que las niñas crezcan con la cabeza llena de puertas y de otros mundos, que no es el momento adecuado. Y después de todo lo que ha hecho por nosotros, de rescatarnos, de darme trabajo y de criarte como si fueses hija suya…, ¿cómo enfrentarme a él?

Aun así, no dejo de preguntarme si tu madre me perdonaría si consiguiera encontrarla.

No suelo permitirme pensar en eso. Será mejor que siga escribiendo en la página siguiente para no volver a leer lo que acabo de escribir.

Los hombres como yo estamos supeditados a nuestro dolor. Nos resulta inevitable contemplar nuestras entrañas, cautivados por nuestros corazones rotos.

Por eso tardé tanto en darme cuenta de que las puertas se estaban cerrando. O quizá sea más adecuado decir que alguien las estaba cerrando.

Debí haberme dado cuenta antes, pero con el paso de los

años estaba menos obsesionado con ellas. Solo al principio seguía convencido de que estaba a punto de encontrar la que se abría a los mares cerúleos de mi mundo. Rastreé mitos, historias y rumores. Busqué disturbios y revoluciones, porque siempre se encontraban en sus retorcidas raíces. Ninguna me llevó hasta ella, por lo que me marchaba del lugar tan pronto como podía y solo permanecía allí el tiempo necesario para saquear y desvalijar. Luego metía todos esos tesoros robados en serrín, garabateaba CHAMPLAIN DRIVE 1611, SHELBURNE, VERMONT en la caja y me marchaba al siguiente barco de vapor, a la siguiente historia, a la siguiente puerta.

No me quedaba por allí mucho tiempo para ver qué ocurría después: incendios inexplicables en los bosques, demoliciones repentinas de edificios históricos, inundaciones, edificaciones, derrumbes, fugas de gas y explosiones. Desastres sin remedio de los que no se podía culpar a nadie y que convertían las puertas en poco más que escombros y ceniza, lo que eliminaba esas conexiones secretas entre mundos.

Comprendí por fin el patrón mientras me hallaba sentado en el balcón de un hotel leyendo un artículo del *Vancouver Sun* sobre el derrumbamiento de una mina en la que había encontrado una puerta la semana anterior. Al principio no le eché la culpa a la humanidad, sino a la época. Culpé al siglo xx, que parecía retorcerse en una autodestrucción propia de un uróboro. Llegué a la conclusión de que no había sitio para las puertas en el mundo moderno, que todas estaban destinadas a cerrarse tarde o temprano.

Debí haberlo sabido: el destino no es más que una bonita historia con la que nos engañamos. Detrás de los acontecimientos no hay más que personas y las terribles decisiones que estas adoptan.

Quizá sabía la verdad incluso antes de tener prueba alguna. Mis sospechas se acrecentaban, preocupado por el acoso de los desconocidos que me vigilaban en restaurantes de Bangalore o por los pasos que resonaban detrás de mí en los callejones de Río de Janeiro. En esa época empecé a escribir las cartas que le enviaba a Cornelius en un código que me inventé para la ocasión, convencido de que alguien interceptaba mis informes. Pero no sirvió de nada. Las puertas siguieron cerrándose.

Intenté razonar. ¿Qué importaba que se cerrasen esas puertas? Eran las equivocadas. Ninguna de ellas me llevaría al lugar en el que se encontraba Ade, a nuestra casa de piedra sobre la Ciudad de Nin, a ese momento en el que subí por la colina y os vi a las dos acurrucadas en la colcha: resplandecientes, prístinas y perfectas.

Pero a pesar de los remordimientos, no podía pensar en otra cosa: «¿Qué les pasa a los mundos sin puertas?». ¿Acaso no había llegado a la conclusión de que las puertas propiciaban los cambios, cuando todavía no era un profanador de tumbas sino un académico? Tenía la teoría de que eran senderos vitales que permitían que lo misterioso y lo milagroso fluyesen entre mundos.

Ya he empezado a notar el efecto de su ausencia aquí: un estancamiento sutil, tan rancio como una casa que se hubiese quedado cerrada durante todo el verano. Hay imperios que nunca tienen fin, ferrocarriles que cruzan continentes, ríos de riquezas que nunca se secan y máquinas que no paran jamás. Es un sistema demasiado grande y voraz como para ser desmantelado, una deidad, un motor que traga hombres y mujeres enteros y luego expulsa un humo negro hacia los cielos. Me han dicho que se llama Modernidad, y que lleva el Progreso y la Prosperidad en sus entrañas alimentadas por brasas de carbón. Pero yo solo veo rigidez, represión y una inquietante resistencia a los cambios.

Creo que sí que sé lo que les pasa a los mundos sin puertas.

Pero dejar de buscar puertas significaría dejar de buscar a tu madre, y no puedo hacerlo. No puedo.

Empecé a seguir el rastro que Ade había dejado tras de sí hacía décadas, con la teoría de que tal vez hubiese alguna puerta a las Escrituras en otro mundo. No siempre era fácil: tuve que descifrar las historias que me había contado y compararlas con las que me contaba la gente en calles abarrotadas o bares mugrientos, entre balbuceos y voces distorsionadas por la ginebra, pero insistí. Encontré la puerta de St. Ours, la puerta de Haití, la de las *selkies* y muchas más. Todas habían desaparecido. Quemadas, derrumbadas, destruidas, olvidadas.

Solo en 1907 descubrí el primer atisbo de mis perseguidores. Había encontrado al fin la puerta griega, una losa de piedra fría en una iglesia abandonada que llevaba a un mundo que Ade había descrito como «un oscuro pozo del infierno». No tenía interés alguno en repetir su experiencia (según ella, una jefa de tribu de mirada impertérrita había estado a punto de secuestrarla y obligarla a trabajar para ella), por lo que no me quedé allí mucho tiempo. Deambulé durante menos de un día, arrastrándome temeroso por la nieve, pero no encontré nada con vida, ni nada que mereciese la pena robar. Solo vi una infinidad de pinos negros, un horizonte distante de color plomizo y las ruinas de lo que parecía ser un fuerte o una aldea. Ignoraba si habría alguna otra puerta en ese lugar, pero tampoco me quedé para descubrirla.

Volví arrastrándome hasta la puerta de piedra y crucé de vuelta al interior mohoso de la iglesia de San Pedro. Llegué entre jadeos e inhalé el aroma a sal y a lima de las tardes del Mediterráneo, y en ese momento vi sobre las baldosas del suelo algo que no había visto antes: un par de pies ataviados con unas botas negras.

Pertenecían a un hombre alto de piel oscura que llevaba el uniforme de botones metálicos y el sombrero redondo de la policía griega. No parecía particularmente sorprendido de ver a un desconocido lleno de nieve cruzando la puerta; más bien, un poco molesto.

Me puse en pie al momento.

—¿Quién…? ¿Qué haces aquí?

Él se encogió de hombros y extendió las manos.

—Pues lo que me da la gana —replicó con acento cerrado y gutural—. Aunque yo creo que he llegado pronto.

Suspiró, limpió el polvo de uno de los bancos y se sentó a esperar, todo con más gesticulación de lo normal.

Tragué saliva.

—Sé por qué estás aquí. No finjas. Y no te lo voy a permitir. Esta vez no…

Soltó una carcajada burlona justo después de que yo terminase de hablar.

—No sea imbécil, señor Demico. Vuelva a esa choza mugrienta de la costa, cómprese un pasaje matutino en un barco de vapor y olvídese de este lugar, ¿le parece? Aquí no se le ha perdido nada.

Mis fantasías más paranoicas se habían vuelto realidad: sabía cómo me llamaba, conocía la choza que le había alquilado a la pescadora y puede que hasta la naturaleza de mi investigación.

—No, no te lo permitiré.

El hombre me dedicó un ademán desdeñoso con la mano, como si fuese un niño que se negara a irse a acostar por la noche.

—Sí que lo hará. Se marchará y no dirá absolutamente nada. No le contará nada a nadie y luego irá en busca de la siguiente puerta, como un perro obediente.

—¿Por qué?

Mi voz sonó aguda y tensa, y anhelé con todas mis fuerzas la presencia de Adelaide. Ella siempre era la valiente.

El hombre me miró con un gesto que se podría haber considerado hasta apenado.

—Niños —suspiró—. Qué rápido crecen, ¿verdad? La pequeña Enero cumplirá trece años en unos meses.

Nos quedamos en silencio mientras oía los latidos desbocados de mi corazón y pensaba en ti, esperándome a un océano de distancia.

Me marché.

A la mañana siguiente conseguí un pasaje en un barco de vapor y tres días después compré un periódico en la oficina consular de Valencia. En la sexta página y con los caracteres algo emborronados del alfabeto griego vi una pequeña columna que hablaba sobre un repentino e inexplicable derrumbamiento en la costa de Creta. No había heridos, pero una carretera había quedado sepultada y una iglesia muy vieja y olvidada había quedado reducida a escombros. El jefe de policía local había descrito el accidente como «desafortunado, pero inevitable».

A continuación, encontrarás una reproducción parcial de una lista que anoté en mi cuaderno en julio de 1907. Es un impulso académico, el hacer frente a las situaciones más peligrosas y turbulentas sentado en un escritorio y haciendo una lista. Me pregunto qué habría hecho tu madre en mi lugar. Me imagino algo más escandaloso, un altercado e incluso algún cadáver.

La titulé *Varias respuestas a la actual situación del malé-fico cierre de puertas y los probables riesgos a los que se pue-den ver sometidos los miembros de la familia*. Y la subrayé varias veces.

A. Divulgar la conspiración. Publicar mis descubrimien-tos hasta la fecha (¿Escribir al *Times*? ¿Encargar un anun-cio?) y denunciar las actividades de esa organización sospe-chosa. Puntos a favor: se puede hacer de inmediato y tiene un efecto mínimo en la vida de Enero. Puntos en contra: es muy probable que sea todo un fracaso (¿acaso los artículos acadé-micos se publican sin pruebas fidedignas?), pérdida de la con-fianza y la protección de Cornelius, peligro de castigo (vio-lento) por terceras y desconocidas partes.

B. Acudir a Cornelius. Explicarle todos mis temores y pe-dirle más seguridad para Enero. Puntos a favor: los más que considerables recursos de Locke podrían suponer un alto gra-do de seguridad. Puntos en contra: no se ha mostrado muy empático con mis preocupaciones hasta el momento, ya ha usado en más de una ocasión los términos «paranoia deliran-te» y «fruslería ridícula» para describir mi actitud.

C. Poner a salvo a Enero en una segunda ubicación. Si estuviese a resguardo en otro lugar seguro y oculto, los per-seguidores podrían no encontrarla. Puntos a favor: la seguri-dad de E. Puntos en contra: dificultad para encontrar un lugar seguro, complicaciones a la hora de gestionar el cariño que Cornelius le tiene a E, la relación entre riesgo y éxito es de-masiado insegura como para arriesgarse, un cambio brusco en la vida diaria.

Creo que, a pesar de todo, le gusta mucho la Hacienda Loc-ke. Cuando era pequeña, siempre que llegaba me topaba con una institutriz muy nerviosa y una hija ausente, y unas horas después la encontraba haciendo castillos de arena en la orilla del lago o jugando a juegos interminables con el hijo del ma-trimonio de la tienda de comestibles. Ahora siempre me la en-cuentro recorriendo los pasillos, rozando con una mano la ma-dera oscura de las paredes como si acariciase el lomo de una bestia enorme, o acurrucada con su perro en un sillón olvidado del desván. Después de todo lo que le he arrebatado ya, ¿estaría bien robarle el único hogar que ha conocido jamás?

D. Huir y refugiarme en otro mundo. Podría buscar una puerta, atravesarla con Enero y forjar una nueva vida para los dos en un mundo mejor y más seguro. Puntos a favor: es la opción más segura para evitar a nuestros perseguidores. Puntos en contra: lo mismo. Además, no estoy en absoluto seguro de que todos los mundos estén conectados entre sí. Si escapáramos a otro, ¿podríamos volver a encontrar una puerta a las Escrituras? ¿Y si Ade vuelve al suyo y no nos encuentra?

La E podría haber sido «Seguir tal y como he estado hasta ahora», pero no la escribí a pesar de que fue lo que terminé haciendo. He descubierto que la vida tiene cierto empuje, el peso acumulado de nuestras decisiones, y que a veces resulta imposible oponerse a él. Seguí robando, usando el cincel para apropiarme de las historias y empaquetarlas para que un rico pudiese presumir delante de sus amigos ricos. Continué mi búsqueda desesperada, siguiendo el rastro de mitos y desenterrando puertas, puertas que luego abandonaba. Se podría decir que dejé de mirar por encima del hombro al abandonar esos mundos.

Solo cambié tres cosas. La primera está relacionada con una puerta de marfil que había en las montañas del África Oriental Británica y un encuentro muy incómodo con un fusil Lee-Metford que terminó con la falsificación de un pasaporte y la compra de unos billetes de tren para la señorita Jane Irimu. No es necesario que escriba aquí todos los pormenores relativos a nuestro encuentro, pero sí me gustaría señalar que es una de las personas más audaces y esporádicamente violentas que he conocido jamás, y que le causé una desazón involuntaria pero terrible. También muestra una empatía muy particular por tu situación y creo que te protegerá mucho mejor de lo que jamás podré hacerlo yo. Algún día tienes que pedirle que te cuente toda la historia.

El segundo cambio fue encontrar una ruta de escape para las dos, un refugio que espero que nunca tengáis que usar. No lo describiré aquí en detalle, por si alguien curioso y hostil llegara a encontrarse con este libro, pero sí que diré que es una puerta de las que aún no se han cerrado. Cuando la descubrí, viajaba con un nombre falso y luego quemé todas mis notas y documentos. Regresé más tarde de lo habitual y culpé a los mares embravecidos. En esa época me había retrasado tantas veces que di por hecho que ni Cornelius ni tú sospecharíais al respecto. Solo le conté la verdad a una persona, por lo que si en algún momento necesitas un lugar al que huir, uno en el que esconderte de quienquiera que nos persiga, hazle caso a Jane.

El tercer cambio es este libro que tienes entre las manos. (Suponiendo que consiga encuadernarlo. En caso contrario, no será más que una pila desordenada de documentos escritos a máquina y cosidos metidos en la piel mudada de una serpiente voladora que encontré en un mundo muy desagradable ubicado al otro lado de una puerta en Australia.)

He pasado tardes uniendo las piezas dispares y dispersas de mi historia, que quizá debería llamar nuestra historia, para crear una narración fluida y luego escribirla lo mejor posible. Ha sido un trabajo agotador. A veces, cuando estaba muy cansado después de pasar un día infructuoso en el Amazonas o en los Ozarks, solo llegaba a escribir una frase. Otras, pasaba el día entero encerrado en mi campamento mientras llovía a cántaros y acompañado tan solo por papel y lápiz, pero era incapaz de escribir palabra alguna, obnubilado por los pasillos espejados de mis recuerdos de los que no podía escapar (perdido en la espiral de nautilo del cuerpo de tu madre acurrucado junto al tuyo, en el borrón blanco y dorado de su sonrisa recortada contra la neblina matutina del Amarico).

Pero nunca cejé en mi empeño de escribir, ni siquiera cuando hacerlo podía compararse con atravesar un zarzal, ni cuando la tinta no era más que un borrón rojo a la tenue luz de un farol.

Quizá siguiese escribiendo porque me criaron en un mundo en el que las palabras tenían poder, en el que las curvas y las espirales de tinta adornan las velas de los barcos y la piel, en el que un artesano de las palabras con el talento suficiente podía llegar a usarlas para cambiar el mundo. Quizá no crea que las palabras están desprovistas de poder, ni siquiera en un mundo en el que se presupone que no lo tienen.

Quizá simplemente quisiera dejar un registro, por vago e insustancial que fuese, para que otras personas leyeran, contadas por mí, las verdades que tanto me ha costado descubrir.

Para que alguien las leyera y las creyera: que hay diez mil puertas que se abren a diez mil mundos y que alguien se dedica a cerrarlas. Y que estoy ayudando a hacerlo.

Quizá lo escribiera con una vana e ingenua esperanza: que alguien más valiente y mejor persona que yo expiara mis pecados y consiguiera lo que yo no he sido capaz de hacer. Que alguien se enfrentase a las siniestras maquinaciones de los que han querido aislar este mundo de todos los mundos vecinos y dejarlo solo, racional y estéril.

Que, de alguna manera, alguien pueda convertirse en una llave viviente que abra todas las puertas.

FIN

Posdata

(Perdón por mi caligrafía. ¿Qué diría mi madre al respecto? Tengo mucha prisa y no he encontrado el momento para pasarlo a máquina y encuadernarlo con el resto.)

Querida Enero:

La he encontrado. La he encontrado.

Estoy acampado en una de las frías y ventosas islas del norte de Japón. Cerca de la costa hay un grupo de cabañas de bambú y chabolas de metal corrugado que podría considerarse una aldea, pero en las montañas cercanas tan solo hay maleza y unos pocos pinos secos que sobresalen venturosos sobre un suelo ceniciento. Tengo ante mí una formación interesante: al-

gunos de los árboles circundantes se han retorcido de una manera muy particular que recuerda a un arco que da al mar.

Visto desde el ángulo adecuado, podría confundirse con una puerta.

La encontré gracias a que había estado rastreando ciertas historias: érase una vez un pescador que doblaba las páginas de los libros y las convertía en velas para barcos. Dichas velas eran veloces y ligeras y estaban manchadas de tinta. Érase una vez un niño que desapareció en mitad del invierno y volvió bronceado y acalorado. Érase una vez un sacerdote con oraciones escritas en la piel.

Sabía lo que había al otro lado antes incluso de cruzarla. Los mundos, al igual que las casas, tienen olores particulares, tan sutiles, complejos y variados que suelen pasar desapercibidos; y el olor de las Escrituras se filtraba a través de las ramas de los pinos como si fuese una fina niebla. El sol, el mar, el polvo de lomos de libros ajados, la sal y las especias de miles de barcos mercantes. Mi hogar.

La voy a atravesar tan pronto como me sea posible. Esta misma noche. He sido muy cuidadoso mientras recorría el camino que me ha traído aquí, pero temo que no haya sido suficiente. Temo que terminarán por encontrarme, esos cierrapuertas, esos asesinos de mundos. Me da miedo hasta apartar la vista de la puerta de ramas para bajarla hasta esta página, que una figura espectral aproveche el momento para saltar de entre las sombras y la cierre para siempre.

Pero voy a tomarme el tiempo necesario para terminar de escribir este mensaje. Para contarte adónde he ido y por qué razón, y también para hacerte llegar este libro gracias a los Cofres Celestes de Tuya y Yuha, un par de objetos muy útiles que encontré en una puerta de Alejandría y uno de los pocos tesoros que no he entregado completo a Cornelius. Le di uno, pero me quedé el otro.

Te he enviado juguetes y baratijas a través de ellos. ¿Supiste en algún momento lo que eran en realidad? ¿Que se trataban de los regalos insuficientes de un padre ausente? ¿Que eran los intentos de un cobarde que quería decirte: <u>Nunca he dejado de pensar en ti. Te quiero. ¿Llegarás a perdonarme?</u> Me daba miedo tu decepción, que rechazaras mis regalos penosos e insignificantes.

Este libro es el último de esos regalos. La última de esas insignificancias. Es una obra imperfecta, como bien sabrás a estas alturas, pero es la verdad, algo que merecías desde hace mucho tiempo y que no había podido proporcionarte. (Lo llegué a intentar, una o dos veces. Entré en tu habitación y abrí la boca para contártelo todo, pero fui incapaz. Salía corriendo y me quedaba tirado en la cama entre jadeos, a punto de ahogarme debido al peso de las palabras que no había podido pronunciar. Supongo que lo de cobarde me viene como anillo al dedo.)

Bueno, pues se acabaron los silencios. Se acabaron las mentiras. No sé cada cuánto tiempo solías abrir el Cofre Celeste, por lo que he encontrado la manera de asegurarme de que encuentres el libro cuando llegue el momento. Los pájaros son criaturas muy confiadas, ajenas a los peligros de la humanidad.

En todas estas páginas solo encontrarás una imprecisión de la que yo tenga constancia: que he escrito este libro en aras del academicismo, del conocimiento o para saciar una necesidad moral, que mi intención era «dejar un registro de los acontecimientos» o «dejar constancia de mis descubrimientos» para un probable lector futuro que fuese más valiente y recogiera mi testigo.

Lo cierto es que lo escribí para ti. No he dejado de escribir para ti. Siempre.

¿Recuerdas cuando tenías seis o siete años y regresé de una expedición en Birmania? Fue la primera vez que no saltaste a mis brazos al llegar (aún recuerdo cuánto anhelaba y temía esos reencuentros, cuando tu cara, mi reloj de arena, aparecía frente a mí como referendario del tiempo que había desperdiciado). En lugar de eso, te quedaste allí de pie con tu vestidito almidonado, mirándome como si fuese un desconocido cualquiera en un vagón de tren abarrotado.

Demasiadas veces, decían tus ojos. _Me has abandonado demasiadas veces y has roto algo frágil y valioso que había entre nosotros._

Escribí este libro con la esperanza desesperada y deleznable de llegar a arreglar lo nuestro, como si pudiese redimirme por todas las vacaciones y los momentos que no he estado junto a ti, por todos los años que pasé compadeciéndome y te di de lado. Pero ahora que ha llegado el final, sé que es imposible.

Vuelvo a abandonarte, y este será un viaje mucho más definitivo que los anteriores.

Lo único que puedo dejarte es este libro, y rezaré porque no cierren esta puerta. Rezaré por que algún día encuentres el camino que te lleve hasta mí, por que tu madre siga viva y nos esté esperando y por que algún día vuelva a abrazarte y que lo que estaba roto quede de nuevo unido.

Confía en Jane. Dile... Dile que lo siento.

La puerta me llama con la voz de tu madre. Debo partir.

Perdóname. Sígueme.

YA

No puedo hacerlo.

Lo he intentado, Enero. He intentado abandonarte, pero no puedo cruzar el umbral de la puerta. Me quedo de piedra y huelo la dulzura de mi mundo natal, anhelando ser capaz de dar ese paso final y definitivo.

No puedo. No puedo abandonarte. Otra vez no. Voy a hacer las maletas y volveré a la Hacienda Locke. Te traeré aquí conmigo y la atravesaremos juntos o no la atravesaremos. Lo siento muchísimo. Dioses. Muchísimo. Voy en tu busca.

Espérame.

HUYE, ENERO

ARCADIA

NO CONFÍES

La Puerta de madera de deriva

Encontré a Jane siguiendo el retumbar y el golpeteo rítmico de una pala contra las rocas. Se afanaba sin cesar y cavaba en la zona baja del centro de la isla, sola y rodeada por un hedor fétido y pantanoso que traía consigo el zumbido agudo de varios millones de mosquitos.

Y claro, también estaba por allí el señor Theodore Havemeyer.

El hombre no era más que un bulto de sábanas de un blanco mugriento dotado de cierto parecido con una larva. Su mano, que era más bien una garra incolora moteada por unas marcas rezumantes que tenían más o menos el tamaño de los dientes de Bad, sobresalía de la tela y proyectaba una sombra alargada por el suelo a la luz del anochecer.

—¿No podríamos tirarlo al lago y ya está, o dejarlo aquí?

El crujir de la pala al penetrar en la tierra, el susurro de esta al salir despedida. Jane no alzó la cabeza para mirarme, pero sí que vi cómo una sonrisa hierática se dibujaba en sus facciones.

—¿Crees que todos los Havemeyer del mundo desaparecerán y ya está? ¿Crees que nadie vendrá en su busca? —Agitó la cabeza y luego añadió con tono consolador—: Aquí la tierra es buena y húmeda. No tardaré mucho.

Me di cuenta de que las palabras habían conseguido revolverme el estómago, por lo que me senté en una roca llena de musgo y contemplé cómo los cuervos se reunían en las ramas de los pinos que teníamos encima como los maleducados dolientes de un funeral, graznando y susurrando.

La madera astillada del mango apareció de pronto frente a

mí. La cogí y descubrí varias cosas: primero, que cavar es muy difícil y que aún estaba débil e indispuesta después de haber escapado de Brattleboro. Segundo, que los cuerpos humanos son muy alargados y hace falta abrir hoyos muy grandes. Y tercero, que cavar es una actividad que te permite pensar en muchas cosas, incluso cuando el sudor se te mete en los ojos y te empieza a picar la piel de las palmas de las manos como si ya hubiesen empezado a salirte llagas.

«Mi padre no me abandonó. Se quedó en este mundo por mí.»

La idea era como un pequeño sol que ardiese detrás de mis ojos, demasiado reluciente como para mirarlo con seguridad. ¿Cuánto tiempo llevaba esperando una prueba, por pequeña que fuese, del afecto de mi padre? Pero su amor por mi madre y su pena egoísta habían sido mucho mayores… Hasta ese momento. Hasta que habían dejado de serlo y le había dado la espalda a esa Puerta que había querido cruzar durante diecisiete años.

«Entonces, ¿dónde está?»

Me regodeé un poco en ese pensamiento y recordé la caligrafía desesperada de esas últimas palabras.

CORRE, ENERO. ARCADIA. NO CONFÍES.

Y luego me marché.

¿Qué significaba ese último capítulo? ¿Qué me decía que yo no sospechase ya? Bueno, lo primero era que el señor Locke sabía desde el principio que mi padre se dedicaba a encontrar Puertas y lo había contratado específicamente para eso. Me imaginé los sótanos de la Hacienda Locke llenos de cajas y maletas, estancias llenas de vitrinas bien etiquetadas. ¿Cuántos de esos tesoros se habían robado de otros mundos? ¿Cuántos de ellos tenían poderes extraños o magia insólita?

¿Y cuántos había vendido o intercambiado? Recuerdo la reunión que vi en Londres cuando era pequeña, la subasta secreta de objetos valiosos. Había miembros de la Sociedad presentes, estaba segura; al menos, ese hombre pelirrojo de gesto fisgón seguro que lo era. Eso quería decir que la Sociedad también sabía lo de mi padre, las Puertas y las cosas que robaba. Tenían que ser ellos los que lo acechaban y lo perseguían para cerrarlas. Pero ¿por qué hacer eso si lo que querían son esos tesoros que robaba para ellos? O quizá querían acaparar los tesoros y luego cerrar las Puertas para evitar que no entrase nada más. Sí, seguro que era eso. He pasado mucho tiempo entre hombres ricos y poderosos, el suficiente para conocer su aprecio por frases como: «Es necesario mantener la exclusividad y la demanda haciendo que sea un producto escaso».

Tiene sentido. O casi. Pero entonces, ¿quién había cerrado la Puerta de mi madre, esa del henar, hacía tantos años? ¿Y la Puerta de la cima de la montaña? En esa época, el señor Locke aún no había contratado a mi padre. Tal vez había sido una aciaga casualidad, o acaso la Sociedad ya cerraba puertas desde antes de que lo contratasen. Habían mencionado a un Fundador una o dos veces, con tono reverencial, por lo que tal vez era más antigua de lo que parecía.

Pero no tenía sentido que le hiciesen daño a su preciado cazador de puertas. Estaba claro que algo había hecho que mi padre se quedase en este mundo, que algo lo había obligado a garabatear esas tres últimas frases.

«Nunca dejarán de buscarte, niña.»

Se oyó un sonido horrible y carnoso detrás de mí.

Me di la vuelta y vi a Jane agachada sobre el cuerpo de Havemeyer con un mazo y una expresión de desapego. Una estaca astillada sobresalía del fardo que era el hombre, justo en el lugar en el que tendría que hallarse su corazón.

Jane se encogió de hombros.

—Por si acaso.

Me debatí por unos instantes entre el pavor y la risa, pero no pude evitarlo: me reí. Fue un sonido exagerado, que rozaba la histeria y que hizo que Jane arquease una ceja. Pero luego echó la cabeza hacia atrás y también empezó a reírse. Oí en su voz el mismo alivio que sentía yo, y supuse que su gesto impasible y lleno de confianza no era más que una fachada.

—Está claro que has leído demasiadas noveluchas —le dije. Ella se volvió a encoger de hombros, pertinaz, y luego seguí cavando. Ahora me resultaba más sencillo, como si algo muy pesado que tenía en los hombros hubiese salido volando, asustado por el ruido de las risas.

Trabajé en silencio durante un momento y luego Jane empezó a hablar:

—En mi mundo, lo más sensato es disparar a cualquier cosa extraña o inusual que veas en los bosques. Por eso estuve a punto de matar a tu padre la primera vez que lo vi. Pero fallé por mucho ese primer tiro. Dame eso si no vas a cavar.

Mis paladas eran pocas y arbitrarias. Me aparté del agujero y Jane ocupó mi lugar. Su voz empezó a adquirir el ritmo entrecortado, al compás del subir y bajar de la pala.

—Tu padre empezó a gritar y a agitar los brazos mientras hablaba en más de una decena de idiomas. Uno de ellos fue el inglés. Llevaba mucho tiempo sin oírlo, y mucho menos de la boca de un hombre negro y tatuado con aspecto de profesor. Así que no le disparé otra vez.

El agujero ya le llegaba a Jane a la cintura, y cada palada hacía un ruido más débil y absorbente. Los mosquitos flotaban a su alrededor como invitados a una cena que empezaran a desesperarse.

—Lo llevé a mi campamento, le di de comer e intercambiamos historias. Me preguntó si había encontrado alguna otra puerta en ese mundo u oído historias sobre palabras escritas que tuviesen poderes. Le dije que no, y se vino abajo. Me dio la impresión de que tenía que pedirle perdón, aunque no sabía muy bien por qué.

»Luego me hizo una advertencia: «Las puertas se cierran detrás de mí. Alguien me sigue».

»Me suplicó que regresara a mi mundo natal con él. Me dijo que sabía lo que era quedarse atrapado en un lugar que no es el tuyo. No dejaba de insistir, pero me negué.

—¿Por qué?

Me asomé por el borde del agujero, con los brazos alrededor de las rodillas. La falda que me había prestado estaba manchada de barro y, durante unos instantes, me sentí como si hubiese vuelto atrás en el tiempo, a cuando era joven, alborotadora y alegremente descuidada.

Jane salió del agujero y se agachó junto a mí.

—Porque el lugar en el que naces no tiene por qué ser el lugar al que perteneces. Yo nací en un mundo que me había abandonado, que me robó y que me rechazó. ¿Crees que era muy difícil encontrar uno mejor? —Soltó un suspiró largo y apesadumbrado—. Pero sí que quería atravesar la puerta por última vez, por si ese loco estaba en lo cierto y era mi última oportunidad. Julian se quedó acampado en la falda del monte

Suswa mientras yo iba a buscar más munición y también noticias de mi hermana. —Los ojos de Jane titilaron como faroles en una brisa invernal, y estuve a punto de preguntarle qué le había pasado a su hermana. Se hizo un breve silencio, y luego volvió a hablar con voz más brusca—: Volví al campamento de Julian. Me pidió quedarme otra vez, y yo me reí en su cara. Acababa de ver en qué se había convertido mi hogar: mujeres blancas que se me quedaban mirando tras los cristales de los vagones de tren, cazadores furtivos que llevaban sombreros absurdos y posaban para fotografías junto a cadáveres de animales, niños de barrigas protuberantes que suplicaban con acento muy cerrado en el idioma del imperio… No. Julian me volvió a escoltar a mi puerta de marfil y se despidió de mí. Pero encontramos algo extraño en la cueva.

Jane se había quedado mirando la tumba con rostro serio.

—Había montículos de ramas grises apiladas, cables que salían de ella y también un sonido sibilante. Tu padre gritó y me empujó a un lado justo antes de que todo se viniese abajo. La explosión me quemó la parte de atrás de los brazos y nos lanzó a ambos por los aires. No sé si perdí la consciencia, pero parpadeé y vi que había un hombre de pie junto a mí. Llevaba un uniforme británico marrón y, detrás de él, solo había escombros y polvo en el lugar en el que antes se encontraba la caverna.

»Vi cómo se le movían los labios, pero a mis oídos les pasaba algo raro. Luego sacó una pistola y apuntó a Julian. Debería haberme apuntado a mí. Yo era la que tenía un arma, no él. —Jane frunció los labios—. Cuando muera, espero no poner un gesto de sorpresa como el que puse en ese momento.

No miré el cuerpo de Havemeyer, ni tampoco pensé en la perfección del agujero que tenía ahora en el pecho.

—No esperé ni a que su cuerpo cayese al suelo. Me lancé por la ladera, arrastrando conmigo piedras y tierra. Cuando Julian consiguió detener mi caída, mis manos parecían carne picada. Me sujetó y dijo: «Lo siento. Lo siento». Y en ese momento lo comprendí: me había quedado atrapada en este mundo para siempre.

Nunca había visto llorar a Jane, pero en ese momento sentí el estremecimiento rítmico que le recorría todo el cuerpo, como nubes de tormenta amenazantes junto a la bahía. No dijimos nada durante un tiempo, y nos quedamos allí sentadas en la fría noche mientras oíamos el vacío y apenado ulular de un somormujo al otro lado del lago.

—Bueno, si tienes la piel negra, no es buena idea que te encuentren cerca de un hombre blanco muerto y uniformado. Usé una piedra para destrozar el cuerpo y lo arrastré junto a los escombros para que el agujero de bala no escandalizase a los exploradores que lo encontraran. Y luego salimos corriendo.

»Cuando tu padre me preguntó adónde pensaba ir, nos encontrábamos en un tren con dirección a Jartum. Le respondí que quería encontrar otra manera de entrar, una puerta trasera. Él me sonrió y dijo: «Llevo toda la vida buscando otra puerta a mi mundo natal, pero también buscaré la del tuyo si haces algo por mí». Luego me pidió que fuese a la casa de un hombre rico que vivía en Vermont y protegiese a su hija.

Se volvió a hacer el silencio y su voz no perdió ni un ápice de entereza. Luego añadió:

—Yo he mantenido mi promesa. Pero Julian… Él no lo ha hecho.

Carraspeé.

—No está muerto. —Sentí cómo se envaraba junto a mí, tensa a causa de la esperanza—. He terminado el libro. Encontró una Puerta en Japón que llevaba a su mundo, pero no la atravesó, sino que intentó venir a buscarme. —Volví a sentir el pequeño sol dentro de mí por un instante, antes de que volviese a apagarse—. Pero supongo que no lo consiguió. Quiere que te diga que… —Tragué saliva y paladeé la vergüenza en la lengua—. Que lo siente.

El aire siseó por el hueco de los dientes de Jane.

—Me lo prometió. Me dijo que la encontraría.

Tenía la voz quebrada a causa de la emoción, de la envidia, de la amarga traición y del tipo de rabia que deja cadáveres tras de sí.

Me estremecí y sentí cómo se me quedaba mirando. Luego abrió los ojos de par en par.

—Espera, Enero. Conseguiste abrir un camino entre el manicomio y la cabaña. ¿Podrías hacer lo mismo por mí? ¿Podrías escribir para que yo regrese a casa?

Vi una esperanza atormentada en su rostro, como si temiera que yo fuese a sacar una pluma del bolsillo para dibujarle una Puerta en el aire frente a nosotras, como si estuviera a punto de reencontrarse con sus maridos y sus esposas. La vi más joven que nunca.

Pero no fui capaz de mirarla cuando respondí.

—No. Yo… Según el libro de mi padre, en algunos lugares los mundos están muy cerca el uno del otro, como las ramas de dos árboles, y allí es donde aparecen las Puertas. No creo que una Puerta aquí, en Vermont, pueda cruzar el enorme trecho que nos separa de tu mundo.

Hizo un sonido cargado de impaciencia y desdén.

—Vale. Pero si vinieras conmigo a Kenia, al lugar donde estaba mi puerta de marfil…

Levanté el brazo izquierdo y lo mantuve a la altura de sus ojos. Tembló y se estremeció unos segundos, y luego lo volví a dejar caer.

—Casi muero en el intento de abrir la Puerta con la que me fugué del manicomio —susurré—. Y era una Puerta que daba al mismo mundo. No sé cuánto costaría abrir una entre dos mundos, pero dudo que sea capaz de hacerlo.

Jane soltó el aire muy despacio y se quedó mirando la mano que yo acababa de apoyar en el suelo. No dijo nada.

Se levantó de repente, se sacudió la tierra de la falda y volvió a coger la pala.

—Yo me encargo de terminar el agujero. Ve a ver cómo está Samuel.

Salí corriendo antes de ver cómo Jane empezaba a llorar.

Tanto Bad como Samuel tenían el aspecto de cadáveres reanimados por un hechicero de habilidad cuestionable. Bad, lleno de sangre seca y de vendas y puntos de sutura, se había metido en la cama entre la pared y Samuel, y ahora dormía con el hocico apoyado contra su hombro; la escena era adorable. La piel de Samuel había adquirido el tono enfermizo, entre blanco y amarillo, propio de las setas. Su respiración entrecortada dejaba ver un estremecimiento debajo del edredón.

Sus ojos se abrieron como dos ranuras gomosas cuando me acerqué a la cama. Me sorprendí al verlo sonreír.

—Hola, Enero.

—Hola, Samuel.

Le devolví la sonrisa tímida y temblorosa.

Extendió un brazo y le dio unas palmaditas a Bad.

—¿Qué te había dicho? Bad estaba de tu parte.

Mi sonrisa se ensanchó.

—Sí.

—Yo también lo estoy —dijo en voz más baja.

Tenía una mirada fija y reluciente de la que surgía una cordialidad infinita. Mirarlo a los ojos era como calentarme las manos en una chimenea en febrero. Aparté la mirada antes de decir o hacer una estupidez.

—Lo siento. Por lo que ha pasado. Por lo que te ha hecho Havemeyer —dije.

¿Por qué tenía la voz tan aguda? ¿Siempre hablaba así?

Samuel se encogió de hombros, como si el haber sido torturado y secuestrado solo fueran gajes del oficio.

—Lo que sí quiero es que me expliques exactamente lo que era. Y, de paso, por qué lo sacaban tanto de quicio esas puertas y cómo conseguiste llegar aquí sin mi osado rescate.

Mientras hablaba, comenzó a maniobrar para salir de debajo del edredón e incorporarse con mucho cuidado entre las almohadas, como si le doliera cada milímetro de su cuerpo.

—¿Osado rescate?

—Iba a ser espectacular —resopló, apenado—. Una incursión nocturna, una cuerda por tu ventana, una fuga a lomos de briosos corceles blancos… Bueno, en realidad iban a ser ponis grises. Tenía claro que iba a parecer sacado de una de nuestras novelas. Y ahora se ha ido todo al traste.

Reí por segunda vez esa tarde. Y luego, por miedo a que Samuel se riese o se compadeciese de mí, se lo conté todo entre titubeos y sin orden ni concierto. Le hablé sobre la Puerta azul del prado descuidado; sobre mi padre y mi madre, que lo mismo podían estar muertos como no estarlo; sobre la Sociedad Arqueológica de Nueva Inglaterra, sobre cómo se estaban cerrando las Puertas y sobre el mundo que agonizaba. También hablé sobre cómo el señor Locke tenía a mi padre atado con una correa como si fuese un perro, y a mí enjaulada como si fuese un pájaro. Sobre las Escrituras y sobre las personas obstinadas que eran capaces de reescribir la realidad. Y luego le hablé de la moneda de plata que había convertido en un cuchillo y le mostré las palabras que había escrito con ella en mi piel.

Debajo de las vendas tenía el brazo pálido y lleno de costras sanguinolentas, como si fuese una criatura herida que se queda varada a la orilla de un lago. Samuel tocó las curvas aserradas de la S.

—Pues parece que no necesitabas que te rescatase —dijo con una sonrisa irónica en el rostro—. Las *stregas* se valen muy bien por sí mismas en todas las historias.

—¿*Stregas*?

—Las brujas —explicó.

—Ah, claro.

Esperaba algo más halagador, pero… Al menos me había creído, sin el menor atisbo de duda. Quizá todos los años que había pasado entre historias de monstruos de las revistas *pulp* en lugar de estar atento detrás del mostrador de la tienda habían terminado por pudrirle el cerebro, tal y como siempre había dicho su madre. O quizá solo confiase en mí.

Samuel siguió especulando.

—Siempre terminan solas en las historias… Las brujas, quiero decir. Viven en bosques, en las montañas o encerradas en torres. Supongo que hay que ser un hombre valiente para enamorarse de una bruja, y la mayoría son unos cobardes.

Me miró directamente al terminar, con audacia y la barbilla levantada, como si dijera: «Y yo no soy un cobarde».

No se me ocurrió respuesta alguna. Ni tampoco mucho en lo que pensar.

Un momento después volvió a dedicarme una sonrisa amable y dijo:

—Bueno, hablemos de esos de la Sociedad. Te van a seguir buscando, ¿no es así? Por lo que sabes y por lo que eres capaz de hacer.

—Sí que lo harán.

Era la voz de Jane, que respondió de repente detrás de mí. Estaba de pie bajo el umbral de la puerta, recortada contra los últimos haces de luz del atardecer y con la boca cerrada en una línea funesta. Había algo en ella que me recordaba a mi padre, en la manera en la que el pesar le encorvaba los hombros y le arrugaba el rostro.

Jane se acercó muy envarada hacia el cubo de agua para lavarse las manos llenas de tierra mientras hablaba:

—Necesitamos un plan, y también un lugar en el que escondernos. —Se dio unas palmaditas en la camisa para secarse—. Lo que propongo es que vayamos a Arcadia, el nombre que le dio tu padre a un mundo que se halla oculto en la costa meridional de Maine. Es inhóspito e inaccesible, o eso comentaba él, por lo que me parece el lugar perfecto para desaparecer. Sé cómo llegar.

La voz de Jane sonaba muy tranquila, como si un mundo ajeno y peligroso fuese un destino del todo normal, como un banco o una oficina de correos.

—Pero no tenemos motivo para…

—Enero —interrumpió—. No tenemos dinero, ni familia, ni un lugar en el que vivir. Soy una mujer negra en un país que aborrece el color de mi piel. Somos extranjeros en una nación que detesta a los extranjeros. Y lo peor de todo es que llamamos mucho la atención: una africana y una niña a caballo entre dos mundos con el pelo alborotado y un brazo lleno de cicatrices. —Levantó las manos con las palmas hacia fuera—. Si los de la Sociedad quieren encontrarte, estoy segura de que lo conseguirán. Y dudo que el señor Havemeyer fuera el peor de ellos.

Samuel se agitó entre las almohadas.

—Pero te olvidas de una cosa. La señorita Enero no está indefensa. Podría escribir lo que le viniera en gana. Una fortaleza… una puerta a Tombuctú… o una a Marte. O también podría ser que el señor Locke sufriera un terrible accidente.

Sonó muy esperanzado al comentar esa última idea. Había gruñido como Bad con mi relato acerca de cómo había terminado encerrada en Brattleboro.

Una sonrisa agridulce se abrió paso en el rostro de Jane.

—Me han dicho que sus poderes no son ilimitados.

Me puse a la defensiva y también un poco avergonzada.

—No —repuse de inmediato con tono sofocado, como si me estuviese ahogando—. Mi padre asegura que la artesanía de las palabras tiene un coste. No puedo destrozar algo y luego recomponerlo a mi antojo. —Miré de reojo a Samuel y bajé el tono de voz—. Me temo que no soy una bruja.

Me tendió la mano buscando la mía hasta que las puntas de los dedos casi se podían tocar.

—Bien —susurró—. Porque no soy tan valiente.

Jane carraspeó con fuerza.

—Bueno, llegar allí será un auténtico reto. Debemos recorrer más de trescientos kilómetros sin que nos reconozcan ni nos sigan, y sin apenas dinero. —Sonrió, con un gesto frío y forzado—. La señorita Demico tendrá que acostumbrarse a un ritmo de vida muy diferente.

Eso había dolido.

—Ya he viajado más de una vez, ¿sabes?

Tenía una maleta con mi nombre en una pequeña placa de latón y mi pasaporte parecía un libro de bolsillo muy usado.

Jane rio sin demasiada alegría.

—¿Y en cuántos de esos viajes has pasado la noche en una cama hecha por ti? ¿Y cocinado un almuerzo? ¿Acaso has viajado en algo que no sea primera clase? —Guardé silencio. Me limité a fulminarla con la mirada—. Dormiremos en los bosques y suplicaremos que nos lleven en vehículos, así que calibra bien tus expectativas.

No se me ocurrió ninguna respuesta lo bastante perspicaz, por lo que cambié de tema.

—No estoy convencida de que tengamos que ir a ese lugar llamado Arcadia. Como bien recordarás, mi padre desapareció en Japón y lo buscamos a él, así que…

Pero Jane agitó la cabeza, agotada.

—Sin duda eso es lo que esperan que hagamos. Tal vez algún día, cuando haya pasado un tiempo y sea más seguro.

«Estoy harta de la seguridad.»

—A lo mejor… Quizá podríamos ir a pedirle ayuda al señor Locke. —Samuel y Jane me miraron y emitieron un sonido a caballo entre el recelo y la indignación. Cuadré los hombros y seguí hablando—. Lo sé, lo sé. Pero mirad: no creo que él quiera que mi padre o yo suframos algún daño o muramos. Solo quería hacerse un poco más rico y colocar en sus vitrinas todos esos objetos raros. Puede que ni siquiera sepa que la Sociedad se dedica a cerrar puertas, o quizá no le importe. Además, me quería. Un poco, al menos. Podría ayudarnos a escondernos, prestarnos algo de dinero, ayudarnos a llegar a Japón...

Me quedé en silencio.

Los ojos de Jane estaban llenos a rebosar de un sentimiento espeso que daba la impresión de rezumarle: era lástima. Me sorprendió en gran medida descubrir cuánto daño puede llegar a hacer esa lástima.

—Entiendo que te gustaría embarcarte en una aventura para salvar a tu padre, como la heroína de un cuento de hadas. Pero eres demasiado joven, no tienes ni un centavo y tampoco tienes hogar. Además, nunca has visto el lado oscuro de las cosas. Acabaría contigo, Enero.

Samuel, que se encontraba a mi lado, dijo:

—Y si el señor Locke intentaba protegerte, lo cierto es que no se le dio nada bien. Creo que deberías huir.

Me quedé en silencio y sentí cómo mi futuro se retorcía y se agitaba descontrolado bajo mis pies. Solo quería que mi vida volviera a la normalidad, que todo lo que había ocurrido desde la desaparición de mi padre no fuese más que una película en la que pronto aparecería el cartel de FIN y se volvieran a encender las luces y regresar entonces a la Hacienda Locke y releer *Los jóvenes trotamundos por tierra y mar*.

Pero eso parecía formar parte de un pasado muy lejano, como una libélula conservada en ámbar.

«Confía en Jane.»

—De acuerdo —susurré al tiempo que trataba de no pensar en que parecía que volvía a tener siete años y no había dejado de huir—. Iremos a Arcadia. ¿Te quedarás allí conmigo o volverás a tu hogar?

Se estremeció.

—No tengo hogar al que volver.

La miré a los ojos y descubrí que la lástima se había transformado en algo irregular y desesperanzador que me recordó a ruinas antiguas o tapices deteriorados, a cosas llenas de cabos sueltos.

Por un momento, vaciló y estuvo a punto de decir algo, recriminaciones, reprimendas o arrepentimientos, pero luego se dio la vuelta y salió de la cabaña con la espalda muy envarada.

Samuel y yo nos quedamos solos y en silencio. Mis pensamientos eran como aves ebrias que zigzagueaban entre la desesperación (¿Seríamos vagabundos para siempre? ¿Me pasaría la vida huyendo?) y una emoción infantil y borboteante (¡Arcadia! ¡Aventuras! ¡Huir!). Sentí el tacto cálido y reconfortante de la mano de Samuel junto a la mía sobre el edredón.

Carraspeó y dijo, con poca naturalidad:

—Me gustaría ir contigo. Si estás de acuerdo.

—¿Cómo? ¡No puedes hacerlo! No puedes abandonar a tu familia, tu hogar, tu… Tu profesión. Es demasiado peligroso…

—Nunca iba a ser un buen tendero —interrumpió con suavidad—. Lo sabe hasta mi madre. Siempre he querido ser otra cosa. Algo más importante. Me vale con ir a otro mundo.

Solté una medio carcajada de desesperación.

—Pero ¡ni siquiera sé adónde vamos a ir, ni por cuánto tiempo! Mi futuro es una locura y un caos. No puedes acompañarme, ni por amabilidad ni por pena ni por…

—Enero. —Habló mucho más bajo y con más apremio, lo que hizo que el corazón empezase a latirme de forma muy rara contra las costillas—. No lo hago por pena. Creo que ya lo sabes.

Aparté la mirada hacia la ventana y el azulado atardecer, pero no fue suficiente. Aún sentía el calor de su mirada contra mi mejilla. Las brasas que eran sus ojos se habían encendido y estallado en llamas.

—Puede… —empezó a decir, despacio—. Puede que antes no lo haya dejado del todo claro, cuando te dije que estaba de tu parte. También me refería a que me gustaría estar a tu lado, atravesar junto a ti todas las puertas, superar todos los peligros y huir contigo hacia esa locura y ese caos que son tu futuro. Para… —Una parte de mí se sintió muy bien al notar que su voz se había vuelto titubeante y constreñida—. Para siempre. Si quieres.

El tiempo, algo que se había vuelto díscolo y poco fiable desde mi paso por el manicomio, perdió todo el sentido en ese momento. Sentí cómo los dos nos quedábamos flotando, ingrávidos, como un par de motas de polvo suspendidas al atardecer.

Sin venir a cuento, empecé a pensar en mi padre. En el aspecto que tenía cuando se había separado de mí todas aquellas veces, con los hombros encorvados, la cabeza inclinada y ese abrigo holgado y polvoriento colgándole por la espalda. Luego pensé en el señor Locke, en el calor de su mano sobre mi hombro y en el estallido jovial que era su risa. En su mirada apenada cuando me había visto drogada mientras me sacaban a rastras de su casa.

La vida me había enseñado que la gente a la que quieres siempre termina por abandonarte. Te hacen a un lado, te decepcionan, te traicionan o te encierran, y que una siempre vuelve a estar sola, una y otra vez.

Pero ese no era el caso de Samuel, ¿verdad? Cuando no era más que una niña atrapada en la Hacienda Locke que solo contaba con la compañía de Wilda, él me había dado esas revistas y también me había traído a mi mejor amigo. Cuando era una loca encerrada en un manicomio sin esperanza ni nadie que me ayudase, él me había traído la llave para escapar. Y ahora que era una fugitiva perseguida por monstruos y misterios, él se había ofrecido a acompañarme. Para siempre.

Sentí que la oferta que me acababa de hacer era un cebo que tiraba de mi corazón, que me invitaba a no estar sola, a ser amada, a tener esa presencia agradable siempre a mi lado... Contemplé ansiosa el rostro de Samuel y me di cuenta de que ya no era capaz de discernir si era guapo. Ahora solo le veía los ojos, las brasas inalterables que habitaban en ellos.

Lo más fácil habría sido decirle que sí.

Pero titubeé. Mi padre había escrito que el Amor Verdadero era como la gravedad, algo que existía sin más, invisible e inevitable. ¿Era Amor Verdadero lo que me había dejado asfixiada y me daba punzadas en el corazón, o acaso no era más que miedo y soledad a causa del agotamiento, que hacía que me aferrase a Samuel igual que se agarraría a una boya una mujer que se ahoga?

Samuel me miraba a la cara. No sé qué vio, pero le hizo tragar saliva.

—Te he ofendido. Lo siento. —La vergüenza hizo que la sonrisa desapareciese de su rostro—. Solo era una oferta. Para que la tuvieses en cuenta.

—No, es que... Es que yo...

Empecé a hablar sin saber muy bien qué iba a decir, medio aterrorizada por cómo podía terminar. Pero luego, con una sincronización que bien podría parecer divina, Jane regresó a la cabaña.

Llevaba una brazada de leña llena de musgo y un gesto indescifrable, como una herida cerrada con puntos de sutura. Nos miró y se quedó quieta. Después arqueó las cejas en un gesto que significaba que se había dado cuenta del momento que acababa de interrumpir. Pero luego se dirigió hacia la chimenea sin articular palabra. Menos mal.

Al cabo de un par de minutos (tiempo durante el que Samuel y yo soltamos el aliento y separamos bien las manos), Jane habló con tono muy tranquilo.

—Deberíamos irnos a dormir pronto. Nos marcharemos por la mañana.

—Claro —asintió Samuel con voz firme.

Se incorporó en la cama con gesto pálido debido al esfuerzo, y luego inclinó la cabeza hacia mí con suavidad.

—No, no tienes por qué… Puedo dormir en el suelo…

Se hizo el sordo, se tapó con una manta que olía a moho que había en una esquina de la cama y se acurrucó bien. Luego se giró hacia la pared con los hombros encorvados.

—Buenas noches, Jane. Enero.

Dijo mi nombre con mucha cautela, como si estuviese rodeado por alambre de púas.

Me subí a la cama, me coloqué junto a Bad y me quedé rígida y dolorida, demasiado cansada para ceder al sueño. Sentí los párpados pesados y calientes, y un latido en el brazo. Jane se dejó caer sobre la mecedora que había frente a la chimenea con el revólver del señor Locke sobre el regazo. La tenue luz de las brasas brillaba desde detrás de las rejillas, le iluminaba el rostro y resaltaba sus facciones con suaves tonos anaranjados.

Expresaba mucho más abiertamente su pesar ahora que creía que no la miraba nadie. Era la misma expresión que había visto tantas veces en el rostro de mi padre, cuando hacía una pausa de la escritura y miraba por las ventanas grises, como si anhelase que le salieran alas para poder lanzarse por ellas.

¿Era ese el único futuro que me esperaba? ¿Estaba condenada a sobrevivir con pesar en un mundo que no era el mío? ¿Afligida, sin un lugar al que llamar hogar y terriblemente sola?

Bad soltó uno de sus suaves bostezos y se estiró a mi lado. «Bueno, al menos no estaré sola del todo.»

Me quedé dormida con la cara hundida en el aroma a rayos de sol de su pelaje.

Viajar con Jane por Nueva Inglaterra no se parecía en nada a hacerlo con el señor Locke, si exceptuábamos que ambos tenían la misma seguridad de estar al mando. Jane daba órdenes e instrucciones con la apacible confianza de alguien que está acostumbrada a que le hagan caso, y me pregunté si había liderado su propia banda de cazadoras en el mundo que la había adoptado y cuánto le habría costado hacer las veces de sirvienta cuando había llegado a la Hacienda Locke.

Despertó a Samuel poco antes de que empezase a despuntar el alba y, cuando estábamos a medio camino del lago, los primeros rayos de luz dorada empezaron a brillar en el horizonte. Nos arriesgamos a meternos los cuatro en el bote de remos de los Zappia en lugar de subir a un transbordador y que nos viesen, por lo que tuvimos que hacer turnos para remar hacia las tenues luces de la orilla.

Descubrí que remar era igual de complicado que cavar. Cuando el casco varó contra la dura arena, tenía las llagas de las manos casi en carne viva, y Samuel se dispuso a salir del barco como si se tratara de alguien mucho mayor de lo que era en realidad. El viaje no parecía haber afectado a Jane, con la salvedad de la tierra oscura y la sangre que aún le manchaban la falda.

Debí haber previsto que la gente se apartaría de nuestro camino cuando deambuláramos por la ciudad. Se agarraban el sombrero y murmuraban todo tipo de cosas. Éramos un grupo muy inquietante: una mujer negra con un arma, un joven enfermizo, un perro muy atento y una chica de color descalza y con ropas que no pegaban en absoluto. Intenté preguntarle a una de esas mujeres esquivas dónde se encontraba la estación de tren más cercana, pero Jane me dio un pisotón.

—Pero ¿qué haces? Pensé que habías dicho que íbamos a coger el tren.

Jane suspiró.

—Sí, pero no vamos a comprar pasajes, así que lo mejor será que no llamemos mucho la atención. —Cabeceó hacia las vías que salían por la parte oriental del pueblo—. Seguidme.

Luego echó a andar sin esperar a comprobar si la seguíamos.

Samuel y yo nos miramos casi por primera vez desde la conversación que habíamos mantenido la noche anterior. Él alzó las cejas y vi cómo los ojos le brillaban como si estuviera a punto de reír. Luego hizo una gran reverencia para indicarme que fuese delante.

Jane nos guio a través de unas cocheras desiertas donde subimos a bordo de un vagón vacío que tenía un cartel que rezaba MADERERA MONTPELIER y esperamos. En menos de una hora íbamos de camino al este, ensordecidos por el rugido y el traqueteo de las ruedas sobre los raíles, envueltos en el polvo y el humo del carbón y sonriendo como niños o dementes. La lengua de Bad se agitaba con el viento.

No recuerdo muy bien qué ocurrió durante los días siguientes, pero sí que pasé mucho calor, que me dolían los pies y que no dejé de temer que alguien no dejaba de observarme ni de perseguirme. Recuerdo la voz de Jane, fría y certera; una noche que pasamos en un prado descuidado con el cielo colgando sobre mí como una colcha llena de lentejuelas; recuerdo bocadillos de pescado grasiento que compramos en una tienda de carretera; al granjero que nos llevó y que llevaba arándanos a Concord en un carro tirado por mulas; y también cuando nos llevó un cartero muy dicharachero poco después.

También recuerdo cómo Jane alzaba el rostro a la brisa mientras renqueábamos por una carretera desconocida que conducía a la frontera estatal de Maine.

—¿Oléis eso? —preguntó.

Lo olí: salitre, piedra fría y espinas de pescado. El océano.

Seguimos la carretera hasta que el paisaje se llenó de guijarros lisos y pinos llenos de sal, hasta que nuestros pasos dejaron de resonar a la luz de la luna. Jane parecía guiarse más por las instrucciones de mi padre que por un mapa o por sus recuerdos. De vez en cuando, murmuraba para sí y extendía la mano para tocar una roca de forma extraña o alzaba la vista y entrecerraba los ojos para mirar hacia las estrellas. El batir rítmico del mar sonaba cada vez más cerca.

Rodeamos un denso bosque de pinos, bajamos como buenamente pudimos por un pequeño despeñadero... Y allí estaba.

Había estado cerca del mar decenas de veces: había paseado por las playas al sur de Francia y bebido limonada en la costa de Antigua; también había viajado en barcos de vapor por el Atlántico y visto cómo el mar se extendía a mi alrededor. Hasta las tormentas parecían pequeñas y distantes vistas desde uno de esos hoteles o navíos de metal. Tenía la idea de que el océano era algo agradable y bonito, una versión algo mayor del lago que había junto a la Hacienda Locke. Pero allí de pie junto a las rocas con las olas rompiendo debajo de mí y la inmensidad del Atlántico borboteando como si fuese el caldero de una bruja, aquello parecía del todo diferente. Algo salvaje, reservado y que podía tragarte por completo.

Jane empezó a bajar por el sendero lleno de líquenes mientras se agarraba a la pared del acantilado. Samuel y yo la seguimos, mientras Bad escarbaba delante de nosotros. Noté los pulmones al borde del ahogo y cómo la expectación me aceleraba el pulso: una Puerta. Una Puerta de verdad. La primera que había visto desde que era poco más que una niña salvaje que corría por los prados.

Una Puerta que mi padre había dejado oculta y abierta solo para mí. No me había abandonado ni siquiera ahora que se encontraba atrapado o enjaulado o muerto al otro lado del planeta. Al menos, no del todo. Pensar en ello me tranquilizó. Era como la llama de una vela que no se apaga a pesar de la brisa constante del mar.

Jane había desaparecido al otro lado de una grieta baja que había cerca del agua. Me incliné hacia delante con entusiasmo, pero ella volvió a salir arrastrando consigo una maraña de tablones y cordeles podridos. Jadeaba mucho.

—Bueno, supongo que fuimos demasiado confiados al creer que resistiría a pesar del clima. Puede que seamos capaces de hacer flotar los suministros junto a nosotros con lo que ha quedado.

Luego empezó a desvestirse metódicamente y con naturalidad.

—Jane, pero... ¿qué...? ¿Dónde está la Puerta?

En vez de responder, se limitó a señalar hacia el mar.

Seguí el dedo y vi una mancha tosca y gris en el horizonte, rocas que relucían plateadas a la luz de las estrellas.

—¿Una isla? Pero está claro que no podemos… ¿Piensas llegar a nado?

—Es inaccesible e inhóspita. Pero eso ya lo sabíamos…, supongo.

Lo dijo con brusquedad mientras se metía en el mar. En ese momento su blanca ropa interior relució y sus extremidades desaparecieron en la oscuridad. Bad la siguió muy contento.

Me giré hacia Samuel en busca de un aliado, pero descubrí que ya se estaba desabrochando la camisa.

—Te apuesto la última hogaza de pan a que llego antes que tú —murmuró como si fuésemos niños que jugaran en el lago, en lugar de adultos agotados y desesperados que se encontraban en una costa fría huyendo de Dios sabía qué. Reí con impotencia.

Contemplé la maravillosa curva de la sonrisa que me acababa de dedicar, vi la palidez de su pecho, y luego empezó a vadear detrás de Jane y Bad. Seguirlo fue lo único que pude hacer.

El frío no debería haberme sorprendido. Era verano, pero en Maine el verano es una criatura esquiva y cautelosa que desaparece en cuanto se pone el sol. No creo que fuese posible meterse en un agua tan fría sin sorprenderse. Nadar por ella era como hacerlo a través de una nube de insectos que no dejaban de picar. Nos agarramos a las planchas de madera podrida con los dedos helados y, sin dejar de jadear, arrastramos las pertenencias que habíamos colocado encima de ellas. Bad hasta levantaba la cabeza del agua más de lo normal, como si tratase de levitar en lugar de nadar. La sal se me metió por las vendas y escarbó en las heridas que me había hecho en los brazos. De haber podido dar la vuelta, de haber sido capaz de abandonar y arrastrarme hasta las agradables chimeneas de la Hacienda Locke, lo habría hecho. Pero era imposible, así que seguí extendiendo los doloridos brazos hacia el frío y oscuro mar, acercándome centímetro a centímetro a la mancha grisácea que era la isla.

Luego noté que las rodillas chocaban contra la roca, vi a

Jane arrastrando los maderos hasta la costa y oí que el aliento de Samuel era un resuello agotado a mi lado. Se alejó unos metros y se derrumbó, un fardo con la piel de gallina y el rostro apoyado en los guijarros.

—Ya no... —jadeó—. Ya no me gusta el frío. Lo odio.

Recordé el tacto gélido y penetrante de Havemeyer y vi el rostro enfermizo de Samuel entre las rocas, lo que me hizo apresurarme para agacharme junto a él. Le toqué la espalda con dedos entumecidos.

—¿Estás bien?

Se incorporó sobre un codo y levantó un poco la cabeza. Parpadeó para quitarse la sal de los ojos y luego puso un gesto impasible. Me di cuenta de que el océano había convertido mi holgada ropa interior en lo que parecía una segunda piel, pegajosa y translúcida. No nos movimos. Me quedé de piedra, atrapada bajo la mirada de los faroles que eran sus ojos, hasta que Bad se colocó a unos pocos centímetros de ambos, se sacudió y nos lanzó miles de gotitas muy frías de agua salada.

Samuel cerró los ojos con demasiada firmeza y volvió a apoyar la frente en los guijarros.

—Sí, estoy bien —suspiró.

Luego se incorporó a duras penas y renqueó hasta los maderos. Volvió con su camisa más seca y me la colocó sobre los hombros sin dejar que los dedos me rozaran la piel. Olía a sudor y harina.

—Ya casi hemos llegado. Creo que podremos atravesarla incluso antes de tener que acampar.

Hasta Jane sonaba agotada.

La seguimos tambaleándonos por la costa y escalamos un pequeño risco con piernas temblorosas. Nos secamos al viento, que me dejó restos de salitre blanco en la piel.

Al otro lado de la isla, como el esqueleto de un guardián muerto hacía mucho tiempo, se encontraban los restos abandonados de un faro. La torre estaba hundida e inclinada, y la pintura, que daba la impresión de haber sido de un rojo cereza algo pálido, se había desgastado hasta dejar a la vista el gris y marrón de la roca de debajo. En lugar de puerta había un hueco que Jane cruzó primero, entre travesaños caídos y tablas de la tarima desaparecidas. Bad y yo la seguimos al interior.

Una vez dentro, aquello se parecía a la caja torácica de una criatura marina, oscura y llena de algas. A través de la ventana rota brillaba un único rayo de luna que iluminaba una puerta que había en la pared occidental y que no se veía desde fuera. Creí que el corazón se me iba a salir del pecho.

La Puerta tenía un aspecto vetusto, más que el faro ruinoso en el que se encontraba. Estaba hecha de madera de deriva amarrada entre sí y trozos curvados de marfil. Una ligera brisa silbaba entre las grietas y traía consigo el olor caliente y seco de los henares bajo el sol de agosto.

Jane tiró del pomo de barba de ballena, y la puerta se abrió silenciosa y con suavidad hacia ella. Después nos miró de refilón, nos dedicó una sonrisa y cruzó hacia la oscuridad.

Le puse una mano en la cabeza a Bad y le tendí la otra a Samuel sin querer.

—No tengas miedo y no te sueltes.

Me miró.

—No lo haré —respondió al tiempo que aferraba mis dedos con su mano.

Cruzamos juntos el Umbral. La nada era igual de aterradora, de vacía y de agobiante que había sido siempre, pero ahora que tenía a Samuel y a Bad a mi lado me resultó menos inabarcable. Atravesamos la oscuridad como un trío de cometas, como constelaciones de estrellas que rotan en la noche, y luego notamos la hierba seca bajo los pies.

Nos encontramos en el ocaso ajeno y anaranjado de otro mundo. Me detuve por un instante a contemplar la llanura dorada e infinita, y el cielo estaba tan despejado que parecía un océano suspendido encima de mí. Luego oí una voz seria:

—Joder, que hay más. Vale, gente. Ni se os ocurra moveros y daos la vuelta muy despacio. Después me vais a decir qué hacéis aquí y cómo habéis encontrado nuestra puerta, por todos los santos.

La Puerta en llamas

*C*uando una entra en otro mundo, helada, con los miembros entumecidos y en ropa interior, tiende a hacer caso a lo que le dicen. Los tres nos dimos la vuelta muy despacio.

Vimos que teníamos delante a un anciano delgaducho y harapiento que habría parecido un espantapájaros si los espantapájaros tuvieran barbas blancas e irregulares y llevasen lanzas. Llevaba un abrigo gris que tenía cierto aire militar, un par de sandalias desgastadas hechas de cuerda y goma y una pluma reluciente que destacaba en la maraña blanca que era su cabellera. Gruñó y agitó la lanza contra mi estómago.

Levanté mis manos temblorosas.

—Por favor, señor, solo queríamos… —empecé a decir, y no me costó nada sonar lastimera y atemorizada. Pero seguro que el tono no resultó tan convincente al oír a Bad rugir como un motor al ralentí con el pelo erizado y al ver a Jane, que había desenfundado el revólver del señor Locke y apuntaba directamente al pecho del hombre.

Él miró la pistola de reojo y luego volvió a centrarse en mí.

—Adelante, señorita. Pero seguro que soy capaz de descuartizar a esta niña antes de que me desangre. ¿Apostamos algo?

Se hizo un breve silencio durante el que me imaginé lo desagradable que sería que te destripasen con una lanza casera y oxidada. También me lamenté por lo poco prudente que había sido mi padre al enviarnos a ese lugar. Y luego Samuel se colocó entre nosotros.

Se inclinó con suavidad hacia delante hasta que la punta de la lanza le rozó la camisa.

—Señor, no hay por qué ponerse así. No queremos hacerle daño, se lo juro. —El hombre hizo un gesto de «baja el arma, mujer» muy brusco en dirección a Jane, quien no le hizo el menor caso—. Solo buscamos… Pues un lugar en el que ocultarnos durante un tiempo. Nada más lejos de nuestra intención que entrometernos en nada.

El anciano no perdió la mirada suspicaz ni movió los ojos entrecerrados, un par de canicas húmedas y azules encajadas entre pliegues de piel.

Samuel se humedeció los labios y volvió a probar suerte.

—Hagamos como si nada hubiese ocurrido, ¿le parece? Me llamo Samuel Zappia, de Comestibles de la Familia Zappia en Vermont. Estos son el señor Simbad; la señorita Jane Irimu, que estoy seguro de que está a punto de bajar su arma, y la señorita Enero Demico. Nos dijeron que este era un maravilloso lugar para…

—¿Académico? —El hombre espetó la palabra y viró la cabeza hacia mí.

Asentí, apoyada en el hombro de Samuel.

—Entonces, ¿eres la hija de Julian?

Se me puso la piel de gallina al oír el nombre de mi padre. Volví a asentir.

—Joder. —Bajó la lanza hacia el suelo al momento. El hombre se apoyó cómodamente en ella, mientras se limpiaba una uña y nos contemplaba con gesto amistoso—. Siento haberte asustado, pequeña. Es culpa mía. Pero es el trabajo de un guardia, ¿no te parece? Siempre hay que recelar de todo. ¿Por qué no me seguís y os consigo algo de comida caliente y un lugar en el que descansar? A menos que… —Hizo un gesto hacia el árbol retorcido y ruinoso que teníamos detrás, hacia la estrecha Puerta que había entre sus raíces—. A menos que os hayan seguido y alguien más esté a punto de atravesarla.

Samuel y yo lo miramos en un silencio estupefacto, pero Jane soltó un gruñido indicativo de que se lo estaba pensando.

—Tardarán un poco en venir a por nosotros.

El revólver había desaparecido y regresado a su fardo bien cerrado, mientras que los gruñidos de Bad habían dado paso a unos refunfuños intermitentes. Agitó la cola de manera casi imperceptible, no para parecer amistoso, sino para anunciar el cese de hostilidades.

—Bien, pues vamos. Si nos damos prisa, tal vez lleguemos a la hora de la cena.

El hombre se giró hacia el sol poniente, se agachó para levantar una bicicleta oxidada y roja de la hierba alta y empezó a dirigirle por un sendero estrecho sin subirse mientras silbaba una melodía desafinada.

Intercambiamos varias miradas que iban desde un «¿Qué narices?» hasta un «Al menos ya no intenta matarnos», y lo seguimos. Atravesamos la llanura con la última luz del atardecer calentándonos las mejillas y evaporando de nuestros huesos el frío del Atlántico. El anciano alternaba entre charlar y silbar, siempre impertérrito ante nuestro agotado e inquieto silencio.

Nos contó que se llamaba John Solomon Ayers, Sol para los amigos, y que había nacido en el condado de Polk (Tennessee) en el año 1847. Se había alistado al Tercer Regimiento de Infantería de Tennessee cuando tenía dieciséis años, pero había desertado con diecisiete, al darse cuenta de que no iba a conseguir ni un centavo y que seguro que terminaría muriendo en la miseria y hambriento en nombre de un rico empresario del algodón. Después lo habían tomado prisionero los yanquis. Había pasado varios años en una prisión de Massachusetts antes de fugarse hacia la costa, donde se había topado con este mundo. Para no abandonarlo jamás.

—Y… ¿siempre ha estado solo, hasta que llegó mi padre?

Eso explicaría las excentricidades de Solomon. Me lo imaginé agachado en una choza de barro, silbando para sí e ignorado por los nativos… Y por cierto, ¿dónde estaban los nativos de este mundo? ¿No tendrían que haberse abalanzado sobre nosotros como una horda imparable? Levanté la vista hacia el vacío horizonte, pero lo más alarmante que vi fue una hilera de colinas bajas y un grupo de piedras del color de la arena.

Solomon rio.

—No, por Dios. Arcadia, que es como decidimos llamar a este lugar a falta de un nombre, aún está a medio camino de convertirse en una ciudad hecha y derecha. Aunque tampoco es que yo haya visto muchas de esas. Ya casi hemos llegado.

Nadie dijo nada, pero del rostro de Jane solo emanaba escepticismo.

Las piedras que había visto en el horizonte se hicieron cada vez más grandes hasta convertirse en enormes peñascos que se apoyaban los unos con los otros en ángulos imposibles. Unas pocas aves, puede que águilas o halcones que brillaban doradas como la pluma que Sol tenía en el pelo, nos contemplaban desconfiadas desde las rocas abruptas. Alzaron el vuelo cuando nos acercamos, y la tenue luz nos hizo creer que habían desaparecido en el cielo.

Solomon nos guio por un hueco que había entre dos rocas enormes que formaban un túnel oscuro cubierto con una extraña cortina reluciente. Cuando estábamos junto a ella reparé en que no estaba hecha de tela, sino de decenas de esas plumas doradas unidas, que colgaban como un carillón de viento. Contemplé lo que había al otro lado: unas pocas colinas vacías, una infinidad de prados cuya hierba se mecía con el viento y el último brillo rosáceo del sol al ponerse. Nada de ciudades secretas.

Solomon dejó la bicicleta apoyada en la roca y cruzó los brazos al tiempo que miraba las plumas, como si esperase a que ocurriera algo. Bad soltó un gimoteo de impaciencia.

—Perdone, señor Ayers… —empecé a decir.

—Llámame Sol —respondió, con voz ausente.

—Vale. Pues perdóname, Sol. ¿Qué es lo que…?

Pero antes de que se me ocurriera una manera amable de preguntarle si era un loco que pasaba el tiempo libre tejiendo plumas para crear cortinas o si de verdad nos llevaba a algún lado, oí unos pasos a lo lejos. Venían de la oscuridad de detrás de la cortina, pero al otro lado solo se veían piedras y tierra polvorienta…

Y en ese momento, una mano ancha apartó a un lado las plumas, y una mujer achaparrada con un sombrero de copa negro surgió de la nada y se colocó frente a nosotros, con los brazos cruzados y los ojos entrecerrados. Jane dijo una serie de palabras que no fui capaz de reconocer, pero que estaba segura de que no eran muy educadas.

La mujer era rechoncha, con la piel oscura y el pelo veteado de canas. Llevaba unas ropas tan diversas como las de Solomon: un frac con botones plateados, pantalones de arpillera y una especie de collar de cuentas relucientes. Lo curioso es que, de alguna manera, conseguía que su aspecto fuese amenazador en lugar de cómico. Nos fulminó con la mirada uno a uno con ojos entrecerrados.

—¿Has traído invitados, Sol?

Pronunció la palabra «invitados» con el mismo desdén con el que diría «pulgas» o «gripe».

Solomon le dedicó una reverencia exagerada.

—Permitidme que os presente a nuestra estimada jefa, y no me gruñas, querida, ya sabes que lo eres. La señorita Molly Neptune. Molly, ¿recuerdas al negro con tatuajes, Julian Académico, ese que vino hace unos años y mencionó que tenía una hija? —Me señaló con ambas manos, como si hubiese capturado algo muy importante—. Pues al fin ha venido.

Molly Neptune no pareció tranquilizarse demasiado.

—Ya veo. ¿Y los demás?

Jane levantó la barbilla.

—Somos sus compañeros y tenemos la misión de mantenerla con vida y a salvo.

«Compañeros.» ¿Ves la curva de esa C que parece dos brazos extendidos? Se usa para el tipo de amigos que podrían matar dragones, aventurarse en misiones imposibles o hacer juramentos de sangre a medianoche por ti. Reprimí las ganas de agradecerle a Jane lo que acababa de hacer.

Molly se pasó la lengua por los dientes.

—Pues algo me dice que hasta ahora no se os ha dado muy bien —comentó—. Parece que ha estado a punto de ahogarse, está medio desnuda y muy herida.

Jane apretó los dientes, y yo intenté bajar las mangas de la camisa de Samuel para cubrir las vendas sucias que tenía por las muñecas.

La mujer suspiró.

—Bueno, que no se diga que Molly Neptune no es capaz de cumplir una promesa.

Hizo una floritura burlesca y retiró la cortina de plumas.

Entre las piedras se veía un triángulo de hierba y cielo, que luego desapareció para dejar paso a un batiburrillo confuso de formas. Me agaché para pasar bajo el brazo de Molly e internarme en el túnel corto que daba al otro lado, intentando des-

cifrar el paisaje que se abría ante a mí. Había escaleras empina-
das que subían por las laderas de las colinas, tejados de paja y
ladrillos de arcilla; también un murmullo de voces que no hacía sino intensificarse.

Era una ciudad.

Salí a una plaza de arenisca con la boca abierta por la impresión. Las colinas vacías se habían llenado de repente de calles y edificios, como si un niño gigante hubiese desperdigado
sus bloques por el valle para luego marcharse sin recoger. Las
carreteras estrechas, las paredes, las casas bajas y los templos
abovedados estaban construidos con una arcilla amarillenta y
hierba seca. Relucían áureos en el frío atardecer: parecía la mí-
tica ciudad de El Dorado oculta en la costa de Maine.

Pero la desolación se había apropiado del ambiente; era
como si estuviesen frente a las ruinas abandonadas de una ciudad en lugar de una de verdad. Las colinas estaban a rebosar de
edificios desplomados y escombros, todo rodeado por estatuas
rotas de hombres alados y mujeres con cabeza de águila. En
algunos lugares había árboles cuyas raíces retorcidas cubrían
los techos de paja, y unos penachos de hierba surgían de entre
las grietas de las calles. Todas las fuentes estaban secas.

Eran unas ruinas, pero no estaban vacías: había niños que
reían y gritaban mientras empujaban un neumático pendiente
abajo; también había colada tendida de ventana a ventana en lo
que parecían cables de telégrafo, y un humo de comida grasienta que cubría la plaza.

—Bienvenida a Arcadia, señorita Académico —dijo Molly,
que me miraba con gesto engreído.

—Yo… ¿Qué es este lugar? ¿Lo habéis construido vosotros?

Hice un gesto algo brusco hacia las estatuas con cabeza de
águila y las hileras de casas. Samuel y Jane aparecieron detrás de
nosotras con gestos de sorpresa y asombro similares a los míos.

Molly agitó un poco la cabeza.

—Lo encontramos. —Se oyeron dos tañidos de una campana en algún lugar de la ciudad, y luego añadió—: La cena está
lista. Venid conmigo.

La seguí, no sin sentirme como una mezcla entre Alicia,
Gulliver y un gato callejero. Las preguntas empezaron a bullir
en mi cabeza. Si esa gente no había construido la ciudad, ¿quién

lo había hecho? ¿Y dónde estaban ahora? ¿Y por qué todo el mundo vestía con esa extraña mezcla entre artista de circo y vagabundo? Pero me di cuenta de que estaba agotada. Tal vez se debiera al peso de un nuevo mundo abarrotando mis sentidos o al hecho de haber nadado una milla en mar abierto.

Nos unimos a un grupo de personas que se dirigían allí y que no dejaban de mirarnos boquiabiertos. Hice lo propio, ya que no había visto un grupo tan heterogéneo en toda mi vida. Me recordó la estación de tren de Londres en la que había estado cuando era niña. Esa que el señor Locke había comparado con un zoo humano.

Había una mujer pelirroja llena de pecas que llevaba un vestido de colores chillones y un bebé en brazos; un grupo de niñas risueñas que llevaban el pelo trenzado y recogido de forma intrincada; también una anciana negra que hablaba un idioma que le hacía soltar unos chasquidos bruscos de vez en cuando, y un par de hombres muy mayores que iban juntos y cogidos de la mano.

Solomon me vio mirarlos a todos y sonrió.

—Son fugitivos. Todo el que ha necesitado un lugar al que huir ha terminado en Arcadia. Tenemos unos pocos indios, unas niñas irlandesas que odiaban los telares de algodón, gente de color cuyos ancestros consiguieron escapar cuando iban de camino a subastarlos e incluso algún que otro chino. Han pasado unas cuantas generaciones y nos hemos mezclado entre nosotros. Mira a la señorita Molly, por ejemplo. Su abuelo era un doctor brujo indio, pero su madre era una esclava de Georgia que huyó hacia el norte.

Sonaba muy orgulloso, como si la mujer fuese creación suya.

—Así que ninguno de vosotros sois de aquí. De este mundo.

Jane estaba junto a Solomon por el otro lado y había fruncido el ceño.

Molly fue quien respondió.

—Mi abuelo fue quien encontró este lugar, y por aquel entonces lo único que había en él eran águilas y huesos. No había nadie, ni tampoco mucha comida ni agua, pero tampoco hombres blancos, por lo que llegó a la conclusión de que el sitio no estaba mal del todo.

—Aunque algunos blancos sí que nos hemos colado —susurró Solomon.

Molly intentó darle un cachete sin mirar atrás, pero él esquivó el golpe. Había algo en sus movimientos que dejaba claro que eran amistosos y que se conocían desde hacía mucho tiempo.

Comimos en el exterior, sentados en una hilera de mesas alargadas hechas de madera desgastada que daba la impresión de haber pertenecido al suelo del faro de Maine. Estábamos demasiado agotados y desconcertados como para hacer algo que no fuese masticar, y los arcadianos parecían no tener problema en dejarnos en paz. Hablaron y discutieron como una gran familia desorganizada y rieron mientras se pasaban cuencos de comida humeante: pan negro que no daba la impresión de haber sido cocido con levadura, ñames hervidos, una carne que no se podía identificar y que servían en unos espetones a la que Bad no hizo asco alguno y también una bebida alcohólica en latas de sopa y que solo Jane se atrevió a probar.

Tenía el hombro apoyado en Samuel mientras se oscurecía el cielo y el viento frío empezaba a soplar entre nosotros, y me di cuenta de que no quería apartarme de él. Era un tacto muy cálido y familiar en aquel mundo ajeno. Samuel no me miró, pero sí que vi que entrecerraba los ojos.

Esa noche dormimos en una de las casas abandonadas, tumbados en un suelo de arcilla entre mantas y edredones. Me tumbé a contemplar el resplandor de las estrellas a través de los agujeros del tejado, estrellas de constelaciones que no era capaz de identificar.

—¿Jane? —susurré.

Soltó un gruñido irritado, medio dormida.

—¿Cuánto tiempo crees que tendremos que quedarnos aquí para que la Sociedad se olvide de nosotros? ¿Cuándo podremos partir en busca de mi padre?

Se hizo un breve silencio.

—Lo que creo es que deberías dormir, Enero. Y también aprender a vivir con lo que tienes.

¿Y qué era lo que tenía? El libro de mi padre y la moneda de plata que ahora era un cuchillo, ambos envueltos en una funda de almohada robada. A Bad, que roncaba a mi lado. A Jane. A Samuel. Las palabras que aún no había escrito y que estaban a la espera de cambiar la realidad.

Estaba claro que era mucho más que lo que no tenía: una madre, un padre, un hogar… Estaba claro que era más que suficiente.

Me desperté de repente con la sensación de ser un pedazo de carne abandonado en la orilla que hubieran dejado curar al sol: salada, sudorosa y desprendiendo un olor muy fuerte. Estuve a punto de obligarme a volver a dormir, pero Bad empezó a ladrar para darme los buenos días.

—Sí, sí. Buenos días, perrete.

Era la voz lenta y grave de Molly Neptune.

Me incorporé, y Samuel hizo lo propio. Jane se sacudió a duras penas, como un pez varado fuera del agua, y luego hundió la cabeza aún más en las mantas.

—Eso es culpa del mejunje de Sol que bebió anoche. Sobrevivirá. —Molly cruzó el umbral de la puerta y se sentó en el suelo con las piernas cruzadas—. O eso espero. —Sacó dos cuencos de ciruelas y media hogaza de ese pan correoso—. Comed. Ya hablaremos luego.

—¿Hablar de qué?

Molly se quitó el sombrero de copa y me miró con gesto ceñudo.

—Sobrevivir en este mundo no es nada fácil, Enero. No sé qué es lo que te llegó a contar tu padre. —«Muy poco, como es habitual en él.»—. Arcadia es un lugar seco e inhóspito. No podemos asegurar qué les sucedió a los habitantes originales, pero mi abuelo tenía la teoría de que esta era la tierra prometida de la que hablaban nuestras historias y que nuestros ancestros estaban muy unidos a esos pobladores. Quizá sufrieron las mismas vicisitudes y enfermedades que nosotros y no fueron capaces de salir adelante.

Se encogió de hombros.

—En realidad, da igual. Pero significa que todos los que estamos aquí tenemos que trabajar duro para que no nos suceda lo mismo. Aún no sabemos qué podrías aportar tú.

Sentí una punzada de duda. ¿A qué podría contribuir yo en la vida de esas personas tan duras y prácticas? ¿Contabilidad? ¿Clases de latín? Pero vi que Samuel asentía, sin problema.

—¿Con qué se podría ayudar?

—Pues con muchas cosas. Traemos agua de un arroyo que hay al norte, plantamos todo lo que podemos, cazamos ratas de la pradera y ciervos… Hacemos todo lo que necesitamos. Casi todo.

La mirada de Molly se volvió fría y contemplativa, como si pusiese a prueba nuestra inteligencia.

Yo no me sentía nada inteligente.

—Entonces… Si no tenemos nada que aportar, ¿qué haréis con nosotros?

Fue Samuel el que respondió. Acercó el tarro de ciruelas a la luz y pasó el pulgar por el relieve del cristal. BALL MASON, decía.

—Es robado.

Las arrugas que rodeaban los ojos de Molly se acentuaron aún más y puso un gesto serio pero lleno de curiosidad.

—Cogemos lo que necesitamos, chico. Estas cosas las encontramos, las pedimos prestadas o las compramos. Y a veces las robamos, sí. Damos por hecho que tu mundo nos ha robado bastante, por lo que no está de más que empiecen a pagarnos parte de la deuda.

Traté sin éxito de imaginarme a los arcadianos paseando con naturalidad por los pueblecitos de Maine sin llamar la atención y sin que los detuvieran ni metieran entre rejas.

—Pero ¿cómo…?

—Con mucha cautela —respondió Molly, impasible—. Y si las cosas no salen bien, tenemos esto. —Se metió dos dedos debajo del collar de cuentas y sacó una reluciente pluma dorada—. Habéis visto las águilas al venir, ¿verdad? Cada una de ellas solo muda una pluma durante toda su vida. Los niños peinan las llanuras para encontrarlas noche y día, y cuando lo hacen nos reunimos toda la ciudad para decidir quién se la queda. Son nuestra posesión más preciada. —Acarició el borde de la pluma con mucho cuidado—. Si en alguna ocasión tengo miedo o estoy acorralada y soplo esta pluma, desapareceré de repente. Engaña los sentidos. No entendemos muy bien cómo lo hace, pero tampoco es que nos importe. Lo único que sabemos es que nos vuelve casi invisibles. —Sonrió—. Es el sueño de todo ladrón. Nadie ha conseguido nunca seguirnos hasta el faro.

Jane, que se había incorporado a duras penas sobre un codo, la escuchaba con atención y mirada soñolienta, y en ese momento soltó un gruñido de comprensión.

—Entonces, ¿cómo es que os encontró Julian? —preguntó. Su voz sonaba como si le hubiesen llenado la garganta de arena durante la noche.

—Bueno, siempre hay rumores. Historias sobre espíritus traviesos que acechan las costas y que roban tartas de los alféizares y leche de las vacas. Julian sabe cómo seguirle el rastro a una historia. Tenemos suerte de que haya pocos hombres como él. Bueno… —Molly se irguió y se sacudió el frac—. Está claro que no podemos enviaros a conseguir recursos si ya sois criminales buscados.

—No somos… —empezó a decir Samuel.

Molly hizo un ademán de fastidio con una mano.

—¿Los que os quieren capturar son poderosos? ¿Gente con dinero, influencia y muy pacientes? —Intercambiamos una mirada incómoda—. Entonces, seguro que no tardarán en consideraros criminales, si es que no lo han hecho ya. Y, lo siento, pero ahora mismo no tenemos plumas de sobra para compartir con vosotros. Tendremos que encontraros otro trabajo.

Aquella amenaza resultó sincera y con efectos inmediatos, ya que nos pasamos la semana siguiente ayudando con los trabajos de los arcadianos.

Yo era la integrante del equipo con menos habilidades prácticas, por lo que me enviaron con los niños, a quienes les pareció mejor idea que a mí. Me enseñaron a desollar ratas de la pradera y cargar agua con un entusiasmo que me resultó hasta ofensivo, y se rieron mucho al descubrir que era más lenta y más torpe que el arcadiano medio de nueve años.

—No te preocupes —me tranquilizó una niña de piel negra y ojos grises la segunda mañana de trabajo. Llevaba un vestido de encaje mugriento y un par de botas de trabajo masculinas—. Yo tardé años en que no se me cayesen los cubos de agua.

Demostré madurez y bondad, y reprimí las ganas de tirarle el cubo de agua que llevaba en equilibrio sobre la cabeza.

Hasta Bad era más útil que yo. Una vez se le hubo curado la pata lo suficiente como para quitarle la férula, se unió a Jane y los cazadores. Deambulaban por las llanuras antes del alba, armados con un batiburrillo de armas y trampas y volvían con pilas de cadáveres flácidos de animales peludos colgados al hombro. Jane no sonreía, pero se movía con la facilidad de una depredadora. Nunca la había visto recorrer los pasillos de la Hacienda Locke con esos andares. Me pregunté si era así como acechaba por los bosques de su mundo perdido para cazar con las mujeres leopardo. Me pregunté si su Puerta se había cerrado para siempre. También me pregunté si yo sería capaz de abrirla en caso de reunir las agallas suficientes.

Samuel daba la impresión de trabajar en todas partes y con todo el mundo al mismo tiempo. Lo vi reparar uno de los techos de paja; encorvado sobre un caldero humeante en las cocinas, y también rellenar colchones con hierba recién desecada, labrar los jardines y hacer saltar nubes de una tierra amarillenta por los aires. Siempre sonreía o reía, con una mirada reluciente que daba a entender que consideraba todo aquello una maravillosa aventura. Llegué a la conclusión de que tal vez estuviera en lo cierto y no tuviese madera para ser un buen tendero.

—¿Serías feliz aquí? ¿De verdad? —le pregunté la cuarta o la quinta noche. Era uno de esos momentos tranquilos después de la cena, cuando todo el mundo se relajaba con el estómago lleno y Bad se dedicaba a masticar satisfecho los huesecillos de las ratas de las praderas.

Samuel se encogió de hombros.

—Quizá. Depende.

—¿De qué?

No respondió de inmediato, pero sí que me dedicó una mirada seria y fija que me hizo estremecer.

—¿Tú serías feliz aquí?

Le devolví el encogimiento de hombros y aparté la mirada. Se hizo un breve silencio, y me marché junto a Yaa Murray, la niña de ojos grises, a quien convencí para que me trenzara el pelo. Me relajé mucho con el hipnótico movimiento de sus dedos en la cabeza.

¿De verdad podía llegar a ser feliz si me quedaba sin descubrir qué le había pasado a mi padre? ¿Si nunca llegaba a ver los mares de las Escrituras o los túneles de la Ciudad de Nin? ¿Si dejaba vía libre a la Sociedad para sus oscuras maquinaciones y su malévolo cierre de las Puertas?

Pero... ¿qué podía hacer yo? Era una inadaptada y una fugitiva, como todos los allí presentes. Era joven, sumisa e inexperta. Las chicas como yo no trataban de resistirse al inflexible destino. No se dedicaban a cazar villanos ni a correr aventuras, sino a asentarse, sobrevivir y ser felices donde y como pudiesen.

Oí los pasos de alguien que se acercaba a la carrera por la calle, y los dedos de Yaa se detuvieron en mi cabeza de repente. También cesó el agradable rumor de las voces de los arcadianos.

Un niño llegó a toda prisa a la plaza, entre jadeos y con los ojos muy abiertos. Molly Neptune se puso en pie.

—¿Pasa algo, Aaron?

Su voz sonaba amable y tranquila, pero la tensión le había hecho erguir los hombros.

El chico apoyó las manos en las rodillas y siguió jadeando con los ojos abiertos como platos.

—Hay... Hay una anciana junto al árbol. Está muy enfadada y dice que un hombre la ha seguido hasta la puerta. Pero no he visto a nadie.

El miedo me atenazó la garganta. Nos habían encontrado.

El chico no había terminado de hablar, pero era incapaz de seguir. Alzó la vista y miró a Molly sin dejar de mover los labios.

—Termina, chico.

Tragó saliva.

—Es Sol, señora. Lo han degollado. Está muerto.

Si algo había aprendido del señor Locke era a quedarme en silencio cuando me daban ganas de gritar, de aullar o de hacer trizas el empapelado de la pared. Sentía que las extremidades se me envaraban como si fuesen los miembros disecados del juguete de un taxidermista, y noté cómo un silencio se extendía por mi interior. Intenté con todas mis fuerzas no pensar en nada.

Molly empezó a gritar órdenes, y Jane y Samuel se pusieron en pie al momento para ayudar. No pensé: «Oh, Dios, Solomon». No pensé en su reluciente pluma dorada, en sus ropas parecidas a las de un espantapájaros ni en sus simpáticos guiños.

Una multitud se marchó de la plaza que quedó casi vacía, a excepción de los niños y sus madres. En ese momento, no sentí el miedo rodearme como una serpiente, deslizarse por mis entrañas. No pensé: «¿Seré yo la siguiente? ¿Ya están aquí?».

Y, cuando volvieron, cuando Molly Neptune dejó sobre la mesa el cuerpo enjuto envuelto en una sábana blanca con ojos muy abiertos y oscuros como tumbas, no pensé: «Yo tengo la culpa. Yo tengo la culpa». Bad apoyó su cuerpo acogedor contra mi pierna y sentí un escalofrío que me recorría de pies a cabeza, lleno de aflicción.

Samuel volvió a la plaza encorvado y ayudando a una mujer de aspecto delicado que llevaba una falda gris y larga. La anciana se agarraba como podía al brazo del chico mientras parpadeaba y se le derramaban grandes lágrimas junto a la nariz retorcida. Samuel la sentó con cuidado y le ajustó el mantón con tanta ternura que me hizo pensar que se trataba de su abuela, una mujer escandalosa de aspecto córvido a quien había visto en el porche de los Zappia murmurando insultos en italiano al Buick del señor Locke al pasar. Me pregunté si Samuel volvería a verla. «Yo tengo la culpa.»

La anciana empezó a mirar a todo el mundo hasta que se centró en mí. Tenía la boca abierta, húmeda y desagradable. Me estremecí aunque se trataba de algo familiar. Estaba acostumbrada a que muchas ancianas blancas y maleducadas me mirasen mientras discernían si yo era de Siam o de Singapur, pero los ojos de esa mujer me hicieron estremecer. Me había acostumbrado al lujo que suponía pasar desapercibida entre los arcadianos.

Jane hablaba con Molly y con el resto de cazadores en voz baja y con tono apremiante, para decidir los turnos de patrulla y las guardias nocturnas. Un grupo de mujeres había rodeado a la anciana para compadecerse de ella entre susurros. Ella les respondía con voz trémula y asustadiza. Al parecer, se encontraba dando un paseo por la costa y se había perdido, momento en el que un hombre de abrigo negro había empezado a perseguirla. Pero no sabía dónde estaba ahora ese hombre. Se fijaba demasiado en mí y yo apartaba la mirada, pero era incapaz de obviar cómo me fulminaba con sus ojos.

Me di cuenta de que me resultaba molesta. ¿Cómo había encontrado el faro? ¿Por qué había invadido este frágil y pequeño paraíso y traído consigo la muerte?

Samuel vino al fin a mi encuentro, como si se tratara de un pastor que va en busca de una oveja descarriada.

—Lo único que podemos hacer es dormir.

Lo seguí a través de las calles oscuras y agrietadas.

En varias ocasiones, me dio la impresión de oír pasos, faldas arrastrándose por los adoquines o jadeos de un pecho anciano detrás de nosotros. Me reprendí a mí misma: «No seas estúpida. No es más que una anciana inofensiva». Pero luego me di cuenta de que Bad estaba envarado como una estatua de cobre y miraba detrás de nosotros enseñando los dientes y gruñendo.

Noté que el frío se apoderaba de mi cuerpo, como cuando te hundes demasiado en el lago y agitas las aguas enfriadas por el invierno que se han quedado en el fondo. Rocé a Bad con la rodilla. Tenía la boca muy seca.

—Vamos, chico.

Me tumbé junto a Samuel en la oscuridad veteada por la luna de la casa que nos habían prestado y pensé cosas como: «Seguro que no» o «Es imposible». Luego me centré en la palabra «imposible» y en todo el significado que había perdido los últimos días, sin dejar de mirar insomne hacia el techo.

Jane entró después de medianoche y se metió bajo su pila de mantas. Esperé a que su respiración se volviese regular y al suave susurro de sus ronquidos, momento en el que me acerqué a ella con mucho cuidado. Le saqué el revólver del señor Locke de la falda con extrema cautela y me lo metí en la pretina. Lo noté frío y pesado contra mi muslo mientras salía de la casa y me perdía en la reluciente oscuridad de la noche.

Seguí calle arriba con Bad junto a mí hasta que llegamos a una zona llena de maleza y escombros. Las llanuras se extendían a mi alrededor, plateadas a la luz de la media luna que brillaba en el cielo. Recorrí la hierba e intenté hacer caso omiso del sudor que empezaba a notar en las manos y del temblor que se había apoderado de mis entrañas y que me advertía de que lo que estaba haciendo era una estupidez.

Luego me detuve y esperé.

Y esperé. Pasaron los minutos y mi corazón no dejó de latir desbocado.

«Ten paciencia. Sé valiente. Sé como Jane.»

Intenté erguirme como hacía ella, tensa y preparada como un felino cazador de patas largas, pero mi sensación de inseguridad era cada vez mayor y no podía dejar de temblar.

Oí un rumor detrás de mí, tan suave que bien podría haberlo confundido con una pequeña criatura que atravesara la hierba. Bad gruñó, un sonido grave y profundo, y le hice caso.

Saqué el revólver de la falda, me di la vuelta y apunté hacia la silueta agachada que tenía detrás. Vi la nariz ganchuda, los pliegues flácidos de su garganta y el temblor de sus manos mientras las levantaba.

Me acerqué.

—¿Quién eres? —espeté.

Qué tópico más terrible y espantoso. Notaba cómo la sangre me latía en el cráneo y cómo tenía la garganta atenazada por el miedo, pero no pude evitar pensar que estaba llevando a cabo una imitación muy cutre de los Jóvenes Trotamundos, aunque no tenía muy claro que los Jóvenes Trotamundos hubiesen amenazado alguna vez a ancianitas inocentes.

La mujer se había quedado de piedra y respondió entre tartamudeos asustadizos.

—S-soy la señora Emily Brown y me he vuelto a perder. Lo juro. Por favor, señorita, no me haga daño…

Estuve a punto de creerla. Noté que me achantaba y empecé a bajar las manos, pero… Había algo extraño en el tono de su voz. Ahora que estaba cerca y la oía mejor, me di cuenta de que no se parecía en nada a la de una anciana, sino a la de una persona más joven que la imitaba sin mucho acierto, demasiado aguda y quebrada.

Empezó a bajar la mano hacia la falda mientras seguía balbuceando asustada. Vi que algo plateado relucía de entre los pliegues de la prenda. Me quedé de piedra y me imaginé por un instante lo mucho que decepcionaría a Jane si me dejaba degollar por una señora. Luego le di un golpe en la mano y le saqué el cuchillo del bolsillo. En la hoja había pegado algo oscuro que empezó a descascarillarse.

Lo lancé hacia la oscuridad y volví a apuntarle el pecho con el revólver. Dejó de balbucear.

—¿Quién narices eres?

Ahora sonó mucho mejor. Casi amenazador. Ojalá la pistola hubiese temblado menos.

La mujer cerró la boca, lo que formó una especie de costura muy desagradable en su rostro. Me taladró con la mirada durante unos instantes y luego chasqueó la lengua, decepcionada. Se sacó un cigarrillo del bolsillo, encendió una cerilla y empezó a rascar hasta que se iluminó y crepitó. Suspiró, y un humo blanco surgió de sus fosas nasales.

—He dicho que...

—Ahora entiendo por qué Cornelius y Havemeyer no han podido contigo. —Su voz era mucho más grave y hasta correosa—. Eres muy problemática. Está claro.

Que una de tus sospechas más remotas resulte ser cierta es una sensación muy extraña. Es satisfactorio descubrir que no estás loca, claro, pero también tiene algo de descorazonador el hecho de comprender que sí que te sigue una organización sombría que cuenta con efectivos por todas partes.

—¿Quién...? Eres de la Sociedad, ¿verdad? ¿Fuiste tú quien mató a Solomon?

La mujer arqueó las cejas y tiró la ceniza del cigarrillo con un gesto masculino y mucha naturalidad.

—Sí.

Tragué saliva.

—¿Y qué eres? ¿Una especie de cambiaformas o algo así?

—Vaya. Menuda imaginación.

Extendió la mano detrás de la cabeza e hizo un extraño y retorcido gesto en el aire, como si desatara un nudo invisible, para luego...

Se le hundió el rostro, cayó al suelo y lo cogió al vuelo con una mano, que ya no estaba llena de manchas y arrugada. La boca que ahora me sonreía había dejado de ser una raja húmeda. Lo único que no había cambiado eran los ojos acuosos.

Era el pelirrojo de las reuniones de la Sociedad del señor

Locke: rostro enjuto de hurón y ataviado con un abrigo de viaje oscuro en lugar de esa falda gris.

Me dedicó una reverencia nada sincera, absurda en la oscuridad vacía de ese mundo exánime, y luego levantó la máscara a la argéntea luz de luna. Crin de caballo estirada para formar cuerdas enmarañadas.

—Es una cosa de los indios. Creo que lo llaman «cara falsa». Tu padre nos la consiguió hace mucho tiempo en una fractura que había al sur del lago Ontario y nos ha resultado muy útil. Las ancianas feas siempre han pasado especialmente desapercibidas.

Se metió la máscara en el bolsillo de la camisa.

Me quedé estupefacta y tragué saliva. Luego intenté que mi voz sonase amenazadora en lugar de sorprendida.

—¿Y cómo me has encontrado?

—Suelen decirme que soy el mejor rastreador cuando hay que rastrear cosas.

Soltó un bufido dramático, aspiró más humo y rio. Bad gruñó y el sonido retumbó por toda la llanura, momento en el que la sonrisa confiada del señor Ilvane se atenuó un poco.

Volvió a extender la mano hacia el bolsillo de la camisa y sacó algo deslustrado y de un verde broncíneo.

—Y también tengo esto, claro.

Me abalancé hacia él, lo cogí y volví a dar un paso atrás. Era una especie de brújula, pero no tenía letras ni números, ni siquiera marcas que indicasen los grados. La aguja estaba muy quieta en una dirección que tenía muy claro que no era el norte. La tiré a la hierba y la oí repiquetear contra el cuchillo.

—Pero ¿por qué? —Agité el revólver sin cuidado alguno y vi cómo lo seguía muy nervioso con la mirada—. No os he hecho daño alguno. ¿Por qué no me dejáis en paz? ¿Qué queréis?

Se encogió de hombros, evasivo, y sonrió al ver mi miedo y frustración.

Descubrí de pronto que estaba harta. Harta de los secretos, de las mentiras y de las medias verdades, de cosas que sabía y de cosas que sospechaba, de unir los puntos de las historias que nunca me contaban para darles sentido. El mundo entero parecía estar conchabado para que las jóvenes sin dinero ni medios fueran demasiado insignificantes como para saberlas. Hasta mi padre había esperado hasta el último momento para contarme toda la verdad sobre él.

Se acabó. Noté el peso del arma en la palma de la mano, una autoridad metálica que me daba por un instante la posibilidad de cambiar las normas. Carraspeé.

—Señor Ilvane. Siéntate, por favor.

—¿Cómo dices?

—Te puedes quedar de pie si quieres, pero me vas a contar una historia muy larga y no quiero que se te cansen las piernas.

Bajó al suelo, se cruzó de piernas y agachó la cabeza.

—Bueno —dije, al tiempo que apoyaba el cañón del arma contra su pecho—. Ahora me lo vas a contar todo, desde el principio. Y no hagas movimientos bruscos o te juro que Bad acabará contigo.

Bad enseñó los dientes blancoazulados, e Ilvane hizo un esfuerzo por tragar saliva.

—Nuestro Fundador atravesó su fractura en algún momento del siglo XVIII, ya no recuerdo si en Inglaterra o en Escocia. Tenía una habilidad sorprendente para conseguir que los demás se uniesen a su causa, por lo que no tardó mucho en medrar hasta las altas esferas de la sociedad y descubrir cómo era este mundo en realidad: un caos. Revoluciones, tumultos, desorden y derramamientos de sangre. Un desperdicio. Y la causa de todo eran esas aberraciones. Esos agujeros antinaturales son los culpables de todo tipo de males. Empezó a reparar todos los que encontraba.

»En un primer momento, el Fundador trabajaba solo, pero no tardó en reclutar más personas: algunos eran como él, inmigrantes que habían llegado a este mundo, pero con otros tan solo compartía el interés por cultivar el orden. —Me imaginé al señor Locke, joven, ambicioso y avaro. Un recluta ideal—. Empezamos a limpiar el mundo juntos, para así conseguir que fuese un lugar seguro y próspero.

—Y para robar cosas, claro —añadí.

Soltó un bufido de impaciencia.

—Nos dimos cuenta de que ciertos objetos y poderes podían ayudarnos a cumplir nuestro objetivo si se usaban con la sabiduría adecuada. La riqueza material también era de ayuda, por lo que nos dedicamos a conseguir puestos de prestigio y poder. Ahorramos el dinero para financiar expediciones a todos los rincones del mundo en busca de más fracturas.

»En la década de 1860 nos pusimos nombre y también adquirimos cierta fama. La Sociedad Arqueológica de Nueva Inglaterra. —Ilvane hizo un gesto de «tachán» con las manos y siguió hablando con tono apremiante—. Y ha funcionado. Los imperios no han dejado de crecer, ni tampoco lo han hecho los beneficios. Los revolucionarios y los agitadores han quedado muy debilitados. Y no permitiremos que una pequeña entrometida como tú eche a perder todos nuestros esfuerzos. Así que dime, niña. ¿Qué objetos y qué poderes tienes tú?

Me contempló con esos ojos húmedos y relucientes.

Di un paso atrás.

—Eso... eso no es de tu incumbencia. Ahora ponte en pie...

No tenía muy claro qué iba a hacer. ¿Me lo llevaba a la ciudad y se lo entregaba a Jane como un gato que le llevara a su dueño un regalo asqueroso? Ilvane sonrió de repente.

—Tu padre creyó que podía boicotearnos, ¿sabes? Y mira cómo ha terminado.

Chasqueó la lengua.

Me quedé de piedra. Puede que hasta dejara de respirar.

—Lo mataste tú, ¿verdad?

La autoridad adulta de mi voz había desaparecido por completo.

La sonrisa del señor Ilvane se ensanchó y agudizó, como la de un zorro.

—Nos encontró una fractura en Japón, como estoy seguro de que bien sabrás. Tenía por costumbre entrar y pasar allí un par de días antes de regresar con algunas baratijas interesantes para Locke y marcharse luego a otro lugar. Pero en esta ocasión tardó más y me cansé de esperar, de llevar puesta esta asquerosidad.

Se tocó el bolsillo de la camisa donde tenía la máscara de la anciana.

—Un día me vio en la ladera de la montaña. Me reconoció. —Ilvane se encogió de hombros, fingiendo arrepentimiento—. ¡La expresión de su cara! Se quedó de piedra, pero con ese gesto... Luego dijo: «¡Tú! ¡La Sociedad!». Bueno, imagínate la sorpresa después de diecisiete años de tenerte atado con una correa. Luego dijo algo desmedido e intolerable. Amenazó con sacar nuestra existencia a la luz. En ese momento le pregunté quién lo iba a creer. Empezó a delirar y a decir que tenía que salvar a su pequeña y me dijo que iba a mantener abierta esa puerta, aunque fuera lo último que hiciese… Todo muy dramático.

Sentí cómo se me aceleraba el corazón.

«No. No. No.»

El arma había empezado a temblar otra vez.

—Luego salió corriendo hacia su campamento como un loco. Lo seguí.

—Y lo mataste.

Mi voz era menos que un susurro a esas alturas; un resuello. Después de todo lo que había esperado, de todas mis esperanzas y de todo lo que no sabía… Me imaginé su cuerpo congelado y olvidado, picoteado por las gaviotas.

Ilvane no había dejado de sonreír. Cada vez más.

—Tenía un fusil, ¿sabes? Lo encontré entre sus cosas después, pero ni siquiera intentó cogerlo. Cuando lo saqué a rastras de la tienda solo estaba escribiendo, como si su vida dependiera de ello. Se defendió con uñas y dientes para volver a meter el diario en ese cofre azul. Sinceramente, creo que deberías darme las gracias por haberte librado de una persona tan inestable.

Me imaginé su mano garabateando esas últimas palabras desesperadas: CORRE, ENERO. ARCADIA. NO CONFÍES.

Tratando de advertirme.

La sonrisa de Ilvane se multiplicó y emborronó.

—Le prendí fuego a la fractura. Era de pino y ardió sin problema. Tu padre lloró mucho, Enero. Suplicó antes de que lo arrojara al otro lado. Vi por un instante cómo sus manos se agitaban entre las llamas. Y luego, nada más. No volvió a salir por ella.

Ilvane me miró como si hubiese terminado de hablar, con una mirada ávida y deslumbrante. Sé que quería verme llorar. Quería contemplar cómo se me partía el corazón y me desesperaba porque mi padre hubiese quedado atrapado para siempre en otro mundo y yo estuviera aquí sola para siempre. Pero…

«Vivo. Vivo. Vivo. Mi padre estaba vivo.»

No estaba hecho un guiñapo y pudriéndose en una colina lejana, sino vivo. Y había vuelto por fin a su verdadero mundo natal, aunque ya no volviera a verlo.

Cerré los ojos y dejé que oleadas de pérdida y júbilo batieran contra mí. Perdí el equilibrio y hundí las rodillas en la tierra. Bad empezó a olisquearme el cuello, preocupado, y luego empezó a buscar dónde me habían herido.

Oí el rumor del movimiento de Ilvane demasiado tarde. Abrí los ojos de pronto y lo vi haciéndose a un lado para recuperar el cuchillo y la brújula de cobre.

—¡No! —grité, pero ya había empezado a correr de vuelta a la ciudad, una sombra negra y roja que se apresuraba por la hierba.

Levanté el brazo y disparé hacia los cielos. Lo vi agacharse y luego seguí oyendo el eco del retumbar de sus pasos por las calles vacías. Desapareció entre las casas abandonadas.

Bad y yo fuimos detrás de él. No tenía muy claro qué iba a hacer si lo encontraba, el pesado revólver aún me colgaba de la mano y no había olvidado la desagradable imagen del fardo blanco que antaño fuera Solomon, pero no podía dejarlo escapar, no podía dejar que le contase a la Sociedad dónde me ocultaba, dónde estaba Arcadia…

Dos figuras altas aparecieron en la calle frente a mí. Jane me tendió un brazo para agarrarme.

—Hemos oído un disparo… ¿Qué…?

—Ilvane. De la Sociedad. Ha ido por allí. Creo que intenta llegar a la Puerta.

Hablé como pude entre jadeos. Jane no esperó a que le aclarase nada, sino que se limitó a salir corriendo colina abajo a grandes zancadas y mucho más rápido que yo. Samuel nos seguía el ritmo a Bad y a mí, y tropezaba con piedras y agujeros.

Llegamos a la plaza y nos encontramos a Jane agachada delante del túnel con la cortina hecha de plumas y una enorme sonrisa en el gesto. Ilvane estaba a unos pocos metros, con los ojos abiertos como platos y agitando las fosas nasales con desesperación animal.

—Creo que será suficiente —dijo Jane con tranquilidad al tiempo que metía la mano en el bolsillo de la falda para sacar el revólver del señor Locke. Luego se quedó con la boca abierta y esa sonrisa de mujer leopardo desapareció de su rostro.

Porque no estaba allí. Porque yo se lo había robado.

Me afané por sacar el arma durante un instante que se me hizo demasiado largo y la amartillé con el pulgar sudoroso. Ilvane vio cómo la mano de Jane salía vacía del bolsillo de la falda. Sonrió y, en ese momento, atacó.

Fue como si Jane hubiese recibido un tajo de plata; vi el relucir de algo húmedo y del color del vino tinto a la luz de la luna. Y luego el hombre desapareció y la cortina dorada se agitó al atravesarla.

Jane cayó de rodillas con un leve jadeo de sorpresa.

«No.»

No recuerdo haber gritado la palabra ni si esta rebotó contra las ruinas de arcilla y después reverberó entre los callejones. Tampoco recuerdo si los demás me respondieron con gritos alarmados y se acercaron al lugar a la carrera.

Sí que recuerdo cómo me agaché junto a ella, le tapé la herida abierta y vi cómo mis manos se llenaban de una sangre oscura. Recuerdo la expresión distante y asombrada de Jane.

Recuerdo cómo Samuel se agachó junto a ella, al otro lado, y su murmullo grave:

—Cabrón.

Y luego vi su espalda cuando desaparecía a través de la cortina en busca de Ilvane.

Y después noté unas manos que me tocaban la espalda, manos inquisitivas que ofrecían amparo, y olí un aroma fresco a menta recién triturada.

—Tranquila, niña. Deja que me encargue.

Me aparté para dejar que la mujer de pelo gris se acercase a Jane con un viejo farol chisporroteando junto a ella. Mantuve las desagradables manos llenas de sangre lejos de mi cuerpo, como si esperase a que alguien me dijese qué hacer.

La mujer pidió un trapo limpio y agua caliente, y alguien la obedeció al instante y salió corriendo hacia la ciudad. Hablaba muy tranquila, tanto que una tenue esperanza empezó a abrirse hueco en mis entrañas.

—¿Va a...? ¿Estará...?

Mi voz sonó en carne viva, como si la acabaran de despellejar, y la mujer me dedicó una mirada atormentada por encima del hombro.

—Esto no es más que puro espectáculo, niña. Ese hombre no tenía nada que hacer contra ella. —Parpadeó, volvió a mirar a Jane y se tranquilizó—. Estará bien mientras consigamos mantener a raya la infección.

Sentí un enorme alivio y se me relajaron todos los músculos, que cayeron como cables que dejan de estar tirantes. Me pasé las sudorosas palmas de las manos por los ojos para enjugarme las lágrimas de nerviosismo que empezaban a asomar en ellos y pensé: «Está viva. No ha muerto por mi culpa».

Seguí sin moverme, tambaleándome de rodillas y agotada, pero tranquila al fin. Y luego la cortina de plumas volvió a agitarse. Era Samuel, y el gesto funesto de sus labios me dejó claro que el señor Ilvane había conseguido escapar y atravesar la Puerta.

Samuel no le prestó atención a la multitud que ahora abarrotaba la plaza y murmuraba temerosa, ni tampoco al resplandor carmesí de la sangre a la luz del farol. Fue directo hacia mí, descalzo, con la camisa medio desabrochada y un brillo infausto en la mirada. Me di cuenta de a qué se debía ese brillo cuando ya se encontraba junto a mí. Era miedo.

—Lo seguí hasta el árbol —dijo en voz baja—. Intenté ir más allá, seguirlo al otro lado, pero… —Sabía lo que iba a decir, lo sabía con la misma claridad con la que sabía que nos encontrábamos en la llanura vacía de un mundo ajeno—. No había nada. No pude cruzar.

Samuel tragó saliva.

—La puerta se ha cerrado.

La Puerta solitaria

Samuel habló en voz baja, un sonido similar a un chirrido extenuado, pero la tragedia estaba tan presente en sus palabras que las hizo resonar. La tragedia se retuerce y lo agrieta todo, hace temblar el suelo bajo tus pies y acecha en el ambiente como una tormenta de verano.

Los arcadianos presentes en la plaza enmudecieron y nos miraron con expresiones que iban desde la incredulidad al pavor. La multitud se quedó en silencio y tensa como una cuerda de piano hasta que un hombre soltó un taco ahogado. Luego se oyó el clamor de unas voces asustadas.

—¿Qué vamos a hacer?

—Mis bebés. Mis bebés necesitan…

—Nos vamos a morir de hambre. Todos.

Oí los llantos de un crío que se despertaba en brazos de su madre y vi cómo ella bajaba la vista con gesto desesperado hacia el rostro arrugado de su retoño. Luego vi una silueta de hombros anchos que se abría paso entre la multitud. Molly Neptune se había quitado el sombrero de copa y la luz del farol proyectaba unas sombras aterradoras en su rostro.

Levantó las dos manos.

—Se acabó. Si el camino está cerrado, encontraremos otra manera de cruzar. De sobrevivir. De un modo u otro, los que estamos aquí somos supervivientes, ¿no es así? —Los contempló con un cariño feroz que insufló fuerza en sus agotadas extremidades—. Pero no será hoy. Esta noche tenemos que descansar. Mañana tomaremos una decisión.

Reparé en que me había empezado a acostumbrar al rumor de su voz y a dejar que sustituyese la culpa y el miedo que amenazaban con engullirme. Hasta que posó su mirada en mí y vi cómo toda esa calidez desaparecía como un tinte que se corre en la lluvia. Lo único que me ofreció su gesto fue un amargo remordimiento, por haberse encontrado con mi padre, por haberle ofrecido Arcadia como refugio, por haberme dejado poner pie en su frágil reino cuando esos monstruos me seguían tan de cerca.

Se dio la vuelta y se dirigió a la mujer que seguía inclinada sobre Jane.

—¿Va a sobrevivir, Iris?

Esta agachó la cabeza.

—Es probable que no, señora. La herida es profunda y hay mucha sangre. Además… —Vi el reflejo veloz y rosado de su lengua al humedecerse los labios, el pavor de su mirada al contemplar la cortina de plumas—. Además, nos hemos quedado sin yodo. Puede que el agua salada nos sirva, pero… No podemos… —Su voz se apagó en un susurro quebrado.

Molly Neptune le puso una mano en el hombro con mucho cuidado y luego agitó la cabeza.

—No hay razón para preocuparse. Hazlo lo mejor que puedas y ya está.

Luego llamó a dos jóvenes para ayudarla a poner a Jane sobre una sábana y llevarla a la casa más cercana. Iris fue detrás. Los brazos le colgaban por los costados con las manos vacías.

Molly volvió a mirarnos una vez más y frunció los labios como si fuese a decir algo, pero se limitó a darse la vuelta y a seguir a los arcadianos por las calles oscuras. Solo cuando se hubo cerciorado de que nadie más la veía, se permitió el lujo de dejar caer los hombros en gesto de derrota.

La contemplé hasta que desapareció en las profundidades de su bonita y condenada ciudad. Me pregunté cuánto tiempo durarían sin suministros procedentes de su mundo natal y si una segunda ciudad moriría entre las ruinas de la primera.

Cerré los ojos mientras el peso de la culpa me hundía los hombros, y oí el chasquido de unas garras y el roce de unos zapatos ajados mientras Samuel y Bad se acercaban a mí. Se colocaron uno a cada lado, cálidos y constantes como un par de soles. ¿Qué iba a ser de ellos, atrapados en ese mundo hambriento? Me imaginé a Bad con las costillas marcadas y el pelo plomizo, y a Samuel sin ese brillo ambarino en la mirada. Tal vez Jane muriese presa de la fiebre antes incluso de experimentar las punzadas desesperantes de hambre en el estómago.

«No.»

Me negué a permitir algo así, al menos mientras hubiese una oportunidad, por remota y complicada que fuera, de evitarlo.

—Samuel. —Esperaba que mi voz sonase valiente y decidida, pero solo conseguí sonar cansada—. ¿Volverías a la casa y me traerías el libro de mi padre? Y una pluma.

Se quedó rígido. Sé que sabía lo que pretendía hacer. Una pequeña y traicionera parte de mi ser esperaba que me agarrase las manos y me suplicara que no lo hiciese, como haría un actor en una película romántica. Pero no lo hizo, así que supongo que a él tampoco le apetecía morir en Arcadia.

Se puso en pie despacio y se marchó de la plaza. Me senté a la luz de la media luna, rodeé con los brazos a Bad y esperé.

Volvió con el libro de tapas de cuero y una pluma en las manos. Pasé las páginas hasta que llegué a las del final que estaban en blanco y las arranqué con cuidado sin mirar los ojos llenos de preocupación ni el gesto serio del rostro de Samuel.

—¿Vendrías… Vendrías conmigo?

Extendió una mano y yo titubeé. Nunca había aceptado su oferta, nunca le había dicho que sí. Pero en ese momento pensé en que ambos nos encontrábamos atrapados en un mundo agonizante durante el resto de nuestras cortas vidas y decidí darle la mano.

Salimos juntos de la ciudad y nos dirigimos a las profundidades añiles de la noche mientras Bad avanzaba por la hierba que se abría ante nosotros como un fantasma de ojos ambarinos. Era tan tarde que la luna merodeaba cerca del horizonte y las estrellas parecían colgar bajas y muy cerca a nuestro alrededor.

El árbol surgió de la oscuridad como una mano retorcida y llena de dedos que se alzara contra el cielo. Unas planchas perfectas de madera descansaban contra sus raíces bulbosas con cierto aire desolado, una Puerta que había quedado reducida a una mera puerta. A través de ella se filtraba un olor intenso a humo y a chamusquina, lo que me hizo pensar que el faro había empezado a arder al otro lado. Supuse que la puerta en llamas que había atravesado mi padre había tenido el mismo olor a pira funeraria.

Avancé hasta que estuve a unos escasos centímetros de la madera oscura y me detuve. Me quedé en pie, inmóvil, con las palmas sudando contra las páginas arrugadas y la pesada pluma en la mano.

Samuel dejó que el silencio se alargara un poco y luego preguntó:

—¿Qué pasa?

Reí, un bufido soso y desesperado.

—Tengo miedo… —empecé a decir—. Tengo miedo de fracasar y de que no funcione. De que…

Me quedé en silencio y paladeé el sabor metálico del miedo. Recordé el agotamiento de mis extremidades, el mareo que había experimentado después de fugarme del manicomio escribiendo. ¿Cuánto me costaría abrir un sendero entre dos mundos?

Mi padre llegó a decir que las Puertas existían en lugares de «una resonancia particular e indefinible», sitios dispersos en los que los mundos se rozan con delicadeza.

«Quizá sea más como apartar un velo o abrir una ventana.»

Era una suposición aventurada con la que iba a apostar mi vida.

Samuel entrecerró los ojos para mirar las estrellas con gesto relajado.

—Pues no lo hagas.

—Pero Jane… Arcadia…

—Encontraremos la manera de sobrevivir, Enero. Confía en nosotros. No te arriesgues si crees que no va a funcionar.

Hablaba con tranquilidad, como si comentasen la probabilidad de lluvia o lo poco fiables que eran los horarios de los trenes.

Agaché la cabeza, insegura y avergonzada por la incertidumbre.

Pero luego noté que una mano temblorosa me tocaba la barbilla y cómo Samuel me levantaba la cabeza con dos dedos. Me miraba serio y fruncía los labios formando una leve sonrisa.

—Pero si quieres intentarlo, tienes toda mi confianza. *Strega*.

Experimenté un bienestar que empezó a apoderarse de mí, un calor que me hizo pensar que me encontraba en mitad de las llamas de una hoguera. No sabía qué era ni cómo llamarlo, pero… Era la primera vez que alguien creía en mí. Hasta ese momento, solo habían creído en una versión menos capaz de mi persona. Locke, mi padre y Jane solo habían creído en la Enero tímida que habitaba la Hacienda Locke, esa que necesitaba desesperadamente su protección, pero Samuel me miraba como si yo fuese capaz de tragar llamas o de bailar sobre las nubes de tormenta. Era como si esperase de mí algún hecho milagroso, valiente e imposible.

Me invadió una sensación como si me hubiese ataviado con una armadura o como si me hubieran salido alas, que crecían fuera de los límites de mi propio ser. Era algo muy parecido al amor.

Lo miré a la cara durante un momento lleno de ánimo y me dejé embargar por su confianza. Luego me di la vuelta hacia la puerta. Respiré el humo y el océano del aire y noté la seguridad de Samuel detrás de mí, como una brisa cálida que hincha la vela de un barco. Toqué la página con la pluma.

«La Puerta se abre.»

Escribí y creí en todas y cada una de las letras.

Creí en el lustre negro de la tinta, en la oscuridad de la noche, en la fuerza de mis dedos al coger la pluma, en lo real que pudiera ser el otro mundo que esperaba justo al otro lado de una cortina invisible. Creí en las segundas oportunidades, en corregir los errores y en las historias reescritas. Creí en esa confianza de Samuel.

Sopló un viento silencioso por la llanura cuando levanté la pluma de las páginas. Las estrellas titilaron sobre mí, y las sombras creadas por la luz de la luna proyectaron patrones incongruentes en el suelo. Noté que sonreía, distante, y luego todo dio un vuelco y sentí cómo me rodeaban los cálidos brazos de Samuel.

—Pero… ¿Acabas de…?

Asentí. No había necesidad de comprobarlo, porque ya había empezado a oír el rítmico batir de las olas del Atlántico y a notar el vacío infinito del Umbral que se extendía al otro lado de la Puerta. Samuel soltó una carcajada triunfante que rebotó contra mis mejillas, y luego empecé a reír con él porque había funcionado. Había funcionado y no había muerto en el intento. Había sido hasta fácil en comparación con las palabras que había tenido que grabarme en el brazo en Brattleboro, tan fácil como apartar un velo.

Renqueamos hacia la ciudad, embotados por el alivio y apoyados el uno contra el otro como dos borrachos. Hasta me dieron ganas de creer que no éramos más que dos jóvenes normales que dábamos un paseo ilegal durante un toque de queda, demasiado alegres como para preocuparnos aunque lo fuésemos a pasar muy mal cuando nos descubrieran.

Pero luego Samuel me susurró:

—Esto significa que estamos a salvo, ¿sabes? Ellos creen que este mundo ha desaparecido para siempre, por lo que no vendrán a buscarnos. Podríamos quedarnos aquí un tiempo.

Noté el tono sugestivo de su voz, pero no dije nada. Me imaginé la brújula de Ilvane y la manera en la que había olisqueado a su alrededor como un sabueso que sigue un rastro. Estaba segura de que volvería a encontrarme.

Y cuando lo hiciera, ¿estaría a salvo en algún otro mundo? ¿Protegida por personas mejores y más valientes que yo? Vi cómo los fotogramas de una película se sucedían en mi imaginación, vi a Samuel cayendo pálido e inmóvil al suelo de la cabaña, a Solomon en esa sábana blanca y a Jane tumbada en un charco de su sangre con la mirada perdida hacia las estrellas.

No.

Puede que fuese joven, inexperta y que no tuviese nada de dinero, pero… Aferré la pluma hasta que los nudillos se me pusieron blancos. No estaba indefensa, y ahora sabía que las Puertas nunca llegaban a cerrarse del todo.

Miré de reojo la silueta de Samuel al tenue resplandor grisáceo del cercano amanecer.

—Sí —respondí—. Claro que nos quedaremos.

Siempre se me ha dado bien mentir.

Escribí tres cartas antes de marcharme.

Querido señor Locke:

Me gustaría hacerle saber que no estoy muerta. Casi no le escribo esta carta, pero luego me lo imaginé preocupado e irritable sin dejar de deambular por su despacho o gritándole al señor Stirling o fumando demasiados puros, y me di cuenta de que es lo mínimo que le debo.

También me gustaría hacerle saber que no lo odio. Creo que quizá debería hacerlo: sabía la verdadera historia de mi padre y no me dijo nada; es parte de una sociedad arqueológica que en realidad es una especie de secta maligna, despidió a Jane, dejó que le hiciesen daño a Simbad, me encerró en Brattleboro... Pero no lo odio. No mucho.

No lo odio, pero se podría decir que tampoco confío en usted. ¿De verdad pretendía protegerme de criaturas como Havemeyer o Ilvane? De ser así, me gustaría que tuviera claro que su protección fue paupérrima, por lo que me gustaría pedirle perdón por no decirle adónde me dirijo ahora.

Me gustaría volver a la Hacienda Locke, a esa habitación gris del tercer piso, pero me es imposible. En vez de eso, voy a seguir los pasos de mi padre. Vuelvo a casa.

Siento no poder seguir siendo su niña buena. Lo siento..., pero no mucho.

Le quiere,

E.

Jane:

Por si acaso: que quede por escrito que me gustaría dejarte mi colección completa de libros. Considera esta carta un testamento legal. Quizás algún día puedas llevarla a una subasta de bienes, enseñársela al encargado y salir de allí con la primera edición de *El libro de la selva* o con la colección completa de *Pluck and Luck*.

Es curioso... Pasé mucho tiempo anhelando tener una posibilidad de escapar y adentrarme sola en el infinito horizonte sin tener que preocuparme de que se me levantara la falda, de usar el tenedor adecuado o de que el señor Locke estuviese orgulloso de mí, y ahora... Ahora creo que lo cambiaría todo por otra tarde lluviosa releyendo novelas románticas contigo, acurrucadas en las torres de la Hacienda Locke como polizones de un barco enorme que nunca llegaba a zarpar.

Echo la vista atrás y me doy cuenta de que ambas esperábamos en secreto, de que estábamos en una especie de prórroga dolorosa y cauta, como mujeres que esperan en la estación con el equipaje bien colocado y no dejan de mirar hacia las vías de tren.

Pero mi padre nunca volvió para buscarme, ni tampoco a ti, por lo que ha llegado la hora de dejar de esperar. Dejar ese equipaje en la estación y salir corriendo.

Jane, te libero de las promesas que le hiciste. Ahora soy yo la que se tiene que proteger a sí misma.

Me gustaría que volvieses a Chicago y encontraras un trabajo cómodo de guardia de seguridad de un banco o que vuelvas a Kenia y encuentres a una joven que te ayude a olvidar a las mujeres leopardo y sus cazas salvajes, pero sé que no lo harás. Sé que vas a seguir buscando tu Puerta de marfil. Tu hogar.

Y aunque puede que la palabra de un Académico ya no signifique nada para ti, quiero que sepas una cosa.

Yo también la seguiré buscando.

Te quiere,

E.

S...

~~Me habría gustado tener más~~
~~Siempre te he que~~
Es muy propio de mí dejar la carta más difícil para el final, como si fuese a resultar más sencillo por arte de magia. No me queda mucho espacio, así que seré breve:

Mi respuesta es sí. Para siempre.

Pero hay monstruos que me persiguen, que rastrean mis huellas y me respiran en la nuca. Y no, me niego a que te *enfrentes a ellos. Soy lo bastante fuerte como para hacerlo yo sola. Es algo que me has enseñado tú, hace solo unas horas. (Quererte me ha hecho ver que soy lo bastante valiente como para abandonarte. Es todo muy irónico, ¿verdad?)*

Ve a casa, Samuel. Ve a casa y mantente a salvo, seguro y tranquilo. Olvida toda esta locura peligrosa sobre Puertas, vampiros y sociedades secretas. Finge que no fue más que la trama de una novela extravagante de la que nos habríamos reído mucho a la orilla de aquel lago.

Y cuida a Bad, ¿vale? Al parecer, cuidarlo no se me ha dado demasiado bien y sé que estará mucho más seguro contigo.

E.

P. D. ¿Sabes qué? Bad se viene conmigo. Sé que no lo merezco, pero también que eso es algo que pasa con todos los perros.

Me escabullí en las cocinas y robé un saco de avena, cuatro manzanas y un par de pedazos de carne curada de rata de la pradera para Bad. Lo metí todo en una funda de almohada junto a la moneda de plata con forma de cuchillo y el libro de mi padre, y luego me perdí por las calles de Arcadia que relucían rosadas al amanecer. Cuando estaba a punto de llegar a la cortina de plumas, oí una voz grave que me detuvo.

—¿Ya te marchas?

Bad y yo nos quedamos de piedra, como un par de ciervos recortados contra los faros del Model 10 del señor Locke.

—Vaya. Buenos días, señora Neptune.

Molly tenía aspecto de no haber dormido; las arrugas de su cara eran como telas de araña esculpidas y el pelo era una maraña negra y plateada, pero volvía a llevar el sombrero de copa y el collar de cuentas. Entrecerró los ojos, que parecían ascuas bajo las pestañas.

—No sobrevivirás ni tres días en las llanuras, niña. Si fuese tú, yo me quedaría aquí.

Molly pensaba que me iba a escabullir para perderme en las colinas, para huir y así sentirme menos culpable. Puse rígidos los hombros y le dediqué una sonrisa.

—Gracias. Pero tengo cosas que hacer en mi mundo. Al otro lado de la Puerta.

Ver cómo la comprensión se abría paso entre sus gestos fue como ver a una mujer rejuvenecer a cámara rápida. Enderezó la espalda y abrió de par en par unos ojos llenos de esperanza.

—No —resopló.

—La abrimos anoche —le susurré—. No queríamos despertar a todo el mundo, por lo que… Bueno, Samuel iba a comentarlo por la mañana.

Molly cerró los ojos y luego se llevó las manos a la cara mientras se le agitaban los hombros. Me di la vuelta para marcharme.

—Espera. —Tenía la voz quebrada y angustiada, nada que ver con el gruñido al que ya me había acostumbrado—. No sé quién o qué te persigue, ni tampoco cómo te han seguido hasta aquí, pero ten cuidado. La pluma… —La oí tragar saliva y tristeza—. La pluma de Solomon, la que llevaba en el pelo… Ha desaparecido.

Noté cómo se me erizaban los pelillos de la espalda y me imaginé la pluma dorada en manos de Ilvane, el miedo a que me persiguiese algo invisible. Me obligué a asentir con tranquilidad.

—Lo siento por haberos hecho perder la pluma. Gracias por advertirme. —Me coloqué mejor la funda al hombro sin mirarla—. No se lo diga a Samuel, por favor. No quiero que… se preocupe por mí.

Molly Neptune agachó la cabeza.

—Buena suerte, Enero Académico.

La dejé allí sentada a la cálida luz del amanecer, contemplando su ciudad como una madre que vigila a sus hijos mientras duermen.

La Puerta parecía algo más pequeña de día, oscura, estrecha y muy solitaria. La atravesé y vi cómo rozaba con suavidad la hierba cuando la cerré detrás de mí y penetré en el vacío entre mundos.

Cuando una viaja con dinero, se podría decir que recorre un sendero cómodo y bien cuidado por todo el mundo. Vagones de tren con paneles de madera que se convierten en taxis negros y relucientes que te llevan a habitaciones de hotel con cortinas de terciopelo. Paso a paso y sin esfuerzo. Cuando viajé con Jane y Samuel, el sendero se había vuelto estrecho, retorcido y de vez en cuando muy amenazador.

Ahora estaba sola, y el único sendero que había era el que dejaba tras de mí.

Bad y yo nos quedamos de pie un instante junto a las ruinas chamuscadas del faro, mirando la mar picada y arrugada a través de la niebla. Me sentí como una exploradora a punto de embarcarse en un mundo nuevo y salvaje armada tan solo con tinta y esperanza. Me sentí como mi madre.

Pero a ella no la habían perseguido monstruos invisibles con sonrisas ladinas. El gesto alegre y atolondrado de mi cara desapareció al momento.

Puse la funda de la almohada a flotar en uno de los maderos del faro que no se habían quemado y volví a nadar por el mar helado junto a Bad. Las nubes se colocaron a nuestro alrededor como un edredón, una niebla emplumada que se lo tragaba todo: el sonido de mis chapoteos, la costa en la distancia o el mismísimo sol. Solo me enteré de que habíamos llegado al otro lado cuando noté el roce de la piedra contra mis dedos.

Subimos por el acantilado con piernas de gelatina, encontramos el camino y empezamos a recorrerlo. Al menos en esta ocasión tenía botas, aunque me había costado darme cuenta de lo que eran en realidad cuando Molly me las había dado: más bien parecían los restos de unas criaturas pequeñas y desafortunadas. Pensé por un instante en los brillantes zapatos de charol que el señor Locke me había comprado cuando era niña, con su tacón y su punta estrecha. No los echaba de menos.

A media mañana, llegué a la conclusión de que no había coches ni camiones que quisiesen parar y recoger a una niña a caballo entre dos mundos y su perro de aspecto salvaje ahora que no teníamos junto a nosotros la blancura respetable de Samuel. Pasaban de largo sin reducir la velocidad. Era como si me hubiese caído entre las grietas, como si me deslizase por un inframundo invisible que la gente decente prefería ignorar.

Lo que terminó por detenerse junto a mí fue un caballo con una pequeña carreta, que llevó consigo el tintineo de unos arneses y un quejumbroso «Joder, Rosie. ¡So, te digo!». La conductora era una mujer blanca, harapienta y casi desdentada que llevaba unas botas amarillas y una especie de poncho cosido a mano. Dejó que Bad se subiese a la carreta entre las patatas y las judías verdes, y hasta me regaló un saco lleno cuando me dejó cerca de Brattleboro.

—No sé adónde te diriges, pero parece estar muy lejos. —Resopló y luego comentó—: No te separes de tu perro, no te subas a coches caros en los que vayan hombres y aléjate de la autoridad.

Me dio la impresión de que ella también había caído por las mismas grietas que yo.

Crucé la frontera del estado de Nueva York cuando el sol empezaba a ocultarse en el horizonte. Solo había necesitado ir de paquete en la parte trasera y vacía de un camión maderero con una decena de hombres impasibles y llenos de serrín que hicieron todo lo posible por no prestarme atención. Uno de ellos le dio de comer a Bad los restos de su bocadillo de beicon. Levantó una mano a modo de saludo cuando se marcharon y me dejaron en una encrucijada.

Esa noche dormí en un cobertizo para ovejas. Los animales no dejaron de balarnos con suspicacia ni de mirar a Bad con esos ojos extraños de pupilas horizontales. Me dormí echando de menos el rumor de Jane y Samuel a mi lado.

Soñé con dedos blancos que se extendían hacia mí, con una sonrisa ladina y con la voz del señor Havemeyer: «Nunca dejarán de buscarte».

Tardé cinco días, hice casi quinientos kilómetros con un mapa de carreteras robado de una estación de ferrocarril de Albany y hubo hasta cuatro momentos en los que estuvieron a punto de capturarme las fuerzas de seguridad locales para llegar a la frontera occidental del estado de Nueva York. Podría haber viajado más rápido, pero el cartel de «Se busca» me complicó las cosas.

Me detuve en una oficina de correos la segunda mañana para enviar la carta al señor Locke, después de pasar un buen rato fuera titubeando con las manos sudorosas. Merecía saber que no me había quedado atrapada para siempre en un mundo ajeno y desolado, ¿no? Además, de intentar ir en mi busca, mi carta lo llevaría hasta un infructuoso viaje a Japón. Locke no sabía que había otra manera de volver a casa, una Puerta trasera que aguardaba el momento de ser abierta.

Dejé la carta sobre el mostrador y lo vi: un cartel blanco y reciente clavado en la pared en el que destacaba mi rostro impreso en una tinta que manchaba el papel.

> **NIÑA PERDIDA.** La señorita Enero Demico, de diecisiete años, ha desaparecido de su hogar en Shelburne (Vermont). Su tutor busca a toda costa cualquier información que arroje algo de luz sobre su paradero. Tiene problemas de histeria y confusión, por lo que hay que tratarla con mucha cautela. Puede que vaya acompañada por una mujer de color y por un perro peligroso. **SE OFRECE UNA RECOMPENSA SUSTANCIOSA.** Por favor, pónganse en contacto con el señor Cornelius Locke. 1611 Champlain Drive, Shelburne, Vt.

Era la foto de la fiesta del señor Locke, la que nunca le había gustado a mi padre. Tenía el rostro redondo y se me veía más joven; llevaba el pelo tan sujeto que hasta tenía las cejas un poco arqueadas. El cuello me sobresalía del vestido almidonado como si fuese una tortuga indecisa que estira la cabeza de la concha. Miré mi reflejo en la ventana de la oficina de correos: llena de tierra, con la piel más oscura aún por el sol y con el pelo sujeto en una maraña de nudos, trenzas y rizos. Era muy poco probable que me reconociesen.

Pero eso no me libró de sentir un escalofrío que se extendió por mi espalda al pensar que cualquier desconocido de la calle podía saber mi nombre, que todos los agentes de policía podían estar buscando a la niña remilgada de la fotografía. Me dio la impresión de que la Sociedad no necesitaba las máscaras, las plumas ni los objetos mágicos robados, teniendo bajo su control los mecanismos más mundanos de la sociedad.

A partir de ese momento, me limité a seguir caminos serpenteantes y secundarios y me subí aún menos a vehículos de desconocidos.

Pero cuando llegué a Búfalo estaba hambrienta y lo bastante cansada como para arriesgarme. Entré tambaleándome en las oficinas de Lavanderías Búfalo y supliqué un trabajo sin muchas esperanzas y segura de que me iban a echar de allí.

Pero al parecer había tres chicas de baja y muchos uniformes casi recién llegados del reformatorio, por lo que la propietaria me dio un vestido blanco y almidonado, me dijo que ganaría treinta y tres centavos y medio a la hora y me puso a las órdenes de una mujer blanca adusta y musculosa llamada Gran Linda. Gran Linda me contempló con mucho recelo y me puso a sacudir ropa húmeda antes de meterla en el escurridor.

—Y mantén las manos lejos de los rodillos si quieres conservar los dedos —añadió.

Era difícil. (Si no crees que limpiar la ropa pueda ser difícil, eso es que nunca has levantado varios cientos de uniformes de lana húmedos en pleno julio.) El aire daba la impresión de ser algo que te podías beber en lugar de respirar, un vapor denso que parecía estancarse y salpicar en mis pulmones. Al cabo de una hora ya tenía los brazos débiles y temblorosos, y pasadas dos, ya me dolían, y después de tres los tenía entumecidos. Algunas de las cicatrices que no habían terminado de curarse se abrieron y empezaron a supurar.

No me detuve, porque la semana de viaje me había enseñado algo muy importante: seguir adelante aunque te duelan las caderas y aunque el renqueo de tu perro se convierta en saltitos a tres patas, seguir cuando lo único que has conseguido para cenar son tres manzanas sin madurar, cuando cualquier desconocido y cualquier brisa puede convertirse en ese enemigo que al fin ha dado con tu paradero.

Y seguí. Sudando y dolorida en las entrañas de Lavanderías Búfalo, pero viva, sin ataduras y siendo yo misma por primera vez en mi vida. Y también muy sola. Tuve una breve visión de unas manos de color oliváceo que relucían en la noche, unos ojos oscuros iluminados por el brillo de un cigarrillo, y sentí un vacío en el pecho de repente, carne viva como la que queda en la encía al caerse un diente.

Nadie me habló durante todo el turno, menos una mujer de piel negra que tenía una sonrisa de media luna y acento sureño. La sonrisa desapareció del todo al verme. Luego levantó la barbilla para dirigirse a mí.

—¿Y a ti qué te pasa, si se puede saber?

Me encogí de hombros, y se fijó en mi falda llena de tierra y en lo escuchimizada que estaba.

—Diría que llevas mucho tiempo con el estómago vacío.

Asentí.

—¿Te queda mucho camino por recorrer?

Volví a asentir. Ella se pasó la lengua por los dientes con gesto pensativo, metió otra montaña de ropa en mi carrito y se marchó sin dejar de agitar la cabeza.

Gran Linda me dijo que podía dormir entre los fardos.

—Pero solo esta noche, ¿eh? ¡Esto no es un puto hotel!

Y Bad y yo dormimos acurrucados el uno junto al otro como un par de aves que duermen en un nido que huele a lejía. Nos despertamos con la campana que anunciaba el primer turno en la oscuridad previa al amanecer, y descubrí que había dos cosas en nuestro nido: un codillo de cerdo muy grasiento del que aún colgaba toda la grasa para Bad y una sartén entera de pan de maíz para mí.

Trabajé otro medio turno mientras calculaba de cabeza el dinero y luego me dirigí a la oficina y le dije a la propietaria que lo sentía mucho, pero que tenía que marcharme y que si podía pagarme con un cheque. Ella frunció los labios y me comunicó su opinión no solicitada sobre los vagabundos, los holgazanes y las niñas que no saben valorar las cosas buenas cuando las tienen delante, pero me entregó el cheque.

Cuando salí al callejón, saqué la pluma de la funda de la almohada y apoyé el cheque contra la pared de ladrillos. Añadí un cero algo titubeante y unas cuantas letras adicionales mientras me mordía el labio. El cheque se agitó con un viento repentino que en realidad no estaba soplando, las letras se emborronaron y se doblaron y luego apoyé la cabeza contra los ladrillos calientes a causa del vapor, mareada. No tendría que haber funcionado, ya que la tinta era de color diferente, saltaba a la vista que se había añadido *a posteriori* y estaba claro que una lavandera no cobraba cuarenta dólares, sino cuatro... Pero me lo creí mientras lo escribía, por lo que el cajero del banco también lo hizo.

A media tarde me encontraba a bordo del tren de la New York Central Line, con un valioso billete entre las manos que tenía impresas con impoluta tinta roja las palabras LOUISVILLE, KY.

La funda de almohada parecía muy mugrienta al lado de las relucientes maletas de cuero en el portaequipajes, como el invitado de una fiesta que lleva ropa inapropiada e intenta pasar inadvertido. Me hizo sentir sucia y mugrienta a mí también, ya que el resto de pasajeros llevaba atuendos de lino de cuello alto, con sombreros colocados en ángulos que estaban de moda y zapatos relucientes recién abrillantados.

Sentí un traqueteo ensordecedor que se extendió por todo el vagón, como un dragón que se agitara al despertar, y el tren salió de la sombra de la estación Buffalo Central a la tenue luz de un atardecer veraniego. Apoyé la frente contra el cristal caliente de la ventana y me dejé vencer por el sueño.

Soñé, o quizá solo recordé: otro tren que iba en la misma dirección diez años antes. Un pueblo descuidado de la ribera del Misisipi, una Puerta azul solitaria en un prado, un lugar que olía a sal y a cedro.

La ciudad de mi padre. La ciudad de mi madre, si de alguna manera seguía viva. ¿Podría convertirse algún día en mi ciudad? Para eso tenía que ser capaz de abrir la Puerta otra vez, aunque no fuese más que una montaña de ceniza. Tenía que evitar que la Sociedad me capturara.

Me despertaba y agitaba cada vez que el tren se detenía en una estación, cuando el botones anunciaba las paradas a voz en grito, cuando me pedían cada cierto tiempo que enseñara el billete y con el ir y venir de los pasajeros al entrar y salir del tren. Nadie se sentó a mi lado, pero sí que noté cómo me miraban. O eso creía. Giré la cabeza en varias ocasiones para sorprenderlos mirándome, pero todos desviaban la cabeza hacia otro lado con educación. Bad estaba a mis pies muy nervioso y con las orejas levantadas.

Metí una mano en la funda de la almohada y cogí la moneda de plata con forma de cuchillo.

El tren se quedó quieto durante media hora en Cincinnati mientras el vagón se volvía cada vez más sofocante y se llenaba de nuevos pasajeros. Un botones se abrió paso a empujones por el pasillo y levantó una cadena para separar los asientos traseros. En ella había una placa blanca que rezaba: ASIENTOS PARA PERSONAS DE COLOR.

El señor Locke no estaba conmigo para protegerme. Tampoco teníamos compartimentos privados en los que los botones nos servían comida con rostro sonriente ni un cómodo colchón de dinero con el que diferenciarme del resto del mundo.

El botones se abrió paso por el pasillo mientras empujaba a la gente con una porra gruesa: una mujer de piel marrón y sus tres hijos, un anciano con el pelo blanco afro, un par de hombres jóvenes y de anchos hombros que tenían expresiones soliviantadas. El botones hizo traquetear la porra contra el portaequipajes.

—Este tren respeta las leyes estatales y la próxima parada es Kentucky. Tenéis que poneros detrás o bajaros ahora mismo y continuar a pie, lo que prefiráis.

Todos se empezaron a colocar detrás.

El botones titubeó al llegar a mi asiento y miró con ojos entrecerrados mi lustrosa piel de tonos rojizos como si consultara un muestrario de colores. Pero luego vio el dobladillo sucio, las cicatrices de mi brazo y un chucho nada respetable, por lo que hizo un ademán con la cabeza hacia la parte trasera.

Al parecer, si no tenía dinero, ya no era una criatura única ni a caballo entre dos mundos ni de un color un tanto raro, sino tan solo de color. Noté que algo frío me nublaba la mente, algo relacionado con las normas, las leyes y los peligros, que tiró de mis extremidades y empezó a presionarme los pulmones.

Me escabullí a la parte de atrás sin protestar. Al fin y al cabo, no tenía intención de quedarme mucho tiempo en este mundo estúpido con sus estúpidas reglas.

Me senté en el extremo de una fila casi llena, en la última de todas, sin dejar de apretar la moneda en la mano. Un instante después, el tren siguió su camino y me di cuenta de que Bad se había quedado mirando fijamente el pasillo sin dejar de soltar un tenue gruñido que parecía surgir de su garganta. No había nadie, pero sí que me pareció oír un susurro regular y suave, como si fuese una respiración.

Pensé en la pluma perdida de Solomon y agarré con más fuerza la funda de la almohada, lo que me hizo notar los cantos del libro de mi padre presionados contra el estómago. Centré la vista con cautela en los campos verdeazulados que se extendían al otro lado de la ventana.

Casi tres cuartos de hora después, el botones gritó desde la parte delantera del vagón:

—Estación Turners, última parada hasta Louisville.

El tren redujo la velocidad y se abrió la puerta. Titubeé, contuve la respiración, y luego me abalancé hacia la salida mientras Bad se afanaba por seguirme. Noté que el hombro chocaba contra algo sólido e invisible, y oí un taco entre murmullos...

Y luego noté algo afilado y frío contra la garganta. Me quedé muy quieta.

—Esta vez no —siseó una voz en mi oreja—. Salgamos de aquí, ¿te parece?

Algo me empujó hacia delante y tropecé con la plataforma de madera. Me hizo recorrer la estación mientras su aliento no dejaba de resoplar contra mi oreja y sin levantar el cuchillo de mi cuello. Bad me miró con ojos relucientes y preocupados.

«Aún no», intenté transmitirle con mis pensamientos.

La voz sin cuerpo me hizo girar y atravesar una puerta blanca y descascarillada con un cartel que rezaba MUJERES. Entramos en una estancia sombría de baldosas verdes.

—Ahora date la vuelta muy despacio. Sé una niña buena...

Pero había dejado de ser una niña buena.

Levanté el puño y lo lancé sobre el hombro con la moneda con forma de cuchillo sobresaliendo entre los nudillos. Se oyó un chasquido horrible y húmedo cerca de mi mano y luego un grito desgarrador. El cuchillo se separó de mi garganta dejando tras de sí una línea de sangre caliente y salió despedido hacia las baldosas.

—Maldita...

Bad parecía haber llegado a la conclusión de que también se podía morder a las criaturas invisibles si uno se esforzaba lo suficiente, por lo que gruñó y empezó a dar dentelladas al aire. Los dientes no tardaron en cerrársele sobre algo sólido y gruñó satisfecho. Me lancé a por el cuchillo, lo sostuve con fuerza en las manos sanguinolentas y llamé a Bad, que trotó hacia mí relamiéndose la sangre de los labios y sin dejar de mirar hacia el lugar en el que se encontraba su presa invisible.

Pero en ese momento dejó de serlo. Al entrecerrar los ojos, vi un brillo retorcido en el aire, un pecho agitado y un rostro enjuto del que rezumaba una oscuridad húmeda. Había clavado en mí un único ojo lleno de odio.

—La brújula, señor Ilvane. Dámela.

Soltó un bufido grave y agresivo, pero levanté el cuchillo al tiempo que él sacaba algo cobrizo de un bolsillo. Lo tiró al suelo a regañadientes.

La cogí sin apartar la vista de él.

—Me voy a marchar y te ordeno que dejes de seguirme.

Mi voz casi ni titubeó.

El hombre soltó una carcajada siniestra.

—¿Y adónde vas a ir, niñita? No tienes dinero, no te quedan amigos que te protejan, no tienes padre…

—El problema de los que son como tú —expliqué— es que son fieles seguidores de la permanencia. Creen que un mundo ordenado siempre seguirá igual, que una puerta cerrada siempre permanecerá así. —Agité la cabeza al tiempo que extendía el brazo hacia la puerta—. Es una manera de pensar muy… tajante.

Me marché.

Al salir al agradable murmullo del exterior, apoyé el hombro con naturalidad impostada en la puerta del baño y saqué la pluma de Samuel de la funda de la almohada. La sujeté por un momento mientras evocaba la calidez que me hacía sentir y luego clavé la punta en la pintura descascarillada de la puerta.

«La puerta se cierra y no tiene llave.»

Garabateé con fuerza las palabras en la pintura, y también oí resquebrajarse la madera de detrás. Un chirrido de metal contra metal empezó al otro lado, un ruido sordo y permanente, que me hizo sentir un repentino agotamiento que tiraba de mis extremidades. Apoyé la frente en la madera, cerré los ojos y volví a levantar la pluma para escribir.

«La puerta se olvida.»

Luego me encontré parpadeando cerca del suelo, donde había caído de rodillas. Me quedé así un buen rato, inmóvil y preguntándome si el jefe de la estación acudiría a averiguar qué le ocurría a la niña pobre y vagabunda que se había derrumbado o si podía quedarme allí durmiendo durante una horita más o menos. Me dolían los ojos y tenía la garganta seca debido a la sangre coagulada.

Pero... había funcionado. La puerta del baño se había convertido en algo vago y borroso, algo tan corriente que mis ojos no le prestaban la menor atención. Seguro que para el resto de personas presentes en la estación sería del todo invisible.

Solté una risa breve y agotada, y me pregunté durante cuánto tiempo permanecería así. Di por hecho que el suficiente como para escapar. Suponiendo que pudiera volver a ponerme en pie. Me arrastré hacia un banco que había en el andén y esperé con un billete de tinta roja en una mano. Me subí en el siguiente tren rumbo al sur.

Me senté y vi cómo el paisaje se volvía más frondoso y húmedo, cómo las colinas se elevaban y se hundían como grandes ballenas de color esmeralda. Y luego pensé: «Estoy de camino, papá».

La Puerta de mi madre

$\mathcal{L}$os últimos quinientos kilómetros transcurrieron como si llevara uno de esos pares de botas mágicas que te hacen avanzar siete leguas a cada paso. Solo recuerdo una serie de ruidos sordos.

Pum. Estoy saliendo del tren en la estación de Louisville. Hay bullicio hasta en los cielos, donde se extiende una maraña entrecruzada de cables eléctricos, agujas de iglesias y relucientes olas de calor. Bad no se separa de mis rodillas. Lo odia.

Pum. Me encuentro en un solar polvoriento por fuera de la estación y le suplico al conductor de un camión con unas letras negras mayúsculas grabadas en un lateral que rezan CERVEZAS BLUE GRASS. El hombre me dice que me vuelva por donde he venido y sus amigos me dedican obscenidades.

Pum. Bad y yo nos encaminamos al oeste en un carro traqueteante lleno hasta arriba de tallos terrosos y apestosos de cáñamo. Un hombre negro muy serio con su hija también seria se sientan en la parte delantera. Sus atuendos tienen ese aspecto tricolor y desigual que denota que la tela se ha remendado una y otra vez hasta que casi no queda nada de la prenda original. Me miran con gesto preocupado y de advertencia.

Pum. Ninley, al fin.

Aquello había cambiado y no había cambiado al mismo tiempo durante la última década. Como el mundo en general, supongo.

Estaba descuidado y era desagradable a la vista, y los lugareños todavía acechaban a su alrededor con ojos algo entrecerrados y ofendidos, pero al menos habían pavimentado las calles. Los automóviles las recorrían de arriba abajo, así como nuevos ricos de trajes de tres piezas que llevaban unos relojes de bolsillo vergonzosamente grandes. El río estaba atestado de barcos de vapor y chalanas. También había una especie de molino, enorme y feo, cerca de la orilla. El vapor y el humo se agitaban en el ambiente a nuestro alrededor, convertidos en nubecillas rosadas al sol poniente. Progreso y Prosperidad, habría dicho el señor Locke.

Me había costado muchísimo llegar hasta allí, pero ahora que solo quedaban unos pocos pasos me resistía a darlos. Me compré un saco de cacahuetes en una Tienda del Río de Junior con el poco dinero que me quedaba de la lavandería y encontré un banco manchado de tabaco en el que sentarme. Bad se apostó como un centinela broncíneo a mis pies. Empezó a sonar la campanilla de un cambio de turno, y vi a unas mujeres de rostro enjuto entrando y saliendo del molino con los dedos callosos pegados a los costados. Contemplé las espaldas encorvadas de los hombres negros que cargaban carbón en los barcos de vapor atracados en el muelle y también el brillo irisado del petróleo en la superficie del río.

Al cabo de un rato, un hombrecillo sudoroso con un delantal sucio salió de una tienda cercana para decirme que el banco solo era para los clientes e insinuó de manera muy brusca que debía marcharme de Ninley lo antes posible, que sería lo mejor para mí. Eso no me habría pasado de haber estado con el señor Locke.

Pero si el señor Locke hubiese estado conmigo, tampoco me habría quedado allí sentada mirando con gesto insolente al hombre y con la mano sobre la cabeza de Bad, que no dejaba de agitarse con sus gruñidos. Tampoco me habría puesto en pie ni me habría acercado a él con cuidado para disfrutar viéndolo encogerse como una planta que llevara demasiado tiempo en el alféizar. Y, sin duda, tampoco habría fruncido los labios para decir:

—Ya me iba, señor.

El hombrecillo volvió a su cocina, y yo volví a dirigirme al centro del pueblo. Columbré mi titubeante reflejo en el cristal de una ventana: llena de barro, botas demasiado grandes, surcos de sudor que se abrían paso por la tierra de mi rostro, cicatrices rosáceas que se extendían de cualquier manera desde la muñeca hasta el hombro… En ese momento llegué a la conclusión de que mi yo de siete años habría estado encantada con mi yo de diecisiete.

Quizás el director del hotel Grand Riverfront también me reconociese, porque no ordenó de inmediato que echaran de allí a la vagabunda que acababa de entrar en el establecimiento. O quizá Bad se las arreglase para que la gente se lo pensara dos veces antes de hacerlo.

—Buenas tardes. Busco la… la granja de la familia Larson. Está hacia el sur, ¿no es así?

Abrió los ojos desconcertado al reconocer el nombre, pero luego titubeó como si se cuestionara si era correcto darle la dirección de una familia inocente a una criatura como yo.

—¿Qué quieres? —inquirió.

—Son… mi familia. Por parte de madre.

Me miró con un gesto que delataba que en su opinión no se me daba nada bien mentir, pero al parecer las mujeres Larson no inspiraban mucha lealtad entre los lugareños, por lo que me indicó el camino: hacia el sur, pasado el molino, a unos tres kilómetros. Se encogió de hombros.

—No les ha ido muy bien de un tiempo a esta parte, pero lo último que he oído es que siguen por allí.

Esos últimos tres kilómetros se me hicieron más largos de lo normal. Notaba cómo se alargaban bajo mis pies, frágiles como si un paso demasiado brusco los fuese a romper y a dejarme varada en la nada del Umbral. Quizá fuese porque estaba cansada de caminar. Quizá porque tenía miedo. Una cosa es leer en un libro una versión sobre la vida de tu madre y tomar la decisión de creerla y otra muy diferente tocar en la puerta de un desconocido y decir: «Hola, sé de buena tinta que sois mis tías abuelas o mis tías bisabuelas».

Dejé que mis dedos rozasen el espinazo de Bad mientras andábamos. El ocaso se extendía sobre nuestros hombros como una manta húmeda y violácea. El río, el agitar revuelto y estruendoso del tráfico fluvial, el batir del agua y el olor agrio de los siluros y el barro dieron paso de manera paulatina a las madreselvas y las cigarras, y también a algunos pájaros que graznaban las mismas tres sílabas en un bucle muy rítmico.

Todo aquello me resultaba muy familiar y muy extraño al mismo tiempo. Me imaginé a una joven con un traje de algodón azul corriendo por ese mismo sendero con sus piernas flacas como ramas de canela. Luego me imaginé a otra chica, blanca y con la mandíbula prominente, corriendo detrás de ella. Adelaide. Mi madre.

Lo habría pasado de largo de no haber estado mirando: un camino estrecho y rodeado de zarzas y matorrales descuidados. No tenía muy claro si estaba en el lugar adecuado ni cuando llegué al final. ¿Quién podría vivir en una cabaña tan minúscula y retorcida, llena de las hiedras de alguna especie de rosa silvestre? Las tejuelas estaban verdes a causa del musgo, y el granero se había derrumbado.

Solo quedaba una mula en el patio, que dormía a tres patas, y también unas cuantas gallinas que habían anidado entre los restos del granero y que no dejaban de cacarear para sí, soñolientas. Una luz tenue oscurecida en su mayor parte por unas cortinas blancas y mugrientas titilaba en la ventana de la cocina.

Subí por los hundidos escalones delanteros y me quedé inmóvil frente a la puerta principal. Bad se sentó frente a mí y se apoyó en mi pierna.

Era una puerta vieja que había quedado reducida a una serie de planchas grises tan desgastadas que las rugosidades de la madera recordaban unas huellas digitales. El pomo era de un cuero negro como el betún, y la luz de los faroles se filtraba a través de las grietas y los agujeros como una ama de casa chismosa.

Era la puerta de mi madre. Y también la puerta de su madre.

Solté aire, alcé la mano para tocar y dudé en el último momento porque… ¿y si todo era una bonita mentira, el hechizo de un cuento de hadas que se rompería en el momento en el que mi mano tocase la inflexible realidad de la puerta? ¿Y si respondía un anciano que decía «¿Quién es Adelaide?»? ¿Y si Adelaide en persona abría la puerta y resultaba que había encontrado la manera de regresar a este mundo pero nunca había ido en mi busca?

La puerta se abrió antes de que decidiera tocarla.

Una mujer muy anciana y de aspecto quejumbroso apareció en el umbral y levantó la vista hacia mí con una expresión que era (de una manera imposible y confusa) familiar. Lucía como lucían las abuelas de hoy en día, tan arrugada y estriada como una nuez. Me dio la impresión de haberla visto desde mucho más abajo, quizá cuando era niña...

Y luego recordé: era la anciana con la que me había topado cuando tenía siete años. La mujer que se me había quedado mirando con gesto sorprendido y me había preguntado que quién narices era.

En aquel momento había salido corriendo, pero ahora no lo iba a hacer.

Tenía los ojos enrojecidos, húmedos y cubiertos por unas nubes de un blanco azulado. Me miraron y los abrió de par en par sin torcer el gesto.

—Adelaide, niña, ¿qué te has hecho en el pelo?

Parpadeó al ver la maraña a medio trenzar que tenía detrás de la cabeza y de la que sobresalía un halo de cabellos rojizos que se habían desatado. Luego volvió a fruncir el ceño y se fijó mejor en mi cara mientras su mirada se agitaba como una brújula que pretende encontrar el norte geográfico.

—No... Tú no eres mi Ade...

—No, señora. —Mi voz sonó lejana, como el tañido de una campana en una tarde apacible—. No. Soy Enero Demico. Creo que usted es mi tía. Adelaide Larson es... era mi madre.

La anciana solo emitió un sonido, una breve exhalación, como si acabase de recibir un golpe que llevase mucho tiempo esperando. Luego perdió la compostura y se apoyó en la puerta, inmóvil, antes de desplomarse como una montaña de ropa sucia.

El interior de la casa de las Larson casaba con el exterior: era ruinoso, descuidado y no daba la impresión de estar habitado. Las hiedras se retorcían por alféizares carcomidos y los tarros de conserva brillaban de un dorado turbio a la luz del atardecer. Algo había anidado en los travesaños y había dejado marcas blancas en las tablas del suelo.

La anciana a la que llevaba en brazos (¿mi tía?) era débil y frágil, y parecía tener los huesos huecos de un ave. La dejé en el único mueble que no estaba cubierto por andrajos de tela o loza sucia: una mecedora tan antigua que había dejado unas muescas relucientes en los tablones sobre los que se balanceaba. Luego estuve a punto de hacer algo drástico y más propio de una de las noveluchas que leía de niña: tirarle un cubo de agua helada en la cara. No hice nada.

En lugar de eso, me dediqué a deambular por la cocina, donde sus ocupantes me recibieron con chillidos antes de intentar escabullirse. Después oí el desagradable chasquido de sus huesos entre las mandíbulas de Bad. Conseguí tres huevos, una cebolla llena de moho y cuatro patatas tan arrugadas y retorcidas que bien podrían haber estado en una de las vitrinas del señor Locke («Orejas amputadas, 4 uds., no parecen comestibles»). Una voz muy parecida a la de Jane resonó en mi mente: «¿Acaso has cocinado alguna vez en tu vida?».

No podía ser muy difícil, ¿no?

La respuesta, como sabrás o no dependiendo de tu experiencia con sartenes de metal oxidado, velas de luz titilante y fogones quisquillosos que o no calientan o están a la temperatura del núcleo del sol, es que sí que es muy difícil. Corté, trasteé y abrí la portezuela de los fogones para intentar avivar el fuego varios cientos de veces. Experimenté cubriendo y descubriendo la sartén, lo que parecía no tener efecto alguno. También probé un trozo de patata y descubrí que estaba quemado y crudo al mismo tiempo. Hasta Bad titubeó antes de comérselo.

Fue una distracción muy efectiva. Casi no me dio tiempo a pensar cosas como: «Seguro que mi madre estuvo justo donde estoy yo ahora» o «Me pregunto si ha sobrevivido de alguna manera, y si mi padre la ha encontrado» u «Ojalá alguno de los dos me hubiese enseñado a cocinar». Casi ni pensé en la Puerta azul, que ahora estaba tan cerca que me imaginé el susurro lastimero de sus cenizas.

—No tengo claro si estás intentando quemar la casa o hacer la cena.

Solté al atizador que tenía en la mano, cerré a toda prisa la portezuela de los fogones, me quemé y luego me giré hacia la anciana. Seguía tumbada en la mecedora, pero tenía los ojos entreabiertos y relucían como las llamas tenues de unas velas. Resolló.

Tragué saliva.

—Pues… Hago la cena, señora…

—Llámame tía abuela Lizzie, niña.

—Sí. Tía abuela Lizzie. ¿Quieres patatas con huevo? El huevo es eso marrón y crujiente que está ahí, entre las patatas. Creo que, si le echo un poco de sal, no estará tan mal.

Metí la comida en dos platos de hojalata y serví un poco de agua de un pequeño barril que había en la encimera. Tenía sabor a madera y a suciedad.

Comimos en silencio, acompañadas tan solo por el crujido de la comida quemada entre nuestros dientes. No se me ocurrió nada que decir, o se me ocurrieron tantas cosas que no me decidí por ninguna de ellas.

—Siempre pensé que volvería a casa algún día. —La tía Lizzie habló mucho después de que Bad hubiese terminado de lamer nuestros platos, cuando el añil de las ventanas había dado paso a un negro azabache—. La esperé.

Pensé en todas las verdades que podía contarle sobre el destino de su sobrina, como que había naufragado de manera irreversible y se había quedado sola en un mundo extraño, pero me limité a decirle algo sencillo y menos violento.

—Murió en un terrible accidente cuando yo era muy joven. En realidad, no sé mucho sobre ella. —Lizzie no dijo nada. Y añadí—: Pero sí que sé que quería volver a casa. Intentaba llegar hasta aquí…, pero no lo consiguió.

Se oyó otro de esos resoplidos, como si los contuviera. Y luego dijo:

—Vaya.

Después empezó a llorar, de repente y con un gran estrépito. No dije nada, pero acerqué mi silla y le puse una mano en la agitada espalda.

Cuando los sollozos se convirtieron en jadeos irregulares y llenos de flemas, dije:

—Me preguntaba si tú… Si podrías contarme algo sobre ella. Sobre mi madre.

Se volvió a quedar en silencio, durante tanto tiempo que

pensé que la había ofendido de una manera indescifrable, pero luego renqueó hasta ponerse en pie, cogió una botella de vidrio marrón de la despensa y me sirvió algo que olía y sabía como aceite para lámparas. Volvió a la mecedora con la botella y se sentó de nuevo.

Luego empezó a hablar.

No te contaré todo lo que me dijo por dos razones. La primera, porque es harto probable que te mueras de aburrimiento. Me contó historias de cuando mi madre había empezado a caminar y de la vez que había subido al tejado del granero y había saltado al suelo porque estaba convencida de que podía volar. También de su odio por las batatas y su amor por la miel fresca, y sobre las tardes perfectas de junio en que las mujeres Larson pasaban viéndola dar volteretas y correteando por los campos.

Y segundo, porque son recuerdos valiosos y muy dolorosos para mí, de una manera tan íntima que no soy capaz de transmitírtela, y no estoy preparada para hablar sobre ello con otra persona. Me gustaría guardarlos un poco más en las corrientes de mi memoria, hasta que se hayan pulido tanto como los guijarros de los ríos.

Quizá te los cuente algún día.

—También le encantaba recorrer los terrenos de ahí detrás, sobre todo esa vieja cabaña, antes de que los vendiéramos. Una cosa sí te voy a decir: me arrepiento de haberlo hecho.

—¿De qué? ¿De haber vendido el henar?

Lizzie asintió y le dio un sorbo reflexivo al licor que parecía aceite. (Yo no había tocado el mío. El olor era más que suficiente para chamuscarme las cejas.)

—El dinero estuvo bien, como era de esperar, pero ese hombre de la gran ciudad no era buena gente. Además, nunca hizo nada por la propiedad. Echó abajo la cabaña y abandonó las tierras. Poco después, Ade dejo de ir por allí. Siempre me dio la impresión de que le habíamos hecho algo muy malo.

Me entraron ganas de comentarle que le habían vendido el terreno a una oscura Sociedad y que habían destruido la única manera que dos niños enamorados tenían de verse, y que eso los había abocado a llevar unas vidas errantes que aún no habían llegado a su destino.

—Al menos no hay vecinos.

Fue la única respuesta absurda que se me ocurrió. La mujer resopló.

—Bueno, nunca hizo nada en esas tierras, pero sí que vuelve más o menos cada diez años. Dice que lo hace para comprobar cómo está su inversión. ¿Cuándo fue? En 1901 o 1902 tuvo las agallas de llamar a la puerta y preguntarme si había visto a alguien sospechoso por la región. Añadió que había habido movimientos en su propiedad. Yo le respondí: «No, señor», y luego añadí que un hombre que podía permitirse relojes de oro y tinte para el pelo, porque no había envejecido ni un ápice desde que firmamos el contrato, también podía permitirse construir una maldita valla. Así que, si estaba tan preocupado por sus tierras, lo mejor era que lo hiciese y dejase en paz a una anciana.

Le dio otro sorbo a la botella de vidrio marrón y murmuró para sí en silencio, quejándose de los ricos, de los jóvenes, de los chismosos, de los yanquis y de los extranjeros.

Dejé de escuchar. Aquella historia tenía algo que me inquietaba, que agitaba las profundidades desconocidas de mi mente como una planta espinosa en el algodón. Una pregunta empezó a formarse y a brotar hacia la superficie...

—Que les den a todos. ¿Me has oído? —espetó Lizzie al tiempo que le volvía a quitar la tapa a esa botella marrón infame—. Es hora de ir a dormir, niña. Puedes quedarte arriba. Yo dormiré aquí mismo. —Hizo una pausa y dejó de fruncir los labios, lo que le suavizó las arrugas del rostro—. Usa la cama que está debajo de la ventana, la que da hacia el norte, ¿te parece? Tuvimos intención de quitarla cuando dimos por hecho que ya no iba a volver, pero por algún motivo no lo hicimos.

—Gracias, tía Lizzie.

Subí dos escalones y, en ese momento, me dijo:

—Mañana quizá puedas contarme cómo una niña de color llena de cicatrices y un perro que parece muy malo han terminado en mi puerta. Y por qué has tardado tanto en venir.

—Sí, señora.

Me dejé dormir en la cama de mi madre, con Bad apoyado en mí, con el olor a polvo y esa pregunta sombría que no había dejado de rondarme los pensamientos.

ϒ

Tuve una pesadilla con la Puerta azul y unas manos que se extendían hacia mí, pero en esta ocasión las manos no eran blancas y con forma de araña, sino familiares y de dedos gruesos. Eran las del señor Locke y se dirigían hacia mi garganta.

Me desperté justo cuando el morro de Bad olisqueaba por debajo de mi barbilla y una luz verdosa se filtraba por la ventana cubierta de hiedra. Me quedé un rato tumbada acariciándole las orejas para relajarme un poco. La estancia en la que me encontraba era como una exposición en un museo mugriento. En el tocador había un cepillo de cerdas que tenía enredado algún que otro pelo blanco, un daguerrotipo enmarcado de un soldado confederado de barbilla nada prominente, varios objetos que seguramente fueran tesoros para una niña (una piedra de lutita, una brújula rota, una roca llena de fósiles blancos y opacos, y una cinta de satén mohosa), todo ello bien ordenado junto al alféizar.

Aquel había sido el mundo de mi madre hasta que había decidido huir para encontrar otros. Era lo que le esperaba después del viaje que la había matado: esa casa ruinosa que olía a anciana y a grasa de beicon. Su hogar.

¿Tendría que navegar hasta mi hogar yo también? Pensé en la Hacienda Locke, no en los estúpidos y opulentos salones llenos de tesoros robados, sino en el burdo sillón que era mi favorito. También en las pequeñas ventanas redondas desde las que veía las tormentas acercarse por el lago. En el olor a cera de abeja y aceite de naranja de las escaleras.

Tenía un hogar, pero no podía volver a él.

«De tal palo, tal astilla.»

El desayuno de Lizzie se limitó a un café ofensivamente amargo hervido y colado a través de una tela manchada de negro. Nunca había probado el cianuro, pero me pareció que la sensación de un líquido caliente bajándote por el esófago debía de ser muy similar.

—A ver, cuéntame —dijo Lizzie al tiempo que hacía un gesto de desesperación para meterme prisa.

Y le conté cómo una niña a caballo entre dos mundos había terminado en su casa veintitantos años después de la desaparición de su sobrina.

No le dije la verdad, porque, de haberlo hecho, mi único pariente vivo habría pensado que estaba loca, y había desarrollado cierta alergia a que la gente pensase que no estaba en mis cabales. Sí que intenté asegurarme de que los detalles más importantes fuesen ciertos. Mi padre era un extranjero («Bah», murmuró Lizzie) que había conocido a mi madre por pura casualidad cuando había pasado por Ninley. Se volvieron a encontrar después de pasar años buscándose, después se casaron legalmente («Gracias a Dios») y vivieron con lo que ganaba mi padre como profesor de historia (silencio escéptico). Tuvieron un terrible accidente de camino a Kentucky, y mi madre falleció (volvió a emitir ese sonido que parecía que le hubiesen dado un golpe en el pecho), momento en el que a mi padre y a mí nos adoptó un patrón acaudalado (otro silencio escéptico). Mi padre se había pasado los siguientes quince años investigando por todo el mundo y no se había vuelto a casar (gruñido de aprobación).

—Y yo crecí en la Hacienda Locke, en Vermont. Tuve todo lo que una niña podía desear. —«Menos una familia o libertad, pero ¿qué más da?»—. Viajé a muchos sitios con mi padre adoptivo. Y hasta vine aquí en una ocasión. No sé si te acuerdas de mí.

Lizzie me miró con los ojos entrecerrados y luego soltó un pequeño gruñido de asentimiento.

—¡Ah! No creí que fueses real. Veía a Adelaide en todas partes, pero siempre la confundía con una niña de trenza rubia o con un hombre que vistiera un abrigo viejo. Solía llevar mi abrigo a todas partes, y eso que era horrendo... Bueno. ¿Cuánto tiempo hace de eso? ¿Cómo has terminado aquí?

—Fue en 1901. Vine con mi padre adoptivo a...

El número «1901» sonó muy extraño al pronunciarlo.

La noche anterior, Lizzie había dicho que el misterioso comprador de propiedades había reaparecido en 1901. ¿No era muy extraño que coincidiésemos en Ninley el mismo año? Quizás incluso estuvimos en el pueblo al mismo tiempo. Quizá nuestros caminos se habían cruzado en el hotel Grand Riverfront. ¿Sería quizás aquel gobernador que tenía la colección de cráneos? Intenté recordar cómo lo había escrito mi padre en el libro: bigote recortado, traje caro, mirada fría. Ojos del color de lunas o de monedas...

Mis pensamientos empezaron a fluir más despacio, como si hubiesen empezado a vadear a través de un jarabe que me llegara hasta la cintura.

La pregunta, ese fantasma informe y oscuro que me había estado inquietando durante toda la noche, llegó de repente. Y, cuando lo hizo, supe al momento que se trataba de algo que no me apetecía preguntar en absoluto.

—Lo siento, pero... ¿conoce al hombre que le compró ese terreno? ¿Sabe cómo se llamaba?

Lizzie me miró y parpadeó.

—¿Qué? Bueno, nunca supimos su nombre de pila, y vaya si es raro venderle a alguien unas tierras sin conocer su nombre cristiano. Pero había algo raro en él, y esos ojos...

La mujer se estremeció un poco y yo me imaginé un par de ojos fríos clavándosele en la piel.

—Al menos en el contrato pone el nombre de su empresa: W. C. Locke & Co.

Me resulta difícil recordar con exactitud cuál fue mi reacción.

Quizá gritara. Quizá me quedara sin aliento y me cubriera la boca con las manos. Puede que hasta me cayese de espaldas en la silla hacia unas aguas frías y siguiese cayendo y cayendo mientras una brillante y definitiva corriente de burbujas surgía hacia la superficie...

Quizá carraspease y le pidiera a la tía Lizzie que me lo repitiese, si me hacía el favor.

«El señor Locke.»

El señor Locke había conocido a mi madre a los quince años después de misa un domingo, la había interrogado sobre niños fantasma y puertas de cabañas, y luego había comprado aquellas hectáreas del terreno de las Larson y había cerrado su Puerta.

¿De verdad te sorprende?

La voz de mi cabeza sonaba mordaz y adulta. Supongo que tenía razón. Yo ya sabía que el señor Locke era un mentiroso, un ladrón y un villano. Sabía que era miembro de la Sociedad, por lo que se dedicaba a cerrar Puertas. Sabía que había reclutado a mi padre con el interés propio de un rico que compra un caballo de carreras y luego se había aprovechado de su tormento durante diecisiete años. Sabía que su amor por mí era condicionado y frágil, que podía dejarlo a un lado con la misma facilidad con la que vendía objetos en una subasta.

Pero lo que no sabía, o lo que no me había permitido saber, era que fuese tan cruel. Lo bastante cruel como para cerrar la Puerta de mi padre a sabiendas, y no una, sino dos veces...

O quizá no sabía que la Puerta azul tenía algo de especial. Quizá nunca la relacionó con el extraño hombre tatuado que encontraría años después. (Ahora sé que esta era una esperanza absurda fruto de la desesperación, como si fuese a descubrir algo que redimiese al señor Locke y lo volviese a convertir en el casi padre distante pero querido de mi juventud.)

Volqué el contenido de mi funda de almohada apestosa y manchada e hice caso omiso del graznido de Lizzie.

—¡En la mesa de la cocina no, niña!

Cogí el libro forrado con tapas, el libro de mi padre, el libro que me había embarcado en esta loca aventura para rastrear mis orígenes. Se agitó un poco en mis manos.

Pasé las páginas hasta el último capítulo, a la parte en la que el señor Locke aparece milagrosamente para rescatar a mi afligido padre. Y allí estaba: 1881. «Una niña llamada Adelaide Lee Larson.» Sin duda el señor Locke había reconocido el nombre y la fecha. Sentí un pánico que me oprimía las entrañas y se extendía por mi garganta, como una niña pequeña que se queda sin excusas.

Lo sabía. Locke lo sabía.

Cuando conoció a mi padre en 1895, ya sabía lo que les había ocurrido a las Larson, a las hectáreas de terreno y a la Puerta que había en ellas. Él mismo la había cerrado, al fin y al cabo, pero no le había dicho ni una palabra a mi pobre y estúpido padre. Ni siquiera... y entonces sí me quedé sin aliento y oí cómo Lizzie chasqueaba la lengua con irritación..., ni siquiera cuando volvió a encontrar la Puerta abierta otra vez en 1901.

De habernos querido a mí o a mi padre, el señor Locke habría dejado esa Puerta en paz y había enviado un telegrama al momento: «Vuelve a casa Julian STOP Hemos encontrado tu maldita puerta», y mi padre habría atravesado el Atlántico rebotando como una piedra lanzada con fuerza. Después habría entrado a la carrera en la Hacienda Locke y yo habría corrido a sus brazos y él me habría susurrado en el pelo: «Enero, mi niña querida, nos vamos a casa».

Pero el señor Locke no había hecho nada de eso. En lugar de ello, había quemado la Puerta azul, me había encerrado en mi habitación y luego había dejado que mi madre deambulara durante diez años más.

Papá, pensabas que eras un caballero bendecido por el generoso mecenazgo de un barón o un príncipe pudiente, ¿no es así? Pero en realidad no eras más que un caballo embridado que corre a golpes de látigo.

Aún tenía el libro en las manos, y mis pulgares estaban blancos debido a la presión que hacían sobre las páginas. Empecé a sentir un calor sofocante en la garganta, una traición terrible y definitiva, una rabia cada vez mayor. Una parte de mí se asustó por la enormidad de una sensación así.

Pero no tenía tiempo para sentir rabia, porque acababa de recordar la carta que le había enviado al señor Locke. Le había dicho: «Vuelvo a casa». Al escribirla me había imaginado que el señor Locke daría por hecho que me dirigía a la Puerta que Ilvane había destruido en Japón o incluso a la Puerta que la Sociedad había cerrado en Colorado. No sabía que él estuviera al tanto de la existencia de esa primera Puerta, ya que solo se nombraba de pasada en la historia de mi padre y era algo que había ocurrido unas décadas antes.

Maldición.

—Tengo que irme. Ahora mismo. —Me había puesto en pie y había empezado a dirigirme hacia la puerta mientras Bad hacía todo lo posible por seguirme el paso—. ¿Por dónde está el henar? Da igual, lo encontraré... Era cerca del río, ¿verdad?

Empecé a rebuscar sin miramientos entre las cosas de Lizzie mientras hablaba. Abrí cajones que estaban cerrados a cal y canto debido al calor del verano en busca de... Sí. Unas pocas páginas de periódico descoloridas. Las embutí en la funda de la almohada con todo lo demás: la brújula verdosa de Ilvane, la moneda de plata con forma de cuchillo, el libro de mi padre y la pluma de Samuel. Tenía que bastarme.

—Un momento, niña. No has terminado de vestirte. —Lo cierto era que no me faltaba mucho. Iba descalza y tenía los botones de la blusa mal abrochados—. ¿Qué narices vas a hacer en ese lugar?

Me di la vuelta para encararme con ella. Se la veía muy frágil y encogida en la mecedora, como algo que ha salido de su concha y empieza a fosilizarse poco a poco. Me miraba con ojos enrojecidos y ansiosos.

—Lo siento —respondí. Sabía lo que se sentía al pasarse la vida sola y con la esperanza de que alguien volviese a casa—, pero tengo que marcharme. Puede incluso que llegue tarde. Volveré a visitarte. Lo juro.

Las arrugas de su boca se torcieron en una sonrisa amarga y afligida. Era la sonrisa de alguien que había oído otras promesas con anterioridad y que sabe que más le vale no creerlas. Yo también sabía lo que se sentía cuando te decían algo así.

Me acerqué a la mecedora sin pensar y le di un beso en la frente a mi tía Lizzie. Era como besar la página apergaminada de un libro viejo, seca y con olor a moho.

Ella soltó un amago de carcajada.

—Por Dios, eres tal y como era tu madre. —Luego resopló—. Estaré aquí cuando vuelvas.

Y me marché de casa de mi madre aferrada a la funda de almohada y con Bad abriéndose paso a mi lado como una reluciente lanza broncínea.

La Puerta de ceniza

*Y*a estaba allí esperándome, claro.

¿Conoces esa sensación de estar en un laberinto y creer que estás a punto de salir, pero entonces doblas una esquina y... *PUM*, de vuelta a la entrada? ¿Esa retorcida e inquietante sensación de haber vuelto atrás en el tiempo?

Pues así me sentí en ese prado descuidado al ver a la figura de traje negro que me esperaba allí en medio. Me pareció como si en algún momento hubiera cometido algún error que me hubiese hecho volver al día en el que tenía siete años y había encontrado la Puerta.

Pero había algún que otro cambio sutil. Cuando tenía siete años, la hierba era anaranjada y seca, propia del otoño, y ahora era de cientos de tonalidades de verde con algún que otro manchón amarillo de reflejos dorados. En el pasado yo estaba vestida con un traje de algodón azul y estaba terriblemente sola a excepción de mi pequeño diario de bolsillo, y ahora iba descalza, llena de tierra y Bad me acompañaba.

Y antes huía del señor Locke en lugar de dirigirme hacia él.

—Hola, Enero. Simbad, un placer.

El señor Locke parecía estar un poco indispuesto por el viaje, pero por lo demás seguía igual: de complexión ancha, ojos pálidos y muy seguro de sí mismo. Recuerdo que me sorprendió, como si esperase verlo ataviado con una capa negra de adornos rojos o retorciéndose un gran bigote con una sonrisa siniestra. Pero era el de siempre, familiar y apacible.

—Hola, señor —susurré.

No pude evitar comportarme y mantener la educación y la normalidad. A veces me pregunto cuántas cosas se le permiten al mal porque el mero hecho de interrumpirlo sería un gesto irrespetuoso.

Sonrió con lo que seguramente consideraba un gesto amistoso y encantador.

—Empezaba a sospechar que te habías perdido y habías empezado a deambular por Dios sabe dónde.

—No, señor.

Noté la punta acerada de la pluma clavándoseme en la palma de la mano.

—Pues qué suerte. Y... Por todos los santos, niña, ¿qué te has hecho en el brazo? —Entrecerró los ojos—. ¿Has intentado imitar los tatuajes de tu padre con un cuchillo de carnicero o algo así?

El siguiente «no, señor» se quedó atrancado en mi garganta y se negó a salir. Bajé la vista hacia el círculo verdoso de ceniza que casi había desaparecido y que en el pasado había sido mi Puerta azul. Tenía frente a mí al hombre que la había quemado, que luego había traicionado a mi padre, que me había encerrado... y no tenía por qué ser educada con él. No le debía nada.

Me erguí y alcé la cabeza.

—Confiaba en ti, ¿sabes? Y mi padre también.

La alegría se desvaneció del rostro del señor Locke como el maquillaje de un payaso bajo la lluvia. Me empezó a mirar con cautela y ojos entrecerrados. No dijo nada.

—Pensé que querías ayudarnos, que te importábamos.

«Que te importaba.»

Levantó una mano apaciguadora.

—Claro que sí...

—Pero has terminado por traicionarnos a los dos. Usaste a mi padre, le mentiste y lo encerraste para siempre en otro mundo. Luego me mentiste a mí, me dijiste que estaba muerto... —La voz había empezado a hervirme en el pecho—. Me dijiste que me estabas protegiendo...

—¡Enero, te he protegido desde que llegaste a este mundo!

El señor Locke se acercó a mí con las manos tendidas como si tuviese intención de ponérmelas sobre los hombros. Di un paso atrás y Bad se acercó a sus pies con los pelos del pescuezo erizados y enseñando los dientes. De no haber estado en su lista de «Por favor, no lo muerdas», el señor Locke se habría llevado una buena dentellada.

Locke se apartó.

—Pensé que Theodore había tirado a ese animal al lago. Lo de ahogarse no parece haberle mejorado el temperamento, ¿no?

Bad y yo lo fulminamos con la mirada, pero él se limitó a suspirar.

—Mira, Enero: cuando tu padre y tú naufragasteis al cruzar la puerta en Colorado justo cuando la íbamos a cerrar, mis socios y yo teníamos la intención de acabar con vosotros y dejaros morir en la montaña.

—Pues mi padre dice que lo intentasteis —dije con voz fría.

Locke me dedicó un gesto desdeñoso, como si se apartase un mosquito de la cara.

—Te aseguro que eso fue un malentendido. Estábamos allí porque tu madre había montado un escándalo en los periódicos. Todo el mundo se reía de la loca y del barco de las montañas, pero creímos que detrás de esa historia tenía que haber algo sospechoso… Y estábamos en lo cierto, ¿no es así? —Carraspeó—. Admito que mi empleado se excedió un poco con tu padre, pero ¡el pobre estaba derrumbando una puerta y luego vio cómo un barco aparecía por ella! De todos modos, la cosa no fue a más. Me encargué de protegeros mientras consultaba con los demás qué hacer.

—¿Con la Sociedad, quieres decir? —Locke inclinó la cabeza con gesto de asentimiento refinado—. Y entonces fue cuando todos te dijeron que tenías que cometer un doble homicidio, ¿no? Y se supone que tengo que estarte… agradecida porque no lo hicieras. —Me dieron ganas de escupirle y empezar a gritarle hasta que supiera lo que se siente al ser algo pequeño, perdido e inútil—. ¿Dan medallas por no matar bebés? ¿Un certificado bonito, quizá?

Supuse que empezaría a gritarme, quizás hasta lo esperaba. Quería que dejase de fingir benevolencia y sus buenas intenciones, de reír alegre. Era lo que siempre hacían los villanos y lo que les daba a los héroes permiso para odiarlos.

Pero Locke se limitó a mirarme con una leve sonrisa en el gesto.

—Entiendo que estés enfadada conmigo. —Lo dudaba con todo mi ser—. Pero eres justo lo que queríamos evitar, a lo que habíamos prometido oponernos: un elemento ajeno y fortuito dotado del potencial para instigar todo tipo de problemas y perturbaciones. Por lo que había que eliminarte de raíz.

—Mi padre era un académico afligido y yo una niña medio huérfana. ¿Qué problemas podíamos causar?

Locke volvió a inclinarse y la sonrisa se le borró unos milímetros.

—Eso fue lo que dije yo. Terminé por convencerlos a todos... Soy muy persuasivo cuando me lo propongo. —Una carcajada breve y ominosa—. Les hablé de las notas y de los artículos de tu padre, y en particular de su motivación por encontrar más fracturas. Sugerí que yo podría encargarme de cuidar de ti y así vigilar muy de cerca tus talentos, tan útiles y poco habituales, para usarlos en nuestro beneficio. Te salvé, Enero.

¿Cuántas veces me había dicho eso a lo largo de toda mi vida? ¿Cuántas veces me había contado la misma historia en la que salvaba a mi pobre padre, lo protegía y nos daba ropas caras y habitaciones espaciosas? ¿Y cómo me atrevía a hablarle así? Siempre terminaba por languidecer, darle las gracias y sentirme culpable, como una mascota a la que tiran de la correa.

Pero ahora era libre. Libre para odiarlo. Libre para escapar de él y para escribir mi historia. Así que retorcí la pluma que tenía en la mano.

—Mira, Enero. Empieza a hacer calor. —Locke se enjugó las gotas de sudor de la frente con gesto dramático—. Volvamos al pueblo y hablemos sobre el tema en un lugar más civilizado, ¿te parece? Esto no ha sido más que una serie de malen...

—No. —Tenía la sospecha de que quería que me alejase de allí, lejos de los susurros del prado verde y los restos ennegrecidos de la Puerta. O quizá solo quería llevarme a la ciudad y, una vez allí, llamar a la policía o a la Sociedad—. No. Creo que ya hemos hablado lo suficiente. Deberías marcharte.

Mi voz había sonado tan monótona que bien podría haber sido el anuncio de un maquinista de tren, pero el señor Locke levantó las manos a la defensiva.

—No lo entiendes. Admito que has sufrido muchos desencuentros personales, pero ¡no seas tan egoísta y piensa en el bien de nuestro mundo, Enero! Piensa en lo que propician esas «puertas» o, como las llamamos nosotros, esas fracturas o aberraciones: necedades, magia, alteraciones… Ponen el orden patas arriba. He visto un mundo sin orden, abocado a una competición constante por el poder y la riqueza, sometido a las crueldades de los cambios.

En ese momento, tendió la mano hacia mí y la apoyó con torpeza sobre mi hombro mientras hacía caso omiso de los gruñidos de Bad. Me miró con ojos lívidos y fríos.

—Eché a perder mi juventud en un mundo como ese.

¿Qué?

Aflojé un poco la presión de la mano alrededor de la pluma, y Locke empezó a hablar más despacio y con tono casi amable.

—Nací en un mundo frío y despiadado, pero conseguí escapar y encontré uno mejor. Era más apacible y lleno de potencial. He consagrado mi vida y gran parte de estos dos siglos a mejorarlo.

—Pero…, ¿dos siglos?

Noté la pena en su voz, que ahora se asemejaba a un líquido denso, dulzón y rancio.

—En mi juventud viajaba mucho, y terminé por encontrar una fractura en mitad de la antigua China, y también un vaso de jade muy especial. Estoy seguro de que lo has visto. Tiene la propiedad de prolongar la vida. De manera indefinida, quizá. Ya lo veremos.

Recordé cómo Lizzie decía que su extraño visitante no había envejecido, y luego el pelo canoso de mi padre y las arrugas que le rodeaban la boca.

Locke suspiró y continuó en voz baja:

—Llegué a este mundo en 1764, en las montañas del norte de Escocia.

«Ya no recuerdo si en Inglaterra o en Escocia.»

Creía que había vuelto al comienzo de mi propio laberinto, que sabía dónde estaba, pero en ese momento todo se retorció de repente ante mis ojos y comprendí que en realidad seguía completamente perdida en medio de todo aquel caos.

—Eres el Fundador —susurré.

Y el señor Locke sonrió.

Me tambaleé hacia atrás al tiempo que me agarraba a Bad.

—Pero ¿cómo…? No. Da igual. No importa. Me da igual. Me voy.

Me afané por encontrar las páginas de periódico y sostuve la pluma en alto con dedos temblorosos.

«Huye. Escapa.»

Estaba harta de este mundo y de la crueldad de sus monstruos y de sus traiciones, y también de las zonas para la gente de color que había en sus estúpidos trenes…

—De modo que así es como lo haces. ¿Es una especie de tinta mágica? ¿Es por las palabras? Tendría que haberlo sospechado. —La voz de Locke sonaba simpática y muy tranquila—. Ni se te ocurra, guapa.

Alcé la vista cuando la punta empezaba a tocar la página…

… y su mirada me atrapó como si de dos anzuelos plateados se tratara.

—Suelta eso, Enero, y quédate muy quieta.

La pluma y el papel se me cayeron de las manos.

Locke los cogió del suelo, se metió la pluma en el bolsillo de la chaqueta y luego hizo trizas el periódico y lo tiró detrás de él. Los pedazos revolotearon hacia la hierba como polillas de un blanco amarillento.

—Ahora me vas a escuchar. —El corazón me dio un vuelco y noté cómo la sangre se espesaba en mis venas. Me quedé helada, como una niña prehistórica que hubiera tenido la mala suerte de quedar congelada para siempre en un glaciar—. Y cuando termine, comprenderás al fin el trabajo al que le he consagrado toda mi vida. Y espero que aceptes ayudarme.

Y lo escuché porque tenía que hacerlo, porque sus ojos eran como garfios o cuchillos o garras que se aferraban con fuerza a mi carne.

—¿Cómo empiezan siempre esas historias tuyas? Érase una vez un joven muy desdichado. Nació en un mundo desagradable, brutal e implacable, un mundo demasiado centrado en la muerte como para tener un nombre. Los lugareños de tu mundo lo llamaron Ifrinn, y luego aprendí lo que significaba: infierno, un infierno frío y oscuro.

Hablaba cambiando de acento y sonaba un tanto extraño, ya que el tono oscilaba entre una narración escueta y la rabia más pura. Era como si el señor Locke con el que había crecido, su voz, sus gestos y sus poses, no fuesen más que una máscara detrás de la que se ocultaba algo mucho más antiguo y extraño.

—Ese joven desdichado luchó en cuatro batallas antes incluso de tener catorce años. ¿Te lo puedes llegar a imaginar? Niños y niñas ataviados con pieles de animales sarnosos, medio salvajes y lanzándose a la batalla entre soldados como carroñeros hambrientos... Claro que no te lo puedes imaginar.

»Luchamos por botines escasos. Unas cuantas hectáreas de cotos de caza cubiertos de nieve, el rumor de algún tesoro, el orgullo. A veces ni siquiera sabíamos por qué luchábamos, pues obedecíamos a nuestra jefa. La amábamos. La odiábamos.

Debió de cambiarme el gesto, porque Locke se echó a reír. Era una risa del todo normal, la misma risa jovial que había oído estallar tantos cientos de veces, pero en esa ocasión hizo que se me erizasen los pelillos de los brazos.

—Sí, ambas cosas. Siempre. Me imagino que es más o menos lo mismo que sientes por mí, y no creo que la situación esté exenta de ironía. Pero yo nunca he sido cruel contigo, como lo eran nuestros gobernantes. —Su voz se volvió ansiosa, como si tuviese miedo de que no le creyera—. Nunca te he obligado a hacer nada que no quisieses hacer, pero en Ifrinn era muy frecuente. Éramos como las balas que usan los soldados. Era un lugar demasiado frío como para vivir hambriento y sin clan, pero puede que lo hubiésemos intentado de todos modos... de no ser por el Derecho de Nacimiento.

Oí cómo esas mayúsculas salían a duras penas de la garganta del señor Locke y vi cómo luego proyectaban una sombra bulbosa a su espalda, pero no lo comprendí.

—Debería de haber empezado con el Derecho de Nacimiento. Me he liado. —Locke se enjugó el sudor del labio superior—. Esto de contar historias es más complicado de lo que parece, ¿eh? El Derecho de Nacimiento. Cuando cumplían dieciséis o diecisiete años, unos pocos niños de Ifrinn eran susceptibles de manifestar una característica... muy particular. En un primer momento era fácil confundirlos con abusones o niños encantadores, pero tenían algo mucho más excepcional: el poder para gobernar, de influir en las mentes de los demás y retorcer sus voluntades como los herreros retuercen el metal... Y también los ojos, claro. Los ojos eran la señal definitiva.

Locke se inclinó hacia delante y abrió de par en par sus ojos pálidos para que los contemplase. Luego preguntó en voz baja:

—¿De qué color dirías que son? En mi tierra natal teníamos una palabra que no se usa por aquí, y que servía para designar un tipo de nieve muy particular, la que ha caído y ha vuelto a congelarse, esa que tiene una translucidez grisácea...

«No», pensé. Pero la palabra sonó débil y distante en mi mente, como alguien que pide ayuda desde muy lejos. Una brizna de hierba rota se me clavó en la planta del pie. La pisé con fuerza y noté cómo me levantaba un semicírculo de piel, sentí el cosquilleo de la carne viva contra la brisa.

Locke aún no había apartado el rostro.

—Seguro que ya tenías una ligera noción de lo que es el Derecho de Nacimiento. Eres una niñita muy obstinada.

«Como los herreros retuercen el metal.»

Me vi a mí misma como un pedazo de metal bien trabajado y brillando de un naranja opaco, siendo golpeada y golpeada y golpeada por un martillo...

Locke volvió a enderezarse.

—El Derecho de Nacimiento era una invitación a gobernar. Se esperaba de nosotros que desafiáramos a nuestra jefa actual a un combate o que nos marcháramos y formásemos nuestro propio y miserable clan. Desafié a esa vieja zorra tan pronto como pude, la dejé llorando y destrozada y reclamé mi Derecho de Nacimiento con tan solo dieciséis años.

La satisfacción había empezado a rezumar de su voz.

—Pero en ese mundo las cosas no duraban nada. Siempre había clanes nuevos, líderes nuevos, guerras nuevas. Contendientes nuevos que querían derrocarme. Disidentes. En una ocasión tuvo lugar una incursión nocturna, una batalla de egos en la que perdí y tuve que huir… Y ya te imaginas qué fue lo que encontré.

Moví la boca sin articular sonido alguno. Una Puerta.

Sonrió con benevolencia.

—Eso mismo. Una grieta en un glaciar que llevaba a otro mundo. ¡Y menudo mundo! Era fértil, verde, cálido y poblado por gente de mirada frágil que cedía a mis menores designios… Era un mundo que no tenía nada que ver con Ifrinn. Unas horas después volví adonde se encontraba la fractura y la destrocé con mis propias manos.

Me quedé sin aliento y abrí los ojos de par en par, mientras que Locke resopló.

—¿Qué? ¿Crees que tendría que haberla dejado abierta para que alguno de los cabrones que habitaban en Ifrinn cruzara detrás de mí? ¿Para que arruinase mi mundo maleable y encantador? No. —Sonaba estridente y determinado, como un sacerdote que está decidido a salvar a su rebaño de pecadores, pero también noté algo de agitación en su voz, algo que me recordó a los perros arrinconados y las personas que están a punto de ahogarse, un terror fruto de la desesperación—. Lo que intento decirte, Enero, es que tú las llamas «puertas», como si fueran algo común y necesario, pero son justo lo contrario. Pueden cruzarlas todo tipo de peligros.

¿Como tú o como yo?

—Encontré un pueblo lo bastante grande como para asegurar mi anonimato. Para alguien con el Derecho de Nacimiento no resultaba nada complicado conseguir ropa o comida. Tampoco una casa bonita ni una joven servicial que me enseñase el idioma. —Me dedicó una sonrisa petulante—. Me contó historias sobre grandes serpientes aladas que vivían en las montañas y se dedicaban a acumular oro, y me advirtió de que si las mirabas a los ojos podías incluso perder el alma. —Una carcajada de satisfacción—. Confieso que siempre me han gustado las cosas brillantes… Es lo que es la Hacienda Locke, ¿no crees? El tesoro de un dragón.

Locke empezó a deambular trazando círculos irregulares, se sacó un puro mordido del bolsillo de la chaqueta y empezó a gesticular hacia el cielo azul del mediodía. Me habló de los primeros años que dedicó a estudiar el idioma, la geografía, la historia y la economía. También me habló de sus viajes por todo el mundo y del descubrimiento de más de esas aberraciones, que desvalijó y destruyó sin pensárselo. Comentó que había llegado a la conclusión de que este nuevo mundo también estaba plagado de todo tipo de caos e insatisfacción. («Primero los estadounidenses, luego los malditos franceses. ¡Hasta los haitianos! ¡Unos detrás de otros!») Pero mejoraba poco a poco gracias a la guía de los nuevos y organizados imperios.

Lo escuchaba mientras el sol no dejaba de latirme contra la piel como un pulso caliente y amarillento y las palabras acechaban en mi cabeza como arpías. Noté que volvía a tener doce años, que me estaba echando un sermón en su despacho y que yo no dejaba de mirar el revólver Enfield que tenía en la vitrina.

Dijo que se había unido a la Compañía Británica de las Indias Orientales en 1781 y que había ascendido muy rápido entre sus filas, como era de esperar...

—Y no fue solo gracias al Derecho de Nacimiento, no me mires así.

Consiguió una nada desdeñable fortuna con la que empezó a emprender negocios al tiempo que abandonaba y volvía a alistarse en la Compañía para que nadie sospechase su verdadera edad, compró casas en Londres, Estocolmo, Chicago y hasta una hacienda verde y pequeña en Vermont en la década de 1790. Iba de casa en casa, como era de esperar. Las vendía y las volvía a comprar, decenas de veces.

Durante mucho tiempo, llegó a pensar que sería suficiente.

Pero en 1857, cierto grupo de habitantes de las colonias se amotinó, atacó varios fuertes británicos y salió victorioso en gran parte del país hasta ser subyugado brutalmente casi un año después.

—Estuve allí, Enero. En Delhi. Hablé con todos los amotinados que fui capaz de encontrar, que no eran muchos, ya que el capitán les había empezado a disparar con cañones, y todos me dijeron lo mismo: que una anciana bengalí de Meerut había atravesado un extraño arco y había regresado al cabo de doce días. Afirmaba haber hablado con una criatura dotada del don de la profecía que le había dicho que tanto ella como todo su pueblo serían libres del dominio de los extranjeros. Y por eso se habían alzado contra nosotros.

Locke levantó las manos con rabia al recordar.

—¡Una fractura! ¡Una maldita puerta que tenía delante de mis narices y se me había pasado! —Bufó con énfasis y se calzó los pulgares en el cinturón con la intención de calmarse—. En ese momento comprendí cuán apremiante resultaba mi misión y lo importante que era cerrar las fracturas, por lo que me centré en reclutar a más personas que se uniesen a mi causa.

Y así fue como se formó la Sociedad, una asociación secreta formada por personas con poder: un anciano de Volgogrado que guardaba su corazón en una cajita de terciopelo, una rica heredera de Suiza, un tipo de las Filipinas que era capaz de transformarse en un gigantesco jabalí negro, un puñado de príncipes y otro de miembros del Congreso o una criatura de piel blanca de Rumanía que se alimentaba del calor humano.

En ese momento, Locke dejó de deambular y volvió a girarse para mirarme fijamente a la cara.

—Lo hemos hecho bien. Durante medio siglo hemos trabajado en las sombras para conseguir que este mundo sea un lugar seguro y próspero. Hemos cerrado decenas de fracturas, puede que cientos, y hemos ayudado a crear un futuro más estable y prometedor. Pero… Enero… —Me miró con más fijeza aún—. No es suficiente. Aún hay murmullos de descontento, amenazas a la estabilidad y fluctuaciones muy peligrosas. Lo cierto es que necesitamos toda la ayuda posible, sobre todo ahora que tu padre ha desaparecido.

Su voz se convirtió en un murmullo.

—Ayúdanos, cariño. Únete a nosotros.

Era bien entrado el mediodía, y nuestras sombras habían empezado a proyectarse lejos de nuestras piernas, quebradas por las briznas de hierba alta que nos rodeaban. El río y las cigarras emitían una especie de tamborileo que notaba debajo de los talones, como si la tierra misma murmurase algo.

El señor Locke cogió aire, a la espera de mi respuesta.

Las palabras se me atropellaron en el cielo de la boca, palabras como «Gracias» o «Sí, claro, señor» o «Deme algo de tiempo». Eran palabras generosas y aduladoras que rezumaban la gratitud de una niña que se siente querida e importante al saber que la quieren tener cerca.

Me pregunté si eran mis palabras o las del señor Locke, palabras que me había hecho pronunciar a través de esa mirada de ojos blancos. Era una sensación inquietante, vertiginosa y exasperante.

—No. Gracias —siseé entre los dientes cerrados.

Locke chasqueó la lengua.

—No seas imprudente, niña. ¿De verdad crees que te permitiré andar con libertad por ahí, con esa manía tuya de abrir cosas que deberían estar cerradas? La Sociedad no tiene por qué soportar la existencia de una criatura así.

—El señor Ilvane ya me lo ha dejado claro. Y también el señor Havemeyer.

Locke resopló, irritado.

—Sí. Lo siento mucho por Theodore y por Bartholomew. Ambos son demasiado dados a los extremos y a las soluciones violentas. Nadie echará mucho de menos a Theodore, te lo puedo asegurar. Admito que estábamos un poco preocupados por la señorita Comosellame y tu pequeño tendero, pero ya me he encargado de ellos.

«¿Encargado de ellos?» Se suponía que estaban a salvo, ocultos en Arcadia... Oí un tenue lamento, como si alguien llorase a mucha distancia. Di un paso al frente y tropecé con algo que había medio enterrado en la pila de ceniza.

—Jane... S-Samuel...

Casi no era capaz de pronunciar sus nombres.

—¡Ambos están perfectamente! —El alivio me hizo relajarme y reparé en que de repente había caído de rodillas en la ceniza y que Bad se había colocado junto a mí—. Los encontramos deambulando por la costa de Maine en tu busca. A la señorita Comosellame solo la vimos de reojo, esa zorra artera es muy rápida, pero estoy seguro de que la encontraremos. El chico sí que colaboró de muy buen grado.

Un sonido repiqueteante. Las cigarras zumbaron entusiasmadas.

—¿Qué le has hecho? —dije en poco más que un susurro.

—Tranquila. Tranquila. ¿Acaso estás enamorada, señorita Déjame En Paz Que Estoy Leyendo? —«Como lo hayas matado, te juro que escribiré en la palma de mi mano para que aparezca un cuchillo y te...»—. Cálmate, Enero. Mis métodos para llevar a cabo interrogatorios son mucho menos... primitivos que los de Havemeyer. Me limité a hacerle unas pocas preguntas sobre ti y descubrí que habías sido una insensata y le habías contado los asuntos de la Sociedad. Lo obligué a olvidarlo todo, y él lo hizo encantado. Lo hemos enviado a casa ahora que carece de preocupaciones.

La sonrisa del señor Locke, segura y tranquilizadora, me dejó claro que no entendía en absoluto lo que había hecho.

No entendía lo horroroso y lo abusivo que era. Controlar así la mente de alguien y esculpirla como si fuese arcilla era un tipo de violencia peor aún que la de Havemeyer.

¿Era eso lo que me había hecho a mí a lo largo de toda mi vida? ¿Me había obligado a ser otra persona? ¿Alguien dócil y tímido que no corría por henares ni jugaba junto al lago con el hijo del tendero ni suplicaba todas las semanas con ir a vivir aventuras con su padre?

«Sé una niña buena. Ya sabes cuál es el lugar que te corresponde.»

Lo había intentado. Me había esforzado por no salirme del papel, de ser la niña que el señor Locke me decía que fuese. No había dejado de fustigarme por mis errores.

Él no llegó a entender lo mucho que lo odié en ese momento, agachada entre la ceniza y la hierba alta al tiempo que las lágrimas se convertían en una pasta terrosa en mis mejillas.

—¿Ves cómo nos hemos encargado de todo? Únete a la Sociedad y olvidémonos de estas tonterías. La invitación sigue en pie, como te prometí. —Casi no podía oírlo debido a la rabia que hervía en mi interior—. ¿Aún no has comprendido cuál es tu papel? Te crie a mi lado y te dejé ver el mundo, te enseñé todo lo que pude. Nunca llegué a tener claro que lo mejor fuese... Bueno... —El señor Locke tosió, un poco avergonzado—. Tener un hijo de verdad. ¿Y si también nacía con el Derecho de Nacimiento? ¿Y si terminaba por desafiar mi control? Pero ¡mírate! Mi hija adoptiva se ha convertido en alguien casi tan poderoso y obstinado como lo sería uno de mis hijos biológicos. —No había dejado de mirarme con orgullo, como alguien que admira su mejor caballo—. Admito que no sé cuál es el límite de tus capacidades, pero descubrámoslo juntos. ¡Únete a nosotros! ¡Ayúdanos a proteger el mundo!

Sabía que cuando el señor Locke quería proteger algo, lo que hacía era encerrarlo, ahogarlo, preservarlo como un miembro amputado en una vitrina. Llevaba protegiéndome toda mi vida, y eso casi había acabado conmigo. O con mi alma.

No iba a permitir que le hiciese lo mismo al mundo. No. Pero ¿cómo iba a conseguirlo si podía alterar mi voluntad con solo una mirada? Enterré las manos entre la ceniza llena de hierba que me rodeaba y un aullido silencioso empezó a alzarse en mi garganta.

En ese momento descubrí dos cosas muy interesantes: la primera, que había un pedazo de carbón bajo la superficie de barro y ceniza empapada por la lluvia. La segunda fueron los restos podridos y chamuscados de mi diario de bolsillo. El diario que mi padre había dejado en el cofre azul solo para mí hacía una década.

La cubierta, antes suave y de piel de becerro, ahora estaba rota y apergaminada, y tenía los bordes requemados. Solo quedaban visibles las tres primeras letras de mi nombre. (¿Ves las astas de la N descendiendo como cuerdas que cuelgan de la ventana de una prisión?) Se descascarilló un poco al abrirlo, y las páginas del interior estaban sucias y consumidas por el fuego.

—¿Qué es eso? ¿Qué…? Suéltalo ahora mismo, Enero. Te lo ordeno.

Locke empezó a caminar con determinación hacia mí. Yo acerqué un poco de carbón a la página y dibujé una línea sinuosa.

«Por Dios, espero que funcione.»

—Te lo digo en serio… —Una mano sudorosa me cogió de la barbilla y me obligó a alzar la vista, donde me topé con esos ojos pálidos y mordaces—. Estate quieta, Enero.

Era como sumergirse en un río en invierno. Un peso incalculable me aplastó hacia el suelo, me presionó, tiró de mis ropas y de mis extremidades, siempre en una única dirección. ¿No habría sido más fácil dejarme llevar por el río en lugar de apretar los dientes y resistirme? Podría volver a casa, acurrucarme en el hogar en el que había vivido como una niña buena, como un perro leal a los pies de su dueño...

Al mirarlo a esos ojos pálidos como el hueso, me pregunté si el señor Locke había salido airoso a la hora de convertirme en una niña buena que sabía cuál era el lugar que le correspondía. ¿Su voluntad había eclipsado la mía? ¿Había sido capaz de borrar mi verdadera personalidad y convertirme en una muñeca de porcelana o se había limitado a embutirme en un disfraz antes de obligarme a ser quien no era?

Pensé de repente en el señor Stirling, en el vacío inquietante de su persona, como si no hubiese nada debajo de esa máscara de agradable aparcacoches. ¿Ese era mi futuro? ¿Quedaba en mí algo de la niña bragada y tozuda que había encontrado una Puerta en el prado hacía ya tantos años?

Recordé mi fuga desesperada de Brattleboro, en el baño a medianoche para llegar al faro abandonado, y mi deambular hacia el sur. Pensé en todas las veces que había desobedecido a Wilda o colado una revista en el despacho del señor Locke en lugar de leer *Historia de la decadencia y caída del Imperio romano*, o en las horas que había pasado soñando con aventuras, misterios y magia. Pensé en mi situación actual, arrodillada en la tierra del que había sido el hogar de mi madre, desafiando a Havemeyer, a la Sociedad y al mismísimo señor Locke. Llegué a la conclusión de que sí que quedaba en mí algo de esa niña.

¿Tenía ahora la posibilidad de elegir quién quería ser?

El caudal del río aumentó y sus aguas empezaron a romper contra mí, a tirar hacia abajo, cada vez más. Era como si me hubiese convertido en algo de un peso imposible, en una estatua de plomo de una niña y su perro, inseparables e impasibles a las corrientes.

Hice presión contra la mano que Locke tenía en mi barbilla y aparté la vista de sus ojos. El carbón se movió en la página.

ELLA...

Locke dio un paso atrás y lo oí rebuscando a la altura del cinturón, pero no le hice caso.

ELLA ESCRIBE...

Luego oí el rumor del metal contra el cuero y un «clic, clic» sincopado. Sabía lo que era ese chasquido. Lo había oído en la cabaña de la familia Zappia justo antes del estallido que había acabado con la vida de Havemeyer. También en los prados de Arcadia cuando había disparado al aire para asustar a Ilvane.

—Enero, no sé qué pretendes, pero no te lo pienso permitir.

Me di cuenta de que nunca había oído la voz del señor Locke temblar así, pero no le presté atención. Estaba distraída con lo que tenía en las manos.

Un revólver. No el antiguo y querido Enfield que Jane había robado, sino uno mucho más elegante, y también más nuevo. Me quedé mirando con gesto embobado la oscuridad del interior del cañón.

—Suelta eso, bonita.

Su voz sonó tan calmada y autoritaria que bien podría haber sido la misma que usaría un director en una reunión, pero aún tenía ese temblor tan sutil. Tenía miedo de algo. ¿De mí? ¿De las Puertas? ¿De la presencia de una amenaza más poderosa que él al otro lado de ellas? Quizá todos los hombres poderosos sean unos cobardes porque en realidad saben que el poder siempre es temporal.

Sonrió, o al menos lo intentó, y su boca se estiró en un gesto que era todo dientes.

—Me temo que esas puertas tuyas tienen que quedarse cerradas.

«No, no lo harán.»

Los mundos no tienen por qué ser prisiones cerradas, asfixiantes y seguras. Se supone que los mundos son casas enormes y laberínticas con todas las ventanas abiertas, por las que sopla el viento y cae la lluvia de verano, lugares llenos de armarios con pasajes mágicos y cofres del tesoro secretos en los desvanes. Locke y su Sociedad habían pasado un siglo en esa casa, tapiando ventanas y cerrando puertas.

Estaba muy cansada de las puertas cerradas.

ELLA ESCRIBE UNA PUERTA DE...

Visto en retrospectiva, supongo que en realidad nunca he tenido miedo de verdad al señor Locke. De pequeña, siempre quise creer que el hombre que se sentaba junto a mí en cientos de trenes, barcos de vapor y transbordadores, que olía a puros, a cuero y a dinero, y que siempre estaba a mi lado, todo lo contrario que mis padres, era incapaz de hacerme daño.

Puede que tuviese parte de razón, porque el señor Locke no me disparó. En vez de eso, vi relucir el negro del cañón al girarse hacia la derecha y quedarse quieto apuntando a Bad, donde se le unían los pelos a la altura del pecho.

Me moví. Y mi grito quedó ahogado por el estruendo.

Luego el que gritó fue el señor Locke, que me insultó mientras yo pasaba los dedos sobre el pecho de Bad y susurraba «Dios, no», y él gimoteaba aunque no había a la vista ninguna herida, ningún agujero, y su piel era tan suave y perfecta como lo había sido siempre...

Entonces, ¿de dónde había salido esa mancha roja?

Vaya.

—¿Es que nunca vas a aprender cuál es el lugar que te corresponde?

Me senté de cuclillas y vi cómo la sangre se deslizaba por la piel oscura de mis brazos en arroyos perfectos, como si fuese el callejero de una ciudad desconocida. Los bigotes de Bad los siguieron hasta el agujero oscuro que se me había abierto en el hombro y bajó las orejas a causa de la preocupación. Intenté tenderle el brazo izquierdo para consolarlo, pero fue como tirar de la cuerda rota de una marioneta.

No me dolía, o quizá sí pero el dolor no quería convertirse en el protagonista. Esperó con paciencia, como un invitado bien educado.

Tiré el carbón. La frase quedó sin terminar junto a las manchas rojas de la sangre que me caía de la punta de los dedos.

Pues tendría que servir, porque sinceramente no tenía intención de quedarme en este mundo despiadado, tan cruel que hasta la gente a la que quieres te hace cosas horribles.

Siempre se me ha dado bien escapar.

Extendí el dedo con gesto perezoso y lo mojé en la densa mancha de sangre. Escribí en la mismísima tierra, letras de barro que relucieron a la luz del atardecer. El ruido de las cigarras hizo que me zumbaran los huesos de la mano.

ELLA ESCRIBE UNA PUERTA DE CENIZA. SE ABRE.

Creí en ella igual que la gente cree en Dios o en la fuerza de la gravedad: con una intensidad tan inquebrantable que ni suele ser consciente. Creí que era una artesana de las palabras y que mi voluntad podía retorcer y entretejer la mismísima realidad. Creí en que las Puertas existían en lugares escasos en los que hay una resonancia entre mundos, lugares en que los cielos de dos planetas se susurran el uno al otro. Creí que iba a ver de nuevo a mi padre.

El viento sopló del este desde la orilla del río, pero no olía a siluros ni a humedad, como habría sido lo normal. Olía seco, fresco y a especias, a canela y a cedro.

El viento agitó la montaña de ceniza, la hizo arremolinarse como uno de esos extraños torbellinos que arrastran a veces las hojas caídas. Levantó ceniza, carbón húmedo y tierra, que se quedaron suspendidos un instante entre el señor Locke y yo, un arco recortado contra el cielo azul del verano. Vi su gesto constreñido, y también cómo la pistola empezaba a temblarle en la mano.

Luego la ceniza empezó a… ¿Extenderse? ¿Derretirse? Fue como si cada mota de tierra o de carbonilla fuese en realidad una de tinta en el agua y sus estrechos tentáculos empezaran a hacer espirales entre ellos, a conectarse, a unirse, a oscurecerse, a formar una curva en el aire que…

Vi ante mí un arco. Me resultó extrañamente frágil, como si pudiese volver a convertirse en ceniza al más mínimo roce, pero era una Puerta. Olí el mar.

Extendí la mano hacia la funda de almohada que había en el suelo y me puse en pie como pude mientras el agotamiento me emborronaba la vista, y con tierra y hierba pegada a las rodillas. Vi que el señor Locke volvía a sostener con firmeza el revólver.

—Quédate quieta ahora mismo. Aún podemos hacer las cosas bien. Estás a tiempo de volver conmigo, de volver a casa… Todo puede acabar bien…

Era mentira. Yo era peligrosa y él era un cobarde, y los cobardes no dejan cosas peligrosas sueltas por las habitaciones libres de su casa. A veces incluso ni las dejan vivas.

Di un paso hacia la puerta de ceniza y miré al señor Locke a los ojos por última vez. Eran blancos y áridos como un par de lunas. Tuve la necesidad infantil y repentina de hacerle una pregunta: «¿Me has querido de verdad en algún momento?».

Pero justo entonces volvió a levantar el cañón de la pistola y pensé: «Supongo que no».

Me abalancé hacia el arco de ceniza con Bad y un latido incesante en el pecho mientras el estallido de un segundo disparo resonaba en mis oídos. Hacia la oscuridad.

Las Puertas abiertas

*H*abía entrado en el Umbral cuatro veces con anteriori-dad.

«Quizá no haya quinta mala», pensé, mientras caía por esa oscuridad resonante.

Estaba equivocada, como cabía esperar. Igual que el cielo no se vuelve menos azul cada vez que lo miras, la nada sin aire ni átomos del espacio que hay entre mundos tampoco se vuelve menos aterradora.

La oscuridad me engulló como si de un ser vivo se trata-ra. Me incliné hacia delante y caí sin caer, porque para ha-cerlo tendría que haber un arriba y un abajo, y en el Umbral solo hay una nada oscura e infinita. Noté a Bad pasar a mi lado a toda velocidad mientras agitaba las piernas inútilmen-te contra el vacío, momento que aproveché para rodearlo con un brazo. Mantuvo la mirada fija en mí. Llegué a la conclu-sión de que era imposible que los perros se perdiesen en ese lugar entre mundos, porque siempre saben muy bien adónde van.

Y yo también lo sabía en esa ocasión. Noté cómo el libro de mi padre se me clavaba en las costillas y seguí el olor a cedro y a sal de su mundo natal, mi mundo natal, hacia esa ciudad de piedra blanca.

No dejé de notar el tirón voraz que surgía de la oscuridad, pero era como si algo brillante y reluciente de mi interior se hubiera desatado al fin y luego se hubiera expandido por todo mi ser. Estaba débil y herida: la traición, el abandono, el peque-ño agujero negro que tenía en el hombro, algo reciente y muy extraño que notaba en la cadera izquierda y en lo que no quería pensar demasiado… Pero era yo misma y no tenía miedo.

Hasta que noté una mano que se me cerraba alrededor del tobillo.

No creí que fuera a seguirme. Quiero que entiendas que no lo esperaba en absoluto. Pensé que se quedaría atrás, a salvo en su pequeño mundo, y destruiría mi Puerta de ceniza y chamusquina. Pensé que suspiraría arrepentido, tacharía mi nombre de su libro de cuentas mental («niña a caballo entre dos mundos, se sospecha que tiene poderes mágicos, valor desconocido») y luego retomaría sus dos pasiones: amasar fortuna y cerrar Puertas. Pero no fue eso lo que hizo.

Tal vez me quisiese, al fin y al cabo.

Creo que hasta vi un atisbo de amor cuando me di la vuelta y lo miré a la cara; o al menos un deseo posesivo y transitorio que desapareció de inmediato bajo la furia imponente que emanaba de él. La rabia de alguien muy poderoso a quien ha boicoteado otra persona que se suponía débil es demoledora.

Me clavó los dedos en la carne mientras sostenía el revólver con la otra mano, y vi cómo movía el pulgar. En el Umbral no había sonido alguno, pero imaginé que volvía a oír ese chasquido ominoso.

«No, no, no…»

Me noté lenta e incompetente en esa negrura y el miedo empezó a alejarme de mi objetivo…

Pero me había olvidado de Bad. Mi mejor amigo, mi querido compañero, mi perro malo para el que esa lista de No Morder Por Favor siempre era un documento muy negociable. Se arqueó hacia atrás mientras los ojos amarillentos le brillaban con el rabioso júbilo de un animal que hace lo que más le gusta y luego clavó los dientes en la muñeca del señor Locke.

La boca de Locke se abrió con un grito mudo y luego me soltó. Empezó a flotar y cayó solo por la infinidad vacía del Umbral, con los ojos blancos y abiertos como platos de porcelana china.

Me pregunto cuándo sería la última vez que había atravesado una Puerta después de todas las que había cerrado, cuánto tiempo llevaba sin cruzar el Umbral. Parecía haberse olvidado de su rabia, de su motivación o del arma que tenía en la mano. Lo único que se reflejaba en su rostro en ese momento era un pavor descontrolado.

Podría haberme seguido.

Pero tenía demasiado miedo. Tenía miedo del cambio, de la incertidumbre y del mismísimo Umbral. De las cosas que escapan a su control y de las cosas que hay entre mundos.

Vi cómo la oscuridad parpadeaba con timidez a su alrededor. La mano derecha en la que tenía el revólver había desaparecido. Y luego, el brazo entero. Sus ojos, sus enérgicos y pálidos ojos, aquellos con los que había conseguido tanta riqueza y esa posición social, con los que había subyugado a enemigos, convencido a aliados y hasta reeducado a niñas jóvenes y tozudas durante un tiempo. Ojos que no habían podido hacer nada contra esa oscuridad.

Me di la vuelta. No fue fácil, ya que una parte de mí aún quería tenderle la mano para salvarlo y otra quería ver cómo desaparecía poco a poco y pagaba por todas las traiciones y por todas las mentiras. Pero percibí mi mundo natal, firme e incuestionable como la Estrella Polar, y no podía dirigirme hacia él si miraba hacia otro lado.

Toqué una roca sólida y cálida con los pies descalzos.

Y luego me embargaron el calor de la luz del sol y el olor a mar.

Abrí los ojos mientras se ponía el sol. Lo vi hundirse como una brasa achaparrada y roja en el océano occidental. Todo cuanto me rodeaba tenía los contornos difuminados por esa luz dorada y rosácea que me recordó por un instante a la colcha que me había dado mi padre cuando era niña.

«Papá, te echo de menos.»

Debí de suspirar en voz alta, porque en ese momento oí una pequeña explosión detrás de mí que resultó ser Bad incorporándose como si tuviera un resorte en su trasero perruno. Aterrizó como pudo con su pata herida, ladró y luego empezó a retorcerse hasta que enterró su cara en mi cuello.

Lo abracé con todas mis fuerzas, o lo intenté al menos, ya que el brazo derecho fue el único que reaccionó como esperaba.

El izquierdo se limitó a desplomarse como un pescado y a quedarse inmóvil. En ese momento en el que me quedé mirándolo con leve consternación, el dolor que había estado esperando su momento carraspeó, dio un paso al frente y se presentó ante mí.

«Joder», pensé, dolorida.

Unos segundos después noté cómo se retorcían todas las fibras de los músculos de mi hombro y todos los huesos temblorosos de mi cadera izquierda.

—Mierda. Duele.

Lo cierto es que eso me ayudó un poco. El señor Locke me había prohibido soltar tacos cuando tenía trece años y me había pillado diciéndole al chico nuevo de la cocina que se metiera sus sucias manos donde le cupiesen. Me pregunté cuándo dejaría de descubrir más de esas leyes absurdas que habían dominado mi vida y si lo haría al romperlas. Me alegré mucho al pensarlo.

Luego me pregunté cuándo olvidaría la imagen del señor Locke siendo devorado por esa oscuridad encarnada, y me tranquilicé un poco.

Me puse en pie como pude, de una manera lenta y dolorosa, y también soltando algún que otro taco más. Y me embutí *Las diez mil puertas* debajo del brazo. La ciudad yacía a mis pies. ¿Cómo la he descrito antes? Un mundo de piedra y agua salada. Edificios que se alzan como espirales encaladas, sin humo de carbón ni suciedad. Un bosque de mástiles y velas por la costa. Todo seguía allí, casi inalterado. (Ahora me pregunto qué les hará el cierre de las Puertas a los otros mundos, no solo a los que me son familiares.)

—¿Vamos? —le murmuré a Bad.

Se adelantó por la escarpada ladera de la colina, lejos del arco de piedra y de la cortina ajada por la que habíamos llegado a ese mundo, lejos de las manchas de sangre secadas al sol que se descascarillaban en el suelo, hacia la Ciudad de Nin.

Ya era casi de noche cuando al fin llegamos a las calles adoquinadas de la ciudad. La luz de color miel de los faroles se proyectaba por las ventanas, y las conversaciones de la hora de la cena flotaban como golondrinas por el ambiente. Estaban en un idioma dotado de una cadencia familiar y lánguida que me recordaba la voz de mi padre. Los pocos transeúntes que encontré por la calle también se parecían a él: piel oscura y rojiza, ojos negros y espirales de tinta en los antebrazos. Había crecido pensando que mi padre era raro y excéntrico, único, pero en ese momento descubrí que no era más que un hombre común y corriente que estaba muy lejos de su hogar.

A juzgar por los murmullos, las prisas y la manera en la que se me quedaban mirando, yo sí que estaba fuera de lugar. Seguía sin encajar. Me pregunté si siempre tendría el tono de piel equivocado, si no dejaría de ser una criatura entre mundos, fuera adonde fuese. Pero luego recordé que llevaba ropas extrañas en un estado lamentable y que Bad y yo íbamos sucios, llenos de sangre y agotados.

Avancé hacia lo que juzgué que era el norte mientras contemplaba nuevas estrellas que titilaban pícaras en constelaciones desconocidas. Lo cierto es que no sabía adónde me dirigía. «Una casa de piedra en la ladera de la colina septentrional más alta» era una indicación algo imprecisa, pero llegados a este punto lo consideré un obstáculo salvable.

Me apoyé en un muro de piedra blanca y saqué de la funda la brújula de cobre verdoso del señor Ilvane. La agarré con fuerza y luego pensé en mi padre. La aguja giró hacia el oeste y apuntó directa hacia el mar gris y calmo. Lo volví a intentar, pero ahora pensando en una tarde dorada de diecisiete años antes en la que yacía tumbada junto a mi madre en la colcha bañada por la luz del sol, en aquel momento en el que tenía un hogar, un futuro y unos padres que me querían. La aguja titubeó bajo el cristal y apuntó hacia más o menos el norte.

La seguí.

Encontré un sendero de tierra que se alineaba casi a la perfección con la pequeña aguja de cobre y seguí la hoz de color pajizo que era la luna. Era un camino muy transitado, pero al mismo tiempo abrupto, y hube de realizar varias pausas para que el dolor dejase de patalear y de gritarme en los oídos, para silenciarlo antes de seguir.

Salieron más estrellas que parecían trazos de una caligrafía reluciente que brillase en los cielos. Al cabo, apareció frente a nosotros la sombra de una casa achaparrada. El corazón me latió desbocado en el pecho, a pesar de que nunca lo había notado tan agotado y retorcido.

La ventana estaba iluminada con una luz titilante y había dos sombras recortadas contra ella: un hombre alto pero encorvado por la edad con una melena blanca y rizada que formaba penachos alrededor de la cabeza y una anciana con el pelo cubierto por un pañuelo y los brazos entintados hasta los hombros por los tatuajes.

No eran ni mi padre ni mi madre, claro. Una no sabe lo alto que han llegado sus esperanzas hasta que las ve derrumbarse sin remedio.

Una persona lógica se habría dado la vuelta en ese momento para volver a la ciudad y suplicar o gesticular para conseguir una comida caliente, atención médica y un lugar en el que dormir. Sin duda no habría seguido avanzando con lágrimas cayéndole en silencio por las mejillas. No se habría detenido delante de esa puerta que no era la de sus padres, ese pedazo de madera gris y lleno de salitre que tenía un gancho de metal que hacía las veces de pomo. No habría levantado la mano sana para tocar.

Y al ver cómo una anciana respondía y levantaba el rostro arrugado con gesto inquisitivo y ojos lechosos y entrecerrados, no habría roto a llorar y a balbucear.

—Siento molestarla, señora. Me gustaría saber si conoce al hombre que vivía en esta casa. He recorrido un largo camino y quería… quería verlo. Se llamaba Julian. Yule Ian, quiero decir…

Vi cómo la boca de la anciana se apretaba en una línea delgada, como si fuesen puntos de sutura. Agitó la cabeza.

—No. —Luego añadió con lo que me pareció rabia—: ¿Quién eres y por qué preguntas por mi Yule? Llevamos casi veinte años sin verlo.

Me dieron ganas de aullarle a la luna o de acurrucarme en los escalones y llorar como una niña perdida. Mi padre y mi madre no habían vuelto a casa. Lo que se había roto nunca podría recomponerse. Las palabras de la anciana fueron una revelación cruel y definitiva.

También me sorprendió lo misterioso que resultaba el que hubiese hablado en mi idioma.

Empecé a notar un cosquilleo peligroso y ridículo en las extremidades. ¿Cómo podía esa mujer conocer un idioma de mi mundo? ¿Acaso se lo había enseñado alguien? ¿Me había vuelto loca o me acababa de dar la impresión de que la anciana tenía las mismas mejillas y quizás hasta la misma caída de hombros que nosotros? Pero no formulé ninguna de esas preguntas.

Había otra persona en la casita de piedra de la ladera de la colina. Bad alzó las orejas a mi lado.

Vi cómo algo se agitaba detrás de la silueta de la anciana recortada contra la luz del farol, un resplandor blanco y dorado en la oscuridad, similar al trigo en verano. Después vi que otra mujer se acercaba a la puerta.

Ahora que ha pasado tiempo y estoy mucho más familiarizada con ella, la puedo describir con facilidad: era una mujer de aspecto recio y agotado con el pelo rubio y canas en las sienes, la piel llena de pecas y tan morena que casi pasaba por nativa y unos rasgos tenaces y nada destacables, de esos que los novelistas llamarían «cautivadores».

La miré y vi que estaba fuera de lugar allí, bajo el umbral del hogar en el que yo había nacido y notando una presión en el pecho como si alguien hubiera escarbado detrás de mis costillas para agarrarme el corazón. Vi sus manos: de dedos rechonchos llenos de marcas y pequeñas cicatrices blancas y relucientes; le faltaban tres uñas. También vi sus brazos: nervudos y cubiertos de tinta negra. Sus ojos: dulces y del azul propio de los soñadores. Su nariz, su mandíbula prominente, sus cejas a la misma altura. Era igual que yo.

No me reconoció, claro. Sería absurdo desear que lo hiciese después de haber pasado casi diecisiete años en planetas diferentes. Pero lo deseé.

—Hola, Adelaide.

¿Debería haberla llamado mamá? La palabra se aposentó, pesada y desconocida, en mi lengua. Para mí era más bien un personaje del libro de mi padre.

Arrugó las cejas con la expresión de incertidumbre propia de alguien que no es capaz de recordar tu nombre y tampoco quiere ofenderte. Abrió la boca y articuló algo como «¿Perdón?» o «¿Nos conocemos?». Sabía que para mí iba a ser como si me volviesen a disparar, un dolor insoportable que empeoraría con el tiempo, pero luego abrió los ojos todo cuanto pudo.

Quizá fuese porque había hablado en su idioma o quizá por mis ropas fuera de lugar y familiares al mismo tiempo, pero la mujer empezó a mirarme, muy fijamente, con un ansia voraz y desesperada en el rostro. Vi que sus ojos realizaban el mismo baile frenético que los míos habían hecho unos momentos antes: mis trenzas despeinadas y enmarañadas, mi brazo cubierto de sangre seca, mis ojos, mi nariz, mi barbilla...

Y entonces me reconoció.

Vi cómo ese reconocimiento se reflejaba en su rostro, maravilloso y terrible. Ahora que lo recuerdo, fue como haber visto dos caras al mismo tiempo, como si se tratara del dios por el que me habían puesto el nombre. Una de esas caras reflejaba un júbilo desenfrenado que relucía como el mismísimo sol. La otra era de una aflicción profunda, propia del dolor acentuado e insondable de alguien que ha buscado algo durante muchísimo tiempo para encontrarlo tarde.

Extendió la mano hacia mí y vi cómo se movía su boca.

«E-ne-ro.»

Todo se agitó, como los fotogramas finales de una película, y recordé lo dolorosa y terriblemente cansada que estaba, lo mucho que me dolía y todo lo que había pasado para alcanzar aquel preciso lugar. Me dio tiempo a pensar: «Hola, mamá».

Y luego empecé a caer hacia una oscuridad indolora.

No estoy segura del todo, pero creo que noté que alguien me sostenía a tiempo. Creo que unos brazos fuertes y erosionados por el viento me agarraron como si nunca fueran a volver a soltarme. Noté el latir del corazón de otra persona contra mis mejillas, y esa cosa rota y enmarañada que había en mi interior empezó recuperarse al fin y quizás incluso a enmendarse.

Y ahora estoy sentada en este escritorio de madera amarilla con una pluma en la mano y una pila de páginas de algodón a la espera, tan blancas y perfectas que cada palabra me parece un pecado, una huella grabada en la nieve recién caída. Hay una brújula vieja e impoluta en el alféizar que sigue señalando con obstinación hacia el mar. Unas estrellas de hoja-

lata cuelgan sobre mí, reluciendo y agitándose a la luz amba-
rina del sol que se proyecta por la ventana. Veo cómo los
haces de luz se retuercen por las cicatrices perladas de mi brazo, por las vendas limpias de mi hombro, por los cojines que
me he colocado junto a la cadera. Aún duele, una molestia
profunda e incómoda que nunca llega a desaparecer del todo.
El doctor, Vert Remiendahuesos, creo que lo llaman, dice que
me va a quedar así.

En cierto modo, me parece justo. Creo que, si una escribe
para abrir una Puerta entre mundos y condena a su carcelero
guardián a la oscuridad eterna del Umbral, es normal que
algo cambie.

Además, ahora siento lo que supongo que sentirá Bad. Lo
veo rascarse el lomo contra las rocas de la colina, de esa manera tan hierática de hacerlo que tienen los perros y que le
hace a una pensar que debería probarlo. Vuelve a lucir broncíneo y reluciente, sin esos puntos de sutura zigzagueante ni
hinchazones por todas partes, aunque no parece poder estirar
del todo una de sus patas.

Veo el mar detrás de él. Gris como las palomas y de cachones áureos a la luz del sol. Adelaide construyó esta habitación
en la casa de piedra hace años. No creo que sea por casualidad
que las ventanas den al mar, para poder contemplar siempre el
horizonte, para buscar y observarlo, esperanzada.

Es el decimosexto día que paso en la casa. Mi padre no ha
llegado.

Convencí a Ade («Ade» sigue siendo más fácil que
«mamá». No me ha corregido, aunque a veces la veo hacer un
mohín, como si su nombre pronunciado por mí fuese lo mismo que lanzarle una piedra) para no avituallar el barco y salir
a navegar en su busca por el mar azul, sin mapa ni rastro alguno que seguir, pero estuvo a punto de hacerlo. Le recordé
que ninguna de nosotras sabía a qué lugar de las Escrituras
daba la puerta que él había atravesado ni a qué clase de peligros tendría que haberse enfrentado, y seguro que se sentiría
muy estúpida si zarpaba de Nin mientras mi padre navegaba
de camino a la ciudad. Por eso se quedó, pero su cuerpo terminó por convertirse en otra brújula cuya aguja no dejaba de
señalar hacia el mar.

—En realidad, no es tan diferente —me dijo el tercer día. Estábamos en la tenue oscuridad rocosa del dormitorio, durante las horas tranquilas y apacibles que preceden al alba. Yo estaba apoyada en unas almohadas, demasiado febril y dolorida como para dormir, y ella estaba sentada en el suelo con la espalda contra la cama y la cabeza de Bad en el regazo. Creo que no la vi moverse en tres días. Cada vez que yo abría los ojos contemplaba sus hombros recios y la maraña de hebras blancas en las que se había convertido su pelo.

—Antes siempre zarpaba en su busca. Me había propuesto encontrarlo, como si fuese una aventura, pero ahora me limito a esperar.

Su voz sonaba agotada.

—Entonces… lo intentaste. —Me humedecí los labios resecos—. Intentaste encontrarnos.

Hice un esfuerzo para que no se me notase la amargura y el dolor en la voz, los «¿Dónde has estado todos estos años?» o los «Te necesitábamos». Sé que no es justo culpar a mi madre cuando en realidad pasé toda mi vida en otro mundo, pero los corazones no son tableros de ajedrez y no respetan las normas. No dije nada más, pero lo percibió.

La línea firme de sus hombros se hundió un poco y se curvó hacia delante. Se llevó las palmas de las manos a los ojos.

—Mi niña, llevo buscándoos todos y cada uno de los malditos días desde hace diecisiete años.

No dije nada. No pude decir nada.

Un momento después, continuó.

—Cuando se cerró esa puerta… Cuando ese hijo de puta la cerró, según tú, me quedé varada en ese pedazo de roca durante… días y días. No sé cuánto, a decir verdad. Sin comida y solo con un poco de agua que había sobrevivido al naufragio. Me dolían los pechos, cuya leche se me secó al no poder encontrarte, al haber perdido a mi bebé… —Oí cómo tragaba saliva—. El sol me hizo delirar y empecé a pensar que quizá podía escarbar en la roca hasta dar contigo si le ponía mucho empeño. Supongo que así fue como me encontraron: delirando como una loca, llorando e intentando clavar las uñas en la piedra.

Se llevó ambas manos al pecho para ocultar las uñas que le

faltaban en algunos dedos. Y noté un ligero dolor en esa cosa que había empezado a enmendarse en mi pecho.

—Fueron un par de pescadores de la Ciudad de Plumm, los mismos que nos habían visto zarpar y se preocuparon por si nos ocurría algo y no regresábamos. Me cuidaron y me alimentaron, a pesar de mis gritos y de mis insultos. Supongo que me ataron con una cuerda para que no volviese a lanzarme al mar. No... No recuerdo mucho de esa época.

Pero mejoró, con el paso del tiempo. Al menos, lo suficiente para empezar a hacer planes. Compró un pasaje de vuelta a la Ciudad de Nin y les contó a los padres de Yule Ian lo que había ocurrido...

—Les dije toda la verdad, como una imbécil, pero ellos dieron por hecho que su hijo y su nieta se habían perdido en el mar y lloraron su muerte.

Ganó, robó y suplicó por dinero suficiente como para remendar La Llave y volver a navegar en busca de otra manera de regresar a casa.

Los primeros años fueron austeros y frenéticos. Aún se narran historias de la viuda loca que se tornó blanca debido a la amargura, que no deja de navegar por los mares en busca de su amor perdido, que deambula por lugares inesperados como cuevas oceánicas, minas abandonadas o ruinas olvidadas y grita el nombre de su bebé extraviado.

Encontró decenas de Puertas. Vio gatos con alas que hablaban con acertijos, dragones marinos con escamas de madreperla, ciudades verdes que flotaban muy alto sobre las nubes, hombres y mujeres hechos de granito y alabastro. Pero no encontró la Puerta que quería. Ni siquiera estaba segura de que existiese, ni de si iba a encontrar a su marido y a su hija al cruzarla.

—Pensé que quizás os habíais perdido en ese lugar entre mundos, y a veces me daban ganas de zambullirme en él e ir en vuestra busca.

Terminó por dedicarse al comercio para pagar sus periplos por las Escrituras. Se labró una buena reputación como marinera que viajaba muy lejos por poco dinero y a veces por poco más que el precio de una o dos buenas historias. También se retrasaba días o semanas, pero solía aparecer con objetos maravillosos que vender. Nunca consiguió mucho dinero porque evitaba las rutas habituales a los mismos lugares de siempre, las de los mercaderes que estaban cuerdos; aun así, nunca pasó hambre.

Y siguió buscando. Sabía que su hija ya tendría diez, doce, quince años, que sería una auténtica desconocida. Y los padres de Yule le habían dejado caer con amabilidad que podía tener otro hijo si volvía a casarse pronto. Siguió buscando a pesar de haber olvidado la forma de las manos de Yule Ian al coger la pluma, la manera en la que se encorvaba sobre su libro o cómo agitaba los hombros cuando reía. (Creo que yo nunca lo había visto reír con tantas ganas.)

—Vuelvo aquí un par de veces al año, entre encargos. Duermo en mi casa, recuerdo cómo era la vida sedentaria. Visito a la familia de Julian, que se mudó aquí cuando Tilsa abandonó el salón de tatuajes. Pero... intento no quedarme quieta mucho tiempo.

El sol ya había salido, y un haz de luz amarillo limón empezaba a proyectarse por el suelo de piedra. Noté en mi interior como si algo se hubiera desmontado, limpiado a conciencia y luego vuelto a montar de una manera en la que nada estaba en el mismo lugar que antes. Aún había algo de amargura ahí dentro, y también dolor, pero era ligero como una pluma y brillante. Perdón o compasión, quizá.

Llevaba mucho tiempo sin hablar, por lo que mi voz sonó algo ronca, como una bisagra con poco uso.

—Solía soñar con una vida así, en la que pudiese vagar libre.

Mi madre soltó un resoplido triste por la nariz y luego rio.

—Una viajera nata, como siempre he dicho. —Le acarició la cabeza a Bad y lo rascó bajo la barbilla, en el lugar que más le gustaba. Él se hizo un ovillo en su regazo y empezó a agitar un poco las patas—. Pero hazme caso: la libertad no vale una mierda si no se comparte. He pasado mucho tiempo deseando que jamás se nos hubiera ocurrido atravesar esa puerta, Enero. Y en los momentos más egoístas, en los peores, deseé que te hubieses quedado conmigo en la proa. Julian al menos te tenía a ti.

Habló en voz tan baja que casi no fui capaz de oírla, constreñida por diecisiete años de inmenso dolor.

Pensé en mi padre y en las pocas veces que lo había visto, en cómo su rostro tenía la misma expresión afligida y agotada que la de mi madre y en cómo me miraba de reojo, como si hacerlo durante mucho tiempo solo fuese a provocarle dolor.

—Yo… Sí, me tenía a mí, pero no era suficiente.

Fue raro, porque pensar en ello solía hacerme enfadar, pero ahora esa rabia era mucho más contenida y fluía por mi interior como cera derretida.

Oí que mi madre soltaba un jadeo iracundo y repentino.

—¡Pues deberías haberlo sido! ¿Fue… Fue…?

Sabía que iba a preguntar «¿Fue un buen padre?», pero no quería responderle. Era una crueldad innecesaria.

—¿Yo habría sido suficiente para ti? —pregunté en lugar de ello—. ¿Habrías dejado de ir en busca de papá?

La oí coger aire, pero no respondió. No tenía por qué hacerlo.

—Toma. —Rebusqué entre mi ropa y la colcha hasta que toqué la cálida cubierta de cuero de *Las diez mil puertas*—. Creo que deberías leerlo. Para… —«Perdonarlo.»—. Para entenderlo.

Lo cogió.

Aún la pillo releyendo algunos pasajes, pasando los dedos sobre las palabras como si fuesen milagros o amuletos mágicos, moviendo los labios como si fuesen oraciones. Creo que la ha ayudado. Bueno, quizás «ayudado» no sea la palabra adecuada. Creo que le duele muchísimo releer la historia de su vida, todas sus promesas rotas y las oportunidades perdidas, conocer al hombre en el que se terminó convirtiendo mi padre y las decisiones que tuvo que tomar.

Pero no ha dejado de leerlo. Supongo que es como una prueba, de que sigue vivo y de que aún la quiere, de que no ha cejado en su empeño de encontrarla. De que lo que estalló en pedazos puede recomponerse.

Y ahora las dos no dejamos de mirar en dirección al mar. Aguardando. Esperanzadas. Viendo barcos que se alzan sobre la curva del horizonte, leyendo las espirales negras cosidas en sus velas. A veces mi madre las traduce para mí: «Para conseguir muchos peces grandes», «Para conseguir acuerdos provechosos para ambas partes» o «Para que el viaje sea seguro y las corrientes no cesen».

A veces mis abuelos se sientan con nosotras y también miran. No hablamos mucho, seguro que porque estamos obnubilados por haber descubierto que existimos, pero me gusta mucho lo que siento al tenerlos cerca. Tilsa, mi abuela, suele cogerme la mano, como si no estuviese del todo convencida de que soy real.

A veces, cuando estamos solas, mi madre y yo nos dedicamos a hablar. Le cuento cosas sobre la Hacienda Locke, sobre la Sociedad y sobre el manicomio, sobre mi padre, sobre Jane y también muchas cosas sobre ti. Le hablo de la tía Lizzie, que vivía sola en la granja Larson.

—Dios, qué ganas de verla —suspira mi madre.

Le recuerdo que la puerta está abierta y que podríamos atravesarla en cualquier momento. Y ella abre los ojos todo lo que puede, pero no se marcha. No deja de mirar el horizonte.

Ahora nos pasamos la mayor parte del tiempo en silencio. Se dedica a arreglar telas, releer el libro de mi padre y salir a la colina, donde el viento suave y salado le enjuga las lágrimas.

Yo escribo. Espero. Y pienso en ti.

Ahora veo una vela que se alza en el horizonte; parece una luna dentada. Sus bendiciones son retorcidas e irregulares, como si las hubiese cosido con aguja e hilo alguien impaciente y desmañado.

A medida que el barco crece en el horizonte, me doy cuenta de que no necesito que mi madre traduzca esas bendiciones. Puedo leerlas porque están en mi idioma: «Hacia casa. Hacia el amor verdadero. Hacia Adelaide».

Veo… ¿Lo veo o me lo imagino? Una figura recortada contra el sol, un solo marinero que está de pie en la proa. Se inclina hacia la ciudad, hacia la casa de piedra que hay en la ladera de la colina, hacia lo que ansía su corazón.

«Oh, papá. Has vuelto a casa.»

Y ahora soy yo la que está acurrucada en la cubierta de La Llave y escribo a la luz argéntea de una luna llena y desconocida. La madera huele a clavos, a tanino y a vino de enebro. Huele a atardeceres en horizontes desconocidos, a constelaciones sin nombre y a brújulas que no dejan de girar y a fronteras olvidadas cerca del fin del mundo. No puede ser casualidad que el barco de mi madre huela igual que el libro de mi padre.

Aunque supongo que ya no se trata del barco de mi madre, ¿no? Nos lo regaló a Bad y a mí.

—Yo creo que se merece un último viaje a lo grande, ¿no? —dijo al tiempo que me dedicaba una sonrisa con cierto atisbo de tristeza.

Mi padre le había pasado el brazo por los hombros y la sonrisa de mi madre había vuelto a enderezarse, como una gaviota que alza el vuelo hacia el sol después de abalanzarse en picado.

Ambos parecían haber rejuvenecido cuando zarpé y me alejé de ellos.

Querían que me quedara, claro, pero fui incapaz. En parte, y te prohíbo que se lo cuentes jamás, porque quedarme con mis padres es como quedarme junto a un horno encendido y abierto. Cuando dejo de mirarlos siento la piel del rostro en carne viva y me duelen los ojos como si acabara de mirar directamente al sol.

Ha sido así desde que mi padre bajó del barco nada más llegar. Bad y yo nos acercamos despacio por los adoquines de las calles, y yo sudaba a causa del calor de la tarde, pero mi madre ya estaba en el muelle, descalza y andando de un lado a otro sobre los tablones mientras el pelo se le agitaba detrás. Una figura oscura ataviada con un abrigo que me resultaba muy familiar se tambaleó hacia ella, levantó los brazos y le vi las manos envueltas en unas vendas muy precarias. Se acercaron como si los atrajesen las leyes de la física, como dos estrellas que están destinadas a chocar. Y luego mi padre se detuvo de pronto.

Se quedó a unos treinta centímetros de mi madre. Se inclinó hacia ella y levantó una mano envuelta en vendas hacia la curva de su mejilla, pero no la tocó.

Dejé de moverme y los miré desde cien metros de distancia sin dejar de susurrar: «Venga, venga, venga».

Pero por alguna razón mi padre se resistía a hacer lo que deseaba desde hacía diecisiete años, lo que lo había arrastrado a lo largo de diez mil mundos hasta traerlo por fin a este, a la Ciudad de Nin en 1911 según mis cálculos o 6938 según los suyos, cerca de los ojos azules como el cielo en verano de su verdadero amor. Era como si su corazón se hubiese dividido en dos y hubiese empezado a batallar contra sí.

Apartó la mano del rostro de mi madre. Inclinó la cabeza hacia delante y movió los labios. No fui capaz de oír las palabras, pero después mi madre me contó lo que había dicho:

—La abandoné. Abandoné a nuestra hija.

Vi que mi madre se envaraba y ladeaba un poco la cabeza.

—Sí —replicó ella—. Y si creías que podías volver a estar conmigo sin nuestra pequeña y todo volvería a ser como siempre…, estás muy equivocado.

Mi padre agachó la cabeza aún más y dejó las manos colgando de los costados, desesperanzado.

Luego mi madre sonrió. Se podría decir que sentí el orgullo que emanaba de sus palabras desde el lugar en el que me encontraba.

—Por suerte para ti —continuó—. Nuestra hija sabe valerse por sí misma.

Mi padre no entendió nada, claro. Pero entonces Bad se acercó renqueando. Vi el momento en el que mi padre reparaba en su presencia, lo vi quedarse de piedra, como un hombre que acabara de descubrir una imposibilidad matemática y se afanase por comprender cómo es posible que dos más dos sean cinco. Luego alzó la vista, más y más, y su rostro se iluminó con una esperanza radiante e indómita…

Y me vio.

Después se dejó caer al suelo en el muelle, entre lágrimas. Mi madre se arrodilló junto a él, le rodeó los hombros agitados con los mismos brazos morenos con los que me había rodeado a mí aquella primera noche y luego apoyó la frente contra la de él.

Es probable que solo ocurriese en mi imaginación, pero oí un trueno silencioso que retumbó entre las olas, sentí que todos los habitantes de la Ciudad de Nin dejaban lo que estaban haciendo y se ponían en pie para mirar hacia la costa, sentí sus corazones latiendo en sus pechos. Es probable.

Pero esta es mi historia y puedo adornarla como quiera, ¿no?

Creo que he mejorado mucho contando historias. Cuando al fin le conté a mi padre la mía, me miró de una manera tan intensa que creo que hasta se olvidó de parpadear, porque las lágrimas no dejaban de derramársele junto a la nariz y luego caían al suelo en silencio.

No dijo nada al terminar, sino que se limitó a extender la mano para rozar las palabras que me había grabado en el brazo. Aún tenía la cara macilenta y el aspecto hambriento a pesar de los días que había pasado comiendo los platos horribles que preparaba mi madre, un rostro retorcido a causa del complejo de culpa.

—Ya basta —ordené.

Parpadeó.

—¿Basta...?

—He ganado, ¿no? Escapé de Brattleboro y de Havemeyer y de Ilvane, y sobreviví al señor Locke. —Mi padre me interrumpió con improperios en varios idiomas, y también con palabras violentas con las que comunicaba su esperanza de que el señor Locke siguiese vivo en esa nada inabarcable—. Calla, eso da igual. Lo importante es que tenía miedo y a veces estaba muy herida y sola, pero he salido adelante. Soy... libre. Y si este es el precio que debo pagar por serlo, lo pagaré encantada. —Hice una pausa que me temo que resultó demasiado dramática—. Y no me importaría seguir pagándolo.

Mi padre me miró directo a la cara durante unos momentos indescifrables, y luego hizo lo propio hacia detrás de donde yo estaba, en dirección a mi madre. Compartieron un pensamiento telepático e irritante, y luego él dijo:

—No debería estar orgulloso porque no fui yo quien te crio..., pero lo estoy.

La cosa remendada de mi pecho soltó un murmullo de placer.

No pusieron demasiadas trabas a mi marcha. Estaban preocupados, claro. (Mi padre y mi abuela me suplicaron que me quedase y me convirtiera en una auténtica artesana de las palabras, ya que había sido capaz de hacer cosas poderosas e imposibles con ellas y tenía que aprender a usarlas correctamente. Repliqué que era mucho más fácil romper las normas de la realidad cuando no sabías con exactitud cuáles eran, y también que estaba harta de estudiar y de las clases.) Pero no intentaron encerrarme. En lugar de ello, me dieron todo lo que necesitaba para hacer lo que estaba a punto de hacer. Aunque fuese peligroso, inquietante e incluso una pequeña locura.

Mi abuela me dio varias decenas de pasteles de miel que había cocinado y se ofreció a hacerme tatuajes para ocultar mis cicatrices si quería. Me lo pensé mientras rozaba las líneas blancas de las palabras que tenía grabadas en la carne (ELLA ESCRIBE UNA PUERTA DE SANGRE Y PLATA. LA PUERTA SE ABRE SOLO PARA ELLA), pero luego negué con la cabeza. Después pregunté si podía tatuarme algo alrededor de las cicatrices sin cubrirlas, y ahora tengo varios zarcillos retorcidos llenos de palabras que serpentean por mis brazos, como enredaderas negras entre las cicatrices blancas de las palabras.

«Enero Artesana de las Palabras, hija de Adelaide Lee Larson y de Yule Ian Académico, nacida en la Ciudad de Nin y destinada a viajar entre mundos. Que lo haga, pero que vuelva a casa. Que sus palabras escritas se conviertan en realidad. Que toda puerta se abra para ella.»

Mi madre me dio La Llave y tres buenas clases de navegación. Mi padre intentó brevemente hacerme ver que él era mejor marinero y que tenía que hacerlo él, pero mi madre lo miró con gesto imperturbable y su mandíbula prominente y dijo:

—Ya no lo eres, Julian.

Y él se quedó en silencio y no volvió a interrumpir.

Mi padre me dio un libro titulado *Los cuentos del mar Amarico*. Está escrito en un idioma que no comprendo y con un alfabeto que no sé identificar, pero él parece pensar que los idiomas no son más que cosas que vamos «cogiendo por ahí», como si fuesen botellas de leche en una tienda. También me dio su abrigo holgado y remendado, que antaño fuera de mi madre, porque a él siempre lo había mantenido abrigado en lugares lejanos para luego traerlo sano y salvo a casa. Creyó que haría lo mismo por mí. Además, él ya no tenía pensado volver a viajar.

—Y Enero... —dijo con un hilillo de voz, como si hablara desde muy lejos—. Lo siento. Siento haberte abandonado todas esas veces y también haberlo hecho la última. I-intenté regresar por ti, porque t-te...

Se quedó en silencio, entre lágrimas y avergonzado.

No dije «No te preocupes» ni «Te perdono», porque no estaba segura de que fuese cierto. Me limité a decirle:

—Lo sé.

Y me abalancé sobre él como lo hacía aquella niña pequeña cada vez que regresaba de sus viajes, como no lo había hecho desde que tenía siete años. Nos quedamos así un buen rato, con mi rostro apoyado en su pecho, y él abrazándome con fuerza. Hasta que me aparté.

Me limpié las mejillas.

—Tampoco es que me vaya para siempre. Os visitaré. Os toca esperar.

El resto de mi familia (¿ves esa F que desciende y se despliega iluminada por la luz del sol?) me dio comida, agua fresca en recipientes de barro, mapas del mar Amarico, una brújula que sí que señalaba al norte y una muda de ropas nuevas de lona y que daban el pego como pantalones y camisas a pesar de haber sido hechas por costureras que nunca habían visto las prendas que pretendían crear. Eran ropas extrañas, entre mundos, un retal perfecto que unía ambas realidades. Creo que me venían que ni pintadas.

Al fin y al cabo, tenía pensado pasar el resto de mi vida cruzando Puertas e intentando encontrar esos lugares atenuados y desapercibidos que conectan los mundos, siguiendo el rastro de las Puertas cerradas por la Sociedad y escribiendo para volver a abrirlas. Dejar que esa locura bonita y peligrosa fluyese libre entre las realidades. Convirtiéndome en una llave viviente y abriéndolas, tal y como le había dicho a mi padre.

(Esa es la segunda razón por la que no podía quedarme en Nin con ellos, claro.)

Supongo que sabrás cuál es la primera puerta que pretendo abrir: la de la montaña, la que mi madre atravesó con un barco en 1893 y que el señor Locke destruyó en 1895. La Puerta que destrozó a mi pequeña familia y nos hizo naufragar solos por una terrible oscuridad. Es una injusticia muy antigua que me gustaría eliminar, y un viaje lo bastante largo como para que me dé tiempo de terminar este maldito libro. (¿Quién iba a pensar que escribir una historia llevaría tanto trabajo? Ahora respeto mucho a esos vilipendiados escritores de noveluchas baratas y de historias románticas.)

Te preguntarás por qué lo he dejado todo por escrito, por qué estoy aquí encorvada sobre una pila de papeles a la luz de la luna con la mano dolorida y nada más que mi perro y la extensa y argéntea sombra del océano a mi alrededor, escribiendo como si mi alma dependiese de ello. Quizá sea una obsesión que me venga de familia.

Quizá solo sea miedo. Miedo al fracaso a la hora de llevar a cabo mis propósitos idealistas sin dejar tras de mí un registro. Al fin y al cabo, la Sociedad es una organización muy poderosa llena de seres peligrosos que han cruzado las grietas entre mundos, seres que ansían que las Puertas permanezcan cerradas. Sería estúpido no pensar que nuestro mundo es el único que ha atraído a esa clase de criaturas o provocado esas ideas. En mis pesadillas, me veo en una feria de carnaval infinita llena de personas parecidas a Havemeyer que extienden la mano hacia mí a través de miles de espejos. En las peores, los espejos están llenos de ojos pálidos y noto cómo empiezo a perder la fuerza de voluntad.

Lo que quiero decir es que mi tarea es peligrosa. Y por eso he escrito esta historia, como si fuera una especie de seguro en caso de que meta la pata.

Si eres un desconocido que encuentra este libro por casualidad, pudriéndose quizás en una montaña de basura o encerrado en un arcón de viajes o publicado por una editorial pequeña y desinformada que lo ha encasillado en el género de ficción, espero por todos los dioses que tengas las agallas de hacer lo que hay que hacer. Espero que encuentres las grietas que hay entre mundos y consigas abrirlas aún más, para que la luz de otros soles brille a través de ellas. Espero que consigas que el mundo siga siendo indisciplinado, desorganizado y lleno de una magia extraña. Espero que atravieses todas las Puertas y cuentes muchas historias al regresar.

Pero esa no es la verdadera razón por la que he escrito esto, claro.

Lo he escrito para ti. Para que lo leas y recuerdes las cosas que te obligaron a olvidar.

Ahora sí que te acuerdas de mí, ¿verdad? ¿Recuerdas la oferta que me hiciste?

Bueno, ahora al menos conoces las posibilidades que se

abren frente a ti y puedes tomar una decisión: quedarte en casa sano y salvo, como haría cualquier persona racional, y te juro que lo entendería…

… o huir conmigo hacia un horizonte radiante e inesperado. Bailar en este vergel perenne en el que diez mil mundos cuelgan rojos y bien maduros a la espera de que los recojan. Deambular conmigo entre los árboles, cuidarlos, arrancar las malas hierbas y dejar que corra el aire puro.

Abrir las Puertas.

EPÍLOGO

La Puerta en la Niebla

$\mathcal{F}$inales de octubre. Unas líneas de hielo dentadas parecen brotar y extenderse por todos los alféizares, y unas volutas de vapor se elevan sobre el lago. El invierno es muy impaciente en Vermont.

Amanece, y un joven carga en un camión sacos de harina blanca de Washington Mills. El camión es de un negro lustroso, con una intrincada caligrafía dorada pintada en un lateral. El joven tiene una mirada inquietante y solemne. Lleva una gorra bien ceñida para abrigarse, y la niebla serpentea en su nuca.

Trabaja al ritmo cómodo de alguien que está acostumbrado al esfuerzo, pero alrededor de su boca se perfilan unas arrugas de infelicidad casi imperceptibles. Parecen recientes, como si acabaran de aparecer y no supiesen muy bien cómo comportarse en su rostro. Lo hacen parecer mucho mayor.

Su familia las atribuye a una lenta recuperación de la dolencia que lo afligió durante el verano. Había desaparecido sin más durante una noche de finales de julio, después de un comportamiento muy extraño y una conversación apremiante con la africana que vivía en la Hacienda Locke, y había regresado a casa dos semanas después tambaleándose, desorientado y casi inconsciente. No parecía recordar dónde había estado ni por qué razón, y el doctor (que en realidad era el veterinario que se encargaba de los caballos y que recetaba bálsamos muy fuertes a mitad de precio) aventuró que una fiebre muy intensa podía haberle frito los sesos. Le recomendó laxantes y algo de tiempo.

El tiempo ha ayudado, en parte. La confusión de julio se disipó para dar paso a una ligera incertidumbre, una leve opacidad en su mirada y una tendencia a quedarse mirando el horizonte como si esperara que algo o alguien pudiesen aparecer en cualquier momento. No era capaz de mantener la concentración durante mucho tiempo ni siquiera con sus queridas novelas. Su familia cree que el malestar terminará por desaparecer, y Samuel también espera que desaparezca el dolor que siente en el pecho y la sensación de que ha perdido algo muy valioso para él, algo que es incapaz de recordar.

Hace tres semanas ocurrió algo que empeoró las cosas aún más: se le había acercado una mujer mientras entregaba un pedido en Shelburne Inn. Era extranjera sin duda, negra como el betún y de trato demasiado familiar como para tratarse de una completa desconocida. Le dijo muchas cosas que no tenían sentido, o que lo habían tenido pero habían dejado de tenerlo, como si las palabras se cayeran y resbalaran por su mente. Pero oía de fondo una voz que le decía: «Olvídalo todo, chico», y la mujer empezó a irritarse cada vez más.

Le había dado un pedazo de papel con una dirección escrita en tinta roja y luego susurró:

—Por si acaso.

—¿Por si acaso qué, señora? —había preguntado él.

—Por si acaso vuelves a recordar. —Ella había suspirado, y algo en el gesto le hizo preguntarse si esa mujer también tendría un agujero en el corazón—. O por si acaso vuelves a verla.

Luego se había marchado.

Desde ese día, el dolor del pecho se había convertido en una ventana abierta en invierno.

Y empeora durante las mañanas como esa, cuando está solo y los cuervos graznan crispados y lejanos. Por alguna razón, piensa en los ponis grises en los que montaba cuando era pequeño, en los viajes a la Hacienda Locke y en cómo miraba hacia la ventana del tercer piso con la esperanza de ver... No recuerda qué era lo que esperaba ver. Intenta limitarse a pensar en las rutas de los encargos y en cuál es la mejor manera de colocar los sacos de harina para que no se derramen.

Ve un movimiento que lo perturba. Dos siluetas que surgen demasiado de repente de entre la niebla al fondo de un callejón adoquinado. Un perro de fauces enormes y pelaje broncíneo acompañado de una joven.

Es alta y de piel marrón, además de llevar el pelo trenzado y recogido de una manera que no ha visto nunca. Su vestido es una mezcla de vagabunda y de debutante que va de camino a su puesta de largo: una falda azul de buena calidad abrochada con botones nacarados, un cinturón de cuero que le cuelga sobre las caderas y un abrigo holgado que parece tener cientos de años más que ella. Cojea un poco, y comprueba que el perro también.

El animal le ladra con alegría, y Samuel se da cuenta de que se ha quedado mirando fijamente. Aparta la mirada con brusquedad para centrarse de nuevo en los sacos de harina. Pero esa joven tiene algo, ¿verdad? Algo parecido a ese resplandor que brota alrededor de las puertas cerradas...

Se la imagina con un vestido del color del champán, llena de perlas y rodeada por el bullicio y la pompa de una fiesta muy sofisticada. Parece muy infeliz al verla así, como si fuera una criatura enjaulada.

De hecho, ahora no le da esa impresión. Sonríe de oreja a oreja, una sonrisa parecida a un fuego reluciente y algo descontrolado. Tarda un instante en darse cuenta de que la chica ha dejado de caminar y que a quien le sonríe es a él.

—Hola, Samuel —saluda, con una voz similar al golpe en una puerta cerrada.

—Señorita —saluda él.

Sabe al momento que no era lo que la joven esperaba oír, porque nota cómo esa llama se atenúa un poco. El perro no parece afectado y se contonea hacia él como si fuesen viejos amigos.

La joven le dedica una sonrisa triste, pero habla con voz firme.

—Tengo algo para ti, señor Zappia. —Saca del abrigo un grueso fajo de papeles atados con lo que parece una cuerda marrón, unos andrajos y un cable—. Siento entregártelo así. No tuve la paciencia para esperar a que lo imprimieran y lo encuadernaran.

Samuel coge la pila de folios, porque al parecer no tiene otra alternativa. Al tiempo, se da cuenta de que las muñecas de la joven son un laberinto de tinta y cicatrices.

—Sé que todo esto tiene que resultarte extraño, pero léelo, por favor. Hazlo por mí, aunque entiendo que ya no signifique

nada para ti. —La mujer resopla en lo que casi parece una carcajada—. Pero léelo. Y, cuando termines, ven a buscarme.
Aún… aún recuerdas dónde está la Hacienda Locke, ¿verdad?

Samuel se pregunta si la joven no estará un poco loca.

—Sí, pero el señor Locke lleva meses sin aparecer. La casa
está vacía y el personal ha empezado a abandonarla. Hay rumores sobre su testamento, sobre su regreso…

La mujer agita una mano, despreocupada.

—Tranquilo, no volverá. Y se acaba de descubrir su… testamento. —Le dedica una sonrisa ladina y traviesa con un atisbo de venganza en las comisuras de los labios—. Cuando los
abogados terminen de firmar cosas y hacerse con todo el dinero que puedan, la casa será mía. Creo que servirá muy bien a
mis propósitos cuando me libre de esas espantosas colecciones.
—Samuel intenta imaginarse que esa joven indómita es la le-
gítima heredera de la fortuna de Locke, pero no lo consigue y
se pregunta si no estará loca o incluso será una criminal. Se
pregunta también por qué algo así no parece importarle—. Me
gustaría devolverle sus pertenencias a cada propietario en caso
de que sea posible, y eso requerirá que viaje mucho a lugares
muy extraños y sorprendentes.

Se le ilumina la mirada al pensarlo.

—Empezaremos por África Oriental, claro. Tenemos que
pedirle a Jane que nos enseñe el punto exacto, pero supongo
que no se opondrá. Por cierto, ¿la has visto? —Sigue hablando
antes de darle a Samuel la posibilidad de responder—. La echa-
ré mucho de menos cuando vuelva a casa, pero ya nos las arre-
glaremos… Al fin y al cabo, hay tantas puertas en la Hacienda
Locke que a saber adónde llevan.

Entrecierra los ojos como una mujer determinada a redeco-
rar un salón.

—Puede que a África, o a Kentucky, o puede que incluso a
una cabaña concreta en la orilla septentrional de un lago, si lo
deseas. Pagaré por ellas, pero merecerá la pena. Además, me
estoy haciendo más fuerte. Creo.

—Ah —dice Samuel.

La sonrisa radiante vuelve a su rostro, y lo encandila como
un pequeño sol.

—Lee rápido, Samuel. Tenemos mucho que hacer.

Le tiende la mano sin miedo y le toca la mejilla. Sus dedos están calientes como brasas al tocarle la piel fría, y está muy cerca de él, con mirada ardiente, y Samuel nota cómo el agujero de su corazón aúlla y castañetea, le empieza a doler...

... y ve su rostro, por un momento, contemplándolo desde el tercer piso de la Hacienda Locke. Enero. La palabra es como una puerta que se entreabre en su pecho y de la que se proyecta una luz que ilumina esa terrible ausencia.

Lo besa, una suave calidez tan efímera que no sabe a ciencia cierta si ha sido real, y luego se da la vuelta. Samuel no es capaz de articular palabra.

Se queda mirando cómo la mujer y su perro vuelven al callejón. Ella se detiene y agita un dedo en el aire, como si escribiese algo en los cielos. La niebla se agita y serpentea a su alrededor como si fuera un gato enorme y pálido hasta adquirir la forma de una arcada o de una puerta.

Luego la atraviesa. Y desaparece.

Agradecimientos

Al igual que los bebés, los libros también necesitan de mucha gente. Gracias a una mezcla de suerte, privilegios y brujería he conseguido rodearme de las mejores personas de la historia. Me temo que en este caso la probabilidad ha estado de mi parte.

Me gustaría dar las gracias a Kate McKean, mi agente, quien respondió a todos los correos electrónicos con paciencia y elegancia, hasta los que estaban divididos en varios puntos y tenían colores y estadísticas históricas que no estaban relacionadas con el tema que iba a tratar. A Nivia Evans, una editora que sabe cuál es la diferencia entre puertas y Puerta, y cuyo trabajo principal es construir más de estas últimas para que los lectores las atraviesen. A Emily Byron, Ellen Wright, Andy Ball, Amy Schneider y a todo el equipo de Orbit/Redhook, quien saben cómo conseguir que las Puertas reluzcan en las estanterías.

A Jonah Sutton-Morse, Ziv Wities y Laura Blackwell, las primeras personas con las que no tenía lazos de sangre ni estaba casada que leyeron este libro sin haber firmado un contrato que las obligase a ser amables. Y fueron amables a pesar de todo.

A los departamentos de Historia del Berea College y de la Universidad de Vermont, que no deberían de ser culpados de la libertad con la que he usado los hechos históricos, pero sí de las notas al pie.

A mi madre, por darnos diez mil mundos a elegir: la Tierra Media y Narnia, Tortall e Hyrule, Barrayar, Jeep y Pern, y a mis hermanos por recorrerlos conmigo. A mi padre por creer que podríamos crear nuestros propios mundos y por estar a mi lado en ese henar descuidado de la zona occidental de Kentucky.

A Finn, que nació justo cuando había escrito la mitad de

este libro, y a Felix, que nació casi al final. Ninguno de ellos ayudó en lo más mínimo, pero sí que consiguieron que mi corazón latiese con más fuerza y derribaron muros para dejar pasar la luz.

Y a Nick, al principio, al final y siempre. Porque una no podría escribir todo lo que lleva en el corazón si no lo hubiese encontrado.